W0323955

DROEMER

Karin Kalisa

Sunny

Oder die Geometrie der Liebe

Roman

Droemer

Besuchen Sie uns im Internet:
www.droemer-knaur.de

MIX
Papier | Fördert gute Waldnutzung
FSC® C014496

Originalausgabe November 2024
© 2024 Droemer Verlag
Ein Imprint der Verlagsgruppe
Droemer Knaur GmbH & Co. KG, München
Alle Rechte vorbehalten. Das Werk darf – auch teilweise – nur
mit Genehmigung des Verlags wiedergegeben werden.
Die Nutzung unserer Werke für Text- und Data-Mining
im Sinne von § 44b UrhG behalten wir uns explizit vor.
Covergestaltung: Johannes Wiebel, www.punch-design.de
Coverabbildung: Johannes Wiebel unter Verwendung von Motiven
von © Julia Straub / photocase.de, © Adobe Stock,
© Martin Krzywinski / Science Photo Library
Satz und Layout: Adobe InDesign im Verlag
Druck und Bindung: GGP Media GmbH, Pößneck
ISBN 978-3-426-28207-6

2 4 5 3 1

INHALT

Unter jedem Stein gibt es ein Nest von Worten. Aus ihrem raschen Gewirbel bildet sich der Stoff der Welt.

Tristan Tzara

EINSTEIGEN

Anaxagoras war ein Denker, der meinte, das Denken verdanke sich dem Gebrauch der Hände.

Er behauptete, die Sonne sei ein glühender Felsen und beleuchte den Mond. Dafür warf man ihn ins Gefängnis. Man fand es gottlos.

Im Gefängnis berechnete er die Quadratur des Kreises. Sicherheitshalber hatte er sich eine Aufgabe gesucht, die ihm unendlich lange zu denken geben würde.

Später, in der Verbannung, wurde er sehr verehrt.

Er verzichtete auf alle Auszeichnungen und verfügte stattdessen, dass an dem Tag seines Todes alle Kinder schulfrei haben sollten.

Anaxagoras ist Pate der folgenden Geschichte, die zweieinhalb Jahrtausende später einsetzt –

– und zwar, als in Addis Abeba ein Mann, nicht jung, nicht alt, in einen weißblauen Minibus einsteigt. Der Bus ist ein Toyota Hiace mit vierzehn Sitzen und fährt Richtung Flughafen. Der Mann? Was man mit Sicherheit sagen kann: Er ist weiß, und er ist kein Tourist. Er trägt keine Sonnenbrille, er atmet nicht schwer, seine Hände sind schwielig. Beim Bezahlen des Tickets fingert er nach Münzen, die er gern loswerden möchte. Der Busfahrer winkt ab, verdreht die Augen, verlangt einen Geldschein, ob er so aussehe, als habe er ewig Zeit? Der Mann antwortet mit einem kurzen Satz, der das Gesicht des Busfahrers augenblicklich aus seiner Anspannung löst, der Platz macht für ein gutmütiges Lachen, das auf die Mitfahrenden überspringt, hier eine freundliche Geste, dort ein beifälliges Kopfnicken, zumindest in den umliegenden Sitzreihen. Ein Stück weiter nimmt der Mann Platz, als wolle er hinter den launigen kleinen Wortwechsel, den er soeben angestoßen hat, einen Punkt setzen. Er spricht ein flüssiges Amharisch, auffällig, insofern es keinerlei lokale Färbung aufweist. Er hat keinen Koffer dabei, was nicht heißt, dass er nicht schwer an etwas trägt. Dafür spricht die Verschlossenheit seines Gesichtes. In dem gleichwohl ein Lächeln passieren kann. Das ist überhaupt nicht ausgeschlossen. Möglicherweise angesichts der ersten Regentropfen, die gerade aufs Pflaster fallen. Genau zum erwarteten Zeitpunkt. Wäre das nicht ein guter Anlass? Am Ende wird dies, nach vielen Jahren des Wechsels von Dürre und Überschwemmung, die erste Regenzeit, die sich an die Regeln hält. Er allerdings wird anderswo sein.

Anderswo, damit die eine, mit der er ins Land gekommen war und für die er blieb, aufhört, ihm durch den Kopf zu gehen. Das ist wörtlich zu nehmen. Wenn sie ihm durch den Kopf geht, dann läuft jeder seiner Gedanken auf sie zu, und jede Schwingung ihrer Schritte lässt nicht nur seinen Kopf, sondern seinen ganzen Körper, jeden Nerv und jede Faser, eine einzige Resonanzfläche sein für diesen ziehenden Schmerz. Er muss fort. Distanz muss er schaffen. Sagt ihm sein Kopf.

Wie kommt er nur darauf? Als ob jemand wie er, ausgebildet an einer Polytechnischen Oberschule, nicht darüber informiert wäre, dass jede Bewegung über die Erde eine Kreisbahn beschreibt, und es der Sehne als einer Verbindungsstrecke von zwei Punkten auf der Kreislinie vollkommen egal ist, ob die beiden Punkte nah beieinander oder weit voneinander entfernt sind. Sie zieht sich in genau die Länge, die es eben braucht, um Verbindung nicht abreißen zu lassen. Man kommt nicht davon.

Aber noch während er zum Flughafen fährt, ist er vom Gegenteil überzeugt.

Zeitgleich steigt etwa zweieinhalbtausend Kilometer weiter nördlich, in Berlin, ein Junge mit einem Schulrucksack in den Bus, nicht groß, nicht klein, ein hellbrauner Haarschopf mit wesentlich mehr Wirbeln, als eine Frisur verkraften kann, und Augen, deren Farbe auf den ersten Blick schwer zu bestimmen ist, aber was man sofort sieht, ist, dass da eine gute Portion Schalk ziemlich locker sitzt und auf erstbeste Gelegenheiten lauert. Der Anflug eines Bartes spricht dafür, dass er in einer der oberen Klassen ist.

Es sind nur zwei Stationen, aber es ist heiß, und der Bus ist klimatisiert. Tatsächlich ist dies der erste Tag in einer Kette von Rekordhitzetagen, dem etwas Unwirkliches anhaftet. Die Temperaturen sind viel zu früh viel zu schnell angestiegen. Die Leute blinzeln in die Sonne, als suchten sie eine Erklärung, finden aber nur eine maßlose Helligkeit, die sich an sich selbst zu verschlucken scheint. Natürlich hat er nicht daran gedacht, seine Schülerfahrkarte einzustecken, an einem solchen Morgen, in dieser fiebrigen Gluthitze. Eine Handvoll jüngerer Schüler auf den vorderen Plätzen sehen ihn an wie einen Aussätzigen. Ihre Monatskarten hängen in einer Plastikhülle gut sichtbar am Schulrucksack. Das kann im Prinzip jeder so machen, du auch, sagen ihre Blicke. Die Blicke scheren den Jungen nicht. Er verhandelt, sucht und erklärt, macht unverdrossen Witzchen, die nicht ankommen, bis der sagenhaft schlecht gelaunte Busfahrer ihn durchwinkt, aber so ruckartig anfährt, dass der Junge stolpert und sich gerade eben noch an der Lehne eines Sitzes festhalten kann. Egal, er hat damit zu tun, nach dem Gesicht jener einen zu suchen, die er liebt. Manchmal nimmt sie den Bus, manchmal das Fahrrad, und demnächst wird sie nach Afrika aufbrechen, lange Ferien lang, möglicherweise verlängerte lange Ferien lang. Gerade sehnt er sich von Tag zu Tag und nur über eine Distanz hinweg, die sogar ein Walkie-Talkie überwinden kann. Doch die Strecke wird sich um ein unvorstellbar Vielfaches erweitern. Er hat keine Idee, wohin das dann führen wird. Er denkt sich schon jetzt so intensiv das Ende der Ferien herbei, die noch nicht einmal angefangen haben, dass sich irgendetwas darin schon selbst nach dem Ende von irgendetwas anfühlt.

Aber es ist der Anfang.

1

JON

Freier Fall

Die Mauern des Schulgebäudes sind aus Backsteinen zusammengefügt, die mehr als hundert Jahre lang ihre Fähigkeit zum Temperaturausgleich unter Beweis gestellt haben. Bevor aus solchen Wänden im Winter die Restwärme des Sommers ganz gewichen ist, wird es erneut Sommer, und bevor sich im Sommer die Hitze durch die Steine gearbeitet hat, gibt es die ersten Nachtfröste. Dieser Hitzewelle aber waren selbst die Steine nicht gewachsen. Wie ein riesiger Akku hatten sie sich bereits seit Mitte Mai mit Hitze vollgesogen, Ende Juni war ihre Speicherkapazität erschöpft, und sie begannen, schon vor den Sommerferien, einer widersinnigen Wandheizung gleich, die Wärme statt nach außen nach innen abzugeben.

Auch die Jalousien hatten aufgegeben. Die jedenfalls, auf die Jon gerade schaute, hatte sich auf halber Höhe verhakt und hing schief, die linke Seite ein gutes Stück höher als die rechte, wo die Lamellen sich wie in einer letzten verzweifelten Dienstleistung auffächerten, sinnloserweise. Auf der abschüssigen Aluleiste tanzte ein greller Funke, mittendrin eine Spinne, die sich geradewegs ins Leere gleiten ließ, um vor Jons Augen in der Luft stehen zu bleiben; in einer Luft, die selbst stand. Vielleicht half ihr das. Geradezu auffordernd verharrte sie dort, als suche sie das Gespräch mit ihm. Im gleißenden Licht präsentierte sie sich seltsam überwirklich. Ihm war, als habe er noch nie eine solche Spinne gesehen, ja, als habe er überhaupt noch nie eine Spinne gesehen, wie sie wirklich war. Standen Spinnenaugen tatsächlich so nah zusammen? Sahen diese hier ihn an, so, wie seine Augen sie ansahen? Hatten Spinnen tatsächlich derart viele Haare am Leib? Und warum war diese hier gelbschwarz gestreift wie eine Wespe? Ob die hier überhaupt heimisch war? Womöglich war sie von weit her eingewandert, auf langen Wegen, über die nachzudenken ziemlich unterhaltsam wäre.

Als könne sie Gedanken lesen, fing die Spinne an, sich an ihrem seidenen Faden zügig auf und ab zu bewegen. Sie nickt, dachte Jon. Wie macht sie das bloß? Saugte sie den Faden ein, oder spulte sie ihn auf? Wo in diesem winzigen Körper verschwand er, und wie wurde er wieder ausgestoßen? Ob ihr schwindelig wurde bei diesem heftigen Auf und Ab? Oder war so ein Spinnengehirn unerschütterlich? Wie viel Kraft sie dieses Freeclimbing wohl kostete? Wo in diesen dünnen Beinchen versteckte sich die erforderliche Muskelmasse? Ihm fiel auf, dass er so gut wie nichts über Spinnen wusste. Aber schön war es, in den Halbschatten zu blinzeln und dieser Art Fragen nachzuhängen, die nicht unmittelbar beantwortet werden mussten; so schön, dass Jon die Änderung in der Stimmung erst spürte, als es im Klassenraum bereits sehr still geworden war. Wie lange hatte es schon gedauert, dieses stumme Schauen der Anderen, halb gelangweilt, halb sensationslüstern – bis er Sunnys Blick gefunden hatte, fragend und beschwörend? Wie lange hatte es gedauert, bis er Hören und Sehen wieder halbwegs zusammengebracht hatte und die Worte des Chemielehrers an sein Ohr drangen?

»Wir wünschen Jon, der die Schule verlässt, jedenfalls alles Gute für seinen weiteren Weg«, sagte der Lehrer, und, wieder an die Klasse gewandt, »wir anderen sehen uns dann in alter Frische nach den Ferien.«

Was war das hier? Ein Tagtraum? Ein Witz? Es musste doch irgendwie zur Versetzung gereicht haben. Hatte er nicht sogar zwei, wenn nicht drei Einsen eingeheimst, und die Fünfen – nicht mehr als sonst, würde er meinen. Es hatte keine Briefe, keine Gespräche, nur die üblichen Ermahnungen gegeben. Es musste sich um ein Versehen handeln, denn selbst wenn er sitzenbleiben würde, wäre Sitzenbleiben immer noch das exakte Gegenteil von ›die Schule verlassen‹. Sitzenbleiben, dachte er. Sitzenbleiben. Wieso blieb er sitzen? Er blieb sitzen, weil er nicht aufstehen konnte, nicht aufstehen konnte er und nicht gehen und schon gar nicht die Schule verlassen. Er starrte auf die Hände des Lehrers, die die ledernen Laschen seiner Aktentasche schlossen.

»Sag nicht, dass du das nicht wusstest.«

Was war *das* – das, was er nicht wusste?

»Nun, es hat wieder nicht gereicht. Und inzwischen hast du genug Schuljahre hier abgesessen. Tja ...«

In Jons Kopf verfingen nur das erste und das letzte Wort. Alles, was zwischen nun und tja gesagt worden war, hatte er gehört, aber nicht verstanden. Aber *nun tja* signalisierte, dass etwas beschlossen und besiegelt war, gegen ihn, ohne ihn. *Nun tja* sagte nicht viel, aber immerhin eines, nämlich, dass er hier wegmusste. Jon stand auf, ihm wurde schwarz vor Augen. Wenn du jetzt nicht sofort losläufst, dachte Jon, wenn du dich nicht in Sicherheit bringst, bevor du umfällst, wird er dich hier liegen lassen und mit einem *nun tja* über dich hinwegsteigen, alle werden das tun, dachte Jon. Alle außer Sunny. Er lief am Lehrer vorbei auf den Flur, wo sie wartete, leichenblass.

»Du bist ganz blass«, sagte Sunny.

Er sah, dass ihre Knie zitterten, und er sah, dass sie seine Knie zittern sah. Er fühlte es nicht, er sah es.

»Ich muss nur kurz noch mal rein, bin gleich wieder da«, sagte Sunny.

Sie ging rein, und er war draußen.

Seit Sunny, die Nomadin, in seine Klasse gekommen war vor einem guten halben Jahr, hatte er Angst davor gehabt, dass sie wieder gehen würde. Diese Schule passte nicht zu ihr, aber er, Jon, er passte zu Sunny, und es hatte eine Weile gedauert, bis Sunny das wahrgenommen hatte, und wo anders als in der Schule hätte er sie das merken lassen können? Und jetzt, gerade jetzt, nachdem auch Sunny begriffen hatte, wie gut sie zusammenpassten, obwohl sie und er auf unterschiedliche Weise nicht in die Schule passten, und es jetzt so hätte weitergehen können, denn jetzt waren sie zu zweit, war es andersrum gekommen, dachte er, und genau in diesem Moment fing es an. Zuerst drehten sich die Schließfächer um ihre eigene Achse, dann kippten die Kakteen auf der Fensterbank weg. Der Boden hob und senkte sich. Die Bewegung der Dinge um ihn herum erfasste seinen Magen, es stieg ihm sauer die Kehle hoch, er schaffte es gerade noch aufs Klo. Kein Fenster war hier zu öffnen, kein Papier im Halter, keine Seife, um, was auf seinem T-Shirt gelandet war aus einem sich mehrfach umdrehenden Magen, wegzuwischen. Er versuchte, die Flecken mit Wasser auszuwaschen, sah sein Gesicht im Spiegel, weiß, wie die Kacheln hinter ihm. Jon lehnte sich gegen die Wand und schloss die Augen. So, wie er aussah, konnte er nicht zurück auf den Flur.

Er wartete ab, bis die Pause vorbei war und es draußen still wurde. Sicher würde Sunny vor der Tür des Klassenzimmers auf ihn warten. Aber sie war nicht da. Er suchte sie auf allen Stockwerken, raste die Treppen rauf und runter, fand sie nicht. Es konnte nicht sein, dass sie einfach wieder reingegangen war in den Unterricht. So war sie nicht. Sie war keine von der *Nun tja*-Fraktion. Oder doch? Jon setzte sich auf einen Treppenabsatz. Wie still es hier war während der Unterrichtszeit. Waren die Wände immer schon gelb gewesen? All die Jahre? Er stand auf und legte eine Hand auf die Wand – vielleicht war sie ja gerade frisch gestrichen worden, und er hatte es mal wieder nicht mitbekommen, wie er das meiste, was hier ablief, nicht mitbekam. Aber die Farbe war nicht frisch. Er konnte sich gerade noch beherrschen, den Schüler, der ihm auf der Treppe entgegenkam, danach zu fragen, ob die Wände immer schon so gelb gewesen waren, so gelb, so unfassbar gelb. Das Gelb schmerzte in seinen Augen.

Als er die Tür zum Hof öffnete, war es, als würde eine Flut von Scheinwerfern dieses Gelb in seinen Augen anstrahlen und seine Sehkraft auslöschen. Wie blind musste er sich darauf verlassen, dass seine Beine den Weg finden würden. Seine Beine, die so unwirklich leicht gewesen waren beim Hoch- und Runterlaufen. Jetzt waren sie ohne jedes Gewicht, nicht mehr zu fühlen, obwohl sie liefen und liefen. Wie ein Hund oder eine Katze wissen, wohin sie zurückmüssen, so wussten es auch seine Beine. Geblendet, körperlos, wie ein Geist auf der Flucht, lief er nach Hause.

Er schloss die Wohnungstür auf und sah seine Mutter in der Küche sitzen, ein Buch in der Hand. Neben ihr der dampfende Reiskocher. Immer kochte sie Reis, nein, sie ließ den Reiskocher Reis kochen, saß daneben und las. Im Reiskocher konnte der Reis nicht anbrennen, im Gegenteil, der Reiskocher hielt den Reis genau richtig warm, auf den konnte man sich verlassen, daneben sitzen und so tun, als würde man kochen. Gerade im Sommer könne man sehr gut von Reis, Ketchup und Salatgurken leben – meinte seine Mutter. Und Geld spare es auch. Geld war in letzter Zeit ein Thema gewesen.

»Ich bin raus aus der Schule«, sagte Jon.

Seine Mutter hob kurz den Kopf. Sie sah aus wie jemand, der von sehr weit herkam, für eine kurze Zwischenlandung.

»Sehr schön, Essen ist gleich fertig.«

Der dampfende Reiskocher, die aufgeschnittene Salatgurke und die Flasche Ketchup daneben brachten Jon mit einem Ruck zurück in einen halbwegs normalen Zustand. Er spürte seine Beine wieder, schwerer als sonst. Einen viel zu leichten Körper auf viel zu schweren Beinen musste er in sein Zimmer balancieren. Er konnte gerade noch das T-Shirt ausziehen und die Vorhänge zuziehen gegen das gleißende Mittagslicht, bevor er aufs Bett fiel – und nicht aufhörte zu fallen. Was war das? Langsam und intensiv, fast genüsslich zeigte ihm das Fallen, was es war: eine bodenlose Senkrechte. Er fiel und wollte es nicht. Niemand will in eine solche Bodenlosigkeit fallen. Er müsste sich wieder hochhangeln wie die Spinne an der Jalousie, aber er fiel. Fiel immer schneller. Das Fallen selbst war ohne Ziel, es blieb in der Schwebe. Leichtigkeit fuhr ihm in die Glieder und zwischen seine Organe, ein nur noch lose zusammengefädelter Jon war das hier, dessen Kopf auf einmal mühelos mit den Fallgesetzen jonglieren konnte.

Schwerkraft und Schwerelosigkeit, das musste es sein. Die Schwerkraft ließ fallen, die Schwerelosigkeit hielt dagegen. Beide zusammen erschufen die schwebende Unendlichkeit. Gleich würde ihm die Formel dazu einfallen. Sie dämmerte ihm schon. Aber was, wenn die Schwerkraft die Schwerelosigkeit eine Sekunde aus dem Auge verlieren würde? Wie lange schon fiel er? Wie lange würde er noch fallen? Jedes Zeitgefühl war ihm abhandengekommen. Sein Gesicht fühlte sich klamm an. Waren das Schweißtropfen? Seit wann kostete Fallen Kraft? Jedenfalls müssten Schweißtropfen im Fallen trocknen und sein Gesicht kühlen. Aber nein, er schwitzte nicht, er kühlte nicht ab. Weinte er? Ja, vielleicht weinte er, ohne es zu wollen, ohne es anhalten zu können, ohne zu fühlen, dass er weinte, wie er auch, ohne seine Beine zu fühlen, nach Hause und die Treppe hochgekommen war. Fühlen war offenbar überbewertet. Es ging auch ohne. Dieser Gedanke wirkte auf ihn befreiend. Dann fiel er eben.

Auch nur eines dieser Fallgesetze, dass ab einem bestimmten Punkt das Fallen ohne Widerstand des fallenden Körpers funktionierte. Der Widerstandsauflösungspunkt. Hatte er davon nicht schon einmal gehört? Das Wort kam ihm erst bekannt vor, dann wie nie gehört. Immer nasser wurde sein Gesicht. Es regnet, dachte Jon, darauf haben doch alle gewartet, nun ist es so weit. Warum sollte es kein Wetter geben in der Unendlichkeit? Warum nicht? Warum nicht? Ein Lachen saß ihm in der Kehle. Das Lachen ließ ihn im Bett aufsitzen, und sobald er saß, war klar, dass nicht Tränen ohne Weinen, Schweiß ohne Schwitzen, dass nicht Regen ohne Wetter sein Gesicht benetzten, sondern Wassertropfen, einfache Wassertropfen, die, einer nach dem anderen, von der Zimmerdecke auf ihn herabfielen.

Er griff nach der Taschenlampe neben seinem Bett und leuchtete nach oben, mitten in die Geburt eines Wassertropfens hinein. Ein schimmernder Strich zog sich an der Zimmerdecke zusammen, begann sich zu runden, löste sich ab und fiel. Er spürte ihn auf seinem Arm aufkommen und glaubte es nicht. Denn wie hätten diese Tropfen und alle Tropfen vor diesem ihn überhaupt erreichen können? Er selbst war ja im freien Fall, hatte Vorsprung, die Wassertropfen würden ihm immer nur folgen, ihn aber nie erreichen, durch das Dunkel, durch die Stille, in alle Ewigkeit. Er leuchtete mit der Taschenlampe auf seinen Arm, wo er eben noch den Tropfen gespürt hatte, aber jetzt nichts sah. Natürlich nicht, denn es konnte ja gar nicht – der Fall sein.

Das war also gemeint, wenn man von Leuten sagte, sie seien geistig umnachtet, dachte Jon. Leute, die genauso dachten, wie er jetzt gerade dachte. Das leuchtete ihm vollkommen ein, was ja wiederum nichts anderes bedeutete, als dass Erleuchtung und geistige Umnachtung einander nicht ausschlossen. Wahnsinn, dachte Jon, Wahnsinn, als mitten in diese Gedanken hinein plötzlich der reale Irrsinn ausbrach. Er hörte seine Mutter fluchen und seinen Namen rufen. An der Tür klingelte es Sturm, laute Stimmen im Hausflur, hastiges Getrappel auf den Treppen.

»Raus hier«, rief seine Mutter. »Das Wasser kommt durch die Lampen und den Sicherungskasten. Nichts anfassen. Raus raus raus.«

Wenig später fand Jon sich mit den anderen Bewohnern der dritten Etage auf dem Gehweg wieder. Irgendjemand hatte aus einem Umzugswagen, der ein Haus weiter in der zweiten Reihe parkte, einen Klavierhocker gegriffen und ihn Livia Gent angeboten, ein anderer hatte ihr einen Kaffee geholt. Als Wissenschaftshistorikerin, Schwerpunkt Vorsokratiker, Spezialgebiet Geometrie, und dauerreiskochende Mutter war sie den Wechsel der Welten gewohnt, aber nicht derart rasch. Das sah man ihr an. Als sie sich etwas gesammelt hatte, fiel ihr Blick auf Jon, der sich an die Hausmauer gelehnt hatte und ebenfalls noch sichtlich mit einer abrupten Rückkehr aus einer anderen Dimension kämpfte. Als ob ihr hier und jetzt, mitten auf dem Gehweg, auf einem kleinen runden Klavierhocker, der wer weiß wem gehörte, auf einmal der doppelte Boden bewusst wurde, der in Jons Äußerung gelegen hatte, fragte sie:

»Wieso raus aus der Schule? Du bist doch lange noch nicht fertig.«

»Aber sie sind fertig mit mir.«

Schweigen.

»Ich muss nicht mehr hin. Darf nicht.«

Livia Gent nickte langsam, gleichsam vorsichtig, um das allmähliche Begreifen in ihrem Kopf nicht zu erschüttern, in dem das Wort Schulpflicht eine Metamorphose durchmachte, von etwas Notgedrungenem zu etwas Willkürlichem. Ihr ausdrucksloses Gesicht zeigte, dass sie zu keinem Ergebnis kam. Stattdessen hielt sie Jon, obwohl sie sehr gut wusste, dass er keinen Kaffee trank, ihren Kaffeebecher hin – als wolle sie ihn sicherheitshalber schon mal in der Erwachsenenwelt ohne Schule willkommen heißen. Anderswo gab es für diese Art Übergang Kämpfe mit wilden Tieren, Schnitte mit scharfen Messern oder Sakraltänze. Hier gab es, schien ihr Gesicht zu sagen, zwar gerade nichts – aber immerhin gab es Kaffee.

Jon nahm den Becher, trank einen Schluck, gab ihn wieder zurück. Er schmeckte nichts außer Bitterkeit.

Inzwischen war die Vermieterin eingetroffen. Trotz der Hitze hatte sie einen weiten Mantel über ihre Yogaklamotten geworfen. Jemand musste sie direkt aus der Endentspannung zum Wasserschaden geholt haben. Sie nahm das Handy nur vom Ohr, um immer weitere Nummern zu wählen, im hektischen Bemühen, aufzuklären, wo die Mieterin aus dem vierten Stock abgeblieben war, in deren Wohnung offenbar aus allen Hähnen Wasser schwoll, und nicht erst seit eben. Alle auf dem Gehweg Versammelten konnten mitverfolgen, dass die Mieterin von oben offenbar vor Jahr und Tag ihre Wohnung untervermietet hatte und diese Untermieterin regelmäßig und ungenehmigt die Wohnung über Airbnb weitervermietet hatte, wobei die letzte Buchung nicht selbst anreisen konnte, sondern die nicht stornierbare Anmietung der Freundin ihrer Schwester überlassen hatte, einer jungen Frau, die offenbar just in dem Moment angereist war, als gerade kurzfristig das Wasser abgestellt worden war, um das Hauptrohr zu warten. Die kolumbianische Touristin musste alle Wasserhähne aufgedreht und, als sich nichts getan hatte, umgehend das Weite gesucht haben – nicht ohne eine vernichtende Bewertung abzugeben, die jetzt allerdings half, die verhängnisvolle Kette des Wasserschadens zu rekonstruieren. Die Vermieterin kommentierte jeden Schritt dieser Aufdeckung mit einem: ›Die fliegt so was von achtkantig aus der

Wohnung.‹ Der Weg von achtsam zu achtkantig war anscheinend fußläufig.

Ein Klempner kam aus dem Haus. Er trocknete sich Gesicht und Hände mit einem großen Stofftaschentuch, das er lose wieder zusammenfaltete und bedächtig in die Hosentasche steckte.

»Hier geht erst mal janüscht mehr«, sagte er. »Das wird dauern. Gefahr im Verzug.«

»Wohin jetzt mit uns?«, fragte Jons Mutter.

Die Vermieterin sah sie irritiert an. Hatte man nicht irgendwo eine Zweitwohnung für solche Fälle? Der Hausmeister Herr Al-Musawa, der an der Seite des Notdienst-Klempners Türen geöffnet, Hähne zugedreht und Steckdosen gesichert hatte, stand da, mit Schlüsselbund und Rohrzange, und wartete, ob seine Chefin von selbst draufkommen würde. Als sie nicht von selbst draufkam, sagte er: »Umsetzwohnung.« Und zu Jons Mutter: »Sie müssen eine Umsetzwohnung bekommen, Frau Gent.«

Woher und wieso kannte er dieses Wort? Erst vor drei Jahren war er nach Deutschland gekommen. Im Haus erzählte man sich, dass er auf ihr Geheiß hin rostige Herde und stumpf gewordene Spülbecken aus Kellerverschlägen in neu vermietete Wohnungen stellte, um sie dort der Vermieterin, die durch das Berliner Wohnaufsichtsgesetz gehalten war, Herd und Ausguss bereitzustellen, zu präsentieren – mit einem melancholischen, aber nicht hoffnungslosen Blick, der in etwa zu übersetzen war in: ›Sie wollen nicht die Vermieterin sein, die für eine Miete, fünfundzwanzig Prozent über dem Mietspiegel, dieses Monster von einem Herd anbietet.‹ Und, was niemand hier im Haus für möglich gehalten hätte, die Vermieterin ließ neue Herde und Spülen springen. Seit er bei ihr angefangen hatte, erzog Herr Al-Musawa seine Chefin mit sanfter Autorität zu einem besseren Menschen. Und sie ließ es geschehen, wahrscheinlich aus dem Gefühl heraus, dass es einen besseren Lehrer als ihn nicht geben würde und es höchst unsicher bis sehr unwahrscheinlich war, dass das Leben ihr, wenn sie diese Chance nicht ergriffe, ein zweites Mal einen Herrn Al-Musawa vorbeischicken würde. Sie war noch nicht ganz verloren.

Nun wiederholte sie das Wort »Umsetzwohnung« wie etwas nie Gehörtes. Sie war eine Erbin, keine Mietsachverständige. Immerhin war sie mit Mietangelegenheiten so weit vertraut, dass sie mit einer irgendwo und irgendwann korrekt abgeschlossenen und korrekt mitvererbten Versicherung auch im Falle schwerer Havarien rechnen konnte und durfte. Sie nickte, wenn auch zögerlich. Herr Al-Musawa sah sie freundlich und nachsichtig an.

»Irgendwo müssen Menschen wohnen«, sagte er.

Ein zaghaftes, fast schüchternes Lächeln huschte über das Gesicht der Vermieterin und machte es nahezu sympathisch. Ihre Umerziehung hatte ein neues Level erreicht. Es war ein langsamer, aber stetiger Prozess, und es war der Mühe wert. Vielleicht sogar einen Wasserschaden.

Jon sah, wie seine Mutter, den Rücken streckend, den Becher absetzend, langsam wieder zu alter Form auflief.

»Herr Al-Musawa«, wandte sie sich an den Hausmeister, »ich brauche für die Umsetzwohnung meinen Reiskocher von oben. Kann ich den eben noch holen?«

Der Hausmeister nickte, als sei es ein weiterer, im Berliner Wohnungsaufsichtsgesetz fest verankerter und allgemein bekannter Bestandteil, dass im Falle von Havarien nicht nur alle Bewohner und Bewohnerinnen, sondern auch sämtliche Reiskocher zu evakuieren seien.

»Augenblick, bitte«, sagte er und nickte dem Elektriker zu, »wir schauen, was wir tun können.«

Wenig später hatte Livia Gent den Reiskocher auf dem Schoß. »Fast fertig«, hatte Herr Al-Musawa gesagt, als er ihr den Kocher übergeben hatte. Ihr Gesicht hatte sich entspannt. Die Arme locker um die Aluminiumverkleidung des Kochers gelegt, harrte sie der Dinge, die da kommen mochten. Von seinem Schattenplatz dicht an der Hausmauer her sah Jon seinen Vater und seine beiden Schwestern heraneilen.

»Wir kriegen eine Umsetzwohnung«, sagte Jon, als sie nahe genug waren – und während er es aussprach, durchfuhr ihn der Gedanke, dass sich mit einer Umsetzwohnung vielleicht ja auch eine Umsetzschule für ihn hervorzaubern ließ. Wenn man schon nicht mehr versetzt werden konnte, konnte man möglicherweise ja noch umgesetzt werden.

»Großartig«, sagte sein Vater.

Die Begeisterungsfähigkeit der Zwillinge war noch immun gegen ironische Zersetzung.

»Super!«, jubelten sie. »Wo ist sie, diese Umsetzwohnung?«

Die Umsetzwohnung lag in einem Stadtteil, den Jon bislang nur aus dem Radio, von den Verkehrsmeldungen her kannte, und als sie in der Wohnung waren, war schnell klar, warum, denn sie wohnten gewissermaßen über einer Kreuzung. Jon saß auf einem Schlafsofa und konnte nicht schlafen. Die Ampelfarben irrlichterten über die Wände der notmöblierten Wohnung und die Gesichter der schlafenden Zwillinge. Deren anfänglicher Sinn fürs Abenteuerliche hatte sich gelegt, als sie entdeckten, dass der Kühlschrank in der Umsetzwohnung leer war, die Dusche nur lauwarm und die Betten nach Zigaretten rochen. Jons Eltern hatten Mühe gehabt, ihnen das Gefühl auszureden, sie seien schuld daran, dass es nur diese erbarmungswürdige Wohnung für sie gab.

»Fünfköpfig?« – Dieser entsetzte Ausruf der Hausverwaltungsangestellten war selbst durch das Telefon gut hörbar gewesen. Die Zwillinge hatten einander betroffen angesehen. War ihre ungeplante Verdoppelung das Problem? Vielleicht wäre vierköpfig gar kein Problem gewesen, fünfköpfig aber schon. Aus irgendeinem Grund hatten sie schon als Kleinkinder, wenn nicht sogar bereits als Babys, ein Gefühl für den Quantensprung von vier zu fünf entwickelt und die Entscheidung getroffen, ihr Doppeltsein durch Unauffälligkeit zu kompensieren. Wie auf eine geheime Verabredung hin wuchsen sie nach dem Abstillen auf eine Weise heran, die ihre Eltern nicht besonders forderte, obwohl die sich sieben Monate lang auf die totale Überforderung eingestellt hatten. Livia Gent hatte sich innerlich bereits von den Vorsokratikern und Marius Gent von der Historischen Bauforschung verabschiedet. Ohne jeden Grund, denn die Zwillinge beschäftigten sich weitgehend miteinander, zogen sich hier oder da ein paar Schrammen, aber nie ernsthafte Verletzungen zu, waren weder besorgniserregend gut noch besorgniserregend schlecht in der Schule. In ihren Zeugnissen wurde ihr ausgeglichenes Wesen hervorgehoben. So hatten sie sich auch jetzt, nach der enttäuschenden Wohn- und insbesondere Kühlschranksituation einfach mit je einem Kissen nebeneinander auf den Boden gelegt und waren kurze Zeit später tief und fest eingeschlafen.

Jon dagegen lag wach und beobachtete, wie die Ampellichter die seltsam verteilten Dübellöcher in der ausgefransten Raufasertapete ausleuchteten. Zwischen zwei Ampelphasen kam ihm die Erleuchtung, warum alles so schiefgelaufen und im freien Fall gemündet war. Es war passiert, weil er dem Spanischlehrer keinen Kuchen gebacken hatte. Er hatte die sicheren und die möglichen Fünfen mit den guten Noten gegengerechnet und war darauf gekommen, dass er in Spanisch die eine Fünf eingefahren hatte, die zu viel war. Er war sich, hier auf dem Schlafsofa, inmitten des Scheinwerferkarussells, auf einmal absolut sicher, dass es Spanisch gewesen sein musste, obwohl die Vokabeltests halbwegs in Ordnung gewesen waren, jedenfalls zu Beginn des Halbjahres. Mündlich allerdings, und die Klausuren –

Der Spanischlehrer war nett zu denen, die zu ihm nett waren. Es gab zwei Arten von Schülern. Die, die rausbekamen, wann ihr Lehrer Geburtstag hatte, die ihm Kuchen backten, und die, die eine Bemerkung fallen ließen über die, die sich für die Geburtstage ihrer Lehrer interessierten und ihnen Kuchen backten. Zwischen zwei Noten konnte ein Kuchen den Ausschlag geben, und zwischen einer Vier minus und einer Fünf plus entschied am Ende Double Choc und New York Cheese. Warum hatte er nicht rechtzeitig eine Backmischung gekauft oder sich wenigstens an eine Backgruppe rangehängt? Wahrscheinlich, weil Kuchenbuffets bei den Gents keine Familientradition hatten. Schon in der Grundschule hatte seine Mutter unweigerlich ihre Salatgurken aufgeschnitten für alle Feiern, die unter backender Mitwirkung der Eltern stattfanden. Immer waren ihre Gurkenscheiben liegen geblieben und beim Abbau der Tische von irgendeiner Mutter mitgenommen worden, die fand, für eine Gesichtsmaske würden sie noch reichen.

Es hatte nicht gutgehen können mit ihm und Schule.

Am nächsten Morgen, die Zwillinge schliefen noch, gingen sie zum Bäcker frühstücken. Livia und Marius Gent befanden, dass sie zwar nicht für Noten, aber doch dafür, dass Noten nicht das Ordnungsgemäße und Verhältnismäßige dieser Welt aus den Angeln heben durften, zuständig seien und schnellstmöglich den Direktor noch erwischen müssten. Denn erstens handele es sich mit an Sicherheit grenzender Wahrscheinlichkeit um einen Irrtum, und zweitens hätte es an sie, die Sorgeberechtigten, sorgeberechtigt im mehrfachen und wörtlichsten Sinne des Wortes, Briefe geben müssen, Termine hätten vorgeschlagen, Gespräche hätten geführt werden müssen. Auf ein Aus musste man vorbereitet werden. Selbst Schüler ohne Gewerkschaft und Jugendliche ohne Lobby hätten doch wohl mindestens dieses Recht, ihrer Meinung nach. Das Gespräch ging über Jon hinweg, der ja für sich selbst nicht sorgeberechtigt war (oder doch?) und auf einer Parallelspur darüber nachdachte, dass die Wahrscheinlichkeit, dass die Schule sich irrte, groß war, aber klein, dass sie es zugeben würde.

»Außerdem sind Fehler menschlich«, sagte sein Vater in diese Gedanken hinein, »und so ein Direktor ist letztlich auch nur ein Mensch. Auf geht's. Wir bringen das hinter uns.«

Ein Mensch? Möglicherweise. Jon kannte den Direktor nur von dessen Ansagen, die regelmäßig über die Lautsprecher kamen. *»Hier spricht Doktor Rost.«* Konnte man das Kennen nennen? Es gab immer mal wieder Gerüchte, es gäbe ihn gar nicht. Bei offiziellen Anlässen sprachen abwechselnd seine Stellvertreter. Bis einer aus der Zwölften, Jorge, kurz vorm Abi der Schule verwiesen wurde, weil er komplett bekifft mit einer Farbpistole etwas an die Schulmauern gesprayt hatte, was einerseits nach Spanisch und andererseits nach Schimpfwörtern klang. Einige Buchstaben waren verwischt, andere kaum leserlich. Es hatte jedenfalls für den Rausschmiss des Abiturienten gereicht, der somit ab sofort kein Abiturient mehr sein würde, weder an dieser Schule noch an einer anderen. Das Letzte, was er bei seinem unfreiwilligen Abgang den anderen zugerufen hatte, war, dass es »ihn« doch gebe. *Und wie!,* hatte er dreimal durchs Treppenhaus gerufen, *und wie, und wie!*

Dass es ihn gab, hieß streng genommen nicht, dass er *auch nur ein Mensch* war, dachte Jon. Auf dem Weg zur Schule ging Jorge ihm nicht aus dem Kopf. Damals hatte es lange gedauert, bis die Fassadenreiniger kamen. Das hätte Jorge gefreut. Als sie schließlich da waren, mit ihren Bürstenaufsätzen und Spezialspülmitteln, hielt eine Mutter, die gerade an der Aufsicht vorbei in den Schulhof gehetzt kam, plötzlich inne, sah zu den Männern hoch, bewegte die Lippen, lächelte versonnen, schüttelte unwillig den Kopf, ging zurück zur Pausenaufsicht und meinte: »Darf ich mal fragen, warum Sie da Weltliteratur abschrubben lassen?« Es stellte sich heraus, dass die gesprayten Zeilen aus dem Gedicht eines berühmten chilenischen Antifaschisten und Nobelpreisträgers stammten – was in den ungelenken Buchstaben, die ein *Algunas Bestias* ergaben, niemand erkannt hatte, nur ebenjene Mutter, die ihrem Sohn das Sportzeug nachtrug, weil sie Sport wichtiger fand, als dass ihr Sohn es lernen musste, an sein Sportzeug zu denken. Aber da war es sowieso zu spät gewesen. An Jorge konnten sich da die wenigsten noch erinnern. Auch Jon hatte ihn schnell vergessen, aber jetzt, mit Blick auf die Mauern der Schule, stand ihm sein Gesicht, schmal und lebhaft, so deutlich vor Augen, dass er meinte, gleich, auf dem Weg zum Direktorenzimmer, würde er dastehen, mit Spraydose und einem vielsagenden Lächeln. *Du hoffst noch?*

Warum denn nicht? Zeugnisse können bis zur letzten Sekunde geändert und neu geschrieben werden, hieß es doch immer in den letzten Schulwochen, auch eine Vier könne im Handumdrehen noch zur Fünf werden. *Und dann kann ich euch auch nicht mehr helfen.* Theoretisch müsste das auch umgekehrt gelten, dachte Jon, warum eigentlich immer nur zum Schlechten? Nachprüfung, Probeversetzung, irgendetwas würde schon noch gehen.

Im Sekretariat hob die Sekretärin kurz den Kopf. »Name?«, fragte sie.

Die Gents sahen sich einen Moment lang verunsichert an. Die Sekretärin bezog es auf ihre Ein-Wort-Frage. Vielleicht hatte sie selbst gemerkt, dass darin ein Freundlichkeitsdefizit offen zutage trat.

»Was denn«, sagte sie, »wir haben derzeit 1257 SuS. Da kann ich mir wirklich nicht jeden Namen merken.«

»SuS«, sagte seine Mutter.

»Verständlich«, sagte sein Vater.

»Jonathan«, sagte Jon, »Jonathan Gent. Und das sind meine Eltern.«

Er nahm das Erstaunen seiner Eltern wahr. Entweder darüber, dass nach etlichen Jahren Schulbesuch ein Schüler der Sekretärin nicht bekannt war, oder darüber, dass seine Umgangsformen so viel besser waren, als sie gedacht hatten.

»Wir sind hier, um das Missverständnis aufzuklären, dass Jon von dieser Schule abgehen soll«, sagte Jons Vater.

Die Sekretärin sah ihn ausdruckslos an.

»Also, wir wussten gar nichts davon, sind nicht informiert worden. Wir haben keine Briefe bekommen.«

Jetzt sah die Sekretärin ihn an wie einen armen Irren. In ihrem Gesicht standen Sätze geschrieben wie: *Wissen Sie, wie oft einer wie Sie es hier auf diese krumme Tour versucht? Glauben Sie wirklich, dass wir auf derart billige Tricks hereinfallen?* Aber alles, was sie sagte, war: »Gehen Sie schon mal rein. Er kommt sicher gleich.«

Im Zimmer dessen, den es vielleicht gar nicht gab, setzte Livia Gent ihre Brille auf, die sie eigentlich nur zum Lesen brauchte. Marius Gent starrte aus dem Fenster. Jon schlug das Herz bis zum Hals, und er hoffte, dass man das nicht sah. Es gehörte sich nicht, dass einem das Herz in der Schule höherschlug.

Auf einmal war er da. Ein mittelgroßer, schwerer Mann war ins Zimmer getreten, leise wie ein Katzentier. ›Guten Tag‹ hielt er nicht für nötig. Er sah sie nicht an, er sah auf die Uhr, während er sich setzte.

»Bitte«, sagte er.

»Wir sind hier, um ein Missverständnis aufzuklären«, sagte sein Vater.

»In Spanisch müsste es im Prinzip doch gereicht haben«, sagte Jon.

»Ich habe über Schulpflicht und Fürsorgepflicht nachgedacht«, sagte seine Mutter.

Mit unbewegter Miene hatte der Direktor zugehört, blätterte wortlos in den Papieren, die die Sekretärin ihm hingelegt hatte, stieß dann mit einer abrupten Bewegung seinen Stuhl zurück, griff im Sitzen ein dickes blaurotes Buch aus dem Regal, knallte es auf den Tisch und sagte: »Lesen Sie selbst nach. Zehn Jahre Schulbesuch. Dann ist der Beschulung Genüge getan. Gerade bei Kandidaten wie ihm hier, der meint, eine Extrarunde nach der anderen drehen zu können.«

»Aber er hat noch gar keinen Abschluss«, sagte Jons Vater, »dafür muss es doch irgendeine Lösung geben, eine Perspektive.«

»Wenn einer meint, er müsse die Sache hier nicht ernst nehmen, dann geht er eben sehr gern ohne Abschluss von der Schule«, antwortete der Direktor.

Sehr gern? Nein, er wollte weder ohne Abschluss noch ohne Sunny von der Schule gehen. Sehr gern wollte er das – nicht.

Jon sah seine Mutter den Kopf schütteln und war sicher, dass auch sie an diesem eigenartigen *sehr gern* hängen geblieben war, das da nicht reinpasste und doch voller Absicht reingeschoben worden war in diesen Satz. Noch bevor sie zu einer Antwort ansetzen konnte, erhob sich der Direktor halb vom Stuhl, stützte seinen gewaltigen Oberkörper mit jeweils drei schnell weiß anlaufenden Fingern auf der Tischplatte ab, beugte sich vor, wie um sie anzubrüllen, blieb aber leise, gefährlich leise: »Ich sag Ihnen mal was, er hat seine Chance gehabt.«

Seine Leibesfülle machte eine Vierteldrehung, wie von einem Automaten angetrieben, und wurde jetzt nur noch von den rechten drei Fingern abgestützt. Ob die ihn halten würden, sicherlich mehr als hundert Kilo, fragte sich Jon, und wenn nicht – wenn sie ihn nicht hielten und der schwere Mann vor ihren Augen mit dem Gesicht auf die Schreibtischplatte knallen würde –, würde das dann Selbstverletzung genannt werden, oder würden sie, die Familie Gent, Vater, Mutter, Sohn, als Zeugen oder als Verdächtige für Fremdeinwirkung verhört werden? Aber wenn er, Jon, dann sofort Erste Hilfe leisten würde, wäre das am Ende Grund genug, ihn doch wieder zur Schule gehen zu lassen? Weil er so nett gewesen war, das Leben des Direktors zu retten?

Der Direktor, ihn zum ersten Mal in diesem Gespräch direkt ansehend, fiel nicht vornüber, er sackte nicht zusammen, er sagte: »Wenn du mich fragst, du gehörst nicht hierher.«

Jon hatte ihn nicht gefragt, er hatte über die Stützkraft von drei Fingern nachgedacht und über Erste Hilfe.

»Mach Platz für andere, die etwas lernen wollen. Andere kommen mal vorbei und sprechen über ihre Fehler. Was sie falsch gemacht haben, wo es besser werden kann. Er hier hat das ja wohl nicht nötig. Du fliegst. Basta.«

Er hatte ja noch nicht mal sicher gewusst, ob es ihn überhaupt gab, dachte Jon. Er sah, er hörte förmlich Luft in die Lungen seiner Mutter einströmen, Atem für vieles, was zu sagen sie willens und bereit war. Sein Vater erhob sich, beugte sich ebenfalls leicht vor und sagte: »Sie…«

»Sie wollen mir drohen?« In den Augen des Direktors blitzte eine Hoffnung auf, fast eine Bitte: *Schlag zu, damit ich dich vernichten kann, vernichten ist meine Bestimmung.*

»Sie – müssen meinen Sohn mit Sie ansprechen. Er ist sechzehn. Merken Sie sich das.«

Ausgerechnet sein Vater, dachte Jon, der bis zur Peinlichkeit niemanden mehr siezte. Der Direktor riss die Tür auf. Eine Flügeltür, so breit, dass sie zu dritt nebeneinanderher hindurchkamen. Die Sekretärin sah sie kommen und griff in die Schublade. Jetzt, dachte Jon, jetzt gibt sie mir das Versetzungszeugnis und sagt: Das war jetzt alles für ›Versteckte Kamera‹, sorry, und natürlich bist du versetzt, und wir freuen uns, dass du unsere Oberstufe besuchen und der Schule eines Tages Ehre machen wirst, du mit deiner Eins in Englisch und Sport. Und der Zwei plus in Erdkunde. Aber sie hielt ihm eine Bonbondose hin.

»Es muss nicht jeder Abitur machen, weißt du?«, sagte sie. »Ich meine, Sie«, schob sie hinterher, unsicher auf Jons Vater schauend. Sie sah aus, als wolle sie noch mehr sagen, etwas in der Art von: ›Ich hatte auch mal hochfliegende Pläne, und jetzt bin ich hier bei diesem Choleriker gelandet und versorge ihn mit Kaffee. Willkommen im Klub.‹

Jon ignorierte die Bonbons. Sie hatten das Vorzimmer schon fast verlassen, als sie den Direktor noch einmal hörten: »Wir sind ein Gymnasium und nicht bei der Heilsarmee. Erst nichts leisten und dann mit Mutti und Vati aufkreuzen. Das haben wir gern.«

Da hielt Livia Gent im Hinausgehen inne, drehte sich um, trat, ohne zu klopfen, über die Schwelle des Direktorenzimmers und zog von innen die Tür ran. Man hörte sie leise sprechen – wahrscheinlich, weil alle im Raum den Atem anhielten –, ohne zu verstehen, was sie sagte. Kurz darauf kam sie wieder raus und zog die Tür sehr rasch hinter sich zu. Da wusste Jon, dass es endgültig gelaufen war.

Wortlos gingen sie nebeneinanderher, eine entmutigte Dreierkette. Als sie am Fußballplatz vorbeikamen, sahen sie ein Dutzend jüngere Schüler, die Schultaschen mit lose reingestopften Zeugnissen auf den Boden geworfen hatten. Die Stimmen auf dem Fußballplatz vermischten sich in Jons Kopf mit der Erinnerung an die Worte des Direktors und ja, da war etwas, was langsam aus seiner Erinnerung emporschwappte. *Nicht hingehören.* Das hatte es schon einmal gegeben. Ganz woanders. Vor das feiste Gesicht des

Direktors schob sich das Gesicht von Taylan. Taylan, dem Linksfuß.

Wie der auf einmal aufgekreuzt war bei ihnen in der Zweiten C, weil der Trainer der Ersten C ihn loswerden wollte, obwohl er ein Linksfuß war, und Linksfüße waren selten, und ihnen fehlte gerade einer, denn Benny, ihr eigentlicher Linksfuß, hatte ein Austauschjahr in Costa Rica ergattert – aber Taylan hatte zwar einen Linksfuß wie Benny, doch anders als Benny wusste er mit dem nichts anzufangen, schien überhaupt nicht zu wissen, was für ein Geschenk so ein Linksfuß ist, und statt mit seinem Linksfuß mal was anzustellen, schien er über alles Mögliche oder über nichts nachzudenken, wer konnte das wissen, während das Spiel an ihm vorbeilief, und Jens, der Haupttrainer, stand immer so da mit verschränkten Armen an den Eckfahnen, immer stand der an den Eckfahnen rum und hatte Taylan von Anfang an auf dem Kieker gehabt, und am Ende irgendeines Trainings, da hat er zu Jonny, dem zweiten Trainer, gesagt – und er hat sich dabei nicht einmal die Mühe gegeben, seine Stimme abzusenken –, dass der Taylan hier nicht hingehöre, und Jonny hat darauf erst mal gar nicht geantwortet, sondern einfach immer weiter mit zusammengekniffenen Augen den Taylan mit seinen Blicken verfolgt, und alle anderen konnten die wahnsinnigsten Fallrückzieher und Übersteiger machen, immer hat Jonny nur Taylan im Blick gehabt, total irre war das gewesen, und erst viel später, bei der Weihnachtsfeier, hatte Jonny dann erzählt, was er da gesehen hatte mit seinen zusammengekniffenen Augen, dass Taylan nämlich Fußball wie Schach spielte, im Prinzip stand er immer genau richtig, nur eben vier, fünf Spielzüge voraus, mehr jedenfalls, als alle anderen im Kopf hatten, und so einen Schachspieler auf dem Feld zu haben, ist eine feine Sache, habe er sich gedacht, hat Jonny gesagt, und als Jens dann immer wieder mit diesem Nicht-Hierhingehören angefangen habe, und soll der Taylan doch in die Freizeitmannschaft gehen und mit dem machen wir uns ja lächerlich undsoweiterundsoweiter, da habe er ihm gesagt, so Jonny, wart mal noch ’n bisschen ab, und hat nicht aufgehört, am Spielfeldrand in der Abendsonne zu stehen und mit zugekniffenen Augen einerseits die Flugzeuge im Landeanflug und andererseits den Taylan bei seinen Fehlstarts zu beobachten, und irgendwann hatte er ungefähr so langsam zu nicken angefangen, wie Taylan die Richtung wechselte, und dann hat er Taylan kurz vor den Herbstferien nach dem Training zu sich gewunken und sich mit ihm auf den Rasen gesetzt, und wir dachten, nun ist es aus für Taylan, und als wir aus der Kabine kamen, saßen sie da noch immer, nur hatten sie inzwischen ein Bitter Lemon in der Hand, das hätte man auch gern mal gehabt, so ein schönes kaltes Bitter Lemon direkt nach dem Training, aber einem, der gerade rausgeschmissen wird, dem neidet man seine Bitter Lemon nicht, dem sagt man lieber mal Tschüs, indem man die Hand hebt, wenn man ihm auch echt gern noch auf die Schulter geklopft hätte, weil er ein netter Kerl war, auch wenn er so viele Fast-Siege versaut hatte, aber ganz im Gegenteil ging es jetzt erst richtig los, weil nämlich Jonny bei der Bitter Lemon dem Taylan erklärt hat, wo das Problem lag, also dieses Problem, was eigentlich gar kein Problem war, eher das Gegenteil von einem Problem, nämlich, dass er einerseits zu schnell und andererseits zu langsam war, da habe Taylan, so Jonny, bei der Weihnachtsfeier, während Taylan auf der anderen Seite des Tischs rot wurde und verlegen grinste, habe ihn dann der Taylan so angesehen wie jemand, dem man einen Vorhang vor den Augen wegzieht, und so hatte sich zum ersten Mal in seinem Leben Taylan mit Jonnys Augen selbst ins Auge gesehen und sich erkannt als einen, der immer alles richtig machen wollte in einer Welt, die nicht sein Tempo hatte, die immer entweder viel zu langsam oder viel zu schnell war, und wenn nicht Jonny damals am Spielfeldrand mit der Bitter Lemon das Tempo der Normalwelt und das Tempo von Taylans Welt so zusammengebracht hätte, dass sie sich in den entscheidenden Momenten irgendwo in der Mitte trafen, hätte dieser irre Linksfuß es niemals Tore hageln lassen können, dabei konnte er ja, können war gar kein Ausdruck, aber erst nachdem Jonny irgendwas in der Art von: Im Prinzip machst du alles goldrichtig und bist echt spitze, aber das Ganze jetzt drei Schritte zurückgedacht und dann mit hundert Stundenkilometern nach vorn und reingeballert das Ding, konnte Taylan praktisch nicht mehr anhalten, und wegen dem, der da angeblich nicht hingehörte, wo wir waren, sind wir dann in der nächsten Saison aufgestiegen und waren alle zusammen auf einmal zusammen da, wo keiner von uns gedacht hatte, jemals hingehören zu können –

Wie lange war das her?, dachte Jon. Jetzt, wo er aus der Schule raus war, fühlte sich der Abstand zur C-Jugend so an wie der Rückblick eines Rentners auf vierzig Berufsjahre. Jedenfalls war das damals definitiv eine Happy-End-Geschichte gewesen und somit genau das Gegenteil von seiner Geschichte, die gerade ohne Abschluss abgeschlossen worden war. Kein Jonny weit und breit. Jeder dort, wo er hingehörte, und nicht dort, wo er nicht hingehörte. Demnächst wird es noch eine Hingehören-Partei geben, dachte Jon. HIGE würde sie heißen. Er sah sie schon vor sich, die Buttons, die Jutetaschen und die Kugelschreiber, unterm Sonnenschirm auf dem Marktplatz, vor der nächsten Wahl. Und wenn sie dann aus dem Stand die Fünfprozenthürde geknackt haben würde, die HIGE, dann würden sie über die Wahlplakate einen Zettel kleben: ›Danke, dass ihr helft, unser Land aufzuräumen!‹ Wenn später dann jemand fände, dass er dort, wo HIGE ihn hinplatziert hatte, lieber doch nicht hingehören wollte, wäre es zu spät. Dann könnte er *sehr gerne* ohne Pass das Land verlassen.

»An was denkst du?«, fragte Jons Mutter.

»An HIGE«, antwortete Jon.

Sie nickte.

Sein Vater schaute irritiert auf.

»Und ihr?«, fragte Jon.

»Ich denke, wir sollten raus auf unsere Wiese ziehen und dort nachdenken. In dieser Ersatzwohnung werden wir ja wahnsinnig. Wir könnten uns draußen für den Sommer was zurechtzimmern.«

Marius Gent war am besten im Nachdenken, wenn und während er etwas baute. Wenn ein Regal oder ein Hochbett fertig war, hatte er meistens auch mögliche Lösungen für ungünstige Termine, verlorene Schlüssel oder abgelehnte Forschungsanträge gefunden.

»Die Zwillinge müssen zu Oma und Opa«, meinte Livia Gent.

Sie wiederum sah voraus, dass zwei Zehnjährige bei den Großeltern, die entzückt wären, die beiden Mädchen zum Reiterhof zu fahren, mit ihnen Obst zu pflücken, Marmelade zu kochen und sie morgens im Pyjama Filme ansehen zu lassen, wesentlich besser aufgehoben wären als unter bauenden und grübelnden Menschen auf einer Wiese mitten im naturnahen Nichts. Dieses Stück Wiese hatten sich die Gents vor Jahren abgespart, um – im Falle eines Falles – wenigstens ihre Zelte irgendwo aufschlagen zu können. Wahrscheinlich, nein, ganz sicher, dachte Jon, war dieser Fall jetzt eingetreten. Er registrierte, dass er nicht gefragt worden war.

Zurück in der Umsetzwohnung sah Livia Gent so leer aus, als sei ihre Seele irgendwo zwischen den Stadtteilen verloren gegangen – oder zwischen dem, was sie gesagt hatte, und dem, was sie noch alles gerne gesagt hätte. Auch Jons

Vater schien eher ins Nirgendwo zu blicken. Eine Zeitlang schwiegen alle.

»Es ist noch so hell, ich bringe die Zwillinge am besten jetzt gleich. Tagsüber ist es sowieso zu heiß zum Fahren«, sagte er.

»Ja!!«, riefen die Zwillinge, doppelte Kooperationswilligkeit. »Wir waren so lange nicht bei Oma und Opa!«

Als sie zum Abschied gewinkt hatten, setzte sich Jons Mutter neben den Reiskocher und las. Es wurde und wurde nicht dunkel, es wurde und wurde nicht kühler. Jon verzog sich in ein sehr kleines Schlafzimmer mit Blick auf einen trostlosen Hinterhof. Mehr eine Gefängniszelle als ein Zimmer war das, aber vergleichsweise kühl, weil nach Norden raus. Er legte sich auf die Pritsche, verschränkte die Arme hinterm Nacken und überließ sich der Geräuschkulisse der anfahrenden und abbremsenden Autos und Lastwagen. Es fiel ihm auf, dass in sehr regelmäßigen Abständen gehupt wurde. Diese Regelmäßigkeit machte ihn müde. Als ihm die Augen zufielen, erwartete er das Fallen. Es ließ nicht lange auf sich warten. Diesmal fiel er nicht entlang einer Senkrechten, sondern in Spiralen, was eine leichte Übelkeit in ihm aufsteigen ließ. Während man fällt, kann also etwas in einem aufsteigen, dachte Jon. Das ist nicht angenehm, aber auch nicht uninteressant. Wenn die Erkenntnisse sich weiterhin so zügig einstellten, würde er einfach Fallexperte werden. Vielleicht würde er seine Erfahrungen für Stunts verwerten können. Sein Arbeitsplatz wäre irgendwo auf dem amerikanischen Kontinent, wahrscheinlich in Arizona, wo man im Zuge der Erforschung des freien Falls im Sand landete. Stuntman zu werden war wahrscheinlich genau das Richtige für *alle*, die *nicht Abitur machen* mussten. So konnten sie sich noch nützlich machen, indem sie Risiken abfingen, die andere nicht auf sich nehmen konnten oder wollten, aber so tun wollten, als ob doch. Dafür schickte man

Leute wie ihn *sehr gern* in die Wüste. Nun denn. Er hatte ja gerade nichts anderes vor. Er würde Sunny benachrichtigen. Sunny, die mit ihren NGO-Eltern den Sommer in Afrika verbrachte und die nicht antwortete auf seine Nachrichten. Vielleicht hatte sie ihn auch schon fallengelassen. Andererseits ließen ja vorzugsweise diejenigen jemanden fallen, die selbst fest wo hingehörten. Und Sunny gehörte nicht fest wohin. Außer zu ihm natürlich. Er erinnerte sich an ihren Blick im Klassenzimmer, aber der Blick ließ sich nicht festhalten. Als ob sein Kopf in den Mechanismus einer Rückwärtsspule geraten war, wurde seine Erinnerung weiter zurückgedreht, bis die Spinne darin auftauchte. Diese irrsinnige Spinne, wie sie fiel und sich auffing, ein ums andere Mal. Ob sie die Ferien überstand? Er würde es nicht mehr erfahren. Vielleicht konnte er gerade deshalb nicht anders, als immer weiter über Werden und Vergehen dieser Spinne nachzudenken. Es war immerhin der Chemieraum gewesen, in dem sie aufgetaucht war. Was, wenn sie sich dort an die Flüssigkeiten heranmachte? Was würde passieren, wenn sie sich Brom und Linolsäure einverleibte? Würde sie sich in Größe und Gewicht verdoppeln, verdreifachen, vervielfachen? Würden ihre Haare erst borstig werden, sich dann zu einem gelb-schwarzen Fell auswachsen? Würde sie zu einer Kreatur heranreifen, die, wenn der Chemielehrer am ersten Unterrichtstag des neuen Schuljahres den Raum beträte, um eine Versuchsanordnung aufzubauen, mit einem *Nun, Sie haben die Reagenzgläser nicht richtig zugeschraubt – tja* aus ihrer Deckung kommen? Jons Kopf arbeitete auf Hochtouren, nur nicht so, wie er sollte – wenn es nach Schule ging. Aber nach Schule ging es ja nicht mehr.

Ich habe dich überall gesucht. Überall. Wir sind zu spät zum Flughafen, aber es gab sowieso eine Totalsperrung, wir mussten hundertmal umsteigen und nirgendwo Netz. Jetzt schreib ich, obwohl ich nix senden kann. Was für ein Idiot, dieser Chemie-Typ. Das geht mir alles nicht in den Kopf. Du gehst mir nicht aus dem Kopf. Sunny.

2

BENNO

Wiedereinreise

Der Airbus 330 A war, seit er in Nairobi gestartet war, etwa neun Stunden lang in der Luft gewesen, als das gleißende Gespinst der Wolken aufriss und den Blick auf den Alpenhauptkamm freigab. Ein Streifen Erde, der sich aufbäumt gegen die Horizontale, der sich dem weiten Horizont entgegenstellt, der ins Unendliche fingert mit Felsen, deren Schroffheit der Schnee immer wieder gnädig zudeckt, als wolle er sagen: Sie meinen es gar nicht so. Benno hatte dieses Szenario nur aus dem Augenwinkel wahrgenommen, aber jetzt lehnte sich der am Fenster sitzende Passagier zurück – mit einer einladenden Geste, als habe er sie gerade selbst erschaffen, zwischen morgendlicher Rasur und der ersten Tasse Kaffee, die Alpen, mittendrin sein kleines Meisterwerk: der Montblanc, und nun bereit, dafür die angemessene Bewunderung entgegenzunehmen.

Benno hatte sich vorgebeugt und einen Blick auf den berühmten jähen Grat des Montblanc erhascht, ohne Menschen, wie ihm schien, obwohl er wusste, dass eine über diesen Grat aufwärtsstrebende, ja, wettlaufende Menschenkette schon seit Langem mit ins Bild gehörte. Aber wären Menschen aus dieser Höhe überhaupt sichtbar? Vielleicht verschluckte die Höhenhelligkeit selbst neonfarbige Ausrüstungen, möglicherweise sogar Leuchtraketen, die jemand, in Not geraten, gerade abschoss – als würde diese überscharfe, überhelle Kante auf den phantastischen Irrsinn des Bergsteigens ein Schlaglicht werfen, auf diese Mühen und diesen Mut, auf das Wagnis und den Wahnsinn des Sichaussetzens inmitten einer Welt, in der man über Berge und Menschen in den Bergen auch einfach hinwegfliegen konnte. Als sei er auf einmal dort und hier zugleich, dort, wo man mit Steigeisen in bitterer Kälte am Hang hing, und hier, im Sessel einer druckausgeglichenen wohltemperierten Airbus-Kabine, ergriff ihn plötzlich eine flirrende Nervosität, die sein Herz höherschlagen ließ, was ihn seltsam berührte, weil er sich nicht daran erinnern konnte, wann das zuletzt vorgekommen war. Er musste an die Ärztin in Jimma denken, die ihn wegen eines Schlangenbisses behandelt hatte. Sie hatte seinen Puls gefühlt und gemeint, für einen Mann seines Alters schlüge sein Herz ja sehr bedächtig. Die Bedeutung dieser Bemerkung war nicht ganz klar gewesen, aber ihr Lächeln war belustigt und etwas auffordernd gewesen. Als er nicht reagierte, hatte sie ein »alles bestens« nachgeschoben, mit leichter Hand auf den nicht betroffenen Arm geklopft, war zum nächsten Patienten gegangen und hatte ihn samt seines langweiligen Herzens aus ihrer Obhut entlassen. Damals hätte sein Herz einen guten Grund gehabt, schneller zu schlagen, denn die Ärztin war eine anmutige Frau gewesen, mit klugen Augen und sehr einnehmenden Lachfältchen. Aber nicht seinerzeit und ihrerzeit, sondern hier und jetzt spürte er sein Herz auf einmal schneller schlagen, ausgerechnet über den Alpen, die er auf Erden nie bereist hatte, mit denen er nichts verband und die ihn mit nichts verbanden. Dennoch nickte Benno seinem Sitznachbarn höflich zu, mit sehr zurückgenommenem Dank, der keinesfalls Anlass geben sollte zu weiterer Kommunikation. Die Kunst freundlichen Abweisens, darin wenigstens hatte er es zur Meisterschaft gebracht während der langen Jahre seiner Wanderschaft, in denen er nichts so sehr gefürchtet hatte, als dass sich ihm jemand anschließen wollte.

So konnte er den Rest des Linienfluges schweigend und in sich gekehrt verbringen, wie es angemessen war für jemanden, der mit fast leeren Taschen und müdem Herzen in ein Land zurückkehrte, das ihn einst ausgestoßen hatte, das einige Jahre später selbst zugrunde gegangen war und ihm somit noch nicht einmal mehr den Titel eines Heimkehrers gelassen hatte.

Nach einer sanften Landung auf dem Leipziger Flughafen wurde geklatscht und *Purple Rain* von Prince eingespielt. Während die Passagiere zeitgleich und mit, wie Benno auffiel, exakt demselben Gesichtsausdruck den Flugmodus ihrer Mobiltelefone aufhoben, wurde aus dem Cockpit mit einer vor euphorischem Selbstbewusstsein sich nahezu überschlagender Stimme auf Deutsch und Englisch und Französisch allen ein wunderschöner Tag und ein wunderbarer Aufenthalt gewünscht und die baldige Gelegenheit zur Wiederbegrüßung erhofft. Am Ausgang gab es für alle ein in rotes Stanniol verpacktes Schokoladenherz. Benno steckte es in die Jackentasche, wo er es vergessen würde, wo es schmelzen und wieder hart werden würde, wie man es nicht anders erwarten konnte von Herzen, die nicht in Gebrauch genommen wurden.

An der Rezeption des Budget-Hotels in Leipzig sprach man Englisch mit ihm, in größter Selbstverständlichkeit – als strafe seine Erscheinung den deutschen Pass, den er vorlegte, Lügen. Wenn etwas log, dann war es dieser Pass, denn er stammte aus dem Hinterzimmer einer kleinen Wohnung nahe dem Theater *Hager Fikir* in der Altstadt von Addis Abeba. Dort, im Bezirk Piazza, wo Frauen Schmuck erwarben, echten und unechten, wo Taschen und Kleider in allen Farben und Formen angeboten wurden, wo die Cafés aufgereiht waren und am späten Nachmittag die Menschen durch ein Tor, das eine Fassade schillernden Glases teilte, in eine Bühnenwelt eintraten, in der die Karten von Wirklichem und Erfundenem permanent neu gemischt wurden, da führte ein hochgeschätzter Mann unschätzbaren Alters ein offenes Haus im Verborgenen. Er wurde L'Artista genannt, seine Kunst wurde in Anspruch genommen von Glückverlassenen und Glücksuchenden. Er wiederum suchte sich seine Kunden aus. Nicht alle bekamen von ihm, was sie wollten: neue Papiere. Aber wenn sie welche bekamen, waren sie ihr Geld wert.

Als Benno bei ihm auftauchte, bot L'Artista ihm ein Glas Wasser an, plauderte mit ihm über dieses und jenes, über Kaffeepreise natürlich, die seltsam gewordenen Regenzeiten, und auch auf den neuerlichen Krieg im Norden und die Frage, ob das altäthiopische Ge'ez eine ausgestorbene oder eine aussterbende Sprache sei, kamen sie zu sprechen. Wie ein guter Arzt ein Patientengespräch führte, so versuchte L'Artista herauszufinden, wie und womit er am besten helfen konnte. Er stellte Pässe wie Rezepte aus. Als er von Bennos geplanter Einreise nach Deutschland hörte, bot er ihm sofort einen Doktortitel an. In gewissen Situationen würde der helfen, todsicher, meinte L'Artista und lächelte vielsagend. Benno winkte ab. *Aber dann mindestens ein ›von‹. Wennschon dennschon.* Sein Handwerk müsse sich lohnen, nicht nur für ihn. Auch für den Käufer. Nur dann sei es ein gutes Geschäft. Und an nicht guten Geschäften sei er nicht interessiert. »Schau mal. Das hier sieht doch gut aus. Gleiche Anlaute sind immer gut. Sie täuschen über die Täuschung hinweg, weil sie schön sind, weil sie gut klingen.« Benno hatte resigniert mit den Schultern gezuckt. Letztlich waren ihm die Feinheiten egal gewesen. Es sollte nur irgendwie klappen. So war er von Ben ohne Papiere zu Ben von Bergen geworden. Für einen Monatslohn.

Erkannten die Rezeptionisten in Leipzig am Ende doch auf den ersten Blick, dass seine Papiere gefälscht waren, und sahen einfach lächelnd darüber hinweg? Vielleicht waren gefälschte Pässe in einer globalisierten, in einer dauermigrierenden Welt zu einem Treppenwitz geworden oder zu einer Art Folklore, etwas, was niemand mehr ernst nahm? Und nur er hatte es nicht mitbekommen? *Have a nice day,* sagte die junge Frau im hellblauen Kostüm und schob ihm mit der Schlüsselkarte einen kleinen Stadtplan zu. Er steckte seinen Pass ein, nahm Schlüsselkarte und Stadtplan und versuchte, wie ein routinierter Reisender zu wirken und nicht wie ein Einheimischer, der einmal einen Hausschlüssel besessen hatte und dessen Füße die meisten Wege in dieser Stadt von allein gefunden hatten. Auf dem Weg zum Fahrstuhl kam er an einer großzügigen Lounge vorbei. Riesige Sessel, in denen man versinken und sich wegdrehen konnte, wie gemacht für Leute mit falschen Pässen. Ein Kaffeevollautomat zur Selbstbedienung mit einem Siegel für *Fair Trade.* Was wussten die hier in Leipzig von Fair Trade? Wer von den Gästen in dieser Lobby mit Kaffeetassen auf den Tischchen vor sich hatte auch nur im Mindesten eine Idee davon, wie lange und vergeblich sich äthiopische Kleinbauern um die Zertifizierung für fairen Handel bemühten oder auch gar nicht erst bemühen konnten, weil diese Zertifizierung für sie zu teuer war? Und wer von diesen Leuten hatte auch nur eine schwache Ahnung davon, dass man dort, wo die Säcke mit Rohkaffee zur Verschiffung vorbereitet wurden, sehr gut wusste, dass wahre Fairness sich genau in dem Moment quasi von selbst einstellen würde, in dem man die Menschen nicht den Rohkaffee nach Übersee, sondern erst einmal in eigene Röstereien vor Ort verladen lassen würde – denn warum sollte man das Kafferösten überall in der Welt besser können als genau dort, wo die Kaffeesträucher wuchsen? Er war nach Hause gekommen, und nicht das geringste Gefühl von Heimatlichkeit stellte sich ein. Er floh aus der Lobby ins Freie. Ein Spaziergang würde ihm guttun.

Nichts war, wie es gewesen war. Er hatte eine Stadt gekannt, die nach Kohle und Staub roch, deren Ruinenhaftigkeit besorgniserregend und deren zeitweilige Herausgeputztheit für Messen grotesk verlogen war, die der Welt ein aufgeräumtes Messegesicht und den eigenen Leuten ein müdes Morgengesicht zeigte, in der die Parolen zu laut und die Menschen zu leise geworden waren. In der die Wohnungswände von innen mit Holzschindeln gedeckt waren, hinter denen das Regenwasser durchrann und Schimmel und Stockflecken produzierte. So sah man es wenigstens nicht. Das alles hatte er wahrgenommen, und dennoch hatte er diese Stadt gemocht, grau, nass, kalt und verhalten, wie sie war, weil sie ihm eine Existenz gegeben hatte, die ihn zufrieden, um nicht zu sagen, glücklich gemacht hatte. Keinen anderen Weg wollte er täglich gehen als den von seiner sehr kleinen Wohnung, die infolge einfachverglaster Fenster praktisch nicht beheizbar gewesen war, durch ein paar Gassen hindurch in das Universitätsgebäude, auch nicht gerade in gutem Zustand, und doch für ihn das herrlichste Eingangstor in andere Länder, auf einem anderen Kontinent. In der Sektion für Afrikawissenschaften blieb er bis zum späten Nachmittag. Unter dutzenden klangvollen Sprachen konnte er die, die er lernen wollte, nahezu frei wählen: Amharisch, Suaheli, Tigrinya, Somali. Jede Vokabel ein schimmerndes Mosaiksteinchen einer Welt, die ihm offenstand. Mauern galten dort nicht. Auf dem Weg von der Universität nach Hause klang die Freude an der Fremde in ihm nach. Was scherte es ihn, dass es mehr kaputte als heile Fenster in den Häusern gab?

Zu diesem Schwebezustand zwischen grau und bunt, zwischen ruinöser Außenwelt und schillernder Innenwelt hatte Silvia gepasst. Silvia mit ihrem raspelkurzen, weißblonden Haar, ihrem Faible für die Literatur des frühen 19. Jahrhunderts. Jede noch so ramponierte Couch war ihr recht, solange man sich darauf mit einer Decke zusammenrollen konnte. Sie las und las und las und las – und träumte davon, zu schreiben. Konkret träumte sie davon, am Literaturinstitut zu studieren, legte ihre Sonntagsspaziergänge so, dass sie dabei die Villa in der Karl-Tauchnitzstraße umkreisen konnte, besorgte sich die Liste mit öffentlichen Veranstaltungen, lungerte dort herum, so oft und so lange wie möglich, und verdrängte, dass sie ein Studium dort vergessen konnte. Ihre beiden Eltern hatten es vermasselt. Ein Bibliotheksleiter und eine Illustratorin, die auffällig geworden waren wegen unparteilichen Verhaltens, wie es hieß. Aus Jux oder nur, um kurz mal ein bisschen Dampf abzulassen, hatte Silvias Mutter, der Markenjeans total egal waren und die ausschließlich selbstgeschneiderte Röcke trug, in einer Jugendbuchillustration einige Jeanshintern mit dem Wrangler-Lederstreifen ausgestattet. Das fand man feindlich-negativ. Ihr Vater war auffällig geworden, als er sich allzu oft für den Bezug westlicher, insbesondere amerikanischer Literatur eingesetzt hatte. Man hatte Songtexte der Rolling Stones bei ihm im Büro gefunden. Seitdem wurden die beiden überwacht, sie wurden gegängelt, und auch, wenn nicht ganz klar war, wie das Ganze noch enden würde, war doch eines bereits absolut klar, nämlich dass ihre Tochter Silvia nicht nur niemals einen der begehrten Studienplätze am Literaturinstitut erhalten, sondern darüber hinaus zu überhaupt keinem Studium zugelassen werden würde. Denn dieser Apfel war offenkundig nicht weit vom Stamm gefallen. Klassenbewusste und parteiverbundene Erschaffung von Literatur war von ihr nicht zu erwarten, und deshalb war eine nichtakademische Eingliederung in den sozialistischen Arbeitsalltag angezeigt. Ende der Durchsage.

Ersatzweise begann Silvia davon zu träumen, einen Gebrauchtwarenladen für Romantiker und Realisten zu eröffnen. *Hauff & Hebbel* würde dieser Laden heißen. Mit jeder gebrauchten Kaffeekanne, mit jedem halbantiken Holzschemel würde sie ein Reclam-Heftchen unter dem Tresen hervorziehen und mitgeben. Wenn die Kunden die Heftchen als Bückware wahrnahmen, als etwas Begehrtes, das nur limitiert vorhanden war, würden sie sie lesen und wertschätzen. Das war Silvias Plan. Dass eine Lizenz für Gebrauchtwarenhandel für sie genauso unwahrscheinlich war wie die Erlangung eines Studienplatzes am Literaturinstitut, darüber sprachen sie nicht. Einstweilen verkaufte sie Schuhe und las nach Feierabend. Wenn sie miteinander ins Bett gingen, hatte sie so viel Novellenkunst, so viel Balladenhaftes in sich aufgenommen, dass sie verschwenderisch davon abgeben konnte – dieses etwas zu dunkle Feuer, diese leichte Bizarrie, diese zielführende und doch verrätselte Linie ihres Begehrens. Und dann ging sie morgens wieder in den Schuhladen. Dort hatte es sich mit der Romantik. Die Realität war, dass, wenn die Kunden kamen und dunkelbraune gefütterte Schuhe wollten, es gerade nur schwarze Slipper gab oder umgekehrt. Aber Silvia konnte Schuhe schönreden wie keine andere. Ihre Verkaufsgespräche gerieten zu Farbmeditationen. Einmal, als Benno sie abholte, sah er, wie sie das machte. Sie hockte auf dem Stühlchen, zu Füßen der Kundschaft, hatte das Gesicht in eine Hand gestützt, sah über die Schuhe und Schuhkartons hinweg und redete sich mutigen Herzens in das Hellbraun eines Paars Herrenschnürschuhe hinein. »Wie die Haselsträucher im Frühling«, sagte sie. »Wie das Fell eines Rehkitzes. Hellbraun, das ist eigentlich so etwas wie der Geheimtipp im Farbkasten der Natur.«

»Nu« – der Mann, der unschlüssig an sich hinuntersah, der ein paar Schritte in die eine und dann in die andere Richtung ging, sich langsam von seiner Vorstellung schwarz, allenfalls dunkelbraun, verabschiedend, *nu* – es blieb ihm ja nichts anderes übrig, auch wenn es für eine festliche Gelegenheit sei, und da sei Schwarz ja wohl immer noch das Beste. Na ja, festlich, hatte er hinterhergeschoben. Die Frau, die ihn begleitete, korpulent, resolut, auf dem Kopf eine Wollmütze, mit der sie auch Sibirien im Winter hätte durchwandern können, schaute ihn warnend an. Benno vermutete, dass der arme Mann zu Hause zur Rede gestellt werden würde. Vorerst aber war er in Sicherheit. »Hellbraun, das ist wie ein Versprechen«, meinte Silvia. »Wie die drei *hellbraunen* Nüsse, die Aschenbrödel geschenkt bekommt, den Film kennen Sie, oder?« Da begann auch die Frau mit der Wollmütze zu nicken. »Ein Versprechen der Natur«, führte Silvia weiter aus. »Wie sollte man sonst die Farbe der Weidenäste nach einem langen Winter beschreiben? Oder das Ahornholz, aus dem von alters her die Flöten der Spielmänner geschnitzt werden. Was, bitte soll daran nicht festlich sein?«

Sie nahm ihre Kunden nicht hoch, sie meinte wirklich, was sie sagte, auch wenn sie es im vollen Bewusstsein gutwilliger Manipulation oder Kompensierung der Mangelwirtschaft zum Besten gab. In dem Moment, in dem sie die Kaufwilligen auf das einschwor, was es gerade gab, glaubte sie daran; an das Hellbraune zum Beispiel. Die Käufer zogen davon mit ihren irgendwiefarbigen neuen Schuhen, ein bisschen verzaubert. Nachdem Benno dann abkommandiert worden war, aus Leipzig an die Jugendhochschule, hatte Silvia seine Briefe nicht mehr beantwortet. Da war er den Genossen dann doch zu nahe geraten, für ihren Geschmack. Da fühlte sie sich mit ihrer Hauff&Hebbel-Leidenschaft, die eine Leidenschaft fürs phantastische Wort war, nicht mehr sicher. Und bald darauf hatte Alemee Bennos Denken und Fühlen beherrscht.

Benno kannte sich nicht mehr aus. Nicht, dass er nicht vorbereitet gewesen wäre. Natürlich wusste er, dass es einen Systemwechsel gegeben hatte, eine friedliche Revolution, eine Änderung ums Ganze, politisch gesehen, aber er war nicht darauf vorbereitet gewesen, dass es auf allen Ebenen ganz anders war. Er wechselte Geld an einem Schalter, wie man es früher getan hatte. In einer Zeit internationaler Kreditkarten tauschten nur noch gestrandete Existenzen wie er händisch Geld. Leute, die an ihrer vorigen Station, wo auch immer, gerade ein Goldkettchen, vielleicht das letzte, verhökert hatten und dieses Geld, mit deutlichen Verlusten, in die hiesige Währung umtauschen mussten, um durchzukommen. Nicht die kleinen leichten Münzen der DDR erhielt er für seine äthiopischen Birr hingezählt auf eine verschrammte Blechschale – dass Geld so leicht sein konnte, das hatte er gemocht an der Währung der DDR –, auch nicht die schweren Münzen der damals so heiß begehrten D-Mark, die mehr oder minder diskret in Umlauf waren und an die er sich noch sehr gut erinnerte. Er erhielt europäische Banknoten. Es fiel ihm schwer, sie zu unterscheiden. Beim Einkaufen erwies sich seine Ungeübtheit mit dieser Währung, eine leichte Weitsichtigkeit, die sich vor Kurzem bei ihm eingestellt hatte, kam hinzu, und so fühlte er sich beim Einkaufen wie ein alter Mann, dem die Kassiererinnen die passenden Münzen aus dem Portemonnaie klaubten, zu bemitleidenswert, um beklaut zu werden – er, der ganze Textteile aus Marx' *Kapital* über Wesen, Funktion, Umlauf des Geldes auswendig gekonnt hatte und dem noch heute zuweilen Versatzstücke daraus durch den Kopf spukten: *Geld ist kein Ding, sondern eine bestimmte Form des Werts, unterstellt also wieder den Wert.* Schlicht gesagt, gut zu verstehen, leicht zu übersetzen.

Zurück in seinem Zimmer, atmete er auf, öffnete eine Dose Bier aus der Minibar, schaute im Fernseher einen Bericht über die ungewöhnliche Hitze, an das Ungewöhnliche solle man sich lieber schon mal gewöhnen, meinten die Klimaexperten. Er erwischte sich dabei, dass er sich das

Deutsche ins Amharische oder ins Englische übersetzen wollte, um es besser zu verstehen. Sein Deutsch kam ihm genau so ungelenk und veraltet vor, wie die Scheine und Münzen einer Währung, die längst eingezogen worden war, bis auf ein paar Restbestände in Schubladen oder Strümpfen. Er duschte und rasierte sich, nahm den Stadtplan zur Hand und suchte die Straße, in die er morgen gehen würde. Sie führte an der Weißen Elster lang, Richtung Norden. Seitdem er sich entschlossen hatte, diesen Weg zu gehen, war er ihn tausendmal in Gedanken gegangen, aber nie dort angekommen, wo er morgen ankommen würde. Immerzu waren auf dem Weg, den er in Gedanken ging, die Gedanken nach rechts und links und kreuz und quer abgedriftet, hatten sich verknäult und waren imaginärer geworden, als es selbst Gedanken zuträglich war. Damit würde jetzt Schluss sein.

Am nächsten Tag ging er den Weg, ohne sich eine Abweichung zu erlauben, bis er vor *Haus Abendfrieden* stand. Eine automatische Tür, ein junges Gesicht in der Anmeldung. Für Frau Weber? Einen Augenblick, bitte. Ein Zeigefinger fuhr eine alphabetische Liste entlang, bis am Ende, natürlich am Ende, dachte Ben, Frau Weber zugeordnet werden konnte.

»Kennen Sie sich hier aus?«

Benno schüttelte den Kopf.

»Dann bringe ich Sie hin.«

Benno hatte damit gerechnet, dass jemand die Augenbrauen hochziehen würde: *Na, lassen Sie sich auch mal blicken?,* oder dass er auf ein vorwurfsvolles, ein vielsagendes Schweigen stoßen würde, aber auf diese freundliche Belanglosigkeit, dieses professionelle Handling einer für ihn mit Hoffen und Fürchten hoch aufgeladenen Situation – darauf war er nicht gefasst gewesen. Diese Vorwurfslosigkeit, diese unerwartete Unverbindlichkeit schufen in ihm eine Leere, in die kurz darauf das zehrende Bangen, das verzweifelte Wünschen wieder einziehen konnten.

Komm nicht zurück, hatte sie damals gesagt, *komm bloß nicht zurück. Niemals.* Sie hatte das sehr ernst gemeint, eher ein Flehen war das gewesen als eine Bitte, aber sie hatte ja nicht vorhersehen können, dass alles sich wenden würde. Dass er hätte zurückkommen *können*. Dennoch war er nicht zurückgekommen. Jetzt war er zurückgekommen. Zu spät? Zu früh? Konnte er noch umdrehen?

Komm nicht zurück, hatte sie gesagt. Was hatten diese Worte sie damals gekostet? Das Gegenteil von dem zu sagen, was die Liebe sagen will, dafür hatte sie ihr Herz in die Hand nehmen müssen. Das Herz in die Hand nehmen bedeutete ja nichts anderes, als es mit größter Entschlossenheit aus seiner Verankerung zu reißen und es dorthin zu bewegen, wo es sich von allein keineswegs hinbewegt hätte. Genau das hatte sie für ihn getan. Erst viel später war ihm klar geworden, was in diesem Satz gelegen hatte. Überall, musste sie gedacht haben, überall würde er sicherer sein als in einem Land, das in ihm einen Landesverräter sah. Wie hätte sie wissen können, dass er mehr als einmal in den Lauf ausgerechnet jener Maschinengewehre, die die DDR im Gegenzug für Kaffee, ausgerechnet für Kaffee, nach Äthiopien lieferte, sehen würde, und es jedes einzelne Mal einem Zufall, einem Blinzeln des Schicksals, zu verdanken gewesen war, dass er mit dem Leben davongekommen war. Vielleicht wären demgegenüber der Rote Ochse in Halle, das Stasi-Gefängnis in der Beethovenstraße oder in Hohenschönhausen sicherere Orte gewesen, vielleicht auch nicht. Wie hätte sie, wie hätte er das wissen können in jenem Sommer Mitte der achtziger Jahre. *Komm nicht zurück* – diese drei Worte waren das seinem Glück und Wohlergehen gespendete Pfand ihrer eigenen Liebe gewesen. Sie hatte sich das Herz, von dem jeder, der sie gekannt hatte, gesagt hätte, es sei am rechten Fleck, ein gutes

Herz, sie hatte sich dieses gute Herz von seinem rechten Fleck gerissen, es fest in beide Hände genommen, um das Richtige zu tun, um zu sagen: *Komm nicht wieder.*

Nach Afrika hatte er das Bild von seiner Mutter mitgenommen als einer hin und her Eilenden. Berufstätig, Haushalt, zwei Kinder, ein eigenes und eines so gut wie eigenes. Nein, es war kein Bild, es war ein Kaleidoskop. Er sah sie lachend und lächelnd und kochend und bügelnd und nähend und manchmal plaudernd, am Abend auf den Treppenstufen mit den Nachbarn, während sie strickte. Mit diesem Prisma heiterer Geschäftigkeit im Kopf ging er jetzt hinter der Pflegekraft her, die durch die Eingangshalle von Haus Abendfrieden eilte und dabei alle paar Sekunden auf ihre Armbanduhr sah, als würde sie seinen persönlichen Countdown der Verzweiflung auf dem Ziffernblatt mitverfolgen. Jetzt gleich, dachte er, würden die Prismen in sich zusammensinken wie in einem Kaleidoskop, das zu Boden fiel. Was würde er sehen?

»Frau Weber, Besuch!«, rief die Schwester.

Jede Frau in dem lockeren Halbrund auf der Terrasse konnte gemeint sein. Alle betrachteten ihn durchdringend, ohne jedes Mienenspiel. Seine Kehle war trocken. Einen Moment bereute er alles, jede einzelne Abzweigung, die er gegangen war und die ihn mit dem Abstand allzu vieler Jahre hierhergebracht hatte. Ein hilfloses, ein verzweifeltes Hadern mit dem Schicksal ergriff ihn mit Haut und Haar. Dann diese Kopfdrehung. Zeitlupe, dachte er. Sie nimmt sich Zeit, um mir Zeit zu geben.

Er hatte sich auf graue Haare, auf tiefe Falten, auf einen gebeugten Rücken vorbereitet, nicht auf Immobilität. Sie saß in einem Rollstuhl. Er zog sich einen weißen Plastikstuhl heran, ließ sich darauf nieder und rang mit sich. Er nahm ihre Hand. In freundlicher Unbewegtheit ließ sie es geschehen. Er, einer dieser Leute, die ab und zu ihre Hand nahmen und zwei, drei Minuten bei ihr sitzen mochten. Benno sah zu Boden, um sein Gesicht wieder in Fassung zu bringen. Dann hob er den Blick – und sah in ein Fotonegativ: Ihre Haare, damals dunkel, jetzt schneeweiß. Die damals vollen Lippen schmal geworden, die Nase, früher klein und schmal, jetzt viel zu groß in einem seltsam schemenhaften Gesicht.

»Mutter«, sagte er. »Hier bin ich wieder. Hier bin ich dann doch wieder.«

Ihr Gesicht veränderte sich nicht. Benno suchte nach Worten. Er hatte sich einiges überlegt, gestern im Hotelzimmer, was er sagen könnte, wie ein Gespräch zu eröffnen wäre, bevor er in einen unruhigen Schlaf gefallen war, aber an nichts davon konnte er sich jetzt noch erinnern. Er musste wieder von vorn anfangen: Was sollte er sagen? Eine Kurzfassung seiner Geschichte, wie es ihm ergangen war in Afrika? *Ich bin sehr viel unterwegs gewesen. Äthiopien ist ein Land, zehnmal so groß, wie die DDR es war, ich weiß gar nicht, wie viele Kilometer ich zu Fuß zurückgelegt habe, es müssen Zehntausende gewesen sein.* – Eine Schilderung des Fluges über die Alpen? *Du glaubst nicht, wie weiß die Welt sein kann.* Ein Kommentar zu Rosenhecke und Kastanienbaum im Garten? *Schau mal dort, das Eichhörnchen? Eichhörnchen gibt es nicht in Äthiopien, dafür die Gundis, du würdest es mögen, wie samtig ihr Fell ist.* Er schwieg und schwieg. Nach einiger Zeit kam ein junger Mann mit einem Servierwagen herangerumpelt. Der Kaffee war erbarmungswürdig, aber die Gesichtszüge seiner Mutter belebten sich. Sie sah ihm in die Augen. War das ein Aufblitzen gewesen, vielleicht ein Erkennen? Oder war es nur die belebende Wirkung des Koffeins?

Sie nickte ihm zu – wie um nach einiger innerer Aushandlung nun doch auf seine Begrüßung zu antworten. Vielleicht war es auch nur ein Zeichen der Dankbarkeit für die Tasse Kaffee. Das Stück Kuchen ließ sie unberührt. Benno war, als hätte das kurze Aufblitzen in ihren Augen in ihm einen Funken entfacht, der jäh ein Erinnerungsbild beleuchtete: seine Mutter, noch jung, viel jünger als er heute, wie sie mit nahezu scheuer Andacht eine Tasse zum Mund führte und dann nicht wieder absetzte, sondern in ihrem Schoß festhielt, in der Küche einer Zweiraumwohnung in der Leipziger Altstadt. Nicht einer der Räume, sondern die Küche war es, die das Zentrum der Wohnung bildete. Die Zwischen-zwei-Raum-Küche. In den zwei Räumen schlief oder arbeitete man, in der Küche wurde gelebt. Durch ein überraschend großes Fenster sah man mitten in die Krone eines Kirschbaums hinein, an dem man die Jahreszeiten ablesen konnte. Ein Gasomat sorgte für etwas Wärme im Winter, wenn sie an dem kleinen Tisch morgens eilig frühstückten. Ein Herd russischer Bauart tat noch seine Dienste, so gerade eben.

In dieser Küche saß seine Mutter – eines Tages, als Benno aus der Schule nach Hause kam, saß sie da. Er war daran gewöhnt, sie in Bewegung zu sehen, den Flur fegend, während sie gleichzeitig das Bügeleisen aufheizte und die Kartoffeln auf dem Herd im Blick behielt. Jetzt aber saß sie auf dem Küchenstuhl wie auf einem Liegestuhl weit nach hinten gelehnt, die eine Hand locker in die Tasche der Schürze gesteckt, mit der anderen die Tasse haltend. Sie schaute aus dem Fenster, sodass Benno zuerst nur ihren Pferdeschwanz sah, der sich in den Blusenkragen hineingeriegelt hatte. In der Küche hatte sich ein seltsamer Duft ausgebreitet, stark und würzig, aus dem Kessel stieg noch Dampf, aber das war nicht das Seltsamste. Das Seltsamste war der Blick, mit dem seine Mutter ihn ansah, als er sie begrüßte. Als sie ihm den Kopf zudrehte, schien sie von sehr weit herzukommen. Sie lächelte. Sie war ganz sie selbst und dennoch eine andere. Ihm hatte der Atem gestockt, als Zeuge einer berückenden

Verwandlung. Später hatte er Worte dafür gefunden: Sie sah glücklich aus. Glücklich war das richtige Wort für die Beschreibung ihres Gesichts, ihres Gesichtsausdrucks. So sah sie aus, wenn sie glücklich war. So hatte er sie noch nie gesehen. Später dachte er, die Erinnerung an irgendetwas musste sie glücklich gemacht haben, nicht der Kaffee selbst, aber damals schrieb er es ganz dem Kaffee zu, seinem Duft, seiner schimmernden Schwärze. Es hatte ihm die Tränen in die Augen getrieben, ohne dass er sich das hätte erklären können. Während er nun die Kaffeetasse aus billigem weißen Porzellan in den knochig gewordenen Händen seiner Mutter sah, sah Benno sich selbst in der Tür stehen, das erste Mal wahrnehmend, wie seine Mutter aussah, wenn sie nicht freundlich und geschäftig und liebevoll war, sondern: glücklich.

Ein halbes Pfund Bohnenkaffee, echter Bohnenkaffee. Für jemanden, der keine Westkontakte hatte, war das ein kleines Wunder. Sie musste das Päckchen, es war grün und gold, wie Weihnachtsschmuck, damals als Dank für einen Gefallen bekommen haben. Es musste ein bedeutsamer Gefallen gewesen sein, denn es herrschte Kaffeekrise. Der schrecklich fehlende Bohnenkaffee und der schrecklich schmeckende Ersatzkaffee, der die Kaffeemaschinen verstopfte – wer würde da auch nur ein Quäntchen echten Kaffee freiwillig abgeben wollen? Beim Kaffee hörte die Freundschaft normalerweise auf, in jenen Jahren.

Jedenfalls hatte mit diesem kleinen Wunder sein Leben eine glückliche Wendung genommen. Als hätte da neben der Kaffeetasse seiner Mutter auf dem Küchentisch ein kleiner Wegweiser gestanden: *Hier geht's Richtung Glück*. Kaffee kam aus Afrika. Alles andere ergab sich ja geradezu von selbst. Die ersten sprachlichen Grundlagen brachte Benno sich selbst bei. Als ein derart offensichtlich spezialsprachenbegabtes Arbeiterkind hatte er die allerbesten Voraussetzungen für einen Studienplatz an der Universität seiner Heimatstadt. Dass er sogar, und zwar aufgrund einer Tuberkuloseerkrankung, die letztlich gar keine war, weder Wehrdienst abzuleisten hatte noch als Bausoldat eingesetzt wurde und direkt nach dem Abitur in die Welt Afrikas eintauchen durfte, war sogar doppeltes und dreifaches Glück. Ab und zu brachten die Reisekader Kaffeebohnen von vor Ort mit. Was ihn davon erreichte, reichte er seiner Mutter weiter. Sie jubelte und setzte Wasser auf, holte die Mühle und die guten Tassen aus dem Schrank. Sechseinhalb Semester Glück. Als er an die Jugendhochschule ins Brandenburgische geholt wurde, als Simultandolmetscher für afrikanische Sprachen, und er dort Alemee begegnete, die im Namen der Kommunistischen Internationale aus Äthiopien an den Bogensee verfrachtet worden war, stand auch dies im Zeichen des Kaffee-Glücks. Und im Zenit des Glücks, dort, wo nichts und niemand einen Schatten wirft, sah er Alemee und sich selbst einander liebend in einer Bucht am Bogensee, dann heimlich über einem kleinen Feuer Kaffee kochend. Doch wie, unaufhaltsam, die Sonne ihre Bahn beschreibt und schließlich versinkt, verschattete sich das Glück und wich der schmerzhaften Sehnsucht, es möge zurückkehren. Ja, vielleicht waren die Aromen von Kaffee und Glück gleichzeitig verschwunden. Auch Kaffee war unter seiner Hände Arbeit etwas anderes geworden.

»Sie spricht ja nicht mehr«, sagte die Schwester, die gerade vorbeikam, um einer anderen Bewohnerin einen Tablettenschuber mit einem Glas Wasser zu bringen. »Schon lange nicht mehr, soweit ich weiß.«

Eine junge Lernschwester, die die Krankenakte seiner Mutter überflogen haben mochte, als sie hier zu arbeiten anfing, brachte ihn, den nächsten Angehörigen, auf den Stand. Und obwohl die junge Frau das, was sie sagte, freundlich sagte, mit einem Lächeln, traf ihn dieser Satz hart. Wer, wenn nicht er, hätte den Zeitpunkt wissen müssen, wann seine Mutter aufgehört hatte zu sprechen – und etwas dagegen tun müssen. Koste es, was es wolle. Diesen Gedanken nahm er mit in eine schlaflose Nacht.

Drei Tage hintereinander ging er denselben Weg, um in einem immergleichen Ablauf anzukommen. Er begann zu erzählen. Nicht nach Plan, sondern danach, was ihm gerade einfiel. Er achtete nur darauf, dass es nichts Schmerzliches war. Es war nicht leicht, das Schmerzliche aus dem Erzählstoff herauszufiltern, weil es seit Langem alles durchzog, was er erlebte. Also griff er zuweilen nach etwas Lesbarem, einer Broschüre, einer Zeitung, und las daraus vor – und hatte gleichzeitig das Gefühl, dass er das nicht tun sollte, weil man so etwas für Koma-Patienten tat, aber sie lag ja nicht im Koma. Sie trank Kaffee und lächelte. Er verlegte sich wieder aufs Schweigen.

Am vierten Tag hielt seine Mutter einen Moment lang seinen Blick fest. Man sah, dass diese Konzentration sie Kraft kostete, vielleicht hatte sie sich länger darauf vorbereitet, und jetzt gelang sie.

»Benno?«

Benno stürzten Tränen in die Augen. Er richtete sich auf, nickte, nahm ihre Hand, drückte sie, aber der Moment war vorüber, sie war schon wieder verschwunden in ihrer Welt, die sie vielleicht ohne Erinnerung an einen Menschen namens Benno umgab. Als hätte sie mit geradezu übermenschlicher Kraft eine lange verschlossene Tür aufgestoßen, um hineinzusehen in ihre gemeinsame Geschichte, und dann war ihr die Tür wieder entglitten und leise zugefallen. Aber sie hatte etwas dagelassen. Seinen ursprünglichen Namen. Seit seiner Ausreise damals war er Ben gewesen. Mit seinem DDR-Ausweis war auch sein zweisilbiger Name einkassiert worden. Als Ben war er in Addis Abeba gelandet. Drei Buchstaben auf einem befristet gültigen Einreisedokument in ein neues Land. Kaum zu glauben, mit wie wenig ein Mensch auskam, wenn er aus den Systemen fiel.

Benno, dieser Name aus dem Mund seiner Mutter war wie eine Wiedertaufe. Er war nicht getauft, wie also hätte er wiedergetauft werden können, aber ihm war, als ob es das Wort gäbe und als ob es passte.

Die Tage verstrichen. Tage, an denen sie schwieg und hin und wieder nickte, als sei sie ganz zufrieden damit, dass Benno ihr gegenübersaß und schweigend mit ihr Kaffee trank, während sie ab und zu die Decke, die über ihren Knien lag, hochzog, bis die Schwester sie zum Abendessen in den Saal schob.

Dann, als Benno nicht mehr damit rechnete, wiederholte sich jene aus den tiefsten Tiefen der Seele kommende kleine Bewegungseinheit: ein leichtes Heben des Kinns, ein konzentriertes Zusammenziehen der Augenbrauen, ein Suchen seiner Augen: »Niels?«

Benno – das war eine Vergewisserung, die Bestätigung einer Anwesenheit gewesen, mit einem aufleuchtenden Faden Freude darin. Niels – das war eine Frage, ein Auftrag; etwas Banges schwang darin.

Niels, sein Quasi-Bruder. Ein sogenanntes angenommenes Kind. Angenommenes Kind, das klang nach Defizit, aber manch ein leibliches Kind hätte sich wahrscheinlich gefreut, derart angenommen gewesen zu sein wie Niels. Niels' Eltern waren Freunde seines Vaters gewesen. An seinen Vater konnte sich Benno nicht erinnern. Kurz vor seinem dritten Geburtstag war er von der Arbeit im Kraftwerk nicht nach Hause gekommen. Er war bei dem Versuch, einen Kollegen nach einer Kesselexplosion zu bergen, selbst ums Leben gekommen. Ein Foto von ihm stand auf der Kommode im Wohnzimmer. Es zeigte einen Mann mit sorgfältig gekämmtem Haar, der mit spöttischem Lachen in die Kamera schaute. Benno hatte oft davorgestanden und gefragt: *Warum lachst du so?* Wenn seine Mutter das mitbekam, hatte sie das Antworten übernommen und gesagt: »Weil er sich so sehr über dich freut. Aber er weiß auch, dass du manchmal die guten Kekse stibitzt. – Wirklich? – Ja, ich denke schon, sagte sie, aber ich glaube, er findet es nicht so schlimm – nicht so schlimm wie ich«, fügte sie hinzu, lachte dann selbst und fuhr ihm mit der Hand durch die Haare.

Die Freunde seines Vaters hatten Menschen zur Flucht verholfen. Beim Flüchten helfen, das hatte sich für Benno nicht besonders kriminell angehört, helfen an sich war nichts Schlechtes, aber mit der Zeit hatte er begriffen, dass man lieber nicht so tun sollte, als sei die DDR ein Land, aus dem man fliehen musste, und wenn man doch so tat oder es tatsächlich tat oder so tat, als wolle man es tun, oder als wolle man dabei helfen, es zu tun, dann gefährde das die Sicherheit des Staates, hieß es, jede einzelne Flucht tue das, und deshalb war jede einzelne Flucht auch ein Fall für die Staatssicherheit, weshalb Vaters Freunde damals zu Staatsfeinden erklärt, verurteilt und ins Gefängnis gekommen waren, für viele Jahre, der eine nach Brandenburg, die andere nach Hoheneck. Die beiden hatten einen Sohn, einige Jahre jünger als Benno, und der sollte jetzt in eine Pflegefamilie kommen, weil zwischen zwei Gefängnissen so etwas wie Familie nicht mehr denkbar war und auch nicht mehr denkbar sein sollte. Also hatte man für ihn ein Ehepaar, gesucht, das über jeden Verdacht der Untreue zur DDR erhaben war und auf ein Kind wie ihn lange gewartet hatte. Kurz nachdem sie davon erfahren hatte, zog Bennos Mutter, mitten in der Woche, ihr gutes Kleid an, nahm das Foto seines Vaters von der Kommode und steckte es in ihre Handtasche.

»Wohin gehst du?«, hatte Benno gefragt.

»Ich geh einen kleinen Jungen abholen«, hatte sie geantwortet, und am Abend kam sie tatsächlich heim mit einem kleinen Jungen an der Hand.

»Das ist Niels«, sagte sie, »er gehört jetzt zu uns.« Sie öffnete ihre Handtasche, nahm das Foto des Vaters wieder heraus, stellte es zurück auf die Kommode, zog auch einen Bogen Papier aus der Tasche, öffnete den Wohnzimmerschrank und tat es in die Mappe, auf der ›Familie‹ draufstand. Dass irgendein Schrieb, der mit Niels zu tun hatte, jetzt in dieser Mappe lag, war für Benno damals das deutlichste Zeichen gewesen, dass es sich bei Niels' Aufnahme in die Familie nicht um vorübergehend, sondern um für immer handeln sollte. Diese Selbstverständlichkeit sprang auf Benno über. Er sah den kleinen Jungen an, mit seinem kurzen blonden Haar und den großen Augen. Niels sah Benno an. Seine Augen wirkten so groß, erkannte Benno damals in diesem Blick, weil sie derart dunkelblau waren, dass der Übergang zur Pupille kaum auszumachen war.

»Was soll ich sagen, wenn andere fragen?«, fragte Benno. »Er ist ja jetzt quasi mein Bruder, oder?«

»Quasi-Bruder finde ich gut«, hatte seine Mutter geantwortet.

Das Quasi hatte er dann schnell weggelassen. Und so waren sie halt fortan Brüder mit einem Abstand von achteinhalb Jahren, ein großer Bruder und ein kleiner, ein Nachzügler, der Mama zu Bennos Mutter sagte, nicht Mutti; eine Mutti hatte er ja – woanders. Aber das war auch schon alles. Niels hing an Benno, er lauerte an der Tür, wenn er Bennos Schritte im Treppenhaus hörte, er rührte die Schüssel Pudding nicht an, bevor Benno nicht da war, aus Angst, er könne ihm aus Versehen einen Happs zu viel wegessen, er ließ sich vorlesen, weil er wusste, dass Benno gern vorlas.

Benno wiederum holte ihn aus der Kita ab, wenn seine Mutter spät dran war, und stellte die, die Niels geärgert hatten, zur Rede. Er passte auf dem Spielplatz so auf ihn auf, wie nur große Brüder auf kleine Brüder aufpassen können: in der Vermittlung des Gefühls, dieses Aufpassen sei eine vollkommen sinnlose Angelegenheit, die man brüderlich durchsteht, damit es zu Hause keinen Ärger gibt. Er legte ihm die richtigen Kassetten zum Wiedereinschlafen ein, wenn Niels nachts aufwachte und weinte. Niels hatte eine Rettung erfahren. Und Benno hatte einen Bruder bekommen, ohne einen neuen Vater ertragen zu müssen.

»Niels?« – Dieser Auftrag war unabweislich. Er kam, mit nur einer Silbe, aus einer Tiefe des Bewusstseins, die, unergründlich, schwerer wog als jede beredte Gegenwärtigkeit.

Benno hatte nicht nur eine Mutter, er hatte auch einen Bruder zurückgelassen. Er war beschworen worden, nicht wiederzukehren. Wann war der Schutz zu einem bloßen Selbstschutz, wann zu einer Lebenslüge geworden? Als die Mauer fiel? Als das Land wiedervereinigt wurde? Während Jahre zu Jahrzehnten wurden, verharrten seine Mutter und Niels in einer entrückten Gegenwart als nicht alternde Gestalten, die durch seine Träume und Gedanken spukten, wann immer sie wollten; seltener mit der Zeit.

Daran hatte er sich gewöhnt, bis er nach all der Zeit des Umherziehens einmal eine Arbeit nicht auf der Plantage, nicht in einem Bergwerk, sondern im Flughafen von Addis Abeba fand und er dort jeden Tag den Maschinen nachsehen konnte, die in Richtung Norden abhoben und ›Rückkehr‹ von einem Phantasma zu einer Sache von wenigen Stunden machten. Nahezu unbewusst hatte er begonnen zu sparen. Nahezu mühelos hatte er bald das Geld für ein Ticket und irgendeine Art von Ausweis beisammen. All die Jahre hatte es für ihn keinen Gedanken an ein Zurück gegeben. Warum hatte es derart lange gedauert zu realisieren, dass unter geänderten Umständen auch die Unumstößlichkeit eines ›Kein Zurück‹ zurückgesetzt werden konnte? Weil er es nicht hatte aufgeben können, zu erwarten, dass seine und Alemees Wege sich in diesem Land, das er sich während der Wartejahre erwandert und das er sich erarbeitet hatte, kreuzen würden, dass ihrer beider Lebenslinien in einem ihm nicht einsichtigen, aber doch wohlgefassten Plan von weit entfernten Enden wieder aufeinander zulaufen und sie sich dann nie wieder trennen würden. Lange hatte dieser eine Gedanke alle anderen beherrscht. Nun, da er sich für das Zurück entschieden hatte, musste er die ganze Strecke gehen. Er hatte seine Mutter gefunden. Jetzt musste er Niels suchen.

Wie suchte man einen Menschen, den man vor langer Zeit zuletzt gesehen hatte, in einer Stadt, in der man niemanden mehr kannte? Die eine andere geworden war. Vielleicht musste man einfach so tun, als sei sie die alte geblieben, dachte Benno. Ihr mit der Selbstverständlichkeit eines alten Bekannten, um nicht zu sagen Einwohners, begegnen, der großzügig über die neuen Kleider, die neue Frisur, die neue Art zu reden, hinwegsah und einfach da wieder ansetzte, wo man einst aufgehört hatte. Vielleicht würde sie sich so auf sich selbst besinnen, ganz die alte werden und etwas preisgeben.

Benno suchte das Viertel, in dem sie damals gewohnt hatten. Er ging durch Straßen, die andere Namen hatten als früher, die wenig zu tun hatten mit seinen Erinnerungen, aber Himmelsrichtungen, dachte er, haben noch jede politische Wende überstanden, und so orientierte er sich nach der Sonne und ging nach Nordosten, Richtung Taucha.

In ihrer damaligen Straße standen die Häuser aufgereiht wie eh und je, allerdings mit neuen Fassaden. Eine Welt aus Pastell hatte das Grau-Schwarz-Braun von damals abgelöst, aber auch der Pastellputz war bereits in die Jahre gekommen und fing an, hier und dort schmutzig zu werden und zu bröckeln. Es gab eine neue Art von Supermärkten und Geschäften und eine neue Art von Autos, die er kannte, natürlich kannte er sie, aber nicht von hier, nicht in diesem Straßenbild. Wo jetzt die Autos dicht an dicht parkten auf dem Asphalt, da hatten sie gespielt, da hatten sie auf den Bordsteinkanten gesessen und sich vom Spielen ausgeruht und dabei die dünnen Grashalme, die sich zwischen dem Kopfsteinpflaster durchgekämpft hatten, ausgerissen und versucht, Flöte darauf zu spielen. Hunderte von Jahren musste das her sein. Im Erdgeschoss des Hauses, in dem er großgeworden war, gab es jetzt einen Wollladen. Den hätte seine Mutter gemocht. Er war bunt, auf die natürliche Art, wie es Wolle eben zukam. Er war versucht, in den Laden zu gehen und ihr ein Knäuel zu kaufen, aber er sah die knochigen und leicht verkrümmten Hände vor sich, die mühsam die Decke hochzupften. Und er selbst – er wusste ja gar nicht, wie man in einem solchen Wollladen Wolle kaufte. Was man sagte, was man nicht sagte, was ein Knäuel kosten durfte und was nicht. So blieb er vor dem Laden stehen, ließ seine Blicke an der hellgelben Fassade entlanglaufen, zählte die Stockwerke, fand das Fenster seines Kinderzimmers, aber es war ein ganz anderes Fenster geworden. Keine zwei Flügel, sondern eine glatte Fläche, kein abgesplitterter Rahmen, sondern ein strahlend weißer. Er hatte das Gefühl, sich die Augen reiben zu müssen, und fand sich selbst lächerlich. Die Verkäuferin des Wollladens war ans Schaufenster getreten und sah ihn aufmerksam an – oder war es schon argwöhnisch? Als Nächstes würde sie herauskommen und ihn fragen, ob sie ihm helfen könne.

Er drehte sich um, querte die Straße und lief auf den kleinen Platz zu, auf dem sich unter den Kastanien, die einfach Kastanien geblieben waren, wenn auch allzu braun und kräuselig in der Hitze stehend, noch immer ein Kiosk befand, absolut wiedererkennbar, mochten auch die Besitzer, die Anstriche, die Auslagen mehrfach gewechselt haben. Benno bestellte ein Bier und begab sich an einen noch freien Stehtisch im Schatten. Er trank es langsam, bestellte noch eines. Sah sich um. Die Telefonzelle, was für ein windiger Glaskasten war das gewesen, war eine andere geworden, mehr gelb als glasig, größer und moderner, dennoch ausgemustert, und jetzt mit gebrauchten Büchern vollgestellt, die offenbar gespendet wurden, zur freien Entnahme. Er ging die paar Schritte hinüber, sein Bier würde ihm schon niemand wegtrinken, öffnete die Schwingtür und fand ein recht ordentlich aufgereihtes Sammelsurium: Neben den Kinderbüchern seiner Generation: *Lütt Matten*, *Die Lustige Grille*, *Die Schildkröte hat Geburtstag* – alles, was so gelesen wurde damals, als die Häuser noch grau und die Fenster windig und zweiflügelig gewesen waren, dazwischen Schmonzetten, Hobbybücher, Kochbücher, Reiseliteratur und Geldanlagebroschüren, allesamt auf unterschiedliche Weise aus der Zeit gefallen. Er zögerte, etwas aus dieser musealen Reihe zu entnehmen. Dann griff er doch nach *Lütt Matten,* der, auch wenn der Buchdeckel schwer ramponiert war, traumwandlerisch wie ehedem zwischen einer schönen Mondsichel und einer leicht bewegten Ostsee schwebte, stellte es aber rasch zurück. Er würde diesem vielgeliebten Buch keine würdige Umgebung bieten können. Er ging zurück zu seinem Bier und trank langsam und bedächtig weiter, schluckte seine Kindheitserinnerungen herunter, bestellte ein weiteres, fühlte, wie es ihm zu Kopf stieg. Er musste zwischendurch Wasser trinken, nahm er sich vor, aber er würde noch bleiben.

Er stand hier nicht, weil es schon vormittags stechend heiß war und ein kühles Bier guttat, er stand hier, weil er wusste, dass Kioske Börsen sind. Überall auf der Welt, wo in Leichtbauweise ein Wellblech über Zeitungen, Getränke, Telefonkarten und Sandwiches gezogen wurde, wurden auch Informationen frei gehandelt. Egal ob Tagesjobs, Gefängnisentlassungen, Gefängniseinweisungen, freie Untermietzimmer – an Kiosken erfuhr man über kurz oder lang, was man erfahren musste. Geduld und etwas Geld für Getränke waren der Einsatz. Benno trank und sah abwechselnd in die kranken Blätter der Kastanien und auf die Menschen, die über den Platz eilten. Es tat sich nichts. Abermals ging er zur Bücherzelle, zog *Lütt Matten* wieder aus dem Regal und nahm es mit zu seinem Tisch. Er schlug das Buch auf: *Hört die Legende von der weißen Muschel. Vor langen Jahren gab es eine Zeit, da litten die Fischer bittere Not. Sie hatten vom Frühjahr zum Herbst so gut wie keinen Fisch gefangen, kaum einen Hering, kaum einen Aal, und der Winter kam zeitig und mit Macht. Der Bodden fror zu bis hinter den Horizont, das Eis wuchs meterdick, und draußen auf dem Meer tobten weiße Stürme.* Ja, er hörte die Legende von der weißen Muschel. Er hörte sie, wie er sie damals gehört hatte, mit der Stimme des Erzählers im Radio, ruhig und bedächtig. So, wie ein Fischer am Strand stand und den Horizont nach Wetterwechsel absuchte, so trug die Stimme die Worte von dort, wo der Wind peitschte, ins Kinderzimmer. Immer wieder aufs Neue. Wie mochte seine eigene Stimme geklungen haben, damals, als er für Niels abends aus *Lütt Matten* vorgelesen hatte? Für Niels, der mit dem Zeigefinger die Konturen der Illustrationen nachfuhr, während er gebannt zuhörte. Er las, blätterte um, verlor sich darin, verlor die anderen Stehtische aus den Augen. Als er hochsah, sah er die Männer ihn ansehen. Ein biertrinkender Mann, der Kinderbücher las, am Vormittag. Eine Freundlichkeit, fast eine Zartheit lag in ihren Blicken.

»Is' alles lange her, wa?«

»Hm.«

»Neu hier?«

»War hier mal zu Hause.«

»Und dann?«

Benno winkte ab – und wusste, dass dieses Abwinken mehr zählte als ein ausführlicher Bericht über eine Reihe von Verhängnissen, den ja im Grunde genommen niemand hier hören wollte. Eigentlich wollte man nur sicherstellen, dass er einer von ihnen war, einer, der, wie jeder einzelne hier, im Prinzip eine Geschichte hatte, von der Art, die man weder gern erzählte noch gern anhörte.

»Noch Familie da?«

»Ich suche meinen Bruder.«

Zwei von dreien am Nachbartisch nahmen ihre Bierflasche und wechselten an Bennos Tisch. Der Dritte holte eine weiße Plastikschale mit Soljanka und schob sie Benno hin. Für einen, der seinen Bruder sucht. Und aussah wie einer, der nicht dazu gekommen war, am frühen Morgen eine gute Grundlage für seine Bierchen zu schaffen. Selbst wenn er keinesfalls eine Suppe hätte essen wollen an diesem heißen Vormittag, hätte Benno sie gegessen, aber er wollte ja. Er wollte etwas Vertrautes schmecken. Und seinen Kopf vom Magen her stützen. Mit Paprika, Tomate und Fleisch und Sauergurke. Ja, es tat ihm gut.

Die Männer ließen ihn in Ruhe essen, beobachteten, ob es ihm schmeckte, und nickten zufrieden. Dann ergab ein Wort das nächste, von den anderen Tischen her rückten Männer unterschiedlichen Alters näher. Bis sich die Informationskette so weit aufgebaut hatte, dass Informationen über Niels' Verbleib darin verfingen. Ja, Niels, der von hier, von hier gegenüber, natürlich, es war ja nun nicht so, dass man einen, der Niels hieß, gar nicht mehr kannte. Der sei jetzt wohl Barkeeper, auf einem alten Fabrikgelände. War das irgendwo am Connewitzer Kreuz? Im Souterrain. Kellerbar sozusagen. Ja, den hatte es ja wohl ganz schön erwischt. Jugendwerkhof und so weiter. Die Gesichter wurden zurückhaltender. Gesichter, in denen sich spiegelte, dass man vieles, aber nicht alles, verteidigen wollte. Dass nun aber alles schon sehr, sehr lange her war. Vielleicht zu lange her, als dass man sich darüber überhaupt verbreiten wollte. Gab es nicht in ihrer Gegenwart genug, was absolut nicht in

Ordnung war? Einer fragte, was das denn sei, ein Jugendwerkhof. War der tatsächlich zu jung für Vor-Wende-Geschichten? In diesem Fall wäre er dann aber wohl auch zu jung, um hier mit ihnen, den alten Schnapsnasen, die Zeit totzuschlagen. Oder am Ende war der aus dem Westen, und man hatte es noch gar nicht bemerkt, obwohl man das sonst doch hundert Meilen gegen den Wind roch.

»Na, da wurde man wieder auf Linie gebracht.«

»Auf Linie?«

»Ja, eben auf Linie, Parteilinie.«

»Wennde auf Linie bist, drehste keine krummen Dinger. Das war alles.«

»Wenn die Linie schon krumm ist?«

»Gibt keine krummen Linien.«

»Oft stimmte was nicht mit den Eltern.«

»Manchmal hamse übertrieben, stimmt schon.«

»Die Eltern?«

»Die Werkhöfe, Mann. Torgau, sag ich nur.«

»Hm.«

»Bisschen was davon tät manchem heute auch gut.«

»Na hör mal.«

»Bisschen was, hab ich gesagt.«

Es wurde laut, dann wieder leiser. Man begann aufzuzählen, wo überall die Werkhöfe gewesen seien, außer in Torgau, den kannte ja jeder, die rote Burg, mit Haarescheren und Einzelarrest und so weiter. Aber es hatte ja auch noch den in Freital gegeben und den in Mildenau. Und einer hieß Weißwasser, das hatte man doch zu hören bekommen: *sonst kommste nach Weißwasser,* und als kleines Kind hatte man versucht, sich weißes Wasser vorzustellen. Und in Wittenberg, genau, da war ja auch einer gewesen. Man fand es bedenklich, dass jeder welche kannte. Konnte eigentlich gar nicht sein, dass es in der kleinen DDR so viele so schlimme Jugendliche gegeben hatte.

Benno hatte genug gehört. Er nickte in die Runde, er bedankte sich, er nahm viele gute Wünsche entgegen für die Brudersuche, und wieder mal vorbeikommen sollte er auch. Das alles schien wirklich von Herzen zu kommen.

Während Benno, grober Erinnerung folgend, durch die Stadt zog, Schatten suchend, abwechselnd Kaffee und Wasser trinkend, bis es Abend geworden war, sah er das Gesicht seiner Mutter vor sich, wie sie den Namen hervorgebracht hatte und das Fragezeichen dahinter. ›Niels?‹ Was sollte das anderes bedeuten als: *Schau nach ihm. Es soll ihm doch gutgehen. Er ist dein Bruder; quasi. Kann sein, er braucht dich. Such ihn und erzähl mir von ihm. Es quält mich, dass ich nicht weiß, wo er ist. Gut, dass du endlich da bist, ihn zu suchen.* Aber suchen und finden würde nicht reichen, damit war nichts getan. *Niels?* – war kein Name mit Fragezeichen, keine Aufforderung, mit der einen oder anderen Neuigkeit aufzuwarten. Es war ein Appell gewesen.

Er versuchte, sich Niels vor Augen zu holen, weil er fürchtete, ihn nicht wiederzuerkennen, wenn er gleich die Kellerbars der Gegend abklapperte. Das Tiefdunkelblau seiner Augen – würde das nicht im Schummerlicht einer Kellerbar untergehen? Außer der Farbe der Augen wollte ihm nichts an Niels' Gesicht in Erinnerung kommen. Das konnte nicht sein, er war sicher, dass, wenn er an ihn gedacht hatte in Afrika, er immer sein Gesicht vor sich gesehen hatte. Aber jetzt gelang es ihm nicht. Das Einzige, was sein inneres Auge ihm preisgab, war ein dünner Jungsarm hinter der Absperrung am Flughafen. In letzter Sekunde hatte man Mutter und Bruder erlaubt, sich zu verabschieden. Von Weitem.

Aber dann erkannte er ihn sofort. Auf den ersten Blick. In der zweiten Bar, die er nach achtzehn Uhr aufsuchte. Nicht sein Gesicht, niemals hätte er Niels in diesem verschlossenen bärtigen Gesicht wiedergefunden, sondern an seiner

Haltung. Die rechte Schulter vorgeschoben, der Kopf nach links geneigt. Er hatte diese typische Haltung von Niels vergessen gehabt, aber als er sie sah, war sie für ihn mindestens so unverkennbar wie das Vergissmeinnichtblau seiner Augen. Es war Niels, der hier an einem langen Tresen stand, der Hals vielfarbig tätowiert, die Haare zu einem Zopf zusammengefasst, die Seiten kahlgeschoren.

Benno setzte sich an den Tresen, weit weg vom Zapfhahn, an dem Niels arbeitete, einsilbig, schnell und präzise. Er musste sich erst einmal sammeln. Er bestellte ein Bier, Niels stellte es vor ihn hin, ohne dabei aufzusehen. Als er das Glas halb geleert hatte, rückte Benno ein paar Plätze auf.

»Niels?«

Niels schaute auf, nahezu unwillkürlich. Als wäre er einen Moment lang nicht auf der Hut gewesen.

»Ich bin's – Benno.«

Keine Reaktion.

»Wie geht es dir?«

Keine Antwort. Oder doch eine Antwort: Das noch nicht ausgetrunkene Bier wurde ihm weggenommen, das Glas ausgeschüttet und auf der Bürste ausgespült. Sehr gründlich ausgespült.

Das war deutlich. Benno legte einen Schein auf den Tisch und ging. Draußen war es noch immer viel zu hell und viel zu heiß. Schon nach ein paar Schritten hatte er Schweißperlen auf der Stirn. Wut stieg in ihm auf: über diese Hitze, über die Abfuhr, die ihm gerade erteilt worden war, und das Gefühl, er habe sie verdient. Er, der den Rücken gekehrt hatte. Er, der nicht wiedergekommen war, weil er sich hinter einer Bitte versteckt hatte, die ihre Grundlage verloren hatte. Er hatte sich verhalten wie jemand, der sich weigert, in einer anderen Zeitzone die Uhr zu stellen.

Benno war im Schatten einer Linde stehengeblieben und versuchte, wieder zu sich zu kommen. Er sah eine Frau die

Stufen von der Kellerbar hochlaufen und sich umsehen. Dann ging sie raschen Schrittes direkt auf ihn zu. Sie war zierlich, ihre Haare so wild toupiert, dass sie dadurch zwei Köpfe größer erschien. Als wenn ihr angesichts der Welt, in der sie lebte, ständig die Haare zu Berge standen und sie beschlossen hatte, aus dem Zustand eine Frisur zu machen. Ihre Augen blickten ihn zögerlich an, aber das Zögern verbarg nicht die Wärme.

»So ist er zu jedem«, sagte sie. »Er kann nicht anders. Er ist kein schlechter Mensch, aber er hat zu viel mit schlechten Menschen zu tun gehabt, wissen Sie, was ich meine?«

Benno nickte.

»Sie kennen ihn von früher?«

»Von ganz früher.«

Die Ungeschicklichkeit seiner Antwort nahm Benno augenblicklich selbst wahr; und auch, dass er versuchte, sich damit von den schlechten Menschen, denen Niels begegnet war, abzusetzen, in eine heile Welt davor. Er schämte sich dafür.

»Dann nehmen Sie's nicht persönlich. Das wollt ich nur sagen.«

»Nett von Ihnen.«

Wie konnte er so etwas sagen? Was sollte das heißen? ›Nett von Ihnen‹? ›Nett, dass Sie das Aufräumkommando für eine tief und oft verletzte Seele übernommen haben, das würde nicht jeder machen.‹ Wie konnte er diese Banalität wieder auffangen. Er hatte keine Idee.

»Danke«, sagte er.

»Ach, keine Ursache.« Sie war schon wieder auf dem Weg in die Bar.

Benno ging in die Gegenrichtung. Nach ein paar Schritten wandte er sich noch einmal um.

»Danke, wirklich: vielen Dank!«, rief er.

Die junge oder vielleicht auch nicht mehr so junge, jedenfalls jung, fast kindlich wirkende Frau hörte es, drehte sich ebenfalls um und sagte: »Gern. Ich heiße Caro.«

»Benno.«

Sie winkte und verschwand auf der Treppe zur Bar hinunter.

Er wusste nicht, wo er war, wohin er ging, wann und wo und ob er zurückfinden würde. Stundenlang trieb es ihn durch die Straßen der heißen Stadt, als könne er sich erlaufen, was an ihm vorbeigegangen war, nachdem er das Land hatte verlassen müssen. Eine sprachlose Mutter, ein sprachloser Bruder, er selbst, sprachlos. Dass Sprachlosigkeit nicht das letzte Wort haben durfte, war eine seiner letzten unverbrüchlichen Überzeugungen. Er war einmal ein Sprachwissenschaftler gewesen, in erster Linie aber ein leidenschaftlich Sprachenlernender, einer, der mit winziger Zeitverzögerung Gesagtes der einen Sprache in ein Sagen der anderen transformieren konnte. Er war virtuos gewesen und wusste doch, dass die Inhalte häufig dieser Virtuosität nicht wert gewesen waren. Aber das übersetzende Sprechen selbst war etwas wert gewesen, es hatte in ihm die Idee, die Möglichkeit wachgehalten, sich verständigen zu können.

Er musste wissen, was los war. Was los gewesen war, während er Jahr für Jahr nicht wiedergekommen war. Er musste dort anfangen, wo es aufgehört hatte. Wo es angefangen hatte aufzuhören. Angefangen aufzuhören hatte es mit einem Satz aus der Leitung der Jugendhochschule. *Dann kann ich dir auch nicht mehr helfen.* Seit diesem Satz, der eigentlich gar kein Satz, sondern eine Phrase gewesen war, waren die Mitarbeiter der Staatssicherheit mit im Spiel gewesen. Die hatte er nicht ernst genommen, zu durchsichtig war ihr Spiel von Wohlwollen und Widerwille gewesen. Aber sie nicht ernst zu nehmen, war selbst lächerlich gewesen; lächerlich naiv. Da hatte das Verhängnis sich bereits angekündigt. Da waren Alemee und er schon auf einem sehr schmalen Grat unterwegs gewesen. *Dann kann ich dir auch nicht mehr helfen.* Er erinnerte sich genau an das Zimmer, in dem ihm dies gesagt worden war. Es hatte große Fenster, durch die man auf einen Kiefernhain sah, und es hatte zwei Türen. Durch die eine Tür war er gekommen zu dem anberaumten Gespräch. Durch die andere waren zwei formelle Mitarbeiter eingetreten, nachdem ein Mann, dem er vertraut hatte, der *ihm dann auch nicht mehr helfen konnte,* dies so vernehmlich gesagt hatte, dass dieser Satz von einem Seufzer zu einem Übergabestichwort geworden war, eines, das ihn offiziell zu einem feindlich-negativen Fall gemacht hatte. Und war man erst einmal ein feindlich-negativer Fall mit Akte und Bearbeitungsnummer, dann war die Bearbeitungsnummer quasi ein Familienname und die Akte selbst eine Art Familienstammbuch, denn von politisch-feindlicher Negativität dachte man offenbar, sie liege im Blut.

Jahre später, als die Mauer fiel, war er gerade in der Gegend um den Abayasee unterwegs gewesen. Er wollte nicht zu weit weg sein von dort, wo er Alemee vermutete. Die Arbeit in einer Mehlmühle war stupide und schlecht bezahlt gewesen. Er schlief in einem irreparablen Pick-up und fühlte sich nicht immer sicher. Es war ein kühler Abend gewesen, er spürte den Anflug eines Fiebers und war bereit, von seinem knappen Lohn ein Zimmer zu bezahlen, als er während des Bezahlens in der Unterkunft im Radio die Meldung hörte, die Berliner Mauer sei gefallen, der Mann am Tresen kurz aufsah und im Nachzählen der Scheine innehielt. Es war nur wenige Monate her gewesen, dass, während Mengistu in der DDR war, ein Putsch gegen ihn, den schwarzen Stalin, niedergeschlagen worden war. Benno selbst hatte die Meldung erst nicht für wahr gehalten, und einige Tage später, als er sie dann doch für wahr hielt, nahm er an sich selbst zwischen

›nicht wahr‹ und ›wahr‹ keinen gefühlsmäßigen Unterschied wahr. Was er immerhin noch wahrgenommen hatte, war, dass es ein Problem war, dass noch nicht einmal ein spektakulärer Systemwechsel in dem Land, dem er einst angehört hatte, dem seine Angehörigen angehörten, ihn mehr erreichte und innerlich zu bewegen vermochte – hinter seiner eigenen Mauer aus Traurigkeit und Erschöpfung. Damals hatte er es auf das Fieber geschoben, das ihn erfasst hatte. Aber auch als das Fieber ausgestanden war, spürte er keine Aufregung, keine Freude, und in ihm gab es keinen Gedanken daran, dass durch den Mauerfall auch für ihn die Karten neu gemischt sein könnten. Er spielte ein anderes Spiel, er hielt ein anderes Blatt in den Händen.

Zu Beginn der 1990er-Jahre, als er zwischen Gondar und Lalibela im Transport von Bauholz, Eukalyptus und Wacholder beschäftigt war, hatte er hin und wieder eine internationale Zeitung zu Gesicht bekommen. Darin wurde auch berichtet von den Hinterlassenschaften der Staatssicherheit der DDR. Wohin damit? Das Unwahrscheinlichste war, dass man sie erhalten, wiederherstellen, neu ordnen und verfügbar machen würde. Aber genau das geschah. Benno erinnerte sich, wie er diese Berichte und Reportagen nur überflogen hatte. Was ging ihn das noch an? Er hatte weder einen ostdeutschen noch einen westdeutschen Pass. Seit Jahren war er unterwegs in einem Land, in dem gerade ebenfalls ein sozialistisches Regime kollabiert war. Und was für eines. Sowohl die mörderische Diktatur Mengistus als auch die Wirren, die sie nach dem Sturz hinterließ, hatten ein solches Ausmaß an Brutalität, dass ihm jede Kapazität für die Einzelheiten der Archivierung deutschen Spitzeltums abging, auch wenn es ihn persönlich angegangen war und angehen sollte.

Aber jetzt war er hier. Jetzt würden ihm die vom Aktenkeller ins Staatsarchiv gewendeten Dokumente mit all ihrer schauerlichen Gewissenhaftigkeit und Gründlichkeit das Seil bieten, an dem er sich in die Vergangenheit herablassen konnte. Ja, er würde es tun.

Den Antrag auf Einsicht in die Akten im Bundesarchiv zu stellen, war überraschend leicht. Was für eine unglaubliche Zugänglichkeit dessen, was einst das Geheimste und Gemeinste gewesen war. Mit einigen Online-Formularen, mit einer Reihe von Klicks und Häkchen ließen sich vormalige Verschlusssachen direkt in einen Lesesaal bestellen. Wo eine Schutzfrist eingerichtet war, gab es auch einen Antrag auf Verkürzung derselben. Allerdings musste er einen Grund für seine Wissbegierde angeben: Er wählte ›Forschung‹ aus. Vielleicht hätte er das nicht tun sollen, denn nun sollte er seine Anbindung angeben. Warum hatte er sich von L'Artista nicht gleich auch noch einen Presseausweis ausstellen lassen? Nun gut, dann würde er eben Nutzen ziehen aus seiner abgebrochenen Ausbildung. Universität Leipzig, Afrikastudien, schrieb er in einer fast mutwilligen Eingebung und machte sich noch nicht einmal die Mühe, die Adresse, die er noch wusste von damals, zu überprüfen. Für Ben von Bergen wog alles nicht so schwer wie für Benno Weber. Allerdings konnte Ben von Bergen nicht ohne Weiteres die Akte von Benno Weber einsehen. Also orderte er die Akten der JHS aus dem Gefühl heraus, so könne er sich nähern und eine Vielzahl von Spuren aufnehmen.

Fiktion und Fälschung als erweiterte Handlungsspielräume wahrzunehmen, war ein Lernprozess gewesen. Als er seinen Weg durch Äthiopien begann, von dem er selbst nichts anderes wusste, als dass er einen Fuß vor den anderen setzen und jede Arbeit annehmen musste, die sich ihm bieten würde, da hatte er, aus der Not heraus, er war ja staatenlos, ziellos, mittellos, angefangen, sich selbst so zurechtzulügen, dass er durch Kontrollen hindurchpasste oder in eine bestimmte Arbeit hinein. Hatte er nicht am Bogensee Dutzende von Menschen nur unter ihrem *Combat Name* kennengelernt? Und stand ihm, einem Gestrandeten der Weltrevolution, nicht auch der eine oder andere Deckname zu?

Anfangs hatte er noch versucht, seine Person, seine Anwesenheit, seine Herkunft zu erklären oder umgekehrt, vieles nicht zu erwähnen, aber Erklärungen und Nichterwähnungen hatten die Türen nicht geöffnet, sondern reihenweise zufallen lassen. So viel einfacher war es dann gewesen, sich ein paar beliebig gestempelte Papiere zu besorgen. Er legte sich zu der jeweiligen Art der Stempel knappe Erzählungen zurecht, die er für Nachfragen innerlich bereithielt. Es funktionierte. Wenn man nicht viel zu verlieren hat, lügt man mit der nötigen Ruhe. Ruhe war der Unterboden der Seriosität. So zu tun, als ob jede Nachfrage einen aus der grundehrlichsten Ernsthaftigkeit aufstörte, daran konnte man sich so gut gewöhnen, dass es einem gefehlt hätte, hätte es dieser Strategie auf einmal gar nicht mehr bedurft. Niemand war deshalb zu Schaden gekommen. Im Gegenteil. Mittels der Summe, die für ein Schriftstück auf den Tisch zu legen war, hatte jemand etwas verdient. Verdienen hatte in Äthiopien eine sehr basale Bedeutung: Es gab zu essen und zu trinken. L'Artista war der Erste und Einzige gewesen, der sich und anderen den Luxus gönnte, Papiere und Stempel auf den einzelnen Menschen und sein zukünftiges Glück zuzuschneiden.

Benno schloss seine digitale Anmeldung beim Bundesarchiv ab, fotografierte seinen Ben-von-Bergen-Pass, hängte das Foto in kleiner Auflösung dem Antrag an und ging wie jeden Tag seit seiner Ankunft in Leipzig zu seiner Mutter in das ›Haus Abendfrieden‹, wo alles unverändert war. Und doch meinte er, dann und wann, wenn sie kurz hochsah, einen Zug von Zufriedenheit in ihrem Gesicht zu entdecken.

Er begann, in die gemeinsame Stille hinein seine Erinnerungsfetzen zu erzählen. *Einmal,* sagte er, *einmal* habe ich mitten in der Nacht in zwei Augen gesehen, ohne Kopf und Körper. Sie hingen in der Dunkelheit wie Laternen, aber es waren Augen. Mir war, als wüssten sie alles über mich. Bis heute weiß ich nicht, zu welcher Art Lebewesen dieses Augenpaar gehörte. – *Einmal,* einmal noch bin ich Alemees Bruder begegnet, dem, der Priester war. Am Felsen einer Kirche in Tigray gab er mir die Hand und zog mich weiter; er war sichereren Fußes am Berg. Wir sprachen kein Wort. Oben angekommen, sah er mich weinen. Er setzte sich neben mich. Erst als ich keine Tränen mehr hatte, stand er auf und ging in die Kirche. Ich sehe noch heute den Zipfel seines weißen Gewandes in der Tür verschwinden. – *Einmal* gab es einen Regen, wie ich noch keinen erlebt hatte, nirgendwo. Ich stand auf freiem Feld, und es war, als würde der Regen mich auflösen und in die Erde hineinwaschen, und seltsamerweise konnte ich mir nichts Schöneres vorstellen.

Er sprach mit sich, er sprach mit ihr, er sprach mit und von der Vergangenheit im Modus des Episodischen. Und hatte das Gefühl, diese Form sei die einzig mögliche, die einzig richtige.

Als sein Antrag auf Einsichtnahme in die Akten des Bundesarchivs nach gut einer Woche genehmigt wurde, er sogar eine Benutzernummer genannt bekommen hatte, die ihm Tür und Tor öffnen würde, packte Benno seine Tasche und ging zu seiner Mutter, um sich für eine Weile zu verabschieden. Wie immer tranken sie zusammen Kaffee. Als ein Pfleger begann, die Leute für das Abendessen in den Saal zu holen, strich Benno seiner Mutter über Schulter und Wange. Ganz leicht, um sie nicht zu erschrecken.

»Ich habe Niels gefunden«, sagte er. »Er arbeitet nicht

weit von hier. Er hat jemanden an seiner Seite. Ich glaube, es ist so eine Art Engel.«

Er drückte noch einmal ihre Hand, dann ging er. Aber anders als sonst schaute er sich an der Tür noch einmal um. Da sah er, dass seine Mutter aus eigener Kraft den Rollstuhl gedreht hatte und ihm nachsah. Mit einer Hand schien sie winken zu wollen, aber sie konnte nur die Decke, in die ihre Finger sich hineingekrampft hatten, ein kleines Stück anheben. Er meinte, in ihrem Gesicht ein Lächeln zu sehen.

Mit einem grellgrünen Überlandbus fuhr Benno nach Berlin. Er hatte einen Schlafplatz in einem Hostel gebucht. So beginnt hierzulande wahrscheinlich der Abstieg, dachte er: Hotel, Hostel, Herberge zur Heimat, Heilsarmee. Wobei bei dieser Wetterlage eigentlich nichts dagegen sprach, von einer Parkbank aus morgens in ein Bundesarchiv zu gehen.

Im Hostel achtete niemand auf ihn. Leute, die darauf angewiesen waren, sehr günstig zu übernachten, waren die tolerantesten unter den Reisenden. Dort schlief man, wie er es jahrzehntelang getan hatte, mit dem Wichtigsten unter dem Kopfkissen oder in der Bauchtasche. Das gab ihm ein Gefühl von Vertrautheit mit der Welt. Morgens holte man sich einen Kaffee aus dem Automaten und ging seiner Wege.

Das Bundesarchiv wirkte auf Benno *enorm*. Enorm in seinen Ausmaßen, enorm seine breiten Flure, enorm die sachliche Freundlichkeit, enorm seine reibungslose Organisiertheit. Die Leute um ihm herum, im Hotel, im Bus, im Café, wurden nicht müde, sich darüber zu beklagen, dass nichts mehr funktioniere in diesem Land, das einmal für sein Funktionieren berühmt gewesen war. Hier hätten sie es am Werk sehen können, das vermisste Funktionieren. Als er seinen Rucksack eingeschlossen, mit einem vorab überreichten Schlüssel, als er seinen Tagespass, der auch alle weiteren Tage gültig sein würde, ausgefüllt hatte und vor der Aktenausgabe stand, gab ihm eine Mitarbeiterin vier graue

Pappmappen und deutete auf den noch hinter dem Tresen verbliebenen Stapel in einem Handwagen.

»Da haben Sie sich ja was vorgenommen, Herr von Bergen.«

Der leichthin gesagte, kollegiale Satz traf ihn wie ein Schlag in die Magengrube.

Auf einmal war das einschüchternde *Enorme* auf seine Seite geraten, mit Skepsis und Bewunderung, mit Anteilnahme – *Herzlich willkommen in unserer unermesslichen Aktenwelt!* Zum ersten Mal seit seiner Ankunft in Deutschland war der Nachname, der ihm von L'Artista verpasst worden war, laut ausgesprochen worden – als sei er der richtige, und mehr noch, als sei er hier lange schon bekannt. Und zugleich fand darin ein abrupter Richtungswechsel statt: Er war von einem, den die Umstände vor sich hertrieben, zu jemandem geworden, der sich etwas vorgenommen hatte. Das war ihm jetzt passiert. Unabsehbar, was weiterhin passieren würde.

Er setzte sich an einen der freien Arbeitsplätze. Unauffällig sah er sich um. Es gab offenbar keinen einheitlichen Typus des Archivbesuchender. Fast wirkten die hier Versammelten wie ein willkürlich von der Straße in diesen Lesesaal versetzter Ausschnitt der Gesellschaft. Eine Handvoll Leute, die per Regieanweisung so taten, als würde sie nichts brennender interessieren als der Inhalt einiger grauer Aktendeckel. Mittendrin er selbst, dem man vergessen hatte, eine Rolle zuzuteilen; der vergessen hatte, danach zu fragen. Einer, der hier etwas zu suchen, aber praktisch nichts mehr zu verlieren hatte. Einer, dessen Hab und Gut in das Schließfach eines Bundesarchivs passte.

Mit so vielem hatte er abgeschlossen, aber noch hatte er etwas Kraft. Noch schlug sein Herz ruhig und kräftig in einem Körper, der Kaffee gepflückt, Säcke geschleppt, Zäune gespannt, durch Wüste und Walachei gewandert, Berge erklommen und Täler durchschritten, Felder bestellt und Flüsse befahren hatte. Noch konnte sein Kopf, der mehr Sprachen gelernt hatte, als er noch hoffen konnte anzuwenden, offene Rechnungen von beglichenen unterscheiden. Noch hatte er es nicht ganz aufgegeben, dass er es eines Tages begreifen würde, warum eine Liebe, die unermesslich schien, die allem und jedem die Stirn geboten hatte, die nicht gezagt und nicht gezaudert hatte, gespenstisch geworden war. Warum der gute Geist sie verlassen und ein schlechter sie heimgesucht hatte. Warum alles Schöne, was sie einander gegeben hatten und noch hätten geben können, seine Form verlor, zittrig zu werden schien und verdampfte. Warum die Konturen verschwammen, warum Alemee selbst verschwamm vor seinen Augen.

Mit allem, was er vermochte, hatte er gegen diese Ungeheuerlichkeit angekämpft. Mit den eindringlichsten Worten, die er aus allen Sprachen, die er beherrschte und die sie verstand, zusammensuchte, beschwor er sie, zurückzufinden zu sich selbst und damit zu ihm. Er versuchte, Erinnerungen an das, was sie waren: ein wundersames, ein inniglicher Paar, lebendig werden zu lassen, sodass sie aus der Verschattung zurück ins Licht finden würden. Vergeblich. Er wurde von ihren Schatten erfasst, und als er selbst nichts mehr war als ein Schatten seiner selbst, aber immer noch voller Liebe zu Alemee, die so tat, als ob es diese Liebe und ihn nicht mehr gäbe, mehr noch, als sie ihn verschrie, er gehöre nicht in dieses Haus und nicht an ihre Seite, war er fortgegangen und hatte irgendwann begriffen, dass er Kreise zog, erst kleinere, dann größere, um die leere Mitte seines Lebens.

Er saß hier, um sich zu vergewissern, dass sein Leben kein Hirngespinst war; gewesen war. Er öffnete die erste Mappe: *JHS Bogensee, Juli 1984.*

ALEMEE

Erstes Lied

Meiner Mutter Söhne zürnten mit mir
Immer zürnten sie jemandem. Ich war da
und hatte gerade über die Liebe gesprochen
Ich wusste, wovon ich sprach, so geriet das Sprechen
zum Loblied
Es war sehr konkret
Es traf sie ins Mark
Das zürnten sie mir
Ich hatte die Liebe nicht den Zorn
Das zürnten sie mir
Sie gossen ihren Zorn über mich
aus lauter Liebe
Der eine von Gott her: Heiliger Zorn
Der andere von Marx her: Gerechter Zorn
Der eine verriet mich
Es kam jemand aus Aksum
der sollte mich abgeben im Kloster, den *qob*
hatte er schon dabei
für eine der Bräute Gottes
Nein! sagte ich, Nein! sagte der andere (Bruder)
Der andere verkaufte mich
Es kam jemand aus Addis
der sollte mich abgeben in der Residenz, den Schmuck
hatte er schon dabei
für eine der Bräute des Generals.

Niemals! sagte ich. Niemals! sagte der andere (Bruder)
Aus Angst
schickte die Mutter ihrer Söhne
eine Tochter fort und eine Schwester
Für immer und ewig, das sagte ihr die Angst
Sprich nicht von Liebe. Schon ein Wort, flüsterte sie
schon ein einzelnes Wort
kann zu viel sein.
Nichts nichts nichts sagte ich
Nichts ist der Liebe zu viel
Amén! sagte die Liebe.

3

JON

Außenbezirk

D*as ist alles gar nicht wahr.* Sein Kopf ließ keinen anderen Gedanken zu als diesen. *Nicht wahr,* dass er raus war aus der Schule, *nicht wahr,* dass Sunny verschwunden war und nicht schrieb, *nicht wahr,* dass er hinten in einem alten VW Kombi saß und mit seinen Eltern aufs Land fuhr. Wenn es danach gehen würde, was er in der Schule gelernt hatte, müsste er selbst am Steuer sitzen, ohne Führerschein, in einem geklauten Lada, und über die Landstraße brettern, irgendwohin, wo das Abenteuer seines Lebens schon auf ihn wartete. Neben ihm müsste einer sitzen, der genau wie er aus allem rausgefallen war, polizeilich gesucht und ein super Kumpel. Problemschüler, die mit geklauten Autos über die Landstraßen brettern, waren Schulstoff der neunten Klasse. Die neunte Klasse hatte er zweimal gemacht. Zweimal hatte er Rede und Antwort stehen müssen auf Fragen, wogegen Jugendliche rebellieren und welche Mittel ihnen zur Verfügung stehen. *Was könnte das Thema dieser Road Novel sein? Wähle aus: Jugendkriminalität, Konflikte mit den Eltern, Ausbruch aus dem Alltag. – Überlege dir, welche Mutproben du von dir selbst oder deinen Freunden fordern würdest. – Lest den folgenden Abschnitt über das Stehlen eines Autos und bestimmt die Zeitformen der Verben. – Beginne ein Lesetagebuch und führe es regelmäßig!* Damit waren diese Mittel verbrannt, denn niemand, wirklich niemand wollte nach Lehrplan rebellieren. Zweimal hatte er es erlebt, wie die Lehrer regelrecht ins Schwärmen gerieten. Vermutlich, weil sie in ihrer Jugend nichts lieber getan hätten, als ohne Führerschein über die Landstraßen zu brettern, sich aber nicht getraut hatten beziehungsweise es nicht nötig gehabt hatten, weil sie ja immer versetzt wurden und quasi wie von selbst Abitur machten und Lehrer wurden und *in echt* bei der allerersten Gelegenheit austicken würden, wenn einer von ihnen irgendetwas tun würde, was auch nur in die Nähe von Autoknacken oder Ohne-Führerschein-über-Land-Fahren käme. *Es war nämlich alles gar nicht wahr.* Und deshalb saß er in einem VW Kombi und nicht in einem kurzgeschlossenen Lada. Es war folgerichtig und trotzdem nicht wahr, *alles nicht wahr.*

Er solle sich keinen Kopf machen, hatte sein Vater zu ihm gesagt, als sie ins Auto gestiegen waren. Der Kopf, den er sich machte, musste furchtbar ausgesehen haben, sonst hätte es diesen Satz nicht gegeben. *Mach dir mal keinen Kopf* – obwohl sie beide sehr gut wussten, dass sich einen Kopf zu machen das einzig Richtige war beziehungsweise gewesen wäre. Sich nun keinen zu machen – wohin sollte das führen? Offenbar zu der Erkenntnis, dass *das alles nicht wahr* sein konnte.

Jon sah vor sich die angegrauten Hinterköpfe seiner Eltern, hörte auf die Nachrichten aus dem Autoradio, versuchte auf andere Gedanken zu kommen, kam aber nicht raus aus dem Hamsterrad, weil auch dieses Omega-Hoch, über das man dort sprach, nicht wahr sein konnte, denn es rührte sich nicht, obwohl selbst Omega-Hochs sich normalerweise bewegen, wenn auch sehr langsam. Dass sich gar nichts mehr tat, dass ein Rekordsonnentag so war wie der andere, der heutige so sein würde wie der morgige und übermorgige, das war wissenschaftlich nicht vorgesehen. Aber es passierte gerade. Erst war alles unauffällig gewesen: Ein Hoch war von den Azoren hergekommen und hatte sich mit einem anderen, das über Russland stand, verkeilt. So etwas kam gelegentlich vor, hieß es, aber dieses Doppelhoch habe den Bogen überspannt. Keine Westwinddrift, die die Sache wieder in Schwung brachte, kein Jetstream, kein Garnichts. Was, wenn das nicht nur noch ein paar Tage, sondern wochenlang so weitergehen würde?, dachte Jon. Wenn aus der meteorologischen Besonderheit so eine Art planetarischer Getriebeschaden werden würde und die Welt sich von nun an in einem Sonnenstillstand befand? Wären die Tage der Menschheit dann gezählt – so bald, dass das Schulversagen des Jonathan Gent nicht mehr die geringste Rolle spielen würde? Jon sah aus dem Autofenster. Die gelben Äcker gerieten vor seinen Augen ins Flimmern. War es die Müdigkeit, war es die Hitze, war es die Reflexion des Autoglases? Das Flimmern verstärkte sich. Es ließ die Äcker wie immerzu leicht sich gegeneinander schiebende dünne Platten aussehen. Oder auch wie Erdschichten, die unter der Trockenheit der aufgebrochenen Krume jäh hervortraten: eine tiefgelbe Lava mit orangerotem Glutkern. Jon konnte nicht anders, als in diese gleißende Bewegung hineinzustarren, seine Augäpfel wurden mit in diese Bewegung gezogen, auf die Gefahr hin, dort zu zerschmelzen, und auf einmal war da eine Kontur. Er wusste, er selbst hatte sie sich da hineingeträumt, und doch war sie von woanders hergekommen, ganz sicher war sie von ganz woanders hergekommen, denn es war Sunny. Sunny, wie sie sich gerade zur Sonne drehte, unverkennbar Sunny. Sunny Sunny Sunny. Es war ihm unmöglich, diesen Namen nur einmal zu denken. Sein Kopf machte das, der Kopf, den er sich nicht machen sollte, machte, was er wollte: Sunny Sunny Sunny. Eine Sunny, die nicht hier war, die nicht wahr war. In geschichtetem Gelb. Die Sonne selbst. Jon schloss die Augen. Die grellen Lichter tanzten hinter seinen geschlossenen Lidern, als wollten sie von dort aus sein Inneres durchleuchten, seinen Kopf, sein

Herz, alles. Eine neue Art von Helligkeit, eine, die vor nichts haltmachte, die alles durchdrang, wie Hochwasser; ein Hochwasser aus Licht.

Sie ließen die Stadt, sie ließen die Dörfer hinter sich, und dann, als es weit und breit weder einen Laden noch eine Bahnstation gab, waren sie *Draußen* angekommen. *Draußen* war eine unbebaute Wiese. Stellvertretend für den Wunsch beziehungsweise die Absicht zu bauen, hatten seine Eltern einen günstig ersteigerten alten Bauwagen mit einem Traktor auf die Wiese ziehen lassen von einem Bauern, der kopfschüttelnd und fassungslos über die plötzlich von Städtern mit diesem schäbigen Karren besiedelte Wiese wieder abgezogen war. Gab es nicht auch für die weniger Betuchten Eigenheimkredite oder eine kleine Erbschaft oder etwas auf der hohen Kante, um sich ein ordnungsgemäßes Häuschen zu bauen? Solche Gedanken waren ihm auf die Stirn geschrieben gewesen, während er die Geldscheine für den Transport faltete und in die Brusttasche schob.

Offiziell hieß die Wiese beziehungsweise das Draußen *Außenbezirk*. Im Außenbezirk durfte man baulich sehr viel verbieten, aber man musste es nicht, insofern kam es darauf an, ob da in der Baubehörde, Abteilung Außenbezirk, gerade jemand saß, der eher etwas erlauben oder eher etwas verbieten wollte. Manchmal saß da auch wochenlang niemand, und so verging regelmäßig sehr viel Zeit, bis etwas, das beantragt worden war, entweder verboten oder erlaubt wurde. ›So lange kann ich nicht warten‹, hatte sein Vater gesagt und während der Wartezeit den Bauwagen ausgebaut. Gegen Innenausbau im Außenbezirk konnte ja niemand etwas haben, hatte er gemeint. Als der Bauwagen fertig ausgebaut war, eine Arbeit vieler Samstage und Sonntage, waren die Kojen für die Kinder zu klein geworden. Sie hatten den Wettlauf mit den Wachstumsphasen verloren. Die Kojen wurden zu Bücherregalen umfunktioniert. Immerhin war

Platz genug für eine ausgewachsene Person auf dem Boden mit Isomatte und Schlafsack.

Als Jon jetzt den Bauwagen in der Hitze stehen sah, mitten auf der Wiese wie ein treudoofes Schaf, das seine Herde verloren hatte, war ihm klar, dass die Temperatur im Inneren des Wagens grauenhaft sein musste. Er öffnete die Tür, die abgestandene Luft, sicherlich weit über 50 Grad, stand wie eine zweite Wand dahinter. Jon warf seinen Rucksack auf den Boden und öffnete alle Fenster, aus alter Gewohnheit, obwohl auf Frischluft ja nicht zu hoffen war. Frischluft, das Wort hörte sich an wie CD-Player oder Stereoanlage.

Seine Eltern brachten ihre Sachen in ein holländisches Sturmzelt, das Freunde von Freunden von Freunden ihnen überlassen hatten und das wie ein Denkmal der goldenen Zeiten nordeuropäischen Dauercampings auf der Wiese stand. Wie musste sich so ein Sturmzelt vorkommen, dachte Jon, das peitschenden Winden und Regen und Unwettern aller Art standgehalten hatte und jetzt hier gelandet war, wo kein Lüftchen sich regte. Kein Meer, keine Dünung, weit und breit nichts – außer einem Bauwagen, der aber im Prinzip auch für anderes erschaffen worden war, dafür nämlich, von Baustelle zu Baustelle unterwegs zu sein, immer auf Achse sozusagen, aber jetzt war diese Achse festgezurrt und eingewachsen. ›Die Ausgemusterten‹ müsste ein Foto heißen, das Sturmzelt und Bauwagen festhielt. Und er selbst würde perfekt ins Bild passen. Tatsächlich hatte er das Bedürfnis, sich genau so vor die Bauwagentür zu setzen, dass es dieses Foto geben könnte. Es würde in einer trostlosen Galerie hängen, im vierten Hinterhof, *Eintritt frei, um Spenden wird gebeten*. Er fand es erleichternd, ein Wort für seinen Zustand gefunden zu haben: die Ausgemusterten. Je länger er darüber nachdachte, desto besser gefiel es ihm. Er saß regungslos da, als sei der Fotograf schon da und hätte gerade gesagt: *Bitte so bleiben.*

Nach einer Weile kam seine Mutter mit einer Wasserflasche und zwei Gläsern über die Wiese und setzte sich zu ihm auf den Absatz vor der Bauwagentür.

»Morgen werden wir weitersehen«, sagte sie.

Jon nickte. ›Morgen werden wir weitersehen‹ war eine andere Formulierung von ›Ich habe keine Ahnung, wie es jetzt weitergehen soll‹.

Sie tranken Wasser. Starrten vor sich hin. In der späten Nachmittagssonne, die immer noch die Kraft einer Mittagssonne hatte, gingen kleine Grüppchen an ihrem Zaun aus niedrigen Holzlatten vorbei, der die Wiese eher symbolisch vom Wanderweg abgrenzte.

»Ich bin mir sicher, die suchen das Knabenkraut«, sagte seine Mutter.

»Knabenkraut?«

»Das steht hinten auf der Sumpfwiese. Du weißt schon, Richtung Wald. Es blüht gerade noch.«

»Warum wollen die da alle hin?«

»Es ist vom Aussterben bedroht. Eine Orchideenart.«

»Hier in Brandenburg?«

»Hm.«

»Ich dachte, Orchideen gibt es nur in den Tropen.«

»Jedenfalls wird es hier wohl kaum noch lange durchhalten. Die Sumpfwiese da unten ist schon jetzt total ausgetrocknet. Du solltest es dir ansehen, solange es das noch gibt.«

»Warum sollte ich?«

Seine Mutter antwortete nicht und schwenkte versonnen das Glas in ihrer Hand, obwohl es leer war. Plötzlich stand sie auf und untersuchte eine Ranke, die sich um die angerostete Wagendeichsel gewickelt hatte.

»Das ist doch die Dünenrose!«, sagte sie. »Schau mal, die hat sich tatsächlich vom Zaun bis hierher vorgearbeitet!«

Als Jon nicht antwortete, weil ihm Knabenkraut und Dünenrose in einer Situation, in der man morgen weitersehen wollte, vollkommen egal waren, rief sie: »Marius, das glaubst du nicht, komm doch mal, die Dünenrose!«

Am Ende würde seine Mutter die Naturfreunde, die zum Knabenkraut wollten, gleich noch zur Besichtigung der frisch berosten Bauwagendeichsel einladen, dachte Jon. *Wollen Sie sich nicht noch kurz unsere Wanderdünenrose ansehen?* Er traute ihr alles zu. Sie mochte solche Wörter: Wanderdünenrose. Und wenn sie erst mal ein Wort mochte, konnte man für nichts mehr garantieren. So war sie. Wenn alles zusammenbrach, hielt sie sich an einem Wort fest. Steckte es sich in den Mund und inhalierte es wie normale Leute Zigaretten. Dünenrose. Wanderdünenrose. Wanderdünenrosenschutzgebiet.

Er hätte auch so sehr ein Wort gebraucht. Von Sunny. Ein Wort von ihr würde alles ändern. Es kam aber keines. Er ließ sein Handy nicht aus den Augen. Der Akku war nicht mehr der beste, aber er lud ihn an der Kabeltrommel auf, sobald er zu schwächeln begann. Außerdem löschte er sofort alles, was bei ihm auflief, um Platz zu schaffen. Er bereitete das Feld für eine Nachricht von Sunny. Aber von Sunny, Sunny, Sunny kam nichts. Nichts Nichts Nichts.

Am nächsten Morgen, der, an dem man weitersehen wollte, war seine Mutter über die Dünenrose und über das Weitersehen hinweggekommen und arbeitete an einem Forschungsantrag, der, wie sie sagte, erstens Licht ins Dunkel der Vorstufen der Infinitesimalrechnung bringen und zweitens mit Glück das Familieneinkommen für die nächsten drei Jahre sichern würde, zur Hälfte wenigstens.

»Worum geht's genau?«, fragte Jon und hoffte, dass sie nicht antworten würde.

»Um unendliche Annäherung. Und die Frage, wie der menschliche Geist das aushält.«

»Dass er rechnet und rechnet und niemals fertig wird?«

»Ja, genau so ist es, wenn man eine Kreisfläche berechnen will. Pi und die unendlich vielen Stellen hinterm Komma. Habt ihr das noch nicht gehabt in Mathe?«

Wie brachte sie es fertig, ihn so etwas zu fragen? Er erinnerte sich schwach an das Wort Pi, Kreisberechnung, ja. Mehr war da nicht. Jedenfalls war es nicht um den menschlichen Geist und sein fragwürdiges Durchhaltevermögen gegangen. In diesem Punkt war er absolut sicher.

»Jemand hat das mal so ausgedrückt, dass ein Mensch, der endlos leben würde, mit einem zehnflächigen Würfel die Zahl Pi würfeln könnte. Aber dass es genauso gut möglich sei, dass er endlos würfelt, ohne Pi zu würfeln«, sagte seine Mutter.

»Also meint er, dass selbst die Unsterblichkeit einem nicht weiterhelfen kann in dieser Pi-Frage?«

»Ja, weder die Unsterblichkeit noch die Unendlichkeit, noch der große Meister Zufall.«

»Irre.«

»Das ist der Punkt. Es ist ein Rätsel, ein Mysterium, weniger der Kreis als vielmehr unser Denken in einem Raum, der, sagen wir, sich entzieht, der eigenwillig ist.«

»Schreibst du das so? Bitte zahlen Sie mir Geld für meine Forschung über mysteriöse, eigenwillige Räume –«

»Um Gottes willen, nein. Du musst das, was du erforschen willst, also wenn du Geld dafür haben willst, immer genau so formulieren, dass es sachlich ist, nicht zu spannend, nicht zu ungewiss, nicht zu groß und nicht zu klein, dass es nicht so aussieht, als könntest du damit die Kollegen überflügeln, aber doch so, dass sich niemand irgendwann deinetwegen schämen müsste. Du darfst nicht zu viel verraten, weil Gedanken und Ideen gern geklaut werden, aber auch nicht zu wenig, sonst halten sie dich für doof. Alles muss exakt mittlere Lage sein, sonst klappt es nicht. Kannst du dir gleich mal merken.«

Jon zuckte innerlich zusammen. Hatte sie nicht mitgeschnitten, dass es im Moment überhaupt nicht danach aussah, dass er jemals einen Forschungsantrag stellen würde?

»Meine Güte, wäre das schön, wenn dieser Antrag durchkäme«, seufzte seine Mutter, »dann wären wir erst mal raus aus der Misere, vorerst jedenfalls.« Sie sah ihren Mann an.

»Wie weit bist du eigentlich mit deinem Antrag zu Leibniz' Horizontalwindkunst?«, fragte sie.

»Ich denke darüber nach«, antwortete Jons Vater, während er in der vielseitigen Sondergenehmigung für einen Geräteschuppen im Außenbezirk blätterte und dann begann, mit den Papieren in der einen und einem dünnen Seil in der anderen das Gelände unterhalb des Zeltes abzuschreiten.

»Jon, halt doch mal dieses Ende hier fest und bleib dort stehen«, sagte er, »wir versuchen es mal mit einem Schnurgerüst.«

»Ein Schnurgerüst.« Livia Gent schüttelte den Kopf. »Als ob es mit Meterstab und Wasserwaage nicht auch getan wäre. Schnurgerüst!«, brummelte sie. »Versteh ich nicht.«

Jon raffte sich auf, nahm den Faden und harrte der nächsten Ansage. Die ließ auf sich warten. Wie lange soll das dauern?, dachte er. Er stand einfach da, nur mit einem Faden, nicht etwa mit einer Hantel in der Hand, und dennoch lief ihm der Schweiß den Nacken entlang und den Rücken hinunter. Aber er sagte lieber nichts, denn er sah seine Mutter diese ganze Aktion argwöhnisch betrachten, die Luft schien zu brennen, und er wollte nicht für eine Explosion verantwortlich sein, die unweigerlich eintreten würde, wenn hier auch nur noch eine kleine Prise schlechte Laune als Zündholz dazukäme. Es dauerte noch lange. Als es ihm fast schon egal war und er sich einer Ohnmacht nahe fühlte, sagte sein Vater: »Danke, Jon, lass gut sein«, und kratzte sich nachdenklich im Nacken. Wahrscheinlich war die ganze Aktion umsonst gewesen, dachte Jon. Das Schnurgerüst gescheitert, an Leibniz' genialer Windrad-Erfindung nicht gearbeitet, das Thermometer bei 40,5 Grad, noch kein mittlerer Antragstitel für oder gegen diese extrem belastende Unendlichkeit der Kreisberechnung gefunden.

Die Lage entspannte sich etwas, als sie gemeinsam mehrere Sonnensegel angebracht und Eimer mit kaltem Wasser aus der Pumpe geholt hatten, um es sich von Zeit zu Zeit über Kopf und Füße gießen zu können. Abwechselnd liefen sie auf dem Sandweg Richtung Autobahn, um ins Netz zu kommen und mit den Zwillingen zu telefonieren und mit Ämtern, die alle mit »Schul-« anfingen und erst viele Silben später aufhörten.

»Man glaubt ja gar nicht, wie viele Schul-irgendwas-Behörden es gibt, und keine davon hilft weiter«, sagte seine Mutter, als sie entnervt von einer dieser Telefonwanderungen zurückkam. »Unterbesetzt, umbesetzt, nicht zuständig, in Urlaub, erst im September wieder. Alles nichts.«

Alles nichts. Vollkommen richtig, dachte Jon, denn von Sunny kam immer noch nichts, und wenn von Sunny nichts kam, war alles nichts. Dieses Nichts breitete sich in ihm aus. Dass Nichts so viel Raum einnehmen konnte. Ob es dafür auch so eine Art Pi-Berechnung gab? Ja, vielleicht wäre es tatsächlich an ihm, das Nichts zu erforschen, seine rätselhafte Ausdehnung, das Nichts am Beispiel einer Sunny, die sich nicht meldet. Er bräuchte gar keinen Forschungsantrag einzureichen, denn jede Universität würde sich reißen um diesen Experten des Nichts, der ohne Abitur, geschweige denn einen Mittleren Schulabschluss, jedoch mit einer genialen Formel: *Sun minus N mal Y* die Geometrie revolutioniert hatte. Jonathan Gent, das Ausnahmetalent. Die Nachwelt würde Forschungsanträge über ihn und sein Werk stellen, und natürlich würden sie alle genehmigt und gefördert werden.

Seit sie auf die Wiese gezogen waren, glich ein Morgen dem anderen. Nur dass jeder neue Morgen noch brütender war als der vorige. Jon fragte sich, wie man da noch heißen Kaffee trinken konnte, aber seine Eltern konnten. Und nicht nur eine Tasse. Zwar stellten sie die kleine Espressomaschine, die an der Kabeltrommel hing, vorsorglich in den Schatten, aber der Kaffee, den sie produzierte, schien unverzichtbar zu sein für die beiden Gestalten, die vor dem Sturmzelt erst ziemlich in den Seilen hingen, dann aber rasch zu großer Form aufliefen. Je stärker der Kaffee, desto stärker ihre an sich schon starken Überzeugungen. Erste Tasse: Die Berliner Schulpolitik ist eine Katastrophe und die Berliner Hochschulpolitik noch schlimmer. Zweite Tasse: Eigentlich ist es die schlimmste Bildungspolitik in ganz Deutschland, oder auch: weltweit. Dritte Tasse: Diese machtpolitische und pädagogische Katastrophe grenzt an kriminellen Irrsinn und gehört vom Kopf auf die Füße gestellt.

Nach dem Anzetteln der berlin-, der deutschland-, der weltweiten Bildungsrevolution nahmen sie ihre Handys, suchten jenseits des Gartenzauns nach Netzempfang und begannen zu telefonieren. »Guten Tag. Ich rufe an, um zu fragen, ob Sie vielleicht für unseren Sohn – Ah ja, verstehe, danke trotzdem.« – »Guten Tag, Gent mein Name, es geht um einen Schulplatz, an sich elfte Klasse – ja, nun, die Sache ist die, dass –« – »Bin ich mit der Senatsverwaltung für Jugend, Schule und Familie verbunden, ja? Mit dem Schulamt? Ja, genau. Ich sollte mich doch noch mal melden, weil Sie – ob ich jetzt einen Schulplatz habe? Ja, ich denke, Sie sollten doch – was soll das heißen, Sie sind ganz bei mir? Ich sag' Ihnen mal was: Sie sind kein bisschen bei mir, weil Sie gar nicht bei mir sein können, denn ich meinesteils bin schon lange nicht mehr bei mir, verstehen Sie? Wenn ich bei mir sein könnte, würde ich in meinem Beruf arbeiten und nicht mit Schulleitern telefonieren, die keine Zeit zu telefonieren haben, und Bittbriefe schreiben, die direkt im Altpapier landen und – Ja. Wiederhören.«

Zuzuhören, wie seine Eltern ihn zu vermitteln versuchten wie einen Langzeitarbeitslosen ohne Schulabschluss, der zehn Jahre im Bau(wagen) gesessen hatte, traf ihn ziemlich hart. Im Grunde müsste er das selber machen, dachte Jon. Denn wenn er nicht mehr zur Schule musste oder durfte, hieß das ja nichts anderes, als dass man ihm zutraute, ab sofort selbst für sich zu sorgen. Er müsste wählen, Verträge unterschreiben und Schulplätze für sich und andere organisieren können und dürfen. Irgendwie logisch. Aber die Art, wie diese Gespräche verliefen, nahm ihm jeden Mut.

Nach einer Handvoll solcher Anrufe war die Energie von drei Tassen Kaffee verpufft.

»Heute muss ich mir mal ansehen, wie sich etwas gegen Leibniz schreiben lässt, mit Husserl oder so«, sagte seine Mutter.

»Wenn mich nicht alles täuscht, gibt es eine Kritik von Feuerbach«, sagte sein Vater.

»Kann man bei euch Kohle machen, wenn man was gegen wen schreibt?«

»Na ja. Es ist für die Forschung. Die zahlt die Pros und die Cons.«

Mit Leibniz verband Jon in erster Linie die Butterkekse, die man auf langen Zugfahrten runterwürgte, wenn das Bistro geschlossen hatte. Eigentlich hatte es ja meistens geschlossen, und in solchen Fällen gab es regelmäßig nur noch diese Leibniz-Kekse mit den runden Zacken, und danach hatte man einen Riesendurst, und alle Wasserflaschen waren leer, sodass man sich in der stinkenden Zugtoilette das Wasser, vor dem gewarnt wurde: Kein Trinkwasser! mit der hohlen Hand in den staubtrockenen Butterkeksmund schaufeln musste. Das genau war Leibniz. Der hatte ihm in diesem Sommer gerade noch gefehlt.

»Wieso jetzt eigentlich gegen Leibniz?«, hörte er seinen Vater sagen. »Was hast du gegen den armen Hannoveraner?«

»Vielleicht für die Ausgewogenheit, schon mal davon gehört?«, entgegnete seine Mutter.

»Das ist doch wirklich Quatsch. Ich meine, er ist schon einer der ganz großen Denker. Nicht nur in Mathematik und Technik, denk' allein an die Theodizee.«

Seine Mutter verdrehte die Augen.

»Theo-die-was?«, fragte Jon.

»Der Nachweis, dass es Gott gibt trotz allen Übels in der Welt.«

»Wie hat er das denn angestellt?«

»Indem er argumentiert hat, dass eine vollkommene Welt den Menschen keinen Anlass mehr bieten würde, nach dem Vollkommenen zu streben. Sie sind gewissermaßen selbst mitverantwortlich für das Gute in der Welt.«

»Er will also eine Welt voller Streber?«

»So würde ich es nicht formulieren, aber es ist nicht ganz falsch.«

»Jedenfalls hat Gott uns schon mal die beste aller möglichen Welten bereitgestellt, meint Leibniz. Darüber kann man lange nachdenken, was ›mögliche‹ heißen soll in dieser Formulierung.«

»Viel Spaß dabei«, sagte Jon.

»Hey, hattest du nicht mal eine Eins in Ethik?«, sagte seine Mutter.

Jon warf ihr einen warnenden Blick zu.

»Jedenfalls hast du offenbar mit Leibniz die Abneigung gegen Schule und das Interesse an moralischen Fragen gemeinsam«, sagte sein Vater.

Na super, dachte Jon. Der Beginn einer lebenslangen Freundschaft – zwischen einem Toten in Hannover und einem im Außenbereich lebendig Begrabenen.

»Er gilt als der letzte Universalgelehrte. Einer, der alles konnte. Der in vielen Fächern zu Hause war, der auch die Praxis sehr schätzte. Dübel und Windräder eben.«

»Dann passen wir wohl doch nicht so gut zusammen, Leibniz und ich«, sagte Jon.

»Aber du interessierst dich doch auch für alles Mögliche.«

»Nur bin ich nicht in Fächern zu Hause, sondern in einem Bauwagen.«

»Der Witz ist, dass ich gerade gestern bei einer Leibniz-Schule angerufen habe – eine private Schule, kleine Klassen, tolle Lehrer, heißt es. Es gibt freie Plätze«, sagte seine Mutter.

»Wirklich? Das hast du ja noch gar nicht erzählt!«

»Die Direktorin sagte, unser Sohn wäre sicherlich eine Bereicherung.«

»Ja, aber, warum –«

»Willst du wissen, wie hoch das monatliche Schulgeld ist?«

»Nein.«

»Selbst wenn beide Forschungsanträge durchkommen, mit oder ohne, für oder gegen Leibniz, können wir diese Leibniz-Schule nicht bezahlen.«

Na ja, dachte Jon, wenn dieser Herr Leibniz sowieso immer mit uns am Tisch sitzt, dann gibt's ja vielleicht eine Art Leibniz-Family-Member-Card, mit Bonuspunkten. Angenommen, die Zwillinge könnten gleich mit auf diese Leibniz-Schule, dann wären sie schon fünf, das würde sicher reichen für Rabattgutscheine. Während Jon noch überlegte, ob er seine Eltern mit seinen Überlegungen etwas aufheitern könnte, hatten sie sich schon wieder in Argumenten pro und contra Leibniz verwickelt und wechselten dabei die Seiten schneller, als man gucken konnte. Jon kannte das nur zu gut. Wenn die beiden sich auf der Autobahn geschlagene achthundert Kilometer lang über Fragen dieser Art stritten, konnte man auf den Gedanken verfallen, sie hätten in der Schule und an der Uni ungewöhnlich gut aufgepasst, obwohl sie bei diesen Gelegenheiten so miteinander redeten, als ob sie das vom jeweils anderen gerade nicht annahmen. Die Zwillinge, gerade dem Baby-Safe entwachsen, hatten ihn aus ihren Kindersitzen heraus mit exakt gleichem Gesichtsausdruck angesehen. ›Jon, kannst du uns erklären, was da vorne vor sich geht?‹

Jon stieg wieder ein. »Hussel, habt ihr gesagt? Der mit der Süßwarenkette?«

»Husserl, mit R. Der, der Geometrie problematisch fand – wie dein Vater«, sagte seine Mutter.

»Zwiespältig, nicht problematisch.«

»Weil du einfach nicht einsehen willst, dass die Geometrie als Sinnesfundament, überhaupt die idealisierten Raumzeitformen eine Grundlegung sind, die wir gar nicht entbehren können. Du erst recht nicht.«

»Habe ich nie so gesagt. Aber dass man die Erfahrungswelt der Idealisierung und der Rationalisierung opfert, stimmt genauso.«

»Vielleicht gibt's ja eine private Husserl-Schule für Opfer der Rationalisierung? Wenn's schon mit der Leibniz-Schule nicht klappt?«, sagte Jon und rang sich ein Lächeln ab.

Seine Mutter sah ihn an. Ihr waren die Worte ausgegangen. Das kam nicht so oft vor. Sein Vater griff nach den Berechnungen für den Schuppen.

»Unseres Wissens nicht.«

Seit wann waren sie so humorlos?, dachte Jon. Er war schuld. Und die Schule. Die Schule, die es nicht mehr gab und nie mehr geben würde.

Später half er seinem Vater, die Löcher für die Punktfundamente des Schuppens zu graben. Das Makita Bauradio, das sein Vater zum letzten Geburtstag von seinen Kollegen geschenkt bekommen hatte, war auf die Seite gefallen und sendete trotzdem weiter, ziemlich durchdringend sogar, in der Mittagsstille, obwohl es nicht besonders laut gestellt gewesen war. Die heiße Luft schien sich wie ein Verstärker auszuwirken. Gerade kam der ›Ausführliche Wetterbericht‹ für Landwirte, wobei man offenkundig Mühe hatte, den Bericht ausführlich hinzubekommen, denn das Wetter würde einfach bleiben, wie es war: viel zu heiß und viel zu trocken. Im Anschluss an den Wetterbericht gab es ein Interview mit verschiedenen Vertretern des Bauernverbandes. Ob vielleicht in der nächsten Woche der Umschwung kommen würde. Einmal müsste er ja kommen, hieß es. Ja, er würde, er wird kommen. Sicherlich. Vielleicht schon zum Ende der Woche, Prognosen können irren, oder? *Vielleicht sagen Sie mal was dazu* – einem der interviewten Bauern versagte die Stimme. Marius Gent hatte aufgehört zu graben und seine Hände über dem Spatenstiel zusammengelegt.

»Das klingt nicht gut«, sagte er.

»Machst du dir Sorgen – übers Wetter?«, fragte Jon.

»Weißt du, Jon, wenn die Landwirte aufhören zu klagen und anfangen zu hoffen, dann ist das auf jeden Fall Grund zur Sorge – aber das hier ist – also, das hier ist ja schon eine Beschwörung. Das nimmt hier ganz neue Dimensionen an.«

Jon nickte. Dass etwas ganz neue Dimensionen annehmen konnte, indem sich nichts änderte, diesen Gedanken – oder war es eine Tatsache? – konnte er unmittelbar unterschreiben. Während er hier und dort einen Pfosten hielt und ab und zu die Wasserwaage, sah er über die Wiese. Sie war jetzt durchgängig hellgelb. Die Sonne hatte selbst das Gelbbraun noch einmal ausgeblichen und war mit dem Ausbleichen offensichtlich noch nicht fertig. Er hatte das Gefühl, er könne zusehen, wie von Minute zu Minute alles seine Farbe verlor. Was war mit ihm selbst? Auch seine Haare würden heller und heller werden. Am Ende der Ferien (die keine Ferien waren, weil am Ende nicht die Schule auf ihn wartete, sondern Nichts) würde er strohblond oder weizenweiß geworden sein und könnte eine andere Identität annehmen und sich als ein neuer Mitschüler in seiner alten Schule anmelden, und nur Sunny würde es merken, denn Sunny war die Einzige, die ihn dort jemals richtig angesehen hatte. Es würde ihrer beider Geheimnis bleiben. Er überlegte, ob irgendwo ein Spiegel war, in dem er nachsehen konnte, wie hell sein Haar schon geworden war.

»Gibt es hier irgendwo einen Spiegel?«

»Nur den Wasserspiegel. Unten am See.«

»Kann man im Wasserspiegel Farben sehen?«

»Sehr gute Frage.«

»Kann man?«

»Glaub schon.«

»Lass uns nachher nachsehen.«

»Wie kommst du drauf?«

»Egal.«

Im Radio lief ein Gewinnspiel: Brandenburg sucht den Hitzekönig. Wer macht die gerade schweißtreibendste Arbeit? Anrufen und Gutschein für Getränkegroßmarkt gewinnen.

»Wollen wir da mitmachen?«, fragte sein Vater mit einem schiefen Lächeln. Er erwartete keine Antwort. Jon dachte einen Moment darüber nach, wie es wäre, einen Suchaufruf übers Radio zu starten: ›Gesucht wird Sunny. Ca. 1,70 groß, dunkelblond, sehr schönes Lächeln, wahrscheinlich in Ostafrika unterwegs. Nachrichten über ihren Verbleib bitte an Jonathan Ausgemustert. An der Knabenkrautwiese 1a in 00000 Draußen.‹

Während er dies dachte, lief das Radio weiter, natürlich lief es weiter, auch wenn er es nicht wahrnahm, aber in genau dem Moment, in dem er an Sunny dachte, *indem* er ihren

Namen dachte, nein, nicht ihren Namen, sondern den Namen, den *er ihr* gegeben hatte: *Sunny*, genau in diesem Moment kam dieses Wort, kam ihr Name über die Lautsprecher in sein Ohr und verschmolz dort mit dem gedachten Wort, sodass es war, als wenn das Wort aus seinem Kopf durch den Kehlkopf eines anderen Menschen ins Radio und von dort über den Lautsprecher zurück in sein Ohr gedrungen war, und nicht nur in seines, sondern hörbar für die ganze Welt. Nichts als ein Zufall, aber einer, der ihm inmitten der Hitze einen kalten Schauer über den Rücken jagte. *Sunny* – das war nicht gesprochen und nicht gesungen worden, es war ein Rufen, genauso wie er es selbst hätte rufen wollen, ein Rufen, in dem eigentlich alles lag, was sonst noch gesagt werden konnte. *Sunny* – er hatte gewusst, dass es dieses Lied gab, er hatte es oft gehört im Radio, aber noch nie so. Und bis jetzt hatte er an Sunny noch nicht in Verbindung mit diesem Song gedacht, obwohl es ihm schien, als ob es eine einfache logische Verbindung zwischen den beiden gab, jedenfalls hörte es sich bei dieser Sängerin so an. Es war, als würde sie dort drüben auf dem Gartenzaun hocken und, während sie sang, die Fäden des Schnurgerüstes aufrollen oder im nächsten Moment –

»Das war Billie Eilish«, sagte der Moderator. »Immer für eine Überraschung gut.«

»Schöne Version«, sagte sein Vater.

Jon wollte nicht, dass sein Vater sich in seine Gedanken hineinredete. Er tat, als habe er es nicht gehört.

»Da ist er wieder«, sagte er, um von *Sunny* abzulenken, und nickte zu dem alten Mann rüber, der jeden Tag zur selben Zeit den Weg an der Wiese entlang Richtung Wald ging. »Kuckuck« hatten ihn die Zwillinge getauft, weil er so pünktlich in Erscheinung trat wie der Kuckuck einer Schwarzwälder Uhr. Wie immer blieb er einen Augenblick bei ihnen stehen. Er legte seinen Kopf in den Nacken, deutete mit dem Gehstock in die Sonne und sagte: »Dat würd nüscht mehr. Wenn's an Johanni dreimal zehn Tage nicht geregnet hat, ist der Feuermann los.«

Dann zog er seine Schirmmütze wieder tiefer in die Stirn und ging weiter.

»Ja, ja«, sagte sein Vater, »die Waldbrandgefahr ist hoch wie nie. Es braucht nicht viel.«

Exakt eine Stunde später kam der Kuckuck auf seinem Rückweg wieder bei ihnen vorbei, und wieder blieb er stehen. Er schaute eine Weile zu, wie sie die Löcher für die Balken aushoben, die den Schuppen tragen sollten. Der Boden war so trocken, dass die Löcher zu versanden drohten, sobald sie die Schaufel einmal stillhielten. Der Kuckuck nickte, als hätte er es vorausgesehen. Kann er nicht einfach mal weitergehen, dachte Jon. Ohne blöde Sprüche.

»Dunst ist die Welle, Staub ist die Quelle«, sagte der Kuckuck. Er tippte kurz an seine Schirmmütze und brach wieder auf.

»Hab ich doch schon mal irgendwo gehört«, sagte seine Mutter, »wie war das eben? Dunst ist die Welle, Staub ist – Staub ist was noch mal?«

»Apropos Staub«, sagte sein Vater, »lass uns doch mal zum See gehen.«

Tatsächlich lag der See in der Windstille da wie ein Spiegel. Er spiegelte die grüngelblichen Baumkronen. Damit war die Farbfrage beantwortet. Allerdings nur halb, denn der See war auch dort, wo er nichts spiegelte, grün. Das müsste man weiter beobachten. Jon ging ins Wasser, es war warm, *viel zu warm für die Jahreszeit,* rekordwarm, und dennoch fast noch erfrischend. Als ihm das Wasser bis zum Bauchnabel reichte, beugte er sich über die glatte Oberfläche, über die nur ein paar Wasserläufer schwirrten. Der See spiegelte ihm ein Gesicht zurück, das noch sehr an Jonathan Gent erinnerte, wie er einst Schüler gewesen war. Seltsamerweise.

Es war am siebten Tag ohne Nachricht von Sunny, als Jon mit einem Beutel Zement in der Hand über eine Wurzel stolperte und sein Handy aus der Hosentasche direkt in den Kübel hineinrutschte, in den sein Vater gerade das Wasser zum Betonmischen gekippt hatte. Jon sah es in dem schwarzen Eimer mit grauschlierigem Wasser versinken. Er war wie gelähmt und konnte erst mit einer kleinen Verzögerung danach greifen und es bergen. Seine Mutter opferte eine Packung Basmatireis, um das Handy trockenzulegen. Danach flackerte es noch einmal kurz auf, bevor es sich endgültig verabschiedete. Jons Hals wurde eng. Außenbezirk, Bauwagen, Knabenkraut, Dünenrosen, Schnurgerüst. Alles ohne Smartphone. Sein Schicksal war besiegelt. Im Außenbezirk ohne Außenkontakt. Ein wunderlicher Alter würde er werden. Ein Waldschrat mit langem Bart und irrem Blick. Ein alter Mann, der, am Waldrand entlangschlurfend, den Feuermann kommen sah.

Er verzog sich in den Bauwagen, schloss die Tür und heulte. Es war ein Wimmern, das im Magen anfing und das die Tränen brauchte, um aus ihm herauszukommen. Und er konnte absolut nichts dagegen tun. Wimmern und Weinen hielten sich gegenseitig in Gang. Er versuchte es zu stoppen, krümmte sich auf dem Schlafsack zusammen, hielt sich die Hand vor den Mund, vor die Augen, presste eine Faust in den Magen und hieb mit der anderen auf den Boden. Nichts half, bis es langsam auslief und er sich aufrichten konnte. Er hatte ein Foto von Sunny auf seinem Handy gehabt. Das immerhin hatte er noch gehabt. Er hatte es nicht mehr. Er starrte gegen die Wand. Er musste das Foto aus der Erinnerung heraus in sein Hirn einbrennen.

Das Foto hatte Sunny gezeigt, wie sie beim letzten Sponsorenlauf die Klassenergebnisse verkündete. Auf diesem Foto hatte sie gelächelt, wie nur sie lächelte, hauptsächlich mit beziehungsweise in den Augen und immer so, dass man dachte, da gibt's zwei kleine Sonnen, und die hat sie jetzt gerade angeschaltet. Deswegen hieß sie Sunny. Für ihn. Und für die anderen hieß sie so, wie sie offiziell hieß: Sanya.

Sunny, die Nomadin, bei ihnen gelandet in der 10c, durch ein unverhofftes Glück, einzig, weil ihre Eltern die Sesshaftigkeit ausprobieren wollten, so lautete jedenfalls die offizielle Erklärung, die sich herumgesprochen hatte. Zuvor hatten ihre Eltern sie einfach überall mit hingenommen, wo sie zwischen dem 30. Breitengrad Nord und dem 30. Breitengrad Süd gerade unterwegs gewesen waren, aber mit der Zeit hatten dann immer mehr Leute zu ihnen gesagt: Also versetzt euch doch bitte mal in euer Kind hinein, das weiß ja gar nicht, wo es hingehört – Na zu uns!, werden sie geantwortet haben. – Aber ihr seid ja immer auf Achse, wie soll das Kind die Schule schaffen, Freundschaften aufbauen undsoweiterundsoweiter, *das arme Kind.* Und schon hatte das ihnen eingeredete schlechte Gewissen sich wie eine Schlingpflanze um die nomadisierenden Beine von Sunnys Eltern gelegt, sodass sie gar nicht umhin kamen zu beschließen: Wir könnten es ja vielleicht mal versuchen, mit einem festen Wohnsitz undsoweiterundsoweiter – für eine Weile. Und so war Sunny in seine, ausgerechnet in seine, in Jonathan Gents, Klasse gekommen, mitten im Schuljahr. Das gab es sonst nur bei Geflüchteten und Managerkindern, weil Kriege und Aktienkurse sich nicht an Schuljahre hielten. In beiden Fällen war der Aufenthalt nicht von Dauer. Geflüchtete wanderten in Willkommensprogramme ab und Managerkinder in Privatschulen. Sunny gehörte in keine der beiden Gruppen, und sie blieb, Tag um Tag, Woche um Woche, und dennoch lebte Jon in ständiger Befürchtung, schon bald, womöglich bereits morgen, würde sie nicht mehr zur Schule kommen. Deshalb war *er* jeden Tag in die Schule gegangen, pünktlich und überpünktlich, mit Halsschmerzen, mit Kopfschmerzen, egal, er musste wissen, ob sie noch da war. An den Nachmittagen hatte er damit zu tun, sich an sie zu erinnern. Waren ihre Augen wirklich hellgrau? Gab es das überhaupt als Augenfarbe? Er hatte noch nie einen Ausweis gesehen, in dem unter Augenfarbe Hellgrau eingetragen war. Und konnte es sein, dass sie tatsächlich nur auf einer Hälfte ihres Gesichts Sommersprossen hatte? Als wenn jemand gesagt hätte: Schau mal, so würdest du mit Sommersprossen aussehen. Und so ohne. Und sie geantwortet hätte: Ja, gern, ist mir beides recht. Und dieser Jemand hätte daraufhin gesagt: Gut, dann machen wir einfach Hälfte/Hälfte.

Erst hieß es, sie sei noch nie richtig in die Schule gegangen und jetzt habe sie die Gelegenheit, vieles nachzuholen, bis alle dann ziemlich schnell kapiert hatten, dass Sunny einsame Spitze war, und zwar gerade weil sie bis dahin immer dort, wo sie gerade gewesen war, mitunterrichtet worden war, vor allem in der Konzentration auf das, was gerade dran war. Während alle anderen in der 10c Bleistifte zernagten, Blätter sortierten, motzten, verhandelten, ob es nicht auch eine Aufgabe weniger sein konnte, hatte sie alles schon erledigt. Wahrscheinlich wunderte sie sich sehr darüber, was man so alles tat, um nichts tun zu müssen, ließ es aber niemanden spüren und las unterm Tisch in einem Buch, bis alle so weit waren.

Sie sammelte ihre guten Noten im Vorübergehen wie andere Leute Beeren von Sträuchern als Wegzehrung, ohne Rumzappeln vor einer Arbeit und diesem *Ich hab's bestimmt verhauen,* und hinterher ist es eine glatte Eins. So war Sunny nicht. Daran war sie nicht interessiert. Sunny kam nicht nur mit in der Schule, sondern die Schule hatte Mühe, mit ihr mitzukommen. Und was Freundschaften anbelangte: Da war nichts im Aufbau. Sunny pflegte eine sehr allgemeine, sozusagen freischwebende Freundlichkeit, die die ganze Klasse umfasste. Bis zu dem Tag, als ihre Zuwendung spezieller wurde und sie in seiner, Jons, Welt die Sonne aufgehen ließ. Es war ein Donnerstag im April gewesen, und es hing mit ihren Haaren zusammen.

Sunnys Haare waren eine wirre Wolke, mal heller, mal dunkler, mal hochgebunden, ganz oder teilweise. Zu dieser ganzen Verwickeltheit passten die dazwischen reingeflochtenen Dreads, die wahrscheinlich so etwas wie Kämmen unmöglich machten, und so war Kämmen vermutlich das Einzige, was in ihrer Familie wirklich hinten runtergefallen war. Ihr Haarschopf sah jeden Tag ein bisschen anders und doch unverkennbar nach Sunny aus. Er fand ihn unglaublich schön und konnte oft seine Blicke nicht davon lösen. Aber er hatte auch die Blicke der anderen gesehen, die von hinten und von der Seite her auf Sunnys Haaren ruhten und sich dann untereinander trafen. Blicke aus scheinbar unbeteiligten Gesichtern. Aber die Augen verrieten unfreundliche Gedanken.

Eines Tages war es so weit, im Klassenrat, dieser Stunde für alles und nichts, die der Mathelehrer leitete, der gleichzeitig Klassenlehrer war. Er konnte nur mühsam verbergen, wie lästig ihm dieser undefinierte Austausch und überhaupt sein Job als Klassenlehrer war. Auf die übliche Frage, ob etwas zu besprechen sei, die normalerweise regelmäßig weggeschnarcht wurde, meldete sich Hilla. Hilla war politisch aktiv. Politisch aktiv war gut. Man konnte sich darauf verlassen, dass sie die Lage unter Kontrolle hatten, dass ihr und Anne und Laura nichts entging. Im Zweifelsfall konnte man sich quasi mühelos dazuschalten. Im letzten Jahr hatten sie es in die Auswahlrunde für den Preis *Global Responsibility and You!* geschafft und waren dadurch irgendwie geadelt.

»Kulturelle Aneignung«, sagte Hilla, »ist etwas, das in unserer Klasse keinen Raum haben darf. Hat es nun aber leider doch. Wie man sieht.«

Keine Reaktion. Hatte überhaupt jemand zugehört?

»Ich fürchte, ihr müsst etwas konkreter werden«, meinte der Lehrer.

»Dreads sind kulturelle Aneignung.«

Die ersten Blicke wanderten rüber zu Sunny, die gerade unter der Bank mit ihrem Solohalma-Spiel beschäftigt war und nichts mitgeschnitten hatte.

»Sanya, ich fürchte, es geht um dich«, meinte der Lehrer.

Sunny richtete sich auf. Sie schaute freundlich in die Runde: »'tschuldigung, ich hab's gerade nicht mitbekommen.«

»Deine Haare.«

»Was ist mit meinen Haaren?«

»Du trägst das Symbol der Rastafari – ohne eine zu sein.«

Man sah Sunny an, dass sie aus allen Wolken fiel, dass sie nach Worten suchte.

Rastafari. Rastafari?, dachte Jon. Hilla mit ihrem Yin-und-Yang-Tattoo, Laura mit ihrer Salsa-Manie und Anne, die regelmäßig das Schulcafé mit Räucherstäbchen einnebelte – sie alle drei wussten offenbar ganz genau, was Sunny falsch machte. Was war hier los?

Der Mathelehrer sah aus dem Fenster. In Jon wuchs das Bedürfnis, ein paar Leute vom Stuhl zu zerren. Das kannte er nicht von sich.

»Ich fürchte, das ist ein großes Thema«, sagte der Lehrer.

Immer fürchtete er etwas. Warum war er Lehrer geworden?, dachte Jon. Lehrer sein und sich fürchten passte nicht zusammen. Er hätte nicht sich fürchten, sondern einschreiten müssen, sich vor Sunny stellen müssen. Warum tat er das nicht? Warum sah er aus dem Fenster?

Es waren nur Hilla, Anne und Laura, aber sie erteilten sich gegenseitig das Wort, oder, besser gesagt, sie gaben sich das Wort weiter, wie geschmiert lief das. Ohne Punkt und Komma. Das machen sie nicht zum ersten Mal, dachte Jon.

»Wenn man die Zeichen der Rasta-Religion einfach so übernimmt«

»Ohne Ahnung zu haben«
»Von ihrer kulturellen Identität«
»Ihrer authentischen«
»Spiritualität«
»Ihren Gebräuche eben«
Sunny hatte sich am Tisch ganz aufgerichtet, mit sehr geradem Rücken saß sie jetzt da, hatte konzentriert zugehört, aber Jon meinte, ein Zittern in ihrer Stimme zu hören, als sie sagte: »Ihr meint meine *Locs?* Die haben Ayana und Makeda mir in die Haare gehäkelt. Meine Freundinnen in Äthiopien. Zum Abschied. Zur Erinnerung.«
Stille.
Und sie sei froh, dass sie die habe, und die seien ihr wirklich viel wert.
Sich etwas nicht kulturell anzueignen sei auch viel wert, und eigentlich habe man beschlossen, sie zu bitten, sich von den Rastas zu trennen. Man sei eine Schule ohne Rassismus. Oder etwa nicht? Hilla & Co sahen den Lehrer an.
»Nun, ich fürchte –«
Nein, das würde sie nicht machen, sagte Sunny. Sie saß nur noch so eben da, war zum Gehen bereit. Jon sah, wie sie auf dem Tisch ihre Stifte und unter dem Tisch ihre Füße ordnete. Um jederzeit aufstehen und gehen zu können. Er war verzweifelt. Er würde mit ihr gehen.
»Ich fürchte, das geht doch ein bisschen weit«, sagte der Klassenlehrer.
»Sanya, wir wollen dich hier nur aufmerksam machen auf die Problematik von cultural appropriation, sorry. Ist nicht persönlich gemeint.«
Sunny schwieg. Sie schien zu grübeln und sich innerlich bereits weit aus diesem Klassenzimmer entfernt zu haben. Jon spürte, wie ihm schnell und heiß die Tränen in die Augen schossen. Er schluckte sie runter. Es kamen neue.
»Will jemand noch etwas sagen? Sonst müssen wir uns

anderen Punkten zuwenden. Es sind noch die Aufgaben für die Projektwoche nach den Ferien zu verteilen, fürchte ich, da hat es offenbar Ärger gegeben, und wartet mal, was habe ich hier sonst noch aufgeschrieben –«

Es passieren seltsame Dinge, wenn sich etwas zuspitzt. Man will etwas tun, etwas sagen, die Gelegenheiten ziehen vorbei, schneller, als man gucken kann. In Sekundenschnelle bereitet man sich innerlich auf etwas vor, fasst einen Plan, man verwirft ihn, man fasst Mut, man verliert ihn, bis auf einmal der Plan das Ruder übernimmt und sagt: jetzt, wo ich schon mal hier bin – Jon hatte den Arm gehoben und auf das kurze trockene Nicken des Klassenlehrers gesagt:

»Ein Geschenk kann gar keine kulturelle Aneignung sein, weil man sich ein Geschenk nicht aneignen kann.«

Alle schienen froh, ihren Blick auf jemand anderen als Sunny richten zu dürfen, und starrten Jon an. Jon, der noch nie etwas gesagt hatte im Klassenrat. Jon, von dem man wusste, dass er nichts lieber tat, als mit seinen eigenen Gedanken abzuhängen, und an den Geschehnissen im Unterricht in der Regel nicht interessiert war.

»Logisch betrachtet«, hatte Jon hinterhergeschoben und gesehen, wie sein Mathelehrer, der jede Hoffnung auf logisches Denken bei ihm längst begraben hatte, den Mund öffnete, um ihm reflexartig zu widersprechen, und dann nach langen zwei Sekunden den Mund wieder schloss und seine Lippen in den Bart eingrub (den er sich vom Neandertaler kulturell angeeignet hatte). Was aber viel wichtiger gewesen war: Sunny hatte den Kopf gedreht und ihn angesehen, wie sie bislang keine und keinen in der Klasse, wie sie hier überhaupt noch nie jemanden angesehen hatte. *Oh, ein Mensch*, schien dieser Blick zu sagen. *Ein Mensch von der Sorte, wie ich sie aus meinem früheren Leben kenne, aus einem anderen Teil der Welt.* Ihre freischwebende Freundlichkeit hatte einen Landeplatz gefunden und sich einen Moment lang niedergelassen. Quasi im Gegenzug hatte er selbst zu schweben begonnen. Er konnte sich nicht erinnern, dass sich etwas jemals so gut angefühlt hatte wie dieses Schweben.

Als Jon am nächsten Tag hörte, dass Sunnys Vater beim stellvertretenden Direktor aufgekreuzt war, waren das die schwärzesten Stunden in diesem Schuljahr, weil er sicher war, Sunnys Vater würde sie von der Schule abmelden, und dann, in der großen Pause, sah er ihn, ein eher kleiner, schlanker und durchtrainierter Typ mit ähnlichem Haarschopf wie Sunny, nur ohne Spangen und Dreads, wie er draußen vor der Tür stand und sich vom stellvertretenden Direktor verabschiedete, der offenbar erwartete, dass ihm eine Hand zum Abschied gegeben werden würde, aber er bekam sie nicht.

Sunny blieb. Doch ihr Vater hatte die Gunst der Stunde begriffen und gegen den angedeuteten Vorwurf von Mobbing günstige Konditionen für außerplanmäßige Befreiungen herausverhandelt. Die Schulsekretärin war mit der Mutter einer Mitschülerin befreundet. Die beiden gingen montagabends zusammen in die Sauna, und am Dienstagmorgen war man in der 10c im Bilde darüber, was in der Schule hinter den Kulissen ablief. *Und ich dachte immer, Entwicklungshelfer sind Weltfremde, die die Welt retten wollen,* soll sie gesagt haben, aber dieser Vater hätte spitzenmäßig verhandelt. Und dass der mal die Gewerkschaft coachen müsste bei den nächsten Gehaltsverhandlungen, da könne er hierzulande auch einiges für die Entwicklung tun.

Die Sache hatte dann noch ein anderes Nachspiel gehabt. Der weniger politisch aktive Anteil der Klasse wollte wiedergutmachen, was da über Sunny hereingebrochen war, und hatte die phantastische Idee, ihre Freundschaft ebenfalls in Sunnys Haarschopf einzubringen, nur sozusagen vom anderen Ende her: In einer großen Pause rückten sie ihr mit einer elektrischen Haarbürste auf den Leib, um alles um ihre Locs herum mit hundert Millionen Ionen einer sirrenden und blau leuchtenden Haarbürste durchzukämmen. *So bekommt man den geilsten Glanz ins Haar, Sanya! Wahrscheinlich kennst du das noch nicht, wir benutzen alle hier seit dem letzten Sommer solche Bürsten.* Sunny ließ diese Aktion freundlich über sich ergehen, bestimmt hatte sie es irgendwo zwischen dem 30. Breitengrad Nord und dem 30. Breitengrad Süd gelernt, wie man besonders idiotische, aber nicht böse gemeinte Sätze einfach überhörte, so tat, als seien sie nicht gesagt worden. Tatsächlich lag alles, was an ihrem Haar nicht Dread war, in schimmerndem Dunkelblond über ihren Schultern – und sah so fremd aus, viel fremder als vorher, aber die, die mit Softhair Deluxe angerückt waren, zeigten sich schwer begeistert, auch von sich selbst. Sie hopsten mit zwei Spiegeln vor und hinter ihr herum und riefen *Oh my god*. Sunny registrierte mit einem Lächeln das Ergebnis und sagte: *Schau mal einer an,* und schaute dabei keine von ihnen an. Richtig angeschaut hatte sie nur ihn, Jon, der seither wusste, wie Sunnys Gesicht aussah, wenn sie wirklich jemanden anschaute. Schon tags drauf sah Sunny aus wie immer. *Oh my god*-Ionen waren nicht für die Ewigkeit. Davon abgesehen, wurde es damals, nicht lange nach Ostern, sowieso sehr schnell viel zu heiß für Warmluftbürsten.

Aber sie beide, Sunny und er, hatten begonnen zu reden, erst mehr oder weniger zwischen Tür und Angel über die Hausaufgaben und die Frage, was man in der Schulkantine essen konnte und was lieber nicht, dann, wann der Schulbasar stattfand und ob sie vielleicht zusammen den Bücherstand machen könnten, dann, ziemlich bald, waren sie nebeneinander hergelaufen, und irgendwann hatte er sie mit Sunny angesprochen, weil er sie in Gedanken schon immer so genannt hatte, seit dem Moment, als sie zum ersten Mal in seiner Klasse aufgetaucht war, und sie hatte gelächelt, und er hatte es erst gar nicht gemerkt, aber dann schon, und hatte sie gefragt, ob *Sunny* okay wäre, und sie hatte gesagt, auf jeden Fall, viele nennen mich Sunny, also nicht gerade hier, aber sonst. Ich mag das. – Ich mag das war fast ein Ich mag *dich* gewesen, vielleicht noch nicht einmal nur ›fast‹, denn dass sie ihn mochte, das hatte sie ihm gezeigt, und gerade waren sie drauf und dran gewesen, unzertrennlich zu werden, als das Draußensein passiert war.

In der zweiten Woche im Draußen saß Livia Gent abends vor dem Sturmzelt, biss in einen Apfel und sagte: »Wir brauchen ein Attest. Alle, mit denen ich spreche, sprechen immer nur von Attest. Mit einem Attest könnte vielleicht was gehen.«

»Ein Attest?«

»Ein Brief vom Arzt, weißt du doch.«

»Ich weiß, was ein Attest ist, aber ich bin ja nicht krank.«

»Natürlich nicht.«

»Ich soll so tun?«

Seine Mutter antwortete nicht. Sie sah ihn an, schüttelte den Kopf, fuhr sich durch die Haare und schob mit den Füßen vertrocknete Blätter von rechts nach links.

»Ach verdammt«, sagte sie und warf den Apfelgriepsch weit ins Naturschutzgebiet hinein. Wahrscheinlich war er direkt auf dem Knabenkraut gelandet und gab ihm jetzt den Rest, dachte Jon. Beide starrten in den riesigen Vollmond, der auch die Sonne hätte sein können, viel Temperaturänderung hatte es durch den Wachwechsel von Sonne zu Mond jedenfalls nicht gegeben.

»Im Prinzip, haben alle gesagt, ist das die einzige Möglichkeit.«

»Warum?«

»Weil man Ärzten nicht widerspricht.«

»Selbst die Schule nicht?«

Seine Mutter schwieg.

»Du meinst, an ihnen kommt nicht mal ein Direktor vorbei?«, hakte Jon nach.

»Ja, scheint so. Trotz Schweigepflicht haben sie immer das letzte Wort.« Seine Mutter sah ihn an, und wie sie ihn ansah, sah man ihr an, dass sie schon wusste, was Jon jetzt sagen würde, aber er sagte es trotzdem: »Warum bist du dann nicht Ärztin geworden?«

»Ich kann kein Blut sehen.«

»Stimmt doch gar nicht.«

»Nein, stimmt nicht.«

Wie verzweifelt musste sie sein?

Livia Gent hasste Ärzte und Arztpraxen, Krankenhäuser. Insbesondere hasste sie es, an der Anmeldung zu stehen und Blätter ausfüllen zu müssen. Dass sie, bevor ihr jemand ins Gesicht sah, alles zu Protokoll geben musste, was an Krankheiten so aufgetaucht war in ihrem Leben und in dem ihrer Vorfahren, von Kopf bis Fuß, von Altersdiabetes bis zu Zirbeldrüsenentzündung, damit die Ärzte, die das überfliegen, während sie ins Behandlungszimmer vorgelassen wurde, in die Lage sind, ohne Aufsehen sagen können: Bauchweh, sagen Sie? Na, dann wollen wir lieber gleich mal auf Zirbeldrüsenentzündung testen. Was? Sie tippen auf Magen-Darm? Ja, geht gerade wieder rum, aber wir machen am besten mal gleich einen Ultraschall, und hier ist die Überweisung zum Zirbeldrüsenoberfachmann, der hat ein hochauflösendes Zirbeldrüsenspezialgerät, da sollten Sie sich ohnehin alle drei Monate mal runterlegen. Sie mit Ihrer familiären Zirbeldrüsenvorgeschichte. Was da alles noch draus werden kann. Nein, sie ging nicht zum Arzt, außer in Fällen, die sichtlich bedrohlich waren. Und dann ging sie nicht zum Normalarzt, sondern zum Durchgangsarzt, wo Leute mit aufgeschnittenen Händen und gebrochenen Armen sitzen und durchgeschleust werden, ohne viel Zettelkram, deshalb dieser Name: Durchgangsarzt. Durchgangsarzt ist ein schönes Wort, sagte seine Mutter. Leute, die sich die Hand aufgeschnitten oder den Arm gebrochen hatten, konnten schon rein praktisch keine Fragebogen ausfüllen. Eines der letzten Male, als seine Mutter bei einem richtigen Arzt war – sie litt in der zweiten Woche an einem schweren Magen-Darm-Virus –, hatte sie ihre Krankenkassenkarte vergessen, und Jon hatte sie nachbringen und live und in Farbe mitansehen dürfen, was da gerade stattfand. Seine Mutter hatte tatsächlich den gesamten Fragebogen in kleiner Schrift vollgeschrieben mit allen möglichen Krankheiten, die sie erstaunlicherweise bis zu diesem Magen-Darm-Virus überlebt hatte, und dann bis in die zigste Generation Krankengeschichte geschrieben, einem Ururgroßvater hatte sie einen vierfachen Herzinfarkt angedichtet und einer Großtante zentnerschwere Nierensteine. Und dann hatte sie in ihrem Zorn noch einen zweiten Bogen erbeten, ganz freundlich, und schließlich die eng beschriebenen Seiten der Sprechstundenhilfe auf den Tisch geknallt. Dann hatte sie, schön laut natürlich, »Ich bin viel zu krank für einen Arzt, viel zu krank!!« gerufen und war abgezogen und hatte sich zu Hause Ingwertee aufgebrüht. Er hatte mit der Karte hinterhertrotten dürfen und an Mütter gedacht, die einfach mal ein Formular ganz normal ausfüllen und nicht aus jedem Ding ein Drama machen.

Und jetzt wollte sie ihm ein Attest besorgen?

Er überlegte, wie es sich anfühlen würde, mit einem Attest wieder in der Schule aufzutauchen. Ob Sunny sich daran stören würde? Sicher nicht. Aber war es sicher, dass sie denn wiederkommen würde? Er jedenfalls musste es versuchen, notfalls mit Attest.

»Ja, lass uns das machen«, sagte Jon.

»Finde ich auch«, meinte seine Mutter. »Attest ist zwar kein schönes Wort, aber wenn's sein muss.«

Nach einigen Wegen zur Autobahn und zurück hatten sie innerhalb einer Woche nicht nur einen, sondern sogar zwei Termine in der Tasche, die ihnen eine Hotline (diese Bezeichnung klang auf einmal extrem lächerlich) vermittelt hatte. Der eine bei der Diplom-Psychologin Cornelia Schmitz, Schwerpunkt Lern- und Aufmerksamkeitsprobleme (*hat sehr viel Erfahrung*, hatte die Frau bei der Hotline gesagt), und bei einem Jugendlichentherapeuten namens Edgar Klinger (*mit dem arbeitet Frau Schmitz immer gern zusammen*, so wiederum die Sekretärin von Frau Schmitz). Wenige Tage später fuhren sie nach Berlin.

»Was ist das denn eigentlich für ein Wort?«, meinte seine Mutter, als sie im Auto Adressen und Termine noch einmal checkte. »Jugendlichentherapeut. Klingt irgendwie falsch.«

»Ist aber wahrscheinlich absolut korrekt.«

»Hm.«

»Wart' mal. Vorne Plural. Hinten Singular.«

»So weit, so gut.«

»Nein, nicht gut, irgendetwas passt nicht.«

»Passt *dir* nicht, willst du sagen.«

»Wenn ich etwas sagen *will*, sag ich es.«

Pause.

»Ich glaube, ich hab's: Da liegen Adjektiv und Akkusativobjekt über Kreuz. Und zwar durch die Deklination, die es beiden Seiten recht machen will und dabei – ja, nun, scheitert, würde ich sagen.«

»Hm.« Sein Vater hielt sich weiterhin zurück.

»Hauptsache, er ist nett«, schaltete Jon sich ein. Er fand, das war ein gutes Schlusswort.

Pause.

»Aber der kollektive Singular wäre in diesem Fall doch

auch Quatsch. Die Jugend therapieren. Will ja niemand, oder? Schwierig. Denkt doch mal mit.«

Die Blicke von Jon und seinem Vater trafen sich im Rückspiegel. *Nur nichts mehr sagen. Einfach auslaufen lassen.* So fuhren sie schweigend Richtung Stadt, die in der Hitze fremd und verlassen vor ihnen lag. Die Grünanlagen waren braun. Die Leute schauten unbeteiligt ins Leere, so, als gingen weder Stadt noch Hitze, noch Ampelfarben sie irgendetwas an. Als hätten sie mit alledem bereits vor längerer Zeit abgeschlossen.

Sein Vater setzte sie bei Cornelia Schmitz ab und fuhr weiter zum Baumarkt. Die Praxis war im Erdgeschoss eines Hochhauses.

Die Bögen zum Ausfüllen bekamen sie, gleich nachdem sie die Praxis betreten hatten. Der Warteraum hatte nur ein kleines schmales Fenster weit oben in der Wand, aber dafür einen Ventilator, der die Blätter, die sie ausfüllen sollten, etwa alle fünfzehn Sekunden aufwirbelte. Livia Gent hatte sich offenbar vorgenommen, keinen Ärger zu machen, und trug mit zusammengekniffenem Mund das Nötigste ein, sogar einigermaßen leserlich. Dann wurde die Krankenkassenkarte erbeten, und das Warten begann. Jon starrte auf einen dieser Kalender, bei denen ein rotes Plastikrechteck voranrückte, um den aktuellen Tag zu markieren. Es war Mittwoch, aber das rote Ding hielt sich noch am vergangenen Freitag fest. Wahrscheinlich, dachte Jon, war dies der erste Test auf dem Weg zum Attest. Wer es nicht bemerkte, war attestreif, und wer es bemerkte, der konnte gleich wieder gehen oder aber – ja, genau, es war ein Bilderrätsel. Die Zwillinge liebten Bilderrätsel, und dank der Zwillinge waren sie alle sehr gut darin geworden, und genau deshalb hatte er jetzt nicht nur erkennen können, dass, erstens, hier ein Bilderrätsel vorlag und, zweitens, er die Lösung wusste, nämlich: *Die Zeichen der Zeit nicht erkennen*, was exakt das war, was seine Mutter öfter mal zu ihm sagte, durchaus auch mal in Hinblick auf Schule. Ob es für den Erhalt eines Attests gut oder nicht gut war, ein Bilderrätsel lösen zu können? Natürlich war es immer auch noch möglich, dass die Leute hier selbst die Zeichen der Zeit nicht erkannt hatten. Oder sie wollten sich zu erkennen geben als Leute, die keinen Wert darauf legten, die Zeichen der Zeit zu erkennen, weil sie darin eine Abhängigkeit (von der Zeit) erkannten. Vielleicht war es auch so, dass wegen des immer gleichbleibenden Wetters das Weiterrücken des Datums sich irgendwie erübrigte, und die Leute hier das schon wussten, bevor es alle wussten, und sie für diese Erkenntnis ein Zeichen geben wollten. Gerade als Jon dachte, dass es wahrscheinlich noch weitere Möglichkeiten gab, vielleicht verbargen sich ja noch mehr Zeichen in dem Kalender, öffnete sich eine Tür, und eine Frau mit übergroßer Brille winkte ihn mit einer seltsam hektischen, dabei leisen, fast stimmlosen Freundlichkeit in ihr Zimmer, *rasch, rasch* – als sei das Wartezimmer voller Leute, die im Warten nicht gestört werden sollten, aber es waren ja nur sie beide da. Als seine Mutter ebenfalls aufstand, hob Frau Schmitz abwehrend eine Hand, oder, besser gesagt, sie gebot Einhalt. »Später«, sagte sie, und zum ersten Mal in seinem Leben sah Jon seine Mutter sprachlos gegenüber einer Autorität auf einen Stuhl zurücksinken. Insofern hatte sich dieser Ausflug ja schon mal gelohnt.

»Jon, du hast also Schwierigkeiten in der Schule«, sagte Frau Schmitz, als er ihr an einem großen Schreibtisch gegenübersaß.

»Ich weiß gar nicht –«

»Nun, wir werden der Sache auf den Grund gehen.«

»Ja, danke.«

»Du bist damit nicht allein, weißt du?«

»Hm.« Jon wusste nicht, ob sich das darauf bezog, dass

viele Jugendliche ähnliche Probleme hatten, oder darauf, dass sie, Cornelia Schmitz, ihn persönlich durch diese Krise führen, mit anderen Worten, das erforderliche Attest ausstellen würde, damit er wieder zurückkäme in seine Klasse und zu Sunny.

»Du füllst jetzt mal diese Aufgaben aus, und ich werte das dann sofort aus, und wir werden sehr schnell eine sehr gute Lösung finden.«

»Hm. Okay.«

»Hier, fang mal an.« Sie reichte ihm einige Blätter.

»Test Deutsch« stand auf dem obersten Blatt. Darunter eine fünfzeilige Zeitungsmeldung über die statistischen Zeiträume, in denen Jugendliche ihr Handy nutzten. *Fasse zusammen und schreibe ein Werturteil aus deiner Sicht.* Er war nicht darauf vorbereitet gewesen, aber so unangenehm war es gar nicht, hier in dem Büro zu sitzen und einen kleinen Aufsatz zum Thema Handy zu schreiben, wenn dann dabei herauskäme, dass er mit einem Attest zurückkönnte in die Schule. Und damit irgendwie auch wieder an ein Handy, wie zu hoffen war. Und es war ja nicht so, dass er zum Thema Handy nicht etwas zu sagen gehabt hätte. Er schrieb zügig einige Zeilen, und dann fuhr ihm der Gedanke durch den Kopf, dass er es jedenfalls nicht zu gut machen und nicht zu schlecht machen sollte – und während er noch über die richtige Strategie nachdachte, klingelte eine Uhr auf dem Schreibtisch von Frau Schmitz, und sie nahm ihm das Papier weg.

»Ich bin noch nicht fertig«, sagte Jon.

»Nicht so schlimm, wir müssen sehen, in welcher Zeit du was schaffst.«

»Aber ich wusste gar nicht, dass ich es –«

»Wie gesagt, nicht so schlimm, wir machen einfach weiter.«

Sie gab ihm weitere Blätter zu verschiedenen Themen

und Fächern. Seite um Seite löste Jon die Aufgaben, beeilte sich, wurde fahrig, dachte, dass bald die Uhr wieder klingeln würde. Gleichzeitig überlegte er fieberhaft, was genau es wäre, was zu einem Attest führen würde. Er müsste es doch so überzeugend wie möglich machen, also am besten auf irgendeine Weise krank sein. Kranksein gehörte zu Attest.

»Mir ist oft so schlecht«, hörte Jon sich sagen, als sie ihm die letzten Blätter abgenommen hatte.

»Ja, das wundert mich nicht. Aber das wird jetzt bald besser werden, glaub mir.«

Eigentlich ist sie ziemlich nett, dachte Jon, trotz ihrer Monsterbrille und ihrer hektischen Art. Und die Monsterbrille trug sie vielleicht nur, um durch Komik die Situation ein bisschen aufzulockern, wie das Zahnputzkrokodil in der Grundschule.

Während Frau Schmitz die Bogen durchschaute, sah Jon sich im Zimmer um. Ziemlich viele, ziemlich hohe Grünpflanzen standen hier herum. Von der Art, die man nicht oft gießen musste. Auf den dicken, dunkelgrünen Blättern hatte sich Staub gesammelt. Er schien fest mit den Blättern verbunden zu sein. Ob Staub die Farbe der Dinge annahm, auf die er fiel? Von wo fiel er eigentlich? Aus dem Nichts? Er dachte daran, dass die Frage, die neulich am See aufgetaucht war, ob Wasser Farben von oben spiegelt oder auch von unten selbst farbig nach oben spiegelt, noch nicht geklärt war. Jetzt kam Staub dazu. Es musste wirklich nicht Pi sein, wenn die Farbigkeit von Wasser und Staub noch unerforscht war. *Wenn* sie unerforscht war.

»Wir holen jetzt deine Mutter rein.«

Jon erwartete, dass in dem Gespräch jetzt Sätze fallen würden in der Art von: ›Wie ich mir schon gedacht habe, ist so weit alles in Ordnung. Jon ist altersgerecht verpeilt und sich des Ernstes der Lage nicht ganz bewusst, aber wir werden das hinbekommen mit einigen Konzentrationsübungen und viel Sport. Viel Sport ist gut fürs Denken.‹ Aber sie sagte nichts dergleichen. Sie sagte: »Wie ich mir schon gedacht habe, ist der Junge komplett überfordert. Es fängt schon damit an, dass er nicht in der Lage ist, Realität und Phantasie sauber zu unterscheiden. Gibt es schizoide Störungen bei Ihnen in der Familie?«

Sie blätterte die Bogen durch.

»Dem müsste man nachgehen. Jedenfalls, manches ist sogar ganz schön, wie er das Warten auf Nachrichten beschreibt, ja, das ist gar nicht schlecht, aber hier zum Beispiel, sehen Sie, diese Aufzählung, nach der gar nicht gefragt ist, alle Arten, wie Handys außer Funktion geraten und sich selbst außer Gefecht setzen, ja, das schreibt er hier so, schauen Sie mal, und dann diese zusammenhanglose Aufzählung mit Betonmischkübeln und Waldbrand, sieht gar nicht gut aus. Dass das erst jetzt auffällt. Musste es denn unbedingt das Gymnasium sein, Frau Gent?«

Livia Gent war dermaßen überrascht, dass sie zwar ansetzte zu antworten, ihr jedoch die Worte fehlten. Sie schloss den Mund und sah Jon an. Er hob die Schultern. Was sollte er sagen?

»Hinzu kommt die Rechtschreibschwäche, vor allem die Groß- und Kleinschreibung – sicher eine Legasthenie im Hintergrund –, das hätten Sie besser schon mal früher testen sollen, und natürlich die Matheschwäche ganz generell, außer bei den Textaufgaben sagt die Kurve ganz klar: Dyskalkulie.«

»Legasthenie und Dyskalkulie? Schizophrenie? Ich meine –«

»Um es kurz zu machen, Frau Gent –«

Inzwischen hatte sich Jons Mutter gesammelt und hob an, die Therapeutin zu unterbrechen, wurde aber wieder durch eine schnelle entschiedene Handbewegung gestoppt. Wie macht diese Frau das bloß?, dachte Jon. Vielleicht lag es an dieser Brille. Irgendetwas machte sie mit den Augen dahinter, etwas, das nicht ganz geheuer war.

»Außerdem«, fuhr sie fort, »ist dem Jungen ja regelmäßig schlecht. Das ist und bleibt nun einmal ein typisches Zeichen für Überforderung. Sie hätten längst kommen sollen.«

Wieder sah seine Mutter ihn fragend an. Jon verdrehte die Augen und schüttelte leicht den Kopf. Sie wusste doch ganz genau, dass ihm in der Schule nur schlecht war, wenn die Chicken Wings aus der Mensa nicht richtig durchgebraten waren, was öfter mal vorkam, vorgekommen war, weiter vorkommen würde. Ohne ihn.

»Ich empfehle eine Oberschule. Und wenn er da auch nicht mitkommt, also bei diesen Werten, hier, sehen Sie bitte noch einmal hier, diese Kurve, nein, ich frage mich wirklich, wie das passieren konnte und dass er überhaupt so lange durchgehalten hat. Na ja, heutzutage – also, wie gesagt, wenn es da dann auch nicht klappen sollte, kommt tatsächlich die Hauptschule infrage, da gibt es oft sehr engagiertes Personal und – ach bitte unterschreiben Sie hier schon mal die Schullaufbahnberatung –«

Genau jetzt, als wäre das Wort Schullaufbahnberatung in ihrer Flüsterorgie der Tropfen gewesen, der das Fass zum Überlaufen gebracht hätte, stand Livia Gent auf, erhob ihre Stimme und wurde noch lauter, als wiederum Frau Schmitz sie unterbrechen wollte:

»Liebe Frau Schmitz, die Hauptschule war möglicherweise manchmal besser als ihr Ruf, aber jetzt langsam und zum Mitschreiben: Es gibt sie hier, aus guten Gründen, seit anderthalb Jahrzehnten nicht mehr. Jahrzehnte großgeschrieben. Anderthalb Jahrzehnte sind fünfzehn Jahre. Ich rate Ihnen dringend, diesen Stoff in angemessener Zeit nachzuholen.«

Frau Schmitz war ebenfalls aufgestanden. Jetzt war sie es, die nach Worten suchte.

»Sonst kriegen Sie die Kurve nicht mehr, so knapp vor der Rente«, sagte seine Mutter noch, und dann waren sie draußen. Die Hitze schlug so heftig zu, als wolle sie ihnen zu verstehen geben, dass sie ja hätten drinbleiben können, wo es einen Ventilator gab: *Euer Termin war doch noch gar nicht zu Ende, wenn ich mich nicht irre. Ihr habt es nicht anders gewollt.* Sie schleppten sich in eine Eisdiele.

»Ich fass es nicht, ich fass es nicht«, murmelte seine Mutter vor sich hin. Nach der Ampel war es dann ein »Es ist nicht zu fassen. Es ist einfach nicht zu fassen«, und als sie sich auf den Stühlen der Eisdiele niederließen, sagte sie: »Also, sag doch mal. Das ist doch unfassbar, oder?«

Jon nickte. Unfassbar war, dass es schiefgelaufen war, denn es hätte nicht schieflaufen dürfen oder sollen oder müssen. Nach der Hälfte des Krokantbechers legte seine Mutter den Löffel zur Seite und sagte: »Weißt du, Jon –« (Sätze, die mit ›Weißt du, Jon‹ begannen, waren ihm unangenehm) »– ich habe tatsächlich geglaubt, dass niemand mehr an diese Tests glaubt. Ich dachte, man macht diese Mottenkisten-Tests mit so einem Augenzwinkern, um etwas schwarz auf weiß zu haben, etwas, das dafür sorgt, dass alles möglichst zügig weitergeht, weißt du? Nicht schön, so ein Schwarz-auf-weiß-Verschiebebahnhof, aber vielleicht wird das heutzutage so gemacht. Genau das habe ich gedacht, als es um das Attest ging. Und dass man manchmal mit den Wölfen heulen muss, wenn es gar nicht anders geht.«

Ja, zum Heulen, dachte Jon. Was erwartete sie von ihm? Dass er jetzt in Tränen ausbrach?

»Ich dachte, die helfen uns hier einfach weiter, schreiben irgendwie so etwas wie: Aus zeitweiliger Überlastung undsoweiterundsoweiter oder wegen einer zeitweiligen juvenilen Krise undsoweiterundsoweiter.«

»Juvenile Krise?«

»Na, wenn Jugendliche mal eine Weile anderes zu tun haben als lernen, kommt ja öfter mal vor.«

»Mit dieser Krise hätte es klappen können?«

»Ich hatte es für möglich gehalten.« Sie schüttelte den Kopf. »Und dann kriegen wir so eine Kurven-Conny. Nicht zu glauben. So etwas machen wir nie wieder. Willst du noch ein Eis?«

Jon nickte und dachte nach.

»Ich finde, wir sollten jedenfalls noch zu diesem anderen Termin gehen«, sagte er, »wenn wir den schon mal haben.«

»Bist du sicher?«, fragte seine Mutter und bestellte einen doppelten Espresso, dann gleich noch einen.

Jon nickte. Inzwischen war er so weit, dass er sich den Blinddarm rausnehmen lassen würde, um nach den Ferien, die dann eben einfach wieder Ferien wären, zurück zur Schule gehen zu können.

Natürlich wurde es ein Desaster. Er hätte es sich denken können. Sie klingelten bei Edgar Klinger. *Therapie. Bitte Klingeln bei Klinger,* stand auf einem Zettel neben der Klingelanlage. Klang doch irgendwie nett, fand Jon, einladend geradezu. Er sah seine Mutter von der Seite an. Ihr Gesicht war unbewegt. Hatte ihr Gefühl für schöne Worte sie verlassen? Ein älterer Mann stand bereits an der Tür, als sie die Treppe hochkamen. Es schien ein Ein-Mann-Betrieb zu sein. Er bat sie, im Flur Platz zu nehmen und ein paar Formulare auszufüllen. Sobald sie damit fertig seien, bitte klopfen. Dann ginge es sofort los. Er händigte seiner Mutter einen Stapel Papier und einen Kuli aus und lächelte sehr freundlich, wie Jon fand. »Bis gleich«, sagte er. Gleich ist gut, brummelte seine Mutter. Aber sie stand nicht auf, und sie ging nicht, sie arbeitete sich durch die Papiere. Seinetwegen. Ihm zuliebe.

»Kann ich helfen?«, fragte Jon.

»Nein, lass mal. Geht schon.«

Jon sah die Schrift seiner Mutter zunehmend schludrig werden, der Kuli stockte nicht, sie dachte nicht nach und fragte ihn nicht nach Daten, der Kuli flog nur so über die Zeilen. Jon war sich sicher, dass sie die meisten Angaben, die sie da eintrug, einfach erfand.

Als sie klopften, öffnete sich die Tür zum Sprechzimmer, eigentlich eher ein Wohnzimmer. Der Jugendlichentherapeut Klinger zeigte auf zwei Korbstühle, auf denen sie bitte Platz nehmen sollten, und begann, die Blätter in aller Ruhe durchzulesen, mit einem Stift in der Hand. Hin und wieder machte er Zeichen an den Rand. Sie sahen ihm dabei zu. Immer wieder strich er sich mit der linken Hand übers Kinn. Zwischendurch hatte Jon das Gefühl, der nicht mehr ganz jugendliche Jugendlichentherapeut würde über den Papieren einnicken, aber nach einer Weile rappelte er sich auf, sah sie an und lächelte.

»Sehr gut«, sagte er, »das hier müssen Sie dann mitnehmen und unbedingt beim Schulamt abstempeln lassen. Wenn Sie es nicht abstempeln lassen, war alles umsonst.«

Livia Gent nickte. »Kein Problem«, sagte sie.

Der Therapeut sah sie eindringlich an, als habe sie die Sachlage massiv unterschätzt.

»Ich habe es nicht nur einmal erlebt, dass es nicht abgestempelt wurde, dann verlieren wir viel Zeit. Wir leben in einer Zeit der Formalitäten, da ist es besser, dass man das von Anfang an im Griff hat. Nachzubessern ist immer schwierig. Am besten, die Papiere bleiben gestempelt zusammen. Warten Sie mal, ich geben Ihnen eine Büroklammer mit.«

»Hm«, meinte Livia Gent. Ihre Ungeduld war vernehmbar. Jon hatte Angst, dass sie gleich explodieren würde. Immerhin hatte sie zwei doppelte Espresso im Blut.

Der Arzt ruckelte sich auf seinem Stuhl zurecht, schlug ein Bein übers andere, sah kurz Richtung Zimmerdecke, dann auf Livia Gent, die bereits die Stirn runzelte.

»Sie wollten ja den Noah auf Hochbegabung testen lassen«, meinte der Therapeut.

Das hätte er nicht sagen sollen, dachte Jon.

»Hochbegabung?« Seine Mutter setzte sich kerzengerade hin, ganz auf die äußerste Stuhlkante und sagte mitten in sein harmlos lächelndes Gesicht hinein: »Das Konzept der Hochbegabung halte ich persönlich für den Tiefpunkt jeglicher psychologischer Diagnostik.«

Nicht laut und aufgeregt sagte sie das, sondern so ruhig und gefährlich wie eine Hyäne vor dem Sprung. »Und mein Sohn heißt Jon. Das kann man sich schon bei mittelmäßiger Begabung sehr gut merken. Es sind nur drei Buchstaben.«

Jon schloss die Augen. Warum rastest du jetzt aus?, dachte er. Ist doch nur ein Stempel-Edgar, der gerade was nicht auf die Reihe bekommen hat. Vielleicht hätte er uns diese juvenile Krise geschenkt, eigentlich sieht er doch ganz nett aus, und dann wären wir raus gewesen aus der Krise. Mit der Krise raus aus der Krise. Das können wir jetzt vergessen.

Die Wangen des Therapeuten hatten sich hektisch rot gefärbt. Jon sah seine Mutter beschwörend an. *Wenn du so weitermachst, bekommt er einen Herzinfarkt,* sollte dieser Blick sagen, *einen Herzinfarkt direkt vor unseren Augen.*

»Was wir brauchen, ist eigentlich, nun, eigentlich eine möglichst normale Brücke aus der Krise. Jon muss einfach in die Schule zurück. Ganz normal. Er wird sich schon wieder fangen«, sagte Livia Gent, mühsam beherrscht.

Der Therapeut wiegte seinen Kopf hin und her und sah nicht so aus, als ob er sich für irgendeine Art von Normalität zuständig fühlen würde. Normalität war nicht sein Geschäft.

»Wenn er normal wäre, wäre er nicht hier, oder?«

»Da haben Sie vollkommen recht«, sagte seine Mutter. Jetzt war ihr Gesicht deutlich röter als die Wangen des Therapeuten. Sie sprang auf und streckte die Hand nach den Papieren aus. Es sei ein Versehen gewesen, und daher wolle sie jetzt bitte diesen ganzen – Kladderadatsch (es war klar, dass ihr ein anderes Wort auf der Zunge lag) bitte schön wiederhaben, und zwar sofort.

Der Therapeut war ebenfalls aufgestanden, gab die Bogen nicht her, sondern zerriss sie langsam und gründlich, ohne Livia Gent dabei aus den Augen zu lassen. Mit einem schwer angeschlagenen Lächeln. Bestimmt dachte er: Schade um die schönen, ordnungsgemäß ausgeführten Stempel, die darauf Platz gehabt hätten. Seine Mutter streckte beide Hände aus, um die Papierstreifen entgegenzunehmen.

»Vielen Dank«, sagte sie.

Jon wollte die Tür nach draußen öffnen, aber der Klingeln-bei-Klinger-Therapeut kam ihm zuvor. Er legte offenbar Wert darauf, dass er es war, der die Sitzung beendete. Mit einem lauten Rums fiel die Tür hinter ihnen ins Schloss. Seine Mutter zuckte zusammen. Sie hatte nicht damit gerechnet, dass, was sie selbst gern getan hätte, ein anderer tat, ohne jede Berechtigung, in ihren Augen.

»Was für ein Idiot«, rief sie, »aber man hätte es sich denken können.«

Er, Jon, hätte es sich denken können. Dass, wenn man mit ihr unterwegs war, die Türen zuschlugen. Eine nach der anderen. Warum hatte er sich bloß darauf eingelassen? Er, Jon, war der Idiot. So sah es aus.

»Wir sollten das alles lassen. Es hat eh keinen Zweck«, sagte er. In ihm hallte die zugeschlagene Tür nach und löste ein inneres Zittern aus, ganz leicht, wie der schnelle Flügelschlag eines Schmetterlings. Es wollte gar nicht aufhören, obwohl er sich räusperte, tief Luft holte und sich einmal mit der flachen Hand kurz auf die Brust schlug.

Seine Mutter sah ihn kurz und prüfend an. Sie warf die Papierschnitzel in den Papierkorb neben dem Kiosk, der neben der Praxis lag. Direkt vor ihnen war ein Laster zum Halten gekommen, von dem unter lauten Flüchen und Geschepper Bierkisten und Colaflaschen abgeladen wurden. Der Getränkelieferant schwitzte, die dicken Arbeitshandschuhe mussten die Hölle sein.

»Lass uns noch die Tetanus-Impfung erledigen«, sagte seine Mutter, »die ist überfällig, und wer weiß, wann wir wieder in der Stadt sind.«

»Und wennschon«, sagte Jon.

Seine Mutter schwieg eine Weile und starrte ins Leere.

»Mit der Tetanus-Impfung ist es so«, sagte sie schließlich, »sie macht, was schlimm ist, nicht schlimmer, sondern sie verhindert Schlimmeres. Draußen kann immer mal was sein. Werkzeuge und rostige Nägel und was weiß ich, schlimmstenfalls Krankenhaus.«

Das war jetzt also seine Welt. Schlimm, schlimmer, am schlimmsten.

Die Kinderärztin war wie immer. Überhaupt war dort alles wie immer. Die Babys heulten, die Sprechstundenhilfen hetzten hin und her, und es roch nach Desinfektionsmittel und Wundschutzcreme. Es war so heiß, dass sogar die Babys, die nur mit der Windel bekleidet bei ihren Eltern auf dem Schoß lagen, Schweißperlen auf der Stirn hatten. Hatte er gar nicht gewusst, dass auch Babys schwitzten. Er versuchte sich zu erinnern. Hatten die Zwillinge geschwitzt? Er konnte sich nicht an Schweißperlen auf ihren Stirnen erinnern. Vielleicht war das ein neues Phänomen. Eines der noch nicht gemeldeten Klimawandelphänomene. Aber in Kürze würde darüber berichtet werden. *Jetzt schwitzen sogar die Babys.* Die verschiedenen Behandlungsräume waren alle besetzt, also impfte ihn die Ärztin zwischen Tür und

Angel. Zwischen Tür und Angel hing ein Mobile mit Schmetterlingen. Die Schmetterlinge standen vollkommen regungslos in der Luft, obwohl alle Fenster gekippt waren.

»Mach mal 'nen Puddingarm«, sagte die Kinderärztin. Sie spritzte ihm den Wirkstoff und schaute seinen Impfpass danach durch, ob ihm zu seinem Schutz noch irgendetwas fehlte. Sie wollte ganz offensichtlich nur eines: dass es ihm gutginge, jetzt und in Zukunft, mindestens für die Dauer des Impfschutzes. Und obwohl sie eine sehr kleine, schmale Frau war und er fast zwei Köpfe größer als sie, erschien sie ihm als der erwachsenste Mensch, den er seit Langem gesehen hatte. Sie schien weder auf Türzuschlagen noch auf Formulare aus zu sein und würde sicher auch nicht auf die Idee kommen zu sagen: Wie heißt du noch mal? Hör mal, ich hab hier über tausend Patienten. Da kannste nicht erwarten, dass ich jedem einzelnen ins Gesicht sehe. Sie begrüßte auch seine Mutter und hörte kopfschüttelnd die Kurzfassung der Schulmisere an.

»Jon, ich kenne dich seit deiner Geburt und weiß, an dir ist nichts falsch, außer einem zu kurzen Zungenbändchen. Das wird schon.« Und zu seiner Mutter:

»Frau Gent, ich bin Ärztin und keine Juristin, aber ich kann mir überhaupt nicht vorstellen, dass das rechtens ist, was da passiert ist. Das muss doch einfach ein Irrtum sein. Gibt es doch gar nicht. Kommen Sie nach den Ferien noch mal. Wahrscheinlich hat sich bis dahin sowieso alles erledigt. Wie geht es den Zwillingen?«

Beim Hinausgehen meinte Jon, Tränen in den Augen seiner Mutter zu sehen. Vielleicht, weil sie angesichts der Babys sentimental geworden war, vielleicht, weil die Ärztin nett, aber irgendwie nicht mehr zuständig war. Alles, was sie tun konnte, hatte sie getan: Er würde sich keine Wundvergiftung zuziehen, wenn er in einen rostigen Nagel trat. Draußen. Wo sonst.

Sein Vater gabelte sie wieder auf. Jon quetschte sich zwischen Holzlatten, Balken und Dachpappe auf die Rückbank.

»Es ist erstaunlich, was alles in so ein altes Auto hineinpasst«, meinte sein Vater. Er war guter Dinge. Denn er würde bauen können. Für ihn wenigstens hatte sich der Ausflug in die Stadt gelohnt. Zumal er nach der Wohnung hatte schauen können. Einerseits nicht so schlimm wie befürchtet, sagte er, nur die oberen zwei Regalreihen mit den Ausgaben von Goethe und Klopstock waren komplett gewässert worden, andererseits schlimm genug, weil es dauern würde. Gerade sei die Bautrocknung drin.

»Wirklich? Nur Goethe und Klopstock?« Livia Gent nickte erleichtert.

Außerdem habe er die Post geholt und einen Nachsendeauftrag gestellt. »Und«, sagte er, »ich habe dir sämtliche Vorsokratiker in zweisprachigen Fassungen mitgebracht. Liegen in der Bananenkiste hinten im Auto. Nahezu unversehrt. Nur Parmenides und Heraklit haben etwas abbekommen.«

Livia Gent nickte geistesabwesend, obwohl das eben wahrscheinlich gerade eine heftige Liebeserklärung gewesen war. Jon überlegte, dass das Wort Nachsendeauftrag bedeutete, dass sie ziemlich schnell irgendeine Art Briefkasten aufstellen mussten. Briefkasten, Reiskocher, Bücher. Das war im Grunde ein Wohnsitz. Die Lage bekam etwas Bedrohliches.

Am Abend saßen sie draußen vorm Zelt, aßen Reis mit Frikadellen und schwiegen. Es war, als habe der Ausflug in die Stadt sie alle Kraft gekostet. In absehbarer Zeit würde man eine solche Reise nicht wiederholen können.

Seine Mutter hatte sich in einem Supermarkt auf dem Heimweg ihre E-Mails heruntergeladen. Jetzt ging sie die Liste durch.

»Hört euch das an«, sagte sie: »›Sehr geehrte Frau Gent, Sie haben sich in den Kalender unseres schulpsychologischen Dienstes eingetragen, bitte übersenden Sie alle Unterlagen unaufgefordert und fristgerecht und mit den Stempeln der therapeutischen Praxen versehen an unsere Dienststelle in der Anton-Makarenko-Straße, da Ihr Kind ansonsten bei der Vergabe der Nachfolgetermine nicht berücksichtigt werden kann.‹«

»Das mit den Nachfolgeterminen hat sich ja nun«, sagte Jon.

»Vergiss es einfach«, sagte sein Vater.

»Die Kurven-Connys verfolgen uns«, sagte seine Mutter, »ich will irgendwohin, wo es keine Kurven-Connys gibt und keine Stempel-Edgars.«

Erwartete sie eine Antwort?

»*Fristgerecht und unaufgefordert* – wie kommen diese Schmalspurbahndenker nur dazu, so von oben herab zu schreiben? Ich werd' denen mal was schreiben, fristgerecht und unaufgefordert.«

Mensch, Mutter, dachte Jon, wir haben das verstanden. Lass gut sein. Aber nein, es musste natürlich noch weitergehen, auf ihrer eigenen schmalen Bahn, die gerade nirgendwo hinführte.

»Ich werd' die so was von abstempeln, ich werd' denen Bescheid sagen. Ich … ich will auswandern.«

Sein Vater schüttelte unwillig den Kopf, öffnete eine Flasche Bier und bot sie seiner Frau an. Sie wollte nichts. Doch, sie wollte was. Ihrem Ärger Luft machen. Genau das wollte sie. Kann sie haben, dachte Jon.

»Wenn man auswandern will«, sagte er mit Blick auf die Schuppenbaustelle, »sollte man vielleicht nicht gerade Punktfundamente gießen.«

»Es sind, wie du richtig sagst, nur Punktfundamente, es ist keine Bodenplatte.«

So, genau *so*, ging Gereiztheit in Streit über. Es war so berechenbar, dass es lächerlich war.

»Diese Kurven-Connys sind doch letzten Endes nicht wichtig«, meinte sein Vater und strich Senf auf seine Frikadelle.

Wenn er versucht abzuwiegeln, wiegelt er sie auf, dachte Jon. Müsste er auch langsam mal kapiert haben.

»Sie bringen mich um«, sagte seine Mutter.

»Übertreibungen dieser Art helfen uns wirklich nicht weiter«, sagte sein Vater.

Zwischen einem solchen Wortwechsel und der Katastrophe lagen etwa drei Sekunden.

»Hört auf«, sagte Jon, »ihr wisst, wie das endet.«

Seine Eltern sahen einander an. Dann sahen sie ihn an.

»Wenn alle Stricke reißen, wirst du Eheberater«, meinte sein Vater.

»Braucht man dafür einen Schulabschluss?«

»Man muss mit manchem abgeschlossen haben«, antwortete sein Vater, »aber nicht unbedingt die Schule.«

Nachdem die Punktfundamente gegossen waren, mussten sie ein paar Tage lang austrocknen.

»Wahrscheinlich kann man die Zeit halbieren, bei diesem Wetter«, meinte seine Mutter. Sie arbeitete weiter an ihrem Antrag. »Was haltet ihr von: *Reell und irrational: Pi als Formel der Kreisquadrate im Wandel der Zeit.*«

»Schreib lieber nicht: irrational«, sagte Marius Gent.

»Stimmt aber doch.«

»Schreib's nicht«, sagte er.

»Und wie ich das schreibe«, murmelte Livia Gent.

Eine Weile lang sahen sie in ihre Kaffeetassen, in die Sonne, wieder in die Kaffeetassen.

»Ich habe nachgedacht«, sagte Marius Gent. »Wir brauchen einen Anwalt. Jemanden, der auf unserer Seite ist. Das riecht doch alles förmlich nach Formfehlern, und wenn etwas ein Formfehler ist, dann ist alles, was danach kommt, nur eine Formsache, und zum Ende der Ferien ist dann die Kuh vom Eis.«

Kuh vom Eis klang sehr erfrischend.

»Wir haben keine Rechtsschutzversicherung«, sagte Livia Gent.

»Nein, aber ich bin sicher, wir haben Recht.«

»Was meinst du, Jon?«

»Kann man einen Schutz versichern?«

»Nein, eigentlich bist du geschützt *oder* versichert, beziehungsweise geschützt, *indem* du versichert oder, wart' mal –«

»Dann geht's ja vielleicht auch ohne Rechtsschutzversicherung«, sagte Jon. Seine Eltern berieten noch über die Logik des Begriffs, gerieten aneinander, waren sich aber im Endeffekt einig, dass Rechtsschutzversicherung ein seltsam aufgestapeltes Wort war. Währenddessen reifte in Jon die Erkenntnis, dass – wenn er das Recht, das *gute* Recht, sagte man doch so –, wenn er also *das gute Recht hatte oder bekommen würde,* Sunny wiederzusehen, dann musste er sich eben in die Schule zurückklagen. *Was denn sonst?* Natürlich musste er das.

Einen Anwalt zu finden, der mitten in den Schulferien bereit und willens war, zu prüfen, ob die unvermittelte Schulpflichtentlassung des Jonathan Gent ein Formfehler war oder nicht und wie und ob man Widerspruch einlegen könnte, das war, alles für sich genommen, schon völlig irrsinnig, ungefähr genauso schwierig, wie einen Notschulplatz, also einen Schulplatz, den es nicht geben müsste, zu bekommen durch Anrufe in notbesetzten Sekretariaten.

Aber irgendwann hatten sie einen Termin, setzten sich ins Auto und fuhren gemeinsam nach Berlin. Diesmal war es noch gespenstischer. Weitere zwei Grad wärmer als der gestrige Temperaturrekord, meldete das Autoradio, aber die

Temperaturrekorde waren extrem langweilig geworden, man wollte es gar nicht mehr wissen. Die Leute nahmen ihre Hunde, die sich weigerten, über den heißen Asphalt zu laufen, auf den Arm. Aber es waren wenige Leute mit wenigen Hunden auf leeren Straßen. Es war, als sei die Stadt ausgetauscht worden. Es war eine Stadt, die er nicht wiedererkannte, mit der er nichts zu tun hatte. Die Ausfallstraße nach Osten jedenfalls kannte er nicht. Dorthin hatte es ihn bislang noch nicht verschlagen. War das überhaupt noch Berlin? Hier sah es aus, als hätte man einst den Leuten gesagt: Ihr wollt ein Häuschen bauen mit einer kleinen Werkstatt? Nur zu. Irgendwie bekommt ihr das schon hin, mit dem, was ihr gerade habt. Bisschen Holz, paar Steine, etwas Wellblech. Ihr könnt dann ja immer noch aufstocken oder anbauen, und ein Schuppen oder eine Garage, die stellt ihr einfach irgendwie daneben. *Macht euch keinen Kopf.* Und rausgekommen war dann eine Art Gewerbegebiet, in dem das Gewerbe ins Wohnen oder das Wohnen ins Gewerbe hineingewachsen war, wie es gerade kam. In fast jeder Beschriftung an Häusern und Baracken fehlten ein oder zwei Buchstaben. Verbarg sich dahinter eine bedeutsame Regelmäßigkeit? Man sammelte die Buchstaben, und es ergab sich daraus eine Botschaft, eine Losung für den Eingang in eine passwortgeschützte Unterwelt? In der es noch viel wildere Bauten gab?

Das Navigationsgerät ließ sie vor einem flachen Bau halten, kein Haus, eher eine Art Ladenlokal, zwischen einem Getränkegroßhandel und einem Reifendienst. Tatsächlich stimmte die Hausnummer. In dem verblassten Schriftzug *Schnittholz und Holzwaren*, so sollte das wohl heißen, fehlten jeweils h und o, insgesamt vier Buchstaben. Lieber mal merken, dachte Jon. Eine Klingel gab es nicht. Seine Mutter prüfte die Adresse. Kein Zweifel, hier musste es sein. Sie klopften, und eine tiefe Stimme rief: »Kommen Sie einfach rein.« In dem kleinen Vorraum gab es keinen Empfangstresen, nur einen Schirmständer. Die Tür zum Büro stand offen. Zwei Ventilatoren, die die heiße Luft verwirbelten, und ein hohes, unaufgeräumtes Bücherregal. Der Anwalt, ein leicht gebückter Mann mit einem ziemlich beeindruckenden schwarzgrauen Haarschopf.

»Formfehler«, sagte er, als er sich die Sachlage angehört hatte. »Ach ja, mein Gott, Formfehler. Wenn Sie mich fragen, ist die ganze Schule, so wie sie heute größtenteils praktiziert wird, ein einziger großer Formfehler. Fünfunddreißig Stunden Unterricht, danach Hausaufgaben, Prüfungsvorbereitungen, ein Schuljahr gestrichen, Stoff irgendwo reingequetscht ohne Sinn und Verstand. Aus zwei mach eins, verstehen Sie, obendrauf die Früheinschulung.« Er seufzte, tief und lange.

Seine Eltern nickten freundlich. Jon wusste, dass sie der gleichen Meinung waren, aber auf eine Lösung aus waren, in diesem Fall, in seinem Fall.

»Ich hab das alles durch, wissen Sie. Habe vier Kinder.« Wieder dieses Seufzen. Es schien bei ihm eine Art Satzzeichen zu sein, das alles, was er äußerte, zum Abschluss brachte mit einem: Letzten Endes geht alles seinen Gang, egal, was ich sage, egal, was ich tue.

Seine Eltern schoben ihm die Mappe mit den Zeugnissen über den Tisch. Der Anwalt blätterte sie durch, ein Lächeln huschte über sein Gesicht. Er schaute Jon an.

»Ist doch ein ganz normaler Junge«, sagte er. »Sieht man ja sofort.«

»Finden wir auch«, sagten seine Eltern, »aber das ist so wahnsinnig schwer, für einen normalen Jungen eine normale Schule zu finden.«

Der Anwalt lachte heiser.

»Jon«, sagte er, »ich weiß wirklich nicht, ob ich dir einen Gefallen tun würde, wenn ich dir wieder einen Platz in diesem Panoptikum erstreite.«

Bevor er antworten konnte, antwortete sein Vater.

»Sie lesen Foucault?«

Seine Mutter, eben noch mit rundem Rücken auf dem Stuhl hängend, richtete sich auf und strahlte: »Ich finde, *Überwachen und Strafen* ist sein bestes Buch.«

»Und immer noch gültig, leider, leider«, seufzte der Anwalt.

Da tat Marius Gent etwas völlig Irres. Jon konnte nicht glauben, was er da sah. Sein Vater erhob sich vom Stuhl, reichte dem Anwalt über den Schreibtisch rüber die Hand. Der Anwalt stand ebenfalls auf, ergriff sie und schüttelte sie herzlich. Foucault – das klang wie eine japanische Kampfsportart oder ein chinesisches Nudelgericht, musste aber so eine Art Geheimbund sein.

»Er hat die Welt verändert mit seinen Schriften, oder?«, sagte der Anwalt, der auf einmal wie wachgerüttelt am Tisch saß.

»Wie er die Überwachung beschrieben hat! Wie irgendwann jeder jeden kontrolliert und jeder sich selbst. Wahnsinn.«

»Gefängnisse, Schulen, Krankenhäuser. Dieser Dreiklang der Disziplinierung: festschreiben, verwalten, regulieren. Das musste mal so gesagt werden.«

»Und die Mikrophysik der Macht hat er offengelegt, was sie systematisch ausschließt und was sie systematisch einschließt, in den Apparaten, in der Verwaltung. Eltern, Erzieher, Ärzte, Psychologen und Minister – alle, die an diesem Netz willig mitweben – niemand kann jetzt noch sagen, er hätte es nicht gewusst.«

»Überhaupt: *Überwachen und Strafen*. Was sagen Sie dazu – als Jurist?«

»Ich geh dann mal«, sagte Jon.

»Wir kommen gleich nach«, sagten seine Eltern.

Jon glaubte nicht an gleich. Auf der Bank vor der Tür hörte er sie lachen. Schau mal an, dachte er, da verschaffe ich ihnen ja noch eine Menge Spaß mit meiner Schulkarriere. Er angelte in seiner Tasche nach ein paar Münzen und kaufte sich am Kiosk gegenüber ein Waldmeister-Kratzeis. Es schmeckte erst nach Stadt und nach früher und dann nach *alles gar nicht wahr* und schmolz innerhalb von Sekunden, wie Jon schien, zu grünem Zuckersaft. Er warf den halbleeren Becher weg und suchte unter der Markise eines Reifenhändlers nach Schatten. Ein Mann mit zwei Hunden kam vorbei und ließ sie gegen das Michelin-Männchen pinkeln. Jon schaute sich um. Tatsächlich war kein Strauch, kein Baum zu sehen. Ihm war, als würde der Geruch der Hundepisse ihm direkt in die Nase steigen. Er wollte ins Grüne zurück. Er konnte nicht glauben, dass er das wollte. Das sind die ersten Anzeichen der Verwandlung in einen Waldschrat, dachte er und griff sich unwillkürlich ans Kinn, um zu ertasten, ob es in den letzten Stunden zu verstärktem Bartwuchs gekommen war.

Nach einer Weile sah er seine Eltern aus dem Anwalt-Anbau herauskommen, sie lachten und gestikulierten, aber je näher sie kamen, desto mehr wurde aus dem Lachen nur noch ein Lächeln, desto sparsamer wurden die Gesten, und als sie bei ihm waren, war von beidem nichts mehr zu sehen. Vielleicht hatte er sich getäuscht, und sie hatten weder gelacht noch gestikuliert.

»Wie sieht's aus?«, fragte er.

»Schwierig.«

»Er sagt, in Schulen und in Kliniken halten sie sich die Bäuche vor Lachen, wenn man ihnen mit so etwas wie Formfehlern kommt.«

»Wenn man sich mit Schule anlegt, bekommt man Magengeschwüre«, hat er gesagt.

»Und wenn man die Magengeschwüre erst mal hat, dann

muss man in die Klinik, und dann hat sich der Teufelskreis geschlossen.«

»Er wolle uns das Geld nicht aus der Tasche ziehen, das hat er auch noch gesagt.«

»Welches Geld?«, fragte Jon. »Aus welcher Tasche?«

»Genau«, sagten Marius und Livia Gent, wie aus einem Munde.

»Aber er versucht, an deine Akte zu kommen.«

»Ich habe eine Akte?«

»Ja, eine Schülerakte.«

»Was steht da drin?«

»Ebendas will er rausfinden.«

»Sich aktenkundig machen, hat er gesagt, er hat wirklich Humor.«

»Er macht uns einen guten Preis, hat er gesagt.«

Sie stiegen ins Auto und fuhren zurück auf die Wiese. Tags zuvor habe er eine Wiesenweihe gesehen, sagte Jons Vater, genauer gesagt, zwei Wiesenweihen.

In Jons Ohren klang das befremdlich. Etwa so, als sei sein Vater Zeuge naturreligiöser Rituale geworden.

»Dann muss ihr Nest irgendwo auf der Feuchtwiese sein. Hoffentlich bringen sie ihre Jungen durch«, sagte seine Mutter.

»Stimmt, sie sind ja Bodenbrüter«, sagte sein Vater, »das hatte ich völlig vergessen.«

»Für Greifvögel fliegen sie ziemlich niedrig, oder?«

»Ja, aber extrem elegant.«

Nach diesem kurzen Austausch über die bedrohte Welt der Bodenbrüter verfielen sie wieder in Schweigen. Jon schaute aus dem Autofenster und wusste nicht, ob er lachen oder weinen sollte.

Auch nachdem sie draußen angekommen waren, sprachen sie nicht viel. Keiner von ihnen sagte es laut, keiner verbreitete sich darüber, dass es jetzt keine Idee mehr gab, keinen Plan B oder C. Wie sollten sie überhaupt noch einmal in die Stadt kommen? Der Asphalt warf schon Blasen. Wenn es so weiterging, und nichts sprach dafür, dass es nicht so weiterging, würden die Straßen sich verflüssigen, und schon bald gäbe es keinen Weg mehr zurück in die Stadt. Selbst die Wohnung, vor Kurzem noch so vertraut und unvorstellbar, dort nicht zu sein oder wenigstens sein zu können, war seltsam weit weg. Sie war eine Art vollmöblierte Erinnerung geworden. Vielleicht brauchte man sie auch gar nicht mehr? Waren sie nicht schon von der Selbstverständlichkeit abgeschnitten, sich in ihr zu bewegen, von den Schritten, die man im Schlaf ging, den Lichtschaltern, die man blind fand? Er versuchte sich zu testen. War der Kühlschrank weiß oder silbern? Silbern. War der Teppich im Zimmer der Zwillinge blau oder grau? Blau. Stand die Waschmaschine im Bad links oder rechts vom Waschbecken? Rechts. Hatte seine Kommode drei oder zwei Schubladen? Drei. Waren über seinem Schreibtisch drei oder vier Regalbretter? Er zögerte, versuchte sich zu konzentrieren. Ging in Gedanken alles durch, was da im Regal stand oder gestanden hatte. Drei oder vier? Er wusste es nicht zu sagen. Er hatte es gewusst. Er hatte es gewusst, dass es schon begonnen hatte: das Vergessen. In der nächsten Woche würde er nicht mehr wissen, ob sie im zweiten oder im dritten Stockwerk wohnten. So fing es an. Er sah zu seinen Eltern rüber, die es sich vor dem Sturmzelt für den Rest des Tages einrichteten. Ob es ihnen ähnlich ging? Schwer zu sagen. Sein Vater sortierte Schrauben, seine Mutter holte Wasser zum Reiskochen von der Pumpe. Dann setzte sie sich an den Campingtisch, stellte ihr Laptop an und schrieb weiter an ihrem Forschungsantrag zum Thema *Pi und Visualisierungen des geometrisch Unvollendbaren.* Dies war jedenfalls der letzte Stand der Titelsuche für ihr Forschungsprojekt gewesen. Irgendwann setzte sich sein Vater neben sie mit einem dicken gebundenen Buch. Jon tippte auf einen Band von Leibniz' gesammelten Schriften, den mit den Windrädern und Dübeln. Das hätte ein angenehm beruhigendes Bild abgeben können, Eltern harmonisch bei der Arbeit, aber tatsächlich war es nicht angenehm, es war nicht beruhigend, es war alarmierend und bedrückend, denn er hatte das Gefühl, dass er und die Schule, mit der es aus war, selbst im Aussein noch dafür sorgten, dass da zwei Menschen, statt in den nächtlichen Sommerhimmel zu schauen und bei einer Flasche Bier den Tag ausklingen ließen, sich abrackern mussten, um irgendeiner Forschungsförderung Geld zu entlocken, nicht zuletzt, um einem Anwalt wenigstens ein kleines Honorar für seine Mühe zahlen zu können, die Schülerakte einzusehen, die ja eigentlich schon bedeutungslos geworden war.

Jon zog sich auf die Bauwagentreppe zurück, lehnte sich gegen das Blech, das zwar noch aufgeheizt war, aber nicht mehr so sehr, dass man sich daran verbrannte. Sein Arm schmerzte von der Impfung. Er sah die Kinderärztin vor sich, hatte den Geschmack von Waldmeisterkratzeis noch auf der Zunge. Aber beides hatte etwas Unwirkliches bekommen, etwas seltsam Überscharfes und weit Abgerücktes, wie wenn man durch ein Fernglas schaut und das, was man da sieht, bis ins Detail erkennbar und doch unerreichbar ist. Und jetzt waren da keine Bergkette und kein Segelboot am Horizont, sondern seine Kindheit. Alles hochaufgelöst und scharfgestellt und extrem weit weg. Obwohl er gerade eben noch von der Kinderärztin eine Tetanusimpfung in einen Puddingarm bekommen hatte, die für sieben Jahre reichen würde. Das musste so eine Art letzter Kindheitsgruß gewesen sein. Ein Stempel im Impfpass für den Grenzübertritt.

In diesem messerscharf eingestellten Bild meinte er, auf

einmal klar erkennen zu können, warum es nicht geklappt hatte mit ihm und Schule, warum es nicht hatte klappen *können*. Er und seine Eltern und Schule, das war wie ein Bermudadreieck, in dem ein Absturz sehr wahrscheinlich, nahezu vorprogrammiert gewesen war. Sie schrieben jede Entschuldigung, so nebenher, am Küchentisch, manchmal mit Bleistift, wenn nichts anderes greifbar war, fanden Freies Lernen toll und Leistungsbewertungen doof. Nach Elternabenden spielten sie lautstark mit dem Gedanken, demnächst eine Tröte mitzunehmen und jedes Mal, wenn von Leistung und Leistungswille und Leistungsbereitschaft und Leistungsanreizen die Rede war, vorzugsweise von Eltern, denen der Burn-out ins Gesicht geschrieben stand, diese Tröte zu drücken, wie bei *Tabu. Aber was sollen sie denn sonst sagen?*, hatte er gefragt, und seine Eltern hatten ihn angesehen, als wollten sie sagen: *Wie denn, haben wir tatsächlich vergessen, dir diese überaus wichtige Information zu geben?* ›Bildung! Bildung heißt das Wort, das an diese Stelle gehört!‹ – und er dann ›Ist das nicht irgendwie dasselbe?‹, und sie wieder: ›Nein, absolut nicht, auch nicht irgendwie, meistens ist es sogar das genaue Gegenteil‹, und schon waren sie dabei gewesen, ihm die Sache lang und breit auszuführen, wenn er's nicht ganz schnell abgebogen hätte: *Schon gut, hab's kapiert*, weil ihm das alles gar nicht so wichtig gewesen war, aber vielleicht wäre es überhaupt besser gewesen, sie hätten ihre Ansichten komplett für sich behalten, dann hätte er die Schule vielleicht ernster genommen und wäre jetzt normal in den Ferien und nicht *draußen*, aber dann hätte er ja Eltern gehabt, die sich innerlich gesagt hätten: ›Was soll der Quatsch?‹, zu ihm aber: ›Mach mal.‹ Und dann wären sie so eine Art Doppelagenten gewesen, und eigentlich wollte niemand Doppelagenten als Eltern haben, er auch nicht, und hatte er dann ja auch nicht, und so war seine Kindheit wie ein einziges Waldmeisterkratzeis gewesen – bis gegen Ende der fünften Klasse die Bewerbungen für die weiterführenden Schulen das ganz große Thema wurden und ihm selbst allmählich klar geworden war, dass ganz grundsätzlich mit Schule irgendetwas nicht stimmte, einfach schon, weil nicht klar war, wer sich bei wem bewarb: die Schulen bei den Kindern oder die Kinder bei den Schulen oder die Eltern, bei den Schulen oder die Schulen bei den Eltern und dass das alles sowieso egal war, weil nur der Schnitt der letzten beiden Zeugnisse und manchmal auch das Los entschied, wohin es ging, und ab und zu gab es einen Bonus, wie bei hohen Tieren von Mercedes und Telekom, wenn die gute Gewinne gemacht hatten, hier aber dafür, dass man eine Schwester oder einen Bruder bereits auf der Schule hatte, auf die man sich bewarb – die Zwillinge wären der Joker gewesen, schade, dass er der Ältere war, dachte Jon, hoffentlich versaute er ihnen jetzt nicht komplett alle Chancen auf zukünftige Schulplätze, sie brauchten ja zwei davon und auf einmal, das machte sie bestimmt dann wieder mal total fertig; jedenfalls, einen Problemkind-Bonus gab es immerhin auch, weshalb man idealerweise so etwas sein konnte wie ein verhaltensauffälliges Kind mit älteren Geschwistern, das gute Noten hatte. Trotzdem taten die Schulen so, als ob *sie* sich bewerben würden, und veranstalteten ›Tage der offenen Tür‹ – was natürlich ein Witz war, weil wirklich niemand nicht wusste, dass nur wenige durch die angeblich offene Tür schlüpfen würden, aber es gehörte zum Spiel, dass man so tat, als ob es nicht so wäre, und jetzt sah er sich selbst dieses Spiel mitspielen, sah sich selbst, wie er mit seinen Eltern und den Zwillingen über verschiedenste Schulhöfe gegangen war, mit dem Körper von damals und dem Kopf von heute; diesem Kopf, der nicht mehr zu bremsen war, *mach dir mal keinen Kopf,* aber das half nicht, wenn der Kopf machte, was er wollte, wenn er auf einmal die Tapeziertische von damals sah, die sich bogen unter Softdrinks und Bergen von selbst gebackenen Kuchen, und hinter den Tapeziertischen die Eltern der Kinder, die es in den Jahren zuvor schon geschafft hatten und die zu den Eltern, deren Kinder es erst noch schaffen sollten, so etwas sagten wie *Wir haben hier eine ganz engagierte Elternschaft. Ja, genau, der Schnitt lag hier letztes Jahr bei 1,2. Ach, den wird Ihr Kind gar nicht haben? Tja. – Schauen Sie sich gern trotzdem um,* aber dann hatten auf einmal die Eltern der Kinder, die es nicht mit 1,2 schaffen würden, keine Lust mehr auf Kuchen und die Kinder, die der sehr engagierten Elternschaft genau zugehört hatten, waren auf einmal auch nicht mehr sicher, ob sie sich einen Schokomuffin überhaupt verdient hatten, weil sie es mit ihrem Schnitt eh nur auf eine Schule dritter, vierter oder fünfter Wahl schaffen würden, dorthin, wo wahrscheinlich noch nicht einmal Schokomuffins gebacken wurden von Eltern, weil es dort eher nicht die Art von Eltern gab, die hinter Tapeziertischen stand und die eben andere Probleme hatten als Kommastellen im Zeugnisschnitt ihrer Kinder und die vermutlich keine Zeit hatten, wegen einer Kommastelle in die Schule zu gehen, wie es der Vater von Laura getan hatte, der vor dem Lehrerzimmer durchgedreht war, weil seiner Meinung nach Laura ein Recht darauf hatte, auf ihr Wunschgymnasium zu gehen – genauso hatte er das gesagt: *Wunschgymnasium,* es klang Jon noch in den Ohren, weil er das Wort so irrsinnig gefunden hatte, es hieß ja nichts anderes als die *Schule ihrer Träume;* die Schule seiner Träume wäre damals jedenfalls *keine* Schule gewesen, aber das rächte sich offenbar, wie man gerade sah – und für ihr Wunschgymnasium musste Laura sich in Erdkunde noch verbessern, und sie sollte dafür noch ein paar Extraaufgaben machen dürfen, und die Erdkundelehrerin hatte geantwortet, *Aber sehen Sie denn nicht, Ihre Tochter ist sowieso schon ziemlich blass um die Nase, und 1,2 ist doch ein super Schnitt – Aber nicht für ihr Wunschgymnasium,* hatte Lauras Vater gebrüllt, *da braucht sie 1,0, verdammt noch mal!*, und dann hat er noch ein paarmal *Saftladen!* gerufen und war abgezogen, und Laura konnte nicht aufhören zu heulen, erstens weil ihr Vater auf dem Schulflur ausgerastet war und zweitens weil sie jetzt ihr Wunschgymnasium vergessen konnte, und weil das so dramatisch gewesen war und alle noch tagelang darüber gesprochen hatten, hatte er bei seinen Eltern sicherheitshalber noch mal nachgefragt, ob es vielleicht doch wichtig wäre, auf ein solches Gymnasium zu kommen wie das Abraham-Lincoln oder das Bettina-Arnim, und sie gesagt hatten, jetzt mal in echt, wir würden nicht drauf wetten, dass diese beiden überhaupt zur Schule gegangen sind, und damit war die Sache für ihn erledigt gewesen, aber als dann die Briefe von der Schulbehörde kamen, in denen die weiterführenden Schulen zugeteilt wurden, gewünscht oder nicht gewünscht, und es überhaupt kein anderes Thema in der Schule gab als das, wohin man gehen müsste, konnte oder sollte, und die Eltern begannen, Schulplätze einzuklagen, weil sie entweder die zugewiesene Schule nicht gut genug fanden oder es nicht einsahen, dass ausgerechnet ihr Kind morgens ans andere Ende der Stadt, ans andere Ende der Welt sozusagen, fahren sollte, weil es irgendjemandem in der Schulbehörde eingefallen war, dass da gerade noch ein Platz frei war, wurde es ungemütlich, zumal die die, wie er einfach irgendeinem Gymnasium zugeteilt worden waren, das halbwegs günstig lag und halbwegs in Ordnung zu sein schien, anscheinend da auch fehl am Platze waren, denn das Erste, was sie hörten, war, dass die Klassen zu groß, die Räume zu klein und die Lehrkräfte zu wenige waren, was ja im Grunde bedeutete, dass irgendjemand die Schülerzahlen nicht richtig berechnet hatte, obwohl dazu nur die Zahlen *vor* dem Komma nötig waren, aber dann waren doch noch so Sätze gefallen wie: *Na ja, schön, dass ihr da seid,* wenigstens auf Probe, denn ein Jahr lang mussten sie ja beweisen, dass sie nicht versehentlich auf dem Gymnasium gelandet waren, *möglicherweise sind unter euch einige, die hier gar nicht hingehören,* und der Stress, der mit den Kommastellen angefangen hatte, wuchs sich aus, und auf einmal fingen einige an, nichts mehr oder viel zu viel zu essen oder heimlich an den Whisky ihrer Eltern zu gehen, oder fingen an, sich mit der Schere, mit der sie ein Poster machen sollten, zu ritzen und im Hochsommer lange Ärmel zu tragen, aber die meisten hatten es dann doch geschafft, mit oder ohne Essen und Sich-Ritzen, sogar er selbst hatte es geschafft, gerade mal so, aber dass man dann immer noch, wenn alles in Sack und Tüten war, einfach irgendwo in der Mitte abstürzen und komplett rausfallen konnte, das war ihm nicht klar gewesen, das war, wie wenn man in der Olympiade einen Krampf oder Seitenstechen bekommt oder stolpert, dann nützt alles nichts mehr, du bist draußen, disqualifiziert, und die anderen rennen ohne dich weiter, um dort anzukommen, wo sie nach dem Abi hingehören, und das ist jedenfalls dort, wo dann Sätze gesagt werden wie der, dass nicht alle Abitur machen müssen, was sich insofern von selbst versteht, weil es ja eine Schulpflicht, aber keine Abiturpflicht gibt, und die Frage ist, was das überhaupt heißen soll, dass man dich akzeptiert, auch wenn du kein Abitur hast, mit Abi stehen dir die Türen offen, aber es muss ja nicht sein, dass dir die Türen offen stehen, weil eben auch gute Handwerker gebraucht werden, aber warum sollten es Handwerker eigentlich nötig haben, sich von irgendwelchen Leuten, die zufällig ein Abitur in der Tasche hatten, sagen lassen zu müssen, dass nicht alle Abitur machen müssen, weil es ja noch die Handwerkerlaufbahn gibt – wenn sie sich das noch lange anhören müssen, die Handwerker, dachte Jon, werden sie dazu übergehen müssen, die Leitungen falsch zusammenzuschrauben und die Kabel zu vertauschen, und wenn es aus der Decke tropft oder alles auf einmal zappenduster wird oder der neue Wandschrank zusammenbricht, dann stehen ihre Auftraggeber nämlich da mit ihrem Abitur, das sie nicht hätten machen müssen, weil sie ja auch Handwerker hätten werden können und das verdammte Abflussrohr selbst hätten reparieren können, aber was ging ihn das jetzt eigentlich alles noch an? Nichts, er würde kein Abitur machen, und ohne den Mittleren Schulabschluss würde kein Handwerkermeister ihm eine Lehrstelle anbieten, und was genau dann passieren würde, wenn man keiner der dringend gebrauchten Handwerker, die das Abitur nicht gemacht haben mussten, werden konnte, war anscheinend etwas, worüber man nicht so ausführlich sprach, dachte er – und in diesem Moment rief seine Mutter, dass das Abendessen fertig war – na ja, Abendessen.

Jon ging zur Campingküche vor dem unterbeschäftigten Sturmzelt und schaufelte sich ein paar Kellen Reis mit Bohnen in eine Schale. Er setzte sich auf einen Hocker und aß langsam, ohne Appetit. Seine Eltern waren ziemlich still.

»Wer ist eigentlich dieser Foucault?«, fragte Jon.

»Der größte unter den Philosophen des 20. Jahrhunderts«, sagte sein Vater.

»Der größte? Ich weiß nicht«, meinte seine Mutter.

»Wer wäre denn größer? Zum Beispiel?«

»Da würden mir noch welche einfallen.«

»Sag doch mal.«

»Über was hat er denn so geschrieben?«, fiel Jon ihnen ins Wort.

»Über die Irren und die Ausgestoßenen.«

Das erklärt vieles, dachte Jon.

»Und über Dinge und Wörter.«

»Wie das zusammengehört und wiederum auch nicht.«

»Was die Macht macht in diesen Zusammenhängen.«

Das klang nicht so, als ob man es nicht irgendwie verstehen könnte, selbst wenn man ausgemustert worden war aus der Schule.

»Könnte ich das mal lesen?«, fragte Jon.

»Na klar, wir haben mindestens drei Exemplare davon zu Hause.«

Hocherfreut waren die beiden über seinen Wissensdurst und vergaßen, darüber zu streiten, wer die Nummer eins in der Philosophie des 20. Jahrhunderts war, und erinnerten sich stattdessen daran, wo und wie sie an drei Exemplare gekommen waren, also, drei, wenn man das Saunaexemplar, dessen ersten zehn Seiten, aber was für zehn Seiten! – einem Kaltwasserschwall zum Opfer gefallen waren, nicht mitrechnete. *Weißt du noch, diese Sauna an der Ostsee, die da gar nicht hätte stehen dürfen?* Sie kicherten. Jon war erleichtert über diese Wendung, auch wenn er es bedenklich fand, dass sie überhaupt nicht auf Liste hatten, dass die drei Exemplare bei ihnen zu Hause wahrscheinlich auch einen Kaltwasserschwall abbekommen hatten. Er wusste ja nicht, wie weit Foucault von Klopstock und Goethe entfernt stand. Aber er wollte ihnen die Laune nicht verderben, erhob sich und ging langsam über die Wiese zurück zum Bauwagen. Das hohe Gras unter seinen Fußsohlen war immer noch sehr warm und so trocken, dass es bei jedem Schritt raschelte. Der Mond schien ihm ein exakter Halbmond zu sein. Sah Sunny in Ostafrika gerade dieselbe Hälfte des Mondes? Angenommen, sie wäre auf der Südhalbkugel unterwegs, würde sie dann diesen Mond spiegelverkehrt sehen? Das hieße, dass sie einander permanent verpassten. Immer aneinander vorbei ins Leere schauten. Aber vielleicht war sie ja noch auf der Nordhalbkugel. Lag Äthiopien in ganzer Länge oberhalb des Äquators und Kenia unterhalb? Er versuchte, sich zu erinnern und konnte sich nicht erinnern. Auch nicht daran, ob sie in der Schule je etwas über die Ansichten des Mondes auf Nord- und Südhalbkugel gelernt hatten. *Das* hätte er jetzt gut gebrauchen können. Wenn er nur wüsste, wo sie war – kein Handy, keine Nachricht, keine Travel Tracking App. Nur der Mond eben, von dem man nicht wissen konnte, ob er sich ihm und ihr in derselben Gestalt zeigte. Was wichtig wäre. Dieser Kopf drehte sich im Kreis.

Er musste sich ablenken. Auf dem Regal, das sein Vater neben die Kojen gebaut hatte, stand eine Reihe ›Draußen-Bücher‹. Sie hießen *Wer bin ich?* und *Was blüht denn hier?* und *Ich sag dir, wie ich heiße.* Im zweiten dieser Bücher fand er einen Eintrag zum Knabenkraut. Es war giftig in seinen überirdischen Teilen. Unterirdisch, sollte das wohl heißen, war alles genießbar. Verkehrte Welt, mit einer gewissen Gemeinheit ausgestattet. Ihm war von Anfang an klar gewesen, dass mit dem Knabenkraut etwas nicht stimmte.

Neben den Draußen-Büchern standen alle Kinderbücher von Erich Kästner nebeneinander aufgereiht, wie eine Malerfarbprobe für sattes Gelb. In seiner Familie neigte man zu Gesamtausgaben, da war man geradezu verschwenderisch. Er griff nach dem ersten in der Reihe. *Das doppelte Lottchen.* Die Zwillinge hatten viele Seiten lang die Namen Luise und Lotte eingekreist, mit Pfeilen versehen und an den Rand geschrieben: *Das bin ich. Nein, das bist du. Nein, ich. Das bist jetzt du.* Und das alles in exakt der gleichen Schrift, vollkommen unentwirrbar. Nein, in diesem Buch waren schon zu viele Leute unterwegs. Jon stellte es zurück ins Regal. *Das Fliegende Klassenzimmer* kam nicht infrage. Schließlich las er sich in *Pünktchen und Anton* fest. Wie früher. Festlesen, das war dieses freudige Gefühl in Kopf und Magen. Man spürte keinen Hunger, keinen Durst, man war ganz bei denen, die da gerade etwas erlebten, und weit weg von dem, was bei einem selber gerade anstand. Bis das Buch durchgelesen war und meist noch etwas länger. Wahrscheinlich kannten Kinderbuchautoren einen Trick, von hier nach dort zu kommen und wieder zurück, und wenn's gutging, nahmen sie einen mit, huckepack sozusagen. Vielleicht gab's bei denen keine Türen, die ins Schloss fielen, sondern eine Art

Pendeltür, wie in einem Saloon, über die hinweg man beide Seiten im Blick behalten konnte und die sich lässig aufstoßen ließ, selbst wenn man den Arm voller Wörter und Sätze hatte, die auf beiden Seiten der Tür Sinn machten. Sie konnten unbehelligt hin und her gehen, durften aber auf keiner Seite bleiben. So stellte er sich das vor. Schade, dass Kästner schon tot war. Sonst hätte er ihm einen Brief schreiben können, in Schreibschrift, und fragen, ob das tatsächlich so war, wie er, Jon, sich das gerade vorstellte. Irgendwo hatte er mal gelesen, dass Kinderbuchautoren jeden Brief beantworteten, weil es sich nicht gehört, Kinderfragen unbeantwortet zu lassen.

Er las und las, und irgendwann, als Pünktchen und Anton zusammen mit Herrn Pogge in Charlottenburg Windbeutel essen gingen, schlief er über dem Buch ein, wie früher. Er träumte, er würde mit zwei Schulhelfern zurückkehren in seine alte Klasse. *Ah, unser Jon ist wieder da. Kürzlich wurde bei ihm ein ganz schwerer Fall von Halbmondsucht diagnostiziert. Wir müssen ihn erst langsam wieder an die Halbtagesschule gewöhnen. Möchtest du dich dort hinten auf deinen Platz setzen, Jon?* Er sah sich abgemagert, blass und mit wackeligen Beinen, rechts und links von einem Schulhelfer gestützt, auf den ihm zugewiesenen Platz zuwanken. Die Klasse verfolgte das mit unverhohlenem Interesse. In dem Moment, in dem auch Sunny sich ihm zuwendete – er sah es ganz deutlich, wie ihre Schultern sich drehten, gleich würde er ihr Gesicht sehen, gleich –, wachte er auf. Nichts, wirklich nichts, hätte ihn glücklicher gemacht, als dass sie ihn angesehen hätte, so wie damals. Er schloss die Augen und drückte sein Gesicht fest ins Kopfkissen, versuchte mit aller Kraft, den Traum weiterzuträumen, bis er diesen Blick sehen würde, der ihm galt. Aber der Faden war gerissen.

Hör mal, nein, lies mal, was los ist. Es ist los, dass ich nichts von dir höre. Von allen anderen in der Klasse weiß ich, wo sie sind, und will es gar nicht wissen. Verdammt, wo steckst du? Es ist nicht immer WLAN da, wo ich bin, deswegen ist es extrem wichtig, dass ich, wenn ich mal endlich Netz habe, wenigstens weiß, dass du irgendwo bist. Also melde dich mal. Nein, nicht mal, sondern jetzt. In dieser Sekunde. Sunny.

4

BENNO

Innere Sicherheit

Vom Stapel der hellgrauen, sorgsam mit Kürzeln und Signaturen beschrifteten Pappordner, die er bestellt hatte, nicht wissend, was genau sie bargen, hatte er zunächst vier Stück ausgehändigt bekommen. Zwei- bis dreihundert Blatt mochten da jeweils hineinpassen. Allein das waren dann um die tausend Seiten. Mit Recht war davon auszugehen, dass er dafür eine Zeitlang brauchen würde, selbst wenn er sie querlas oder ganze Teile überspringen würde. Irgendwann im Laufe der Tage würde er diese Portion zurückgeben und eine neue in Empfang nehmen. Aber es kam anders.

Was man ihm ausgehändigt hatte, waren die Rahmenlehrpläne der Jugendhochschule Wilhelm Pieck am Bogensee. Hatte er die versehentlich bestellt? Oder lag das Versehen auf Seiten des Archivs? Oder der Digitalisierung? Jedenfalls lagen sie nun vor ihm, obwohl er an einer Einsicht in die Rahmenlehrpläne der JHS nicht interessiert war. Welche Information sollten die ihm liefern? Dass sie, Jahr für Jahr, einander glichen wie einem Ei dem anderen? Nun, so konnte man es auch nicht sagen. Das Papier, auf dem die immergleichen Inhalte festgehalten worden waren, war durchaus variabel. Es hatte grüne, graue oder lila Schattierungen, es waren verschiedene Schreibmaschinen eingesetzt worden, mit Farbbändern unterschiedlicher Qualität, womit ausgeschlossen war, dass es sich um Durchschläge ein- und desselben Typoskripts handelte.

Er hatte sich auf unliebsame Entdeckungen eingestellt, auf Schockmomente, er hatte kleine Schweißperlen im Nacken gespürt und ein ungutes Rumoren im Magen. Das Gefühl, das nun beim Durchblättern dieser Akten in ihm freigelegt wurde, Seite um Seite, war harmlos. Es war Langeweile, allerdings in einer besonderen Erscheinungsform, Zumutung und Geschenk zugleich: Die Wiederkehr des Immergleichen, sie gewährte Zeit für Tagträume, Zeit für Nebengleise, für alles, was man für sich allein denken oder dem man nachsinnen wollte. Stundenlang hatte man das Wandern der Schatten, Bilder und Skulpturen betrachten können – in den Fluren der Wohnheime, an den Wänden von Kulturhaus und Lektionsgebäude und auf den Wegen durchs Grüne: Diese Langeweile, die auch empörend hätte sein können, hatte sich damals für das Lehrpersonal und die Dolmetscher wie eine angenehm leichte Decke über den ganzen Betrieb gelegt, unter der man sich entspannen und auch eine gewisse Abgrenzung hatte empfinden können – fast so, als wäre sie als ein Ventil und Stabilisierungsfaktor eigens ersonnen worden. Aber was sollte er jetzt mit diesem Gefühl von damals anfangen?

Benno hatte nie einen Gedanken daran verschwendet, dass es zu der Praxis eines notorischen Lehrplans auch entsprechende Papierstapel gegeben hatte. Dieser Aufwand wäre nicht nötig gewesen. Die marginalen Änderungen hätte man einfach mit Hand in die Papiere des letzten, des vorletzten, des vorvorletzten Jahres eintragen können. Dennoch hatte man das Ganze wieder und wieder tippen lassen, als ob es sich dadurch erneuern würde, aber es blieb doch immer nur bei dem, was er selbst noch jetzt hätte aufsagen können: Marx und Engels mit Feuerbach über *Die Heilige Familie oder Kritik der kritischen Kritik* (So unterhaltsam konnte Dialektik sein, wenn sie jemandem, in diesem Fall den Junghegelianern, Dampf machen wollte). Von Lenin

Die drei Quellen und drei Bestandteile des Marxismus. (Hier war der Ton deutlich getragener: Die Lehre von Karl Marx ist allmächtig, weil sie wahr ist. Sie ist in sich geschlossen und harmonisch. Keine weiteren Fragen.) Lenins *Grußwort an die ungarischen Arbeiter,* seine Abrechnung mit dem *Renegaten Kautsky* (unverkennbar sein Hohn und sein Spott gegen all jene, die »hartnäckig mit dem Hintern zum 20. Jahrhundert, mit dem Gesicht zum 18. Jahrhundert« nur bürgerliches Zeug wiederkäuten, das Wort Hintern hatte ihn vor stilistische Probleme gestellt).

Alles hatte er gelesen und wieder gelesen, und wenn die Dozenten daraus zitierten, hatte er diese Sätze in andere Sprachen übertragen, nahezu mühelos. Er war ein geübter Leser, ein versierter Übersetzer, ein begabter Dolmetscher. Eine Wortverbindung wie *die bewusste Ausnutzung des Gesetzes der Übereinstimmung der Produktionsverhältnisse mit den Charakteristiken und dem Entwicklungsniveau der Produktivkräfte bei der weiteren Gestaltung der entwickelten sozialistischen Gesellschaft* hatte er im Nu transponiert und konnte in aller Ruhe auf das (erwartbare) Ende des Satzes warten. Ja, es war ihm zugefallen. Obwohl er seine Ausbildung zum Sprachmittler noch gar nicht absolviert, sondern mitten im Notationstraining zum Konsekutivübersetzen gesteckt hatte, als man ihn an den Bogensee holte, war die moderne Simultandolmetscheranlage dort wie für ihn gemacht gewesen. – Aber was sollte er nun mit dieser Endlosschleife anfangen? Kauen und Wiederkäuen? Er starrte auf die grauen Aktendeckel. Er konnte doch nicht nach kürzester Zeit alle diese Ordner einfach zurückgeben. Das wäre verdächtig, und er hatte Gründe, keinen Verdacht auf sich ziehen zu wollen. Sollte er der Sache Sinn geben, indem er mit spitzem Bleistift alle Tippfehler anstrich? Oder sollte er an den Tresen gehen und sagen: *Ich kenne mich aus, und ich sage Ihnen mal was: Das kann weg.* Dann würden sie ihn für verrückt halten. *Das kann weg* war keine Kategorie von Archiven. Und wenn noch hundert solcher Lehrpläne irgendwo auftauchten – *Immer her damit,* würden die sagen, *wir haben noch Magazine frei, notfalls wird angebaut.* Wer konnte schon wissen, ob sich nicht irgendwo doch ein Detail von enormer, von allerhöchster Relevanz verbarg? Unbestechlich war die Welt des Archivs, beharrlich und neutral.

Benno blätterte unschlüssig durch die Papiere, und während er blätterte, glitt er durch die Langeweile hinein in die Welt von damals. Orte tauchten auf, wo er mit der kommunistischen Nomenklatur unterwegs gewesen war: die Wiese zwischen Lehr- und Wohngebäuden – hier meinte er zum ersten Mal Hegels *Weltgeist* wirklich verstanden zu haben. Auf den Stufen zum Seminargebäude – hier hatte er mit Marx und Engels über *Lohn, Preis und Profit* und somit über die ökonomische Begriffswelt im Englischen und Amharischen nachgedacht. Auf der Freitreppe vorm Kulturhaus – hier hatte ihm Lenin, der über Feuerbach schrieb, wie der über Leibniz schrieb, das Wort *selbsteigenste Activität* beschert. Bei den Tischtennisplatten – hier hatte er sein Exemplar von *Was tun?* vergessen und irgendein Spaßvogel hatte es zur Skulptur *Jugend unserer Zeit* getragen und es dort in den Faltenwurf des Rockes der jungen Frau, die hingebungsvoll zu einem dozierenden jungen Mann aufsah, drapiert. Nicht jeder Spaß, auch wenn er an den Grenzen dessen rührte, wo nach parteilicher Auffassung der Spaß aufhörte, hatte gleich Konsequenzen gehabt. Man war hier mitten im Wald unter jungen Leuten, und selbst die Altvorderen waren in der Regel milde gestimmt. Der weite Himmel, die klaren Wasser, die Birken, die Kraniche und die Wildgänse.

Es wäre endlos so weitergegangen in der Jugendhochschule am Bogensee, aber es hätte Schlimmeres geben können, als dass es immer so weitergegangen wäre. Es war schön gewesen dort, sie hatten es gut gehabt, alles in allem. Seminarpläne, die einander gleichen wie ein Ei dem anderen, waren ein Witz, mehr nicht. Sollten sie doch. Er hatte Zeit gehabt, lange Briefe an Silvia zu schreiben, die alle unbeantwortet blieben, obwohl er Hauff- und Hebbel-Zitate einbaute. Kunstvoll, wie er fand. Er hatte Zeit gehabt, den gesammelten Puschkin zu lesen, Immer wieder *Der Gefangene im Kaukasus,* natürlich *Die Nixe, Der Schneesturm,* wieder und wieder, mit höchstem Genuss, abends in seinem Zimmer, am frühen Morgen im Grünen. Er hatte nichts dagegen, dass Literatur ein Mittel des Klassenkampfes war. Er hatte Zeit gehabt, in der Bibliothek zu stöbern und Vorschläge zu deren Erweiterung zu machen. Er hatte Zeit gehabt, nach Leipzig ans Institut zu schreiben und zu fragen, ob man etwaige doppelte Ausgaben nicht hierher an den Bogensee versenden könnte. Was konnte die Langeweile gegen die sanfte Landschaft, gegen die berechenbar geregelte Heiterkeit ankommender und weiterziehender junger Leute aus allen Teilen des Landes und aus allen Teilen der Welt schon anrichten? Woran hätte es ihm fehlen sollen?

Als Alemee auftauchte, eines Tages, als Erste des damaligen Internationalen Lehrgangs, die am Bogensee eintraf, ihr eigenwilliger Kopf, ihre selbstbewusste Gestalt, fuhr sie in diese ruhige Heiterkeit ein wie ein Blitz und sorgte mit einem Schlag für ungeahnte Höhen und Tiefen. Die Sicherheit, mit der Benno den sozialistischen Kanon in verschiedene Sprachen transportierte, geriet ins Schwanken, nein, nicht ins Schwanken, ins Zittern. Ein Zittern war es, das ihn, unsichtbar für andere, mit Haut und Haar ergriff, wenn er Alemees ansichtig wurde in dem weitläufigen Gelände, in dem sie sich ohne die geringste Unsicherheit bewegte und niederließ, als hätte sie ihr Lebtag nichts anderes getan, als durch unvertraute Weitläufigkeiten zu streifen und beste

Plätze zu suchen. Wie sollte er von seiner Kabine aus über die Kopfhörer in diesen Kopf hineinsprechen, mit nicht zitternder Stimme?

Auf einmal fielen die Begriffe, deren Sagbarkeit in fremder Sprache ihm eigentlich zufiel, auf ihn zurück, über ihn her und fragten: *Vermassung der Persönlichkeit* – als ob sich das nicht besser sagen ließe. *Fester Klassenstandpunkt* – klang das nicht denkfaul und opportunistisch und naiv? *Schlamm des bürgerlichen Trotts* – war Sumpf das bessere Wort? Oder Morast? Musste es überhaupt diese Art von Wörtern geben? Bald darauf war er ein Meister darin geworden, mit kleinen Pausen, einem kurzen Räuspern vor einem Wort, seine kleinen eigenmächtigen Umformulierungen, seine eigene, rasch wachsende Distanz zu den Vorlesungstexten zu markieren. Atemlos wartete er auf ein Zeichen, dass sie diesen Liebesdienst wahrnahm und würdigte. Lange vergebens. Sie starrte aus dem Fenster, manchmal war er sich nicht sicher, ob sie nicht an etwas vollkommen anderes dachte und er mit seiner kommunistischen Wortkunst so oder so nur ein Hintergrundrauschen lieferte. Aber selbst das war ihm letztlich egal, solange er über ein paar Kabel mit Alemee verbunden blieb. Erst als er begann, sich weitere Freiheiten zu nehmen, als er seine Gedanken und Zweifel in die Übersetzung hineinzog, als er ein *Auch wenn sich das kritisieren ließe* und ein *Das kann man natürlich auch ganz anders sehen,* ein *Aber ist das wirklich so*? und ein *Machen wir doch einmal die Gegenprobe* wagte, da warf sie einen kurzen Blick nach oben. Eine halbe Drehung ihres Kopfes dann und wann machte ihn mutiger und freier, und er entfernte sich immer weiter von den Phrasen, die durch seine Ohren hindurch Phrasen anderer Sprachen werden sollten – und nicht ein anderes Denken. Er verfehlte seinen Arbeitsauftrag. Mit Absicht und mit Wirkung.

Noch heute, hier und jetzt, in diesem Archiv, Jahrzehnte

später, hätte er Alemee porträtieren können (wenn er hätte zeichnen können), wie er sie sah, während er übersetzte – und kommentierte. Ihr Profil, gelassen und konzentriert, selbstbewusst und verteidigungsbereit, die dunklen Haare fest zurückgebunden, mal mit einem Tuch, mal mit Spangen, kleine Ohren, und er wusste, auch wenn er sie gerade nicht sah, dass sie eine hohe Stirn hatte und Augenbrauen, die von nahe der Nasenwurzel in festem geradem Strich auf die Schläfen zuliefen, was ihr einen strengen, fast mürrischen Ausdruck verlieh. Die Augen, die er vor sich sah, ohne sie sehen zu können – sie saß ja mit dem Rücken zu ihm –, diese Augen waren braun, aber von einem innerlich angestrahlten Braun, das dadurch ein leuchtendes Ocker wurde, so durchdringend, dass es kurz davor war, stechend zu wirken, aber tatsächlich war an diesen Augen und überhaupt an dieser Frau nichts Stechendes oder Bestechendes, sondern nur, dies aber zutiefst und provozierend genug: Unbestechlichkeit. Sie war eine auf sehr ungefällige Weise sehr schöne Frau. Und er, Benno aus Leipzig, in keiner Weise besonders als allein der, dass er Sprachen lernte wie im Flug, dass er von seinem Vater tiefgrüne Augen und von seiner Mutter einen sehr freundlichen Zug um den Mund geerbt hatte, hatte sich Hoffnungen gemacht. Lange vergebens. Aber auf einmal nicht mehr vergebens.

Benno blätterte und blätterte. Er begann sich jung zu fühlen, er erinnerte sich gut, er ging in seinem Leben spazieren, in einer Zeit, als sein Leben noch eine Art Spaziergang gewesen war. Als er aufstand, um den Stapel Papier gegen einen neuen einzutauschen, schauten die Umsitzenden kurz auf und lächelten. Sein Gesicht musste zu diesem Lächeln eingeladen haben.

Es ging so tagelang. Die Akten gaben es her. Bis eines Tages, nach einer kurzen Mittagspause, inmitten der Pappdeckel Papiere anderer Art auftauchen. Alles war daran anders. Das Papier selbst war dünner, die Lettern der Schreibmaschine kleiner und eckiger, der Zeilenabstand verkürzt, handschriftliche Blätter zwischen die getippten geheftet. Es handelte sich um den Schriftverkehr der Jugendhochschule. Anfragen von überallher, Antworten überallhin. Vorwiegend Freistellungen für Wahlen. Der Anzahl der Anfragen nach mussten in diesem Staat tagtäglich Kreisdelegiertenkonferenzen stattgefunden haben. Und jemand, der mit Sicherheit gewählt werden würde, sollte natürlich auch anwesend sein. *Mit den herzlichsten Kampfesgrüßen vom VEB Meßgerätewerk Beierfeld. Mit sozialistischem Gruß, Drillmaschinenwerk Schmalkalden.*

Er hatte gemütlich weitermachen wollen, und nun wurde es ungemütlich. Er verwandelte sich von einem Spaziergänger in einen Zeitzeugen. Er begann die Leute zu kennen. Bewertungen. Es wurde persönlich. Wie zu einem Klassenfoto versammelten sie sich um ihn herum, stiegen, jung geblieben, aus diesen Zeugnissen heraus, setzten sich neben ihn. Die Engagierten, die Naiven, die Lustigen, die Schwierigen.

Ob sie sich parteilich verhielten, hatte man festgehalten, wie sie zu den Maßnahmen vom August 1961 standen, die im Rest der Welt Mauerbau genannt wurden, weil nun mal eine Mauer gebaut worden war. Und auch was man sich von ihnen versprach, war ein Thema, an und auf welcher Stelle sie dem Staat nützlich sein sollten.

Sein Name fand lange keine Erwähnung. Dann doch – im Protokoll einer Sitzung zur Konzeption des Internationalen Lehrgangs, Schwerpunkt Afrika. Beratung darüber, wie die Gäste dieses Kontinents, wichtig als Bruderstaaten und wichtig als Kaffeeexportländer, quasi direkt angesprochen und ausgebildet werden könnten. Man bräuchte jemanden, der neben Englisch oder Französisch auch in afrikanischen Sprachen versiert wäre. Müsste es doch eigentlich geben.

War nicht Leipzig die richtige Adresse für Sprachen aller Art? Festzuhalten: Gesucht wird jemand mit hohem Können und klarer gesellschaftlicher politischer Haltung. Langfristige Kaderentscheidung. Benno blätterte um – hier war er schon, der Bedarfsantrag für Sprachmittlerabsolventen. So war das also gewesen, dachte er und blätterte weiter.

Die Antwort der Leipziger Genossen hatte nicht lange auf sich warten lassen. Benno Weber, Englisch, Suaheli usw., der sei genau der Richtige für diese Aufgabe. Gleichermaßen vielversprechend wie politisch unauffällig. Nicht die schlechteste Idee, ihn an der JHS ideologisch zu festigen. Zwei Fliegen mit einer Klappe etc. etc. Vater beim Einsatz im Kraftwerk verunglückt. Mutter arbeitet im Konsum, Gewerkschaftsmitglied. Mit sozialistischem Gruß. –

Zurück an die *lieben Genossen* vom Zentralinstitut in Leipzig: Danke für die Vermittlung! Obwohl noch nicht diplomiert und auch nicht Mitglied der Partei, zeige sich Benno W. kooperativ, ohne Zweifel ein Sprachtalent, hat Vorschläge für die Bibliothek. Man sei für die nächsten vier Lehrgänge übereingekommen.

Benno starrte auf das Schreiben. Ja, man war übereingekommen. Nicht, dass man damals mit ihm verhandelt hätte. Aber man hatte ihm ein ausreichendes Gehalt geboten, das Zimmer, das sein Zimmer sein würde, war zwar klein, hatte dafür aber einen phantastischen Blick über das parkartige Gelände, nach Westen, also mit Abendsonne. Man hatte sich interessiert an seinem Studium gezeigt, wie auch an der Zukunft Afrikas. Man schätzte und bewunderte seine Kenntnisse. Er fühlte sich wohl, er fühlte sich geehrt. Zurück in Leipzig, packte er die Kisten für seinen Umzug an den Bogensee. Währenddessen hatte Silvia aufrecht im Bett gesessen und geraucht. Jetzt brauchte sie keine Rücksicht mehr zu nehmen, denn er zog ja aus. ›Bogensee?‹, hatte sie gesagt. ›Ist dir klar, dass dort Goebbels' Landsitz war? Dass er dort seine Hassreden geschrieben hat?‹ Es war ihm nicht klar gewesen. Aber änderte das etwas? ›Umso wichtiger, dass Antifaschismus gelehrt wird, in vielen Sprachen‹, hatte er geantwortet. ›Antifaschismus?‹, hatte sie gesagt. ›Dass ich nicht lache. Du bist ihnen ja schon auf den Leim gegangen.‹ Sie stieß den Rauch durch die Nase aus. Benno hatte das Gefühl, sie rauchte Kette, weil sie ihn und die Aura, die ihn von nun an umgeben würde, ausräuchern musste, um selbst weiteratmen zu können.

Er blätterte weiter, weiter und weiter. Der Schriftverkehr der Jugendhochschule Wilhelm Pieck am Bogensee war offensichtlich über weite Strecken eine Sammelmappe für Haushalts- und Familienangelegenheiten. Es ging um Unterhaltszahlungen, die manch ein Filou aussetzte, weil er wohl meinte, mitten im Barnimer Wald nicht auffindbar zu sein. Aber nix da. Die Leitung kümmerte sich, führte Gespräche, wirkte ein, bis die Sache zur Zufriedenheit aller erledigt war. Wie ein guter Vater. Freistellungen, Urlaubsanträge, Krankenhausbesuche, Reiseplanungen. Formalien füllten die Akten, füllten das Archiv. Kleine Abwechslungen: Eine Schlägerei. Schlichtung. Gute Worte, strenge Worte, *fortan würde man.* Fahren ohne Ausweis. Einbestellung. Ermahnung. Beförderungen außer der Reihe. Spirituosen Blumengebinde. Und und und und. – – – – Benno blätterte schneller.

Die ersten Dokumentationen des Internationalen Lehrgangs tauchten auf. Anweisungen für die Küche: Keine Sülze. Keine Buletten. Extra-Bekleidungsgeld für die überseeischen Gäste sei auszuzahlen, auf die hiesige Witterung seien sie ja gar nicht vorbereitet. Die Namen wurden aufgelistet.

Alemee Tessema. Ihren Namen auf einmal getippt zu sehen, unter all den anderen, erschien ihm unzulässig, unverfroren, zudringlich. Er war versucht, die Akte zuzuschlagen, das Ganze wieder abzuliefern und mitzuteilen, dass er leider seinen Archivbesuch abbrechen, nein, dauerhaft beenden müsse. Er tat es nicht. Musste er nicht Alemee den Blicken, den Beurteilungen, die kommen würden, entreißen? *Schaut sie nicht so an.* Was fällt euch ein?

Nachfolgend waren zwei kurze Briefe aus Äthiopien eingeheftet, beide in englischer Sprache verfasst. Der erste Brief von Major Gebre Tessema. Er bedanke sich für Alemees Aufnahme in den Lehrgang und forderte die Genossen dazu auf, ein Auge darauf zu haben, dass es nicht zu einer Liebschaft käme, dies sei nicht im Sinne der Familie. Der zweite Brief, von Pater Ermias Tessema. Er ersuche nachdrücklich darum, dass man Alemee den Kontakt zu einer christlichen Gemeinde vermittle, und bat darum, ein Auge darauf zu haben, dass es nicht zu einer Liebschaft käme, dies sei nicht im Sinne der Familie.

Im Sinne der Familie. Beide, Gebre und Ermias, sprachen für sich und taten so, als sprächen sie für alle Tessemas, aber die Tessemas waren nicht auf einen Nenner zu bringen. Gebre war der Typ Mann, der alles auf eine Karte setzte, begeisterungsfähig, in tiefster Seele ein Kommunist wie aus dem Bilderbuch, einer, der den Kampf nicht scheute, weil der Kampf gegen die Ausbeutung eben ein Kampf war und kein Geplänkel. Ermias dagegen glaubte an Gott in einer so unbeirrbaren, so innigen und konzentrierten Weise, dass die Welt ihm lästig wurde. Und so war er streng gegen die Gotteslästerlichen, aber nicht streng gegen seine eigene Weltlästerlichkeit, obwohl er sehr gut wusste, dass Gott sich die Welt nicht nehmen ließ. Benno hatte sie beide gemocht. Und keiner der beiden ihn. Ihre Abneigung war überwältigend gewesen. Aber er hatte verstanden, dass diese Abneigung von woanders hergekommen war und sich an ihn als den kleinsten gemeinsamen Nenner geheftet hatte. Er hatte gedacht, sie würden es eines Tages selbst merken und sich dann schon aufeinander zubewegen, alle miteinander. Doch nichts änderte sich: Die beiden Brüder kamen und gingen. Man schlich umeinander herum. Er sprach ihre Sprache. Sie hätten reden können. Oder war genau dies das Problem gewesen? Dass sie hätten reden *können,* aber sie ihre Sprache nicht mit ihm teilen wollten? Alemees Mutter verfiel abwechselnd in Schweigen, Sprechgesänge und in Tränen. Ihr Vater stieg in die Wälder und kam tage- und nächtelang nicht wieder. Gebre war ein enger Vertrauter Mengistus. Mengistu war ein Freund Honeckers, Honecker war ein Freund Mengistus. Benno konnte kein Freund Honeckers sein, wenn das Land ihn ausgespuckt hatte. Ermias war ein Würdenträger der äthiopisch-orthodoxen Kirche, und ihm war klar, dass Benno ungetauft in einem Staat aufgewachsen war, der die Kirche als Gegnerin begriff. Er brauchte nicht noch einen Bruder, der seine Religion verachtete. Sie hatten an die Leitung der Jugendhochschule geschrieben, sie hatten gebeten, sie hatten vertraut. Und nun war Alemee vor der Zeit zu ihnen zurückgekehrt, mit einem ausgebürgerten Mann. –

Ein Name und zwei Briefe hatten Benno an einen Ort versetzt, vor seiner Erinnerung. Als Alemees Name auf dieses, genau dieses Blatt Papier getippt worden war, als die Briefe ihrer Brüder geschrieben und versendet, angekommen, gelesen und abgeheftet worden waren, hatte er Alemee noch nicht gekannt, nicht einmal gewusst, dass es den Menschen Alemee in dieser Welt gab und dass sie seine Welt auf den Kopf stellen würde.

Alles hier zwischen diesen Aktendeckeln dokumentiert, zugänglich für alle, die einen Antrag auf Einsicht in die Akten stellten. Wenn jemand, der diese Berichte getippt hatte, sie noch einmal sehen wollte, wäre das möglich. Auch wer sie einst entworfen und unterschrieben hatte, könnte sie sich jederzeit noch einmal vor Augen führen. Und selbst Alemee, wo immer sie lebte – ja, sie lebte, sie lebte ganz sicher, die Frage war nur, wo – könnte, wenn sie hier wäre, vor Augen haben, wie es zugegangen war, dass man ein Auge auf sie haben sollte. Aber niemals, niemals würde sie hierherkommen. Diese Gespenster, würde sie sagen, haben sie nichts Besseres zu tun, als in anderer Leute Leben zu stöbern? Gespenster? Er sah sich um. So viele junge Gesichter. Das waren keine Betroffenen, keine Täter, keine Opfer, keine Mitläufer. Das waren Studierende oder Promovierende, neugierig darauf, wie eine Welt aus Papier sich im Prozess des Lesens mit Gedanken und Argumenten beleben ließ. So jemand war er auch gewesen. Gerne in Räumen arbeitend, in denen Papier die Herrschaft hatte. Lesesäle, Archive, Antiquariate. Vielleicht hätte er eines Tages eine Dissertation über die Frage des Gerundiums in der amharischen Grammatik geschrieben. Oder über Kaffee in Kaffa. Über den Hirten Khaldi, dessen Ziegen die Kaffeebeeren fraßen und außer sich gerieten. Oder über die Reise der Makeba von Saba nach Jerusalem zu Salomon anhand verschiedener Handschriften im Wandel der Zeiten.

Aber er war ein Handarbeiter geworden. Geackert hatte er, gebaut und geschleppt. Seine Hände heute doppelt so groß wie früher. Rau und grob kamen sie ihm vor, hier besonders. Er gehörte doch gar nicht hierher. Lieber wollte er die Aktenwagen schieben, wollte er die Fenster putzen, wollte er den Hausmeisterposten ausfüllen, Glühbirnen wechseln. Er könnte für guten Kaffee sorgen, nötig wäre es, oder draußen die Hecken schneiden. Aber er saß hier. Ein Mann mit Block und Bleistift für Notizen, mit einer billigen Lesebrille aus einer Drogerie, einer, der einmal ein ordnungsgemäß Immatrikulierter gewesen war und nun ein unfreiwilliger Geschichtsforscher. Ein in die Jahre gekommener Kollege, der über die Schulter des Archivs in seine

Vergangenheit sehen wollte, um wieder heimisch zu werden. Ein Orientierungssuchender. Nicht mehr vom Fach. Alles andere als ein Akademiker. Es war einmal.

Er nahm die Blätter, legte sie rasch nach links, mit der bedruckten Seite nach unten, sodass er mit dem letzten Blatt den Stapel nur umdrehen, leicht auf Kante schütteln und in den Pappordner zurücklegen, den Deckel schließen und das alles wieder zurückgeben konnte. Ja, er war froh, wenn sich seine Augen in keiner Zeile verfingen, und wusste doch, dass er hier war, damit sich seine Augen verfingen.

Es war eine Frage der Zeit. Es passierte nicht in einer Bewertung, nicht in einem Bericht, sondern in einer handschriftlich hingeworfenen Notiz, auf einem halben Blatt, dass seine Augen sich nicht mehr lösen konnten. Bei Alemee Tessema seien alle notwendigen Impfungen, hatte die Ärztin geschrieben, kontrolliert beziehungsweise verabreicht worden. Ein leichtes Hinken sei von einer frühen Kinderlähmung zurückgeblieben. Alemee Tessema trage übrigens eine Kette mit einem Kreuz unter ihrem Hemd.

Er kannte dieses Kreuz. Es war ein schlichtes silbernes Kreuz in koptischer Form. Sie hatte es zur Taufe von einer ihrer Tanten bekommen, und sie nahm es nie ab. Er hatte sie nie beten sehen, überhaupt erschien ihm Alemee anders als alles, was er je in Verbindung mit Christlichsein gebracht hatte, aber das Kreuz nahm sie nicht ab. Es ausgerechnet vor einer Ärztin abzunehmen, wäre ihr nicht in den Sinn gekommen. Niemals. Auf der Stelle, hier und jetzt, wollte er diese Ärztin ohrfeigen, sie anbrüllen. Warum eigentlich nicht? Er müsste doch nur ihre Adresse herausfinden, hingehen, klingeln, sie zur Rede stellen. Was sie sich gedacht hatte damals, eine Information an die Schulleitung zu geben, die weder mit Tetanus noch mit Keuchhusten zu tun gehabt hatte. Was zum Teufel ging es sie an, dass Alemee

Tessema ein Kreuz trug? Was zum Teufel ging es den Direktor an?

Benno notierte sich den Namen der Ärztin, und noch während er schrieb, brachte die Zeit sich ihm in Erinnerung. Uralt musste diese Ärztin jetzt sein. Benno meinte sich zu erinnern, dass die Frau, die die Impfungen durchgeführt hatte, in der medizinischen Station der JHS, damals in den mittleren Jahren gewesen war. Nicht unwahrscheinlich, dass sie gar nicht mehr lebte. Benno strich den Namen durch. Was sollte das alles? Er blätterte weiter.

Ein Gastdozent beklagte sich über fehlendes Engagement im Internationalen Lehrgang. Er vermisse geistige Anteilnahme. Insbesondere Alemee Tessema sei offenbar an der Materie nicht interessiert, oder vielleicht sei sie auch dem Stoff nicht gewachsen. Benno lachte heiser auf. Die Sache, der Alemee Tessema an der JHS nicht gewachsen hätte gewesen sein sollen – hätte gewesen sein sollen! –, die hätte erst noch erfunden werden müssen – erfunden werden müssen! Er spürte, dass ihm das Blut in den Kopf stieg, dass seine Beine unruhig wurden. Er hatte eine Wut. Einen heiligen Zorn, mit Kette und Kreuz. Was sie da über Alemee zu schreiben beliebten, zu schreiben beliebten! – das war nicht wahr. Es war anders, vollkommen anders!

Freiwillig war sie nicht gekommen, und sie passte nicht ins Kollektiv, aber weder war sie hochmütig, noch war sie minderbemittelt, sie war nur nicht willens, mit Macht bemäntelte Dummheit an sich herankommen zu lassen – selbst um den Preis, für dumm gehalten zu werden. Während der ersten Wochen äußerte sie sich gar nicht. Ihr Gesicht verriet nichts, ihre Haltung verriet nichts – halt, das stimmte nicht, ihre Haltung verriet Konzentration und Gelassenheit. Wenn man gelassen war und konzentriert, gab es keine Grenzen, dann konnte man überall hingehen. Das hatte sie ausgestrahlt, und es hatte provoziert. Es war ja zum

Lachen. Hier konnte man keineswegs überall hingehen. Einmal hatte er geträumt, sie ginge und ginge und käme zu Grenzposten, und die Grenzposten ließen ihre Waffen fallen und hoben die Schlagbäume, wie um Jesus den Weg übers Wasser nicht zu verstellen – und so lief sie über die Grenzen des Kalten Krieges. Wo war er in diesem Traum? Er sah sie ja gehen und musste deshalb irgendwo ein Stückchen von ihr entfernt sein, aber gleichzeitig hatte er das Gefühl, an ihrer Seite zu sein, im Schutz ihres Schattens nahm sie ihn mit über die Grenze.

Ob im Vortragssaal, im Sprachkabinett oder im Seminarraum – immer drehte sie ihren Kopf zum Fenster. Sie nahm Platz, legte ihre Hefte vor sich hin, setzte die Kopfhörer auf und schaute konzentriert nach draußen. Er konnte sich nicht erinnern, jemals etwas gehört zu haben wie: *Alemee, schau bitte nach vorn.* Diesem Kopf sagte man so etwas nicht. Und in genau diesen Kopf hinein übersetzte er ihr einen didaktisch zusammengeschnurrten Sozialismus. Natürlich wusste sie sofort, dass die kleinen außerideologischen Schlenker von ihm und nicht von den Dozenten kamen. Aber wusste sie, wer er war? Kannte sie sein Gesicht, seinen Namen? Er wünschte zu gleichen Teilen, dass sie ihn wahrnahm und ihn kannte und dass sie, ohne ihn zu kennen, nur mit dieser Stimme vertraut war, dass sie dieser, seiner Stimme vertraute und ihre Freude daran hatte. Mund, Kabel, Ohr – ein magischer Kanal.

Unbemerkt von allen anderen, geschützt durch eine Sprache, die an diesem Ort nur er und sie verstanden, entstand unter der Hand ein anderer Kommunismus, ein nachdenklicher, ein fragender, manchmal witziger, manchmal schwärmerischer Kommunismus, von dem er selbst oft im Moment des Formulierens nicht wusste, dass er ihn sich wünschte. War das noch eine Dolmetscherkabine? Ein politisches Sprachlabor war das, ein ideologisches Experimentierfeld. Sie teilten Geheimnisse, bevor sie miteinander geredet hatten. Er war sich absolut sicher, dass Alemee jemand war, bei dem ein Geheimnis sehr gut aufgehoben war – ohne je ein Wort mit ihr gewechselt zu haben.

Als sie begannen, miteinander zu reden, stiegen sie nicht auf der Ebene von *Man kennt sich ja schon vom Sehen* ein, sondern auf der Ebene der Geheimnisträgerschaft, die eine Ebene geistiger Intimität war, der die körperliche rasch folgte, als ginge es gar nicht anders. Eines Tages, auf dem Weg vom Lehrgebäude zurück in die Wohnhäuser, ging sie, wie zufällig, neben ihm. Sie fragte: *Du glaubst nicht an den Kommunismus?* Er war verwirrt, wusste nicht, was und wie er antworten sollte. Sie sagte, sie jedenfalls glaube weder an Mengistu noch an Honecker – generell glaube sie nicht an alte Männer. Vielleicht aber an Marx und Engels, *mit deiner Zunge.* Lächelnd war sie weitergegangen, hatte sich jedoch, bevor sie ins Haus ging, noch einmal umgedreht. Der Halbkreis, den diese Bewegung beschrieb, leicht, rasch und unwiederbringlich, schlug eine Luftlinie von ihr zu ihm und eine Senkrechte zwischen Himmel und Erde, an der im Bruchteil einer Sekunde eine Welt, in der Alemee ihn ansah, von einer, in der dies nicht der Fall war, schied.

Sie wussten instinktiv, dass sie gut daran taten zu verbergen, wie nah sie einander waren. Wenn sie gewusst hätten, dass es diese Brüder-Briefe gegeben hatte, die ein besonderes Augenmerk gegen jede Liebschaft, *love affair,* erbeten hatten, auf höchster Ebene, wären sie sicherlich noch vorsichtiger gewesen, dachte Benno. Er blätterte weiter. Längere Zeit las er weder seinen noch Alemees Namen. Es ging um die Vorbereitungen von Veranstaltungen mit und ohne Politkader, um die Kooperation mit der Außenstelle Bärenklau, um die Planung des Besuchs des FDJ-Vorsitzenden mit Spalierbildung und um die Vorbereitungen zum Frauentag. Wie immer sollten an diesem Tag die Männer das nachmittägliche Kaffeetrinken ausrichten. Frohen Frauenkampftag wünschen wir uns!

Benno erinnerte sich gut an diesen 8. März.

Er sah Alemee vor sich, wie sie ihren Kaffee nach einem ersten und einzigen Schluck stehen ließ. Sie verzog nicht das Gesicht, aber nachdem sie die Tasse abgesetzt hatte, stand ihr die Frage: Was ist *das?*, deutlich auf die Stirn geschrieben. Vielleicht hatten die ungelenken Gesten der kaffeeeinschenkenden Männer, die sich ins Anzügliche zu retten versuchten, sie zusätzlich irritiert: Benno stand im Hintergrund und schämte sich des Kaffees und der Krawatten über den Bäuchen und der verdrucksten Gesten.

Umso mehr lag ihm daran, die Absurditäten der Welt, die ihr hier zugemutet wurden, mit Schönheit aufzuwiegen: War nicht das Licht, wie es sich oben in den Bäumen fing und im hellen Kronengrün blitzte und tanzte, in mehr als einem Sinne überirdisch? War nicht der See unterhalb der Hochschule, und nicht nur dieser See, sondern alle Seen im Umfeld von fünf Kilometern, es gab ja etliche, nicht klar und köstlich wie nichts anderes? Und der Waldboden, der die Düfte von Harz und Honig, von Kiefernholz und die Akazienblüte in sich aufnahm und abgab, wie es ihm gefiel, aber nie knauserig, war er nicht ein Wunder? Und selbst die Schule mit ihren großzügigen Gebäuden, den weiten Räumen, so licht und freudig belebt von Menschen aus aller Welt, der gut bestückten Bibliothek (an die fünfzigtausend Bände!), den weiten Wiesen, den verwunschenen Treppenaufgängen, den Skulpturen, manchmal anmutig, manchmal kraftvoll, war das nicht in sich von einzigartiger Schönheit, selbst wenn diese Schönheit kilometerlang eingezäunt und doppelt und dreifach bewacht wurde, fast wie im Märchen, *sag selbst.* Waren da der schlechte Kaffee (na gut: Kaffeeersatz) und ein paar zweideutige Sprüche der Kollegen (stimmt schon: Altherrenwitze) vielleicht nicht so schlimm?

Er gab sich jede Mühe, Alemee, der Gesandten aus dem Süden, die heitere Gestimmtheit seiner Welt zu vermitteln. Wie es von einem guten Dolmetscher erwartet werden durfte. Es lag ja auf der Hand, auch wenn es unausgesprochen blieb, dass eine gemeinsame Zukunft nur hier denkbar war – und sie musste denkbar sein, weil das Gegenteil undenkbar war; für ihn. Denn dieses Land hatte Grenzen, die absolut waren. Nach Osten blieb es nur so weit Osten, bis es mitten im Pazifischen Ozean auf einmal Westen wurde, und vorher, im Mittleren Osten also, nach Süden abbiegen, um nach Afrika zu gelangen, war absolut nicht vorgesehen, weil die Frage: West oder Ost? dort ständig umkämpft war und mitunter so schnell die Seiten gewechselt wurden, dass man nicht sicher sein konnte, ob das Land, in das man heute, es zum Osten zählend, aufbrach, morgen nicht auf einmal schon dem Westen zugehörig war – oder umgekehrt. Ein Kompass, der geografische und politische Ausrichtung verlässlich austarieren konnte, stand nicht zur Verfügung.

Tatsächlich war eine der ersten Gelegenheiten, Alemee nahezukommen, die regelmäßig anberaumte Wehrsportstunde ›Orientierung im Gelände mit und ohne Karte und Kompass‹ gewesen. *Na, Genosse Sprachmittler, auch mal lernen, wo's langgeht?* So hatte man ihn begrüßt. Gutmütiger Spott für den eigens aus Leipzig geholten akademischen Spezialisten, der in fernen und fernsten Gegenden zu Hause war, wenn auch nur im Kopf. Ihnen beiden war daran gelegen gewesen, bei der Bildung von Zweiergruppen zufällig genau solch eine Zweiergruppe zu sein. Während er selbst noch versuchte, den Armeekompass zu justieren, sah Alemee kurz auf die Karte, sah in die Sonne, sah auf ihre Uhr, lief los, und sie kamen an, vor allen anderen.

Als Paar hatte diese Sicherheit sie irgendwann verlassen. Sie waren unbeirrbar gewesen, aber dann war die Kompassnadel ihrer Liebe ins Trudeln geraten. Sie aus dem Süden, nach Westen gereist, um im Osten anzukommen. Er gedanklich im Osten nach Süden sich sehnend, ohne nach Westen zu wollen. Was war das für ein verrückter Plan, der ihre beider Lebenslinien sich kreuzen ließ an einem paradiesischen Ort wie diesem, während sich auf oberster Ebene ihrer beiden Staaten ungute Handel und Händel abspielten? Heißer Krieg, Kalter Krieg.

Wann hatte es die ersten Anzeichen gegeben, dass etwas Feindliches sich einschlich in ihr Leben? War es erst, als sie am Flughafen in Addis Abeba ankamen, eine Rückkehrerin und ein *ständig Ausgereister*, und er nicht begrüßt wurde von Alemees Familie? Oder schon im Flugzeug, als Alemee immer stiller geworden war? Oder als sie beide eines Abends in ein Schweigen gefallen waren, in dem alles, was dringend hätte gesagt und getan werden müssen, ertrank? Als sie beim Kaffeetrinken vergaß, ihm eine Tasse zu reichen? Ausgerechnet ihm?

Er brauchte eine Pause. Er stand auf, zog einen Becher Kaffee aus dem Automaten und ging in den Hof hinaus. Nach den klimatisierten Räumen, in denen sich die Menschen tatsächlich Pullover überzogen und Jacken um die Schultern legten, traf ihn die Hitze doppelt heftig. Ihm stockte der Atem, er suchte eine Bank im Schatten. Er trank den Kaffee in kleinen Schlucken. Er half ihm innezuhalten. Die Kunst des Innehaltens war das, was ihn die Gesten und Gesichter der Kaffeetrinkenden in allen Regionen Äthiopiens gelehrt hatten. Anhand von Kaffee, dachte Benno, ließe sich eine Geschichte des 20. Jahrhunderts schreiben, eine Geschichte von Genuss und Ignoranz, von Ausbeutung, Profit, Handelsverflechtungen, feinstem Handwerk, langer Tradition, alten Sorten und klimatischen Veränderungen, von Krieg und Frieden. Wenn er einmal Zeit hätte. In einem anderen Leben.

Jedenfalls war es Kaffee gewesen, als Kostbarkeit und

Mangelware, der ihn hierhergebracht hatte. Als während der Kaffeekrise der Staatsratsvorsitzende Honecker seinen Kronprinzen Lamberz auf Kaffeefahrt nach Afrika geschickt hatte, um den lautstarken Protest der Bevölkerung abzufangen, den man sich mit dem Verkauf einer ungenießbaren Mischung von Roggen und Irgendetwas eingehandelt hatte, kam der mit einem Vertrag wieder, der ein Tauschgeschäft von Kaffee gegen Waffen vorsah. Denn General Mengistu, der sich gerade an die Macht geputscht hatte, der den Kaiser Haile Selassie, den zweihundertundfünfundzwanzigsten Nachfolger Salomons, aus seinem Palast geholt und zum Abtransport in einen VW Käfer gesetzt hatte, nun aber selbst von Eritrea und Somalia her in Bedrängnis geriet, brauchte Waffen, damit die Revolution nicht in sich zusammenfiel, und in der DDR brauchte man Kaffee, um die Gefahr der Konterrevolution in Folge Koffeinentzugs zu bannen. Kaffee gedieh nicht zwischen Kap Arkona und Kapellenberg, dafür hatte man Stahlwerke und gab ab, was man entbehren konnte: Munition, Lkw, Funkgeräte, Kurzwellenempfänger und so manches, was aus dem Zweiten Weltkrieg noch übrig geblieben war.

Aber hatte bei diesem devisenfreien Handel irgendjemand irgendeinen Gedanken daran verschwendet, was Kaffee dort bedeutete, wo er wuchs und gedieh, wo er gepflückt und getrocknet wurde? Dass Äthiopien nicht irgendein Land war, das zufällig Waffen brauchte, und zufällig wucherten dort einige Kaffeesträucher, sondern dass es die Wiege des Kaffees war, den die Einheimischen *buna* nannten. *Buna* war mehr als ein Wort, es beschrieb eine Haltung, eine sorgsame und genussfreudige Übung, die Gleichzeitigkeit von Einkehr und Gespräch, nicht der schnelle Muntermacher in kleinen Arbeitspausen.

In den großen Kaffeegärten von Harar, in den Nebelbergwäldern von Kaffa, im Hochland von Sidamo, in den Gärten von Yirgacheffe werden die roten Beeren gepflückt, das Fruchtfleisch entfernt und die Bohnen – zwei nur durch eine Naht zart getrennte, seltsam glatte, leichte Kerne – getrocknet. Erst kurz vor der Zubereitung röstet man sie in einer flachen Pfanne, bevor sie in einem Mörser gestampft und löffelweise in das kochende Wasser der Jabana gegeben werden; seit mehr als tausend Jahren. Die erste Tasse, *arbol,* für Genuss und Gesundheit, die zweite Tasse, *tona,* zum Ansprechen und Lösen von Problemen und Konflikten, die dritte, *bereka,* bringt Segen. Ungern, sehr ungern hätten die Frauen Äthiopiens sich diesen Zugriff auf diese existenzielle Dimension des Lebens aus der Hand nehmen lassen, damit Männer ihnen zeigen konnten, was sie ihnen wert waren, einmal im Jahr.

Die mit Kaffeebohnen erworbenen Zehntausende von Maschinenpistolen und fünfundzwanzig Millionen Schuss Munition blieben nicht ohne Wirkung – und auch nicht auf das Grenzgebiet beschränkt, sondern taugten dem General zum Einsatz gegen die eigene Bevölkerung. Dieser devisenlose, dieser gewissenlose Tauschhandel hatte alles ausgehebelt, was Benno über dessen Prinzipien je bei Marx gelesen hatte.

Auf irgendeinem Punkt dieser sich hochschraubenden Waffen-Kaffee-Abhängigkeits-Skala, in die man sich hineinmanövriert hatte, war für Alemee, die Unfügsame, ein Jahr am Bogensee bestimmt worden. Man ordnete Alemee Tessema irgendwo zwischen Gast, Geisel, Gesandte und Genossin ein, und uneinsichtig, wie alle Seiten waren, begriff man die Absurdität dieser Kategorien nur sehr langsam. Wohlweislich war sie mit einem Säckchen Kaffeekirschen eingereist, für den Eigenbedarf. Sie teilte gern. Aber nicht mit jedem. ›Mein Vater hat sie mir gegeben, am Tag meiner Abreise‹, hatte sie zu Benno gesagt, als sie zum ersten Mal am See diese Bohnen röstete. ›Mein Vater kann nichts dafür.‹

Benno hatte sich damals diesen Vater als einen gutmütigen starken Mann vorgestellt, der darum kämpfte, unter immer schwierigeren Bedingungen, die Kaffeeernte zu sichern. Als er ihn später kennenlernte, hätte er nicht gewusst zu sagen, was ihn ausmachte. Seine Persönlichkeit entzog sich ihm. Er sprach wenig. Er aß wenig. Er lächelte nie. Wenn die Stimmen laut wurden, verließ er den Raum. War er wirklich der Vater dieser leidenschaftlich streitenden Söhne und einer Tochter, die in der Welt stand wie ein Fels in der Brandung? Wenige Wochen nach ihrer Ankunft in Äthiopien hatte Alemees Vater ihn geweckt, ihm wortlos bedeutet mitzukommen, ebenso wortlos waren sie in den Wald gegangen, und beide hatten sie mit einem Dutzend Männern und Frauen Kaffeekirschen gepflückt. Es war eine Art Arbeit und eine Art Andacht. Marx und Gott. Wie ein dritter Sohn war er sich vorgekommen, einer, der nicht Gott, einer, der nicht dem General huldigte, sondern dem Kaffee. Er fühlte sich angenommen, ein Verbindungsglied zwischen den beiden anderen. Alles würde gut werden. Sie würden sich die Hände reichen. Dies war der erste Schritt gewesen, dachte er, nun würde alles neu beginnen, auf einem guten Weg. Aber noch am Abend desselben Tages fiel diese Hoffnung in sich zusammen. Der Vater verschwand, die Brüder belauerten sich, die Mutter haderte und zerriss eine Kette aus Feueropalen. Er traute sich nicht, die Steine aufzusammeln.

Nie hatte er begriffen, was die Familie Tessema dermaßen entzweit hatte und dennoch so zusammenzwang, dass nichts Gutes mehr entstehen konnte, nur noch Furchtbares.

Benno warf den Pappbecher in den Abfalleimer, stieg die Treppe zum Lesesaal wieder hinauf und kämpfte seine Angst davor nieder, Sätze lesen zu müssen, die über Alemee geschrieben worden waren von Leuten, die in Alemee nicht einen Menschen, sondern eine politische Figur sahen, die man anglotzen und verraten durfte. Ausgerechnet deren Blicke hatte das Archiv bewahrt. Jederzeit aktualisierbar. Nie wieder aus der Welt zu bekommen. Er spürte diese Augen der anderen auch auf sich ruhen. Scham überkam ihn und Ekel. Was hätte man nicht sonst noch alles beobachten können: das Streben nach Freiheit und Glück der jungen Leute, ihr Bedürfnis nach Diskussion, ihr Beseeltsein davon, es besser zu machen, Gerechtigkeit voranzubringen, weltweit. Aber man meldete ein Kreuz an einem Kettchen unterm Hemd. Es überraschte ihn nicht. Aber so, wie wenn man einen Menschen, dem man nicht traut, beim Lügen erwischt, war soeben im Lesesaal eine mögliche Bespitzelung zu einer Tatsächlichkeit geworden. Niemand war damals auf diese Notiz hin aufgestanden, war in Alemees Zimmer gegangen und hatte ihr dort die Kette vom Hals gerissen. Doch Alemee war eine Patientin gewesen, sie hatte sich entblößt bis aufs Hemd vor einer Ärztin, und die Augen der Ärztin waren ihr noch unters Hemd gekrochen.

Wusste er, hatte er darüber nachgedacht, dass die Spitzel überall waren, dass sie unter ihnen waren? Was hatte sie dazu gebracht, ihre *Comrades* auszuhorchen? Menschen, mit denen sie abends beim Bier zusammensaßen, mit denen sie sprachen, flirteten, lachten. War es die Freude am Schauspiel gewesen? Die Lust, ein doppeltes Spiel zu spielen, mehr zu wissen? Oder waren sie interessiert gewesen an einem militärischen Rang ohne Uniform? War es erhebend für sie gewesen, nicht nur irgendwo im Grünen mit ›Jugendfreund‹ oder ›Genosse‹ angesprochen zu werden, sondern mit ›Hauptmann‹ in einem Ministerium? Oder waren sie erpresst worden? Waren sie selbst ins Visier geraten und mussten nun liefern? Oder war es Liebe? Zur Partei? Zu einer höheren Gerechtigkeit? Eine Liebe, die blind davor machte, dass Liebe und Verrat nicht zusammenpassen. Oder war es Hass gewesen? Gegen den Klassenfeind? Das hatte er doch gerade in den Rahmenlehrplänen gelesen, dass der Hass zu *vertiefen* sei, dass der Hass zu *entwickeln* sei, dass der Hass zu *predigen* sei. So gesehen wären mit der lehrplanmäßigen Vertiefung des Hasses an der Jugendhochschule die eigenen Überwacher mit ausgebildet worden. Es wären dann einfach die Klassenbesten gewesen, die den Klassenfeindhasspegel der anderen zu überwachen gehabt hatten. Alle hätten sich darüber im Klaren sein können. Aber so war es nicht gewesen. Es hatte Vertrauen gegeben. Vertrauen ist arglos, sonst ist es kein Vertrauen.

Dass das System, in dem ein Kreuz unterm Hemd gemeldet wurde, nicht überlebt, sondern *sich* überlebt hatte, machte es nicht besser. Denn es hatte dafür gesorgt, dass es sich in die Menschen einschrieb. Einen Verrat, der sich nicht einschreibt, gibt es nicht. Immer schreibt er sich ein. Archiviert sich selbst. Prägt sich in Seelen, in Körper ein, vererbt sich, ist nicht ungeschehen zu machen, höhlt aus. Verrat ist etwas Unwiderrufliches. Unbarmherzig trifft er die, die ihn nicht mehr loswerden. In Benno stieg dieser unbedingte Wille auf, sich zur Verfügung zu stellen, hier und jetzt, damit der Verrat, wenigstens dieser eine, den er hier auf Papier vor sich sieht, von Alemee abgezogen und auf ihn übertragen wird. Er ist hier, er meldet sich freiwillig, jawohl, er wird das aushalten. Er hatte einen Körper und eine Seele, die gelernt hatten, mit Verrat umzugehen. Liebe, Wut und Größenwahnsinn toben in seiner Seele. Ruhig Blut, sagt er sich, ruhig Blut. Ich bin hier noch nicht fertig.

Er fing wieder an zu blättern, zügig, aber mit wachem Blick. Wieder einmal Zeugnisse. Die damalige Sprache klang ihm heimatlich. Er war damit großgeworden. Unheimlich war sie ihm erst später geworden. Geduldig, allzu geduldig hatte das Papier die Bewertungen der jungen Menschen aufgenommen, eine jede mit der Formel: *Kennt und billigt die Feststellung dieser Beurteilung.* Eine einzige Teilnehmerin des Lehrgangs kennt, aber billigt die Beurteilung nicht, zeigt sich nicht einverstanden. Kurz überlegte Benno, ob das für die Nachwelt eigens so arrangiert gewesen war: Schaut, bei uns durfte man auch mal nicht einverstanden sein, und dann hatte das auch nicht gleich schlimme Folgen. Er las und las und litt darunter, dass er es las und nicht aufhören konnte. Er wollte das alles gar nicht wissen. Die Aufzeichnungen darüber, ob Beziehungen *sauber* waren oder nicht, ob junge Männer den Unterhalt für ihre unehelichen Kinder zahlten oder nicht, ob ihre Ehe in Ordnung war oder nicht, ob die Frau das nötige Verständnis für die zeitraubende Parteiarbeit hatte oder nicht. Und wie man dem entgegenzutreten hätte, im Falle, wenn. Ob jemand seine Rechnung in der Reinigung bezahlt hatte. Hatte er nicht? Gespräch. Lösung. Benachrichtigung. *Hat er eingesehen. Wird nicht wieder vorkommen. Fortan wird er.* Alles lückenlos dokumentiert. Die Partei, ein misstrauisch-leutseliger Vormund, der die Tagebücher seiner Mündel liest.

Warum überging er das nicht alles? Er las und las, als handele es sich um einen Pageturner, aber es waren bloß die immergleichen Berichte und Bemerkungen, und er schämte sich, das zu lesen, und las doch weiter, denn er wusste, es würde kommen. Irgendwo in dieser, in der nächsten oder übernächsten Akte würde es kommen. Es begann mit einer formlosen, nicht unterzeichneten Mitteilung auf einem DIN-A5-Blatt, der Sprachmittler für englische und afrikanische Sprache B.W. unterhalte ein Verhältnis zu einer äthiopischen Genossin. Es folgte, viele Seiten später, der Bericht eines Dozenten, in dem er, Benno, beschrieben wurde als unauffällig und fleißig. Der Kollege habe die Bibliothek mit ausgebaut, im sozialistischen Geiste. Feiner Zug. Scheint aber die Richtung verloren zu haben. Darunter, handschriftlich und mit einem Kringel abgezeichnet: Getrennt zum Sachverhalt vernehmen.

Benno stand abrupt auf und konnte den nach hinten fallenden Stuhl gerade noch halten. Die neben ihm Sitzenden blickten hoch, wandten sich dann rasch wieder ihrer Arbeit zu. Benno verließ den Saal. Er musste das Protokoll der Vernehmung nicht lesen. Alles stand ihm vor Augen wie ein Scherenschnitt. Gegenlicht. Scharfe Umrisse.

Ein freundlicher Beginn. Glatte Gesichter. Eine Hand in seiner Hand, ein fester Druck. Eine andere Hand auf seiner linken Schulter.

Sag mal, was ist denn da los?

Man hört ja so einiges.

Es war viel Lächeln im Raum gewesen.

Das kann eine kleine Geschichte bleiben, das wollen wir gleich mal festhalten.

Wir waren ja auch mal jung.

Sonst haben wir wirklich keinen Grund zur Klage.

Nein, haben wir wirklich nicht. Alles sehr ordentlich.

Und wie du die Bibliothek auf Vordermann bringst, alle Achtung, Genosse Weber.

Nein, er war kein Genosse.

Aber du willst dir doch nicht die Zukunft verderben.

Nach allem, was wir dir geboten haben.

Es ist keine Selbstverständlichkeit, so ein Studium.

Deine Leistungen sind doch tadellos.

Ich sag mal so: Jugendhochschule, andere lecken sich die Finger danach.

Überlege es dir, Genosse.

Eine lange Pause. Das Nachmittagslicht hatte den Konferenztisch auf ganzer Strecke erfasst. Jemand stand auf und ließ die Jalousien ein Stück runter.

Alemee Tessema.

Schöner Name. Schönes Mädchen.

Ja, da schaust du auf, Genosse.

Wir sind im Bilde. Aber wir sind keine Unmenschen.

Einerseits: Wo die Liebe hinfällt.

Andererseits

Da muss man sich doch fragen.

Wieder eine Pause. Nicht ganz so lang wie die vorige.

Wir haben dich immer unterstützt.

Wie gesagt, es ist ja gar nicht selbstverständlich – drei afrikanische Sprachen lernen zu dürfen – ach, noch ohne Diplom hierher, wie ich hier sehe.

Vier Sprachen, es waren vier, Ge'ez nicht mitgerechnet, das hatten sie gar nicht mitbekommen, dass er Ge'ez lesen konnte, auch eine Schriftsprache war immer noch eine Sprache. Vier Sprachen und eine Schriftsprache; vier von achtzig Sprachen allein in Äthiopien. Sie machten sich keinen Begriff.

Wer wie du Äthiopisch

Amharisch

spricht, der wird doch gebraucht, gerade in dieser Zeit, weißt du doch.

Solange sie Äthiopisch sagen und nicht Amharisch, hatten sie sich nicht gut genug informiert, musste er sie doch gar nicht ernst nehmen.

Und das müsste ja nicht so bleiben. Du könntest erst mal dein Diplom machen, nicht wahr? Und dann muss das auch noch nicht das Ende sein.

Wir brauchen doch immer gute Leute, weißt du doch.

Nun, und wer so gut Äthiopisch spricht.

Amharisch.

Der wird dann auch mal eine Delegation begleiten nach Afrika, wichtige Handelsfragen, weißt du ja.

Oder auch Auslandsteilstudium.

Denk noch mal in Ruhe darüber nach.

Ich müsste über die Liebe nachdenken, hatte er gedacht.

Wir haben an dich geglaubt, drüben hättest du diese Chance nicht gehabt, ich meine, es war dir nicht in die Wiege gelegt.

Ich bin noch bei der Liebe, ich sollte doch nachdenken.

Wir können auch noch mal ein Auge zudrücken, aber dafür müsstest du dich in unsere Richtung bewegen und einsehen, dass das so nicht geht.

Ich habe nachgedacht. Ich liebe Alemee. Es ist, wie es ist. Drückt die Augen nicht zu. Macht sie auf. Ich liebe sie. Ich liebe Alemee, und ich werde niemals von ihr lassen.

Dass sie nicht zum Klassenfeind gehört, immerhin, aber Junge, überleg doch mal, du willst doch sicherlich auch mal Kinder haben, und wenn die dann –

Also –

Es muss doch nicht, schau mal, niemand will das, man muss auch mal über den Tag hinausdenken.

Du kannst schon morgen – wir können etwas organisieren, wer sagt denn, dass du immer hier sitzen musst?

Also, wir glauben an dich.

Schreib' ein paar Zeilen, nimm Abstand und –

Eine Seite, ach was, eine halbe, und du bist raus aus der Geschichte, kannst doch mit Sprache umgehen, Junge.

Selbstkritik ist an sich nichts Schlechtes, es gehört dazu.

Wir alle machen Fehler.

Eine Ehe, wer denkt denn so was, also die würde sowieso niemals.

Pause. Er hatte nicht an Fehler und nicht an Ehe, er hatte an Alemee gedacht, wo sie wohl gerade war. Ob sie auf ihn wartete und wo.

Hast doch auch noch einen kleinen Bruder, na ja, so gut wie einen kleinen Bruder.

Lasst ihn aus dem Spiel. Ich sage euch, ich sage euch, ich sage euch: Lasst ihn aus dem Spiel.

Du sagst gar nichts, Genosse?

Letzte Gelegenheit. Trockener Hals. Die Dinge entwickelten sich zu schnell. Er drehte den Kopf zum Fenster. Er wusste nicht weiter. Er wusste kein Wort. Kein einziges Wort hatte er gewusst.

Dann kann ich dir auch nicht mehr helfen.

Er hatte den Kopf gedreht und den Mann angesehen, der diesen Satz gesagt hatte. Erst leise hatte er ihn gesagt, wie zu sich selbst. Er hatte ihn gut gekannt, diesen Mann. Sie hatten sich gemocht. Dann sagte er es noch einmal, mit erhobener Stimme, und indem er sich erhob, als müsse er sich Mut machen.

Dann kann ich dir auch nicht mehr helfen!

Es war eine Aussprache gewesen, bei der er anwesend gewesen war, an der er aber nicht teilgenommen hatte. Dann war eine Tür dort aufgegangen, wo eine Tür gar nicht sichtbar gewesen war. Und zwei Männer waren hereingekommen, die das Gespräch fortsetzten, das keines gewesen war, und auch jetzt wurde es kein Gespräch, weil ein Gespräch immer dann zu Ende ist, wenn einer droht, und da ihm zu Beginn ganz offen gedroht wurde, geriet das, was ein Gespräch hätte sein sollen, zu einer Ansage. Ein Bild wurde ihm ausgemalt, ein Bild dessen, was auf ihn jetzt zukommen würde, wenn er nicht doch – *an uns soll es nicht liegen*. Er selbst war innerlich noch mit der Tür beschäftigt gewesen. Dass eine Tür zufallen konnte, indem eine Tür aufging. Nicht in der Weise, dass ein Weg sich verschließt und sich dafür ein anderer auftut, womöglich besser als der alte, all diese Kalendersprüche, sondern genau umgekehrt: Eine Tür, die es eigentlich gar nicht gab, ging auf, und damit fiel nicht nur eine Tür zu, sondern alle möglichen Türen, durch die er gegangen wäre, hätte gehen können, wenn diese eine nicht aufgegangen wäre und ihn zu einem ›operativen Vorgang‹ gemacht hätte. Ob das eine umgedrehte Metapher war, hatte er sich gefragt. Er sah sich in dem sonnengefluteten Raum sitzen und über umgedrehte Metaphern nachdenken, und wusste jetzt, dass dies der Moment gewesen war, in dem der Irrsinn in sein Leben Einzug gehalten hatte. Wie bei einem Telefonat, das mit Zeitverzögerung zu kämpfen hat, war er gedanklich noch bei der Tür gewesen, die sich geöffnet hatte, eine Tapetentür nannte man das, oder?, hatte er gedacht, während die, die diese Tapetentür geöffnet hatten, ihm bereits gegenübersaßen. Einen kalten Luftzug hatten sie mitgenommen. Eisig war es gewesen. Ab hier konnte er sich nicht mehr daran erinnern, was er gesagt hatte. Nur an die Gesichter der ihm Gegenübersitzenden, als er dann wohl doch etwas gesagt hatte. Er musste so etwas gesagt haben wie *Nein* oder *Niemals*. Das hatte er in ihren Gesichtern gelesen. Vielleicht hatten sie nur darauf gewartet.

Jetzt nahm er diese Kälte mit zurück in den Lesesaal. Was immer jetzt kam, sein Blut war kalt genug, es auszuhalten.

Mit Alemee, sagten die Protokolle, hatte man erst über Marx, dann über Gott, dann über ihre Brüder und schließlich über ihn, Benno, gesprochen. In welcher Sprache? Hatte jemand am Bogensee so viel Englisch in petto gehabt, dass dieses Gespräch hätte gelingen können? War gedolmetscht worden? So oder so war es ein offenkundig missratenes Gespräch gewesen. Alemee Tessema zeige unparteiliches Verhalten, hieß es im Protokoll. Sie zeige keine Einsicht. Und die einzige Frage, die sie stellte, habe sich auf Benno W. bezogen. Wo der jetzt sei. Natürlich sei man ihr keine Antwort schuldig und habe auch keine gegeben. Es werde darüber nachzudenken sein, ob sie nicht doch zurückgeschickt werden sollte. Kontakt mit Addis Abeba werde empfohlen.

Dann wieder viele Seiten Bürokratie, die Organisation der Wehrspartakiade, der Besuch des FDJ-Vorsitzenden und das Zusammenwirken mit der Außenstelle Bärenklau hinsichtlich der Ausbildung der Brigaden der Freundschaft im befreundeten Ausland. Alles war weitergegangen nach Plan, alles reibungslos, alles einwandfrei, Spalierbildung geprobt, Winkelemente und Blumensträuße bestellt für den Empfang der Parteigrößen, Auftritte absolviert, Reden gehalten, Examina durchgeführt. Als seien nicht gerade zwei Menschen, die alldem zugehört hatten, auf eben noch unvorstellbare Weise aus dem Betrieb herausgenommen und in einen bedrohlichen Wartestand versetzt worden, aus keinem anderen Grund als dem ihrer Liebe zueinander, die nicht ins Bild, nicht in den Plan und nicht ins Konzept passte – und deshalb verfemt und verfolgt und ausgewiesen werden musste.

Er blätterte weiter und weiter. Er hätte auch damit aufhören und den Stapel, so wie er war, in den Ordner zurückschieben können – oder sollen. Aber seine Finger wussten mehr als sein Kopf. *Es kommt noch etwas, wir sind hier noch nicht fertig.* Nahezu gegen seinen Willen wendeten sie ein Blatt nach dem anderen. Bis sie angelangten bei einem oben offenen Umschlag. Fotos? Auf dem Umschlag handschriftlich: *Sichergestellt nach Auszug.* Darin fünf einmal gefaltete DIN-A4-Blätter, handbeschrieben in äthiopischer Schrift. Eigenwillig und unverkennbar, wie Alemee die Vokalzeichen in die Länge zog, als wolle sie ihnen mehr Platz einräumen, Klangraum verschaffen.

Er liest, gleichzeitig übersetzt er, was er liest. Während er zur nächsten geht, drängt sich ihm eine bessere Übersetzung für die vorangegangene Zeile auf. Ist er denn nicht immer noch ein Simultandolmetscher, ein Sprachmittler, ein Translator, egal, wie das heißt, hieß oder heißen sollte, er ist einer, der in einem Kopf zwei Sprachen, zwei Welten gleichzeitig sehen und begreifen kann und alles, was er je über das von hier nach dort und von dort nach hier der Sprachen gelernt hatte, das hat nur auf diesen einen Einsatz gewartet, so kommt es ihm vor. Alles war auf diesen Moment zugelaufen, in dem ihn etwas erreicht, was ihn womöglich nie erreicht hätte, obwohl es ihn erreichen musste, aber jetzt! Es ist ein Hochgefühl, ein tragisches Hochgefühl. Ein wilder Tanz der Worte in seinem Kopf, so schnell weiterschreitend, sich drehend und wendend, ein ums andere Mal, dass nur höchste Konzentration einen Absturz verhindert. Nein, er stürzt und stolpert nicht. Er hat verstanden und wird noch besser verstehen. Oben auf dem letzten Blatt – und zwar einfach aufs Blatt hingeschmiert! hingeschmiert! – die zweizeilige Einschätzung, es handele sich um eine Abschrift aus der Bibel, nicht weiter zu verfolgen. Wer hatte das beurteilen können? Leute, die amharische Schrift lesen konnten, hatte es in der DDR nicht gerade wie Sand am Meer gegeben. Jedenfalls war es jemand gewesen, der entweder keine Ahnung hatte oder aber nichts verraten wollte. Beides möglich. Dies war keine Abschrift.

Er hielt die Papiere in seinen Händen. Papiere, die Alemee in ihren Händen gehalten hatte. Papier, das sie selbst beschrieben hatte mit einem Kugelschreiber, nein, nicht mit einem, sondern mit seinem. Er hatte einen Kugelschreiber gehabt, einen Koh-i-Noor 5850. Vorn ein dunkles Rot, hinten ein raues Silber. Mehr Verbündeter als Schreibgerät. Irgendwann hatte er ihr gehört. Er hatte ja nicht gewusst, was sie damit geschrieben hatte. Nein, er hatte es nicht gewusst. Bis heute hatte er es nicht gewusst. Nun lagen die Blätter vor ihm, an den Rändern leicht vergilbt, dennoch unfassbar gegenwärtig. Alemees Schrift, aber vor allem ihre Stimme, denn was hier aufgezeichnet war, ging ihm sofort ins Ohr: Es waren Gesänge mehr noch als Gedichte, ein kühner Absprung mit Salomons Lied aus dem Alten Testament unmittelbar hinein in ihre eigene Geschichte, und dann in ihre gemeinsame Geschichte, in eine auf diesem Papier und mit diesem Kuli buchstäblich gewordene Liebe. Bedroht und belagert, abgebrochen, unvollendet. Er kann das alles gleichzeitig denken, das Hier und das Dort, das Jetzt und das Damals, das Hohelied und die stumme Verzweiflung, alles findet gleichzeitig statt in diesem, in seinem Kopf, der das aushält, ja, er hält es aus, selbst das noch nebenbei zu denken, dass er Gleichzeitiges denken kann – aber um welchen Preis? Um welchen Preis!

Es schluchzte in ihm auf, und schnell musste er dieses unwillkürliche Schluchzen in ein Husten verwandeln, in einen Hustenanfall, der ihn zwang, den Leseraum zu verlassen. Noch immer hustend an dem Tresen vorbei, freundlich und nachsichtig, mitleidig nickende Mitarbeiterinnen. *Ach, der Herr von Bergen, der sich so viel vorgenommen hatte, vielleicht ein bisschen zu viel.* Draußen setzte er sich unter einen Baum. Es gab nicht viele hier auf dem Gelände, aber dieser hier war groß, seine weite, ausgreifende Krone hatte ein ungesundes Gelb angenommen, aber noch spendete sie Schatten. Was sollte er tun?

Er durfte die Blätter nicht abfotografieren. Man hatte ihm einen roten Aufsteller mitgegeben: Fotografier-Verbot. Aber er musste sie haben. Also musste er sie entwenden. Er musste sie dort lesen und übersetzen, wo sie entstanden waren, egal, wie lange es dauern würde, egal, was dort dann passierte. Er würde dieses poröse Papier, das mit einem Kugelschreiber, der erst ihm gehört hatte und dann Alemee, er würde dieses mit diesem Kugelschreiber beschriebene Papier mitnehmen. Ohne jeden Zweifel müsste das Mitnehmen – geschehen. Er war der Adressat, die Blätter kamen ihm zu, sie waren nur nicht zugestellt worden, wie auch? Sie waren in fremde, in feindliche, in fremdenfeindliche Hände gelangt. Nun war der Moment der Rückerstattung gekommen. Heute. In einem Zimmer, das er gut gekannt hatte, mussten sie einst auf dem Tisch gelegen haben. Vielleicht hatte sie sie auch auf den sonnigen Stufen vor dem Wohnhaus oder in einer Bucht am See geschrieben, den Schreibblock auf den angezogenen Knien? Genau dort, wo sie immer gesessen hatte, auf ihn wartend. Genau dort, wo er gesessen hatte, auf sie wartend.

Diese Blätter durften nicht wieder zurück, in diese elende Nachbarschaft aus Überwachung und Kleinmut. Ins Grau der Archive. Er musste es riskieren. Nicht lange darüber nachdenken. Einfach machen. Zusammenraffen das Ganze, samt seinem Notizbuch, ungeordnet, und ein bisschen schlampig, sodass er jederzeit sagen konnte: Oh, verflixt, in dieser Hektik, verstehen Sie, mein Asthma, ich musste schnell aus dem Raum. Entschuldigen Sie bitte. Wie unangenehm.

Es war dann so leicht, die Blätter waren so leicht. Was wogen fünf Blätter? Keine fünfzig Gramm. Er legte sie, Schrift nach oben, in den Korb, den Korb stellte er auf dem Tresen ab, als er die Akten zurückgab, eine davon fünfzig Gramm leichter als zuvor. Hatte er etwas zu verbergen? Nein, hatte er nicht. Diese Blätter gehörten ja ihm, oder jedenfalls gehörten sie nicht hierher. Dennoch, als er die Treppe hinunterging mit seinem Korb, mit seinem Diebesgut, waren seine Beine steif und gleichzeitig wackelig. Marionettenbeine in der Hand eines ungeübten Puppenspielers. Er hielt sich am Handlauf fest. Er durfte nicht stolpern, er durfte nicht fallen. Aber nichts, absolut nichts deutete darauf hin, dass es eine Festnahme, eine Verhaftung, ein Verhör geben würde.

Schon im Foyer begann er, freier zu atmen. Diese Freundlichkeit, dieses Vertrauen der Menschen, die hier ihre Arbeit taten – er würde die Papiere zurückerstatten, sagte er sich, ebenso heimlich, wie er sie genommen hatte. Sicher würde er das tun – obwohl sie ja ihm gehörten. Ihm jedenfalls mehr als dem Archiv. Denn für ihn waren diese Seiten geschrieben worden, nicht für die Spitzel, die sie genommen, geprüft und abgeheftet hatten, und nicht für das Bundesarchiv, das die Blätter adoptiert und mit einer neuen Bestandsnummer versehen hatten. Man könnte es auch so sehen, dachte Benno, als er die Zettel in sein Notizbuch steckte und das Notizbuch in seinen Rucksack: Man hatte es hier für ihn aufbewahrt. Wie in einem Pfandleihhaus hatte er sie jetzt ausgelöst, mit seinem Benutzerausweis. Nichts weiter. Sein gutes Recht. Er musste sie nicht zurückgeben. Er würde jetzt einfach dieses Haus verlassen mit dem, was ihm zustand.

Als er durch die große Glastür nach draußen gegangen und am Pförtnerhäuschen seinen Schließfachschlüssel abgegeben hatte – *Guten Heimweg* hatte man ihm dort gewünscht –, konnte er auf einmal an nichts anderes mehr denken als an diesen Wald. Ein Wald von der Art, der dazu einlud, sich in ihm schlafen zu legen. Kiefern, Buchen, Erlen und Birken. Darunter Moose von einem Grün, das es eigentlich nur auf Feentanzplätzen gab. Als hätte sich eine topografische Karte in seinen Kopf geschlängelt und dort entfaltet, sah er jeden Weg und jeden Pfad vor sich. Wenn ihn die Erinnerung nicht täuschte und wenn die Wende diesen Wald nicht gewendet hatte, dann wäre es noch ganz so, wie es gewesen war, als er zusammen mit Alemee dort unterwegs gewesen war, dachte er. Seine Beklommenheit war gewichen, ein fiebriges Hochgefühl nahm von ihm Besitz. Es musste die maßlose Erleichterung darüber sein, dass der Schmerz, der den Platz der Liebe in seinem Herzen dominiert hatte, diese Liebe gegängelt hatte und untergraben wollte, auf einmal an Kraft verlor und die Liebe in ihm so wieder aufsteigen ließ, wie sie damals gewesen war. Nichts anderes hatte daneben Platz, nichts außerhalb davon. Die hochgestimmte Liebe von damals hatte ihn ergriffen, als wäre sie in einer weiten Kreisbahn, genau hier und jetzt, unverändert wieder in sein Leben eingetreten. Sah man ihm an, dass er gerade eine Verwandlung durchmachte? Verstohlen prüfte Benno die Blicke der Umstehenden. Nein, niemand schaute ihn an, niemand wunderte sich. Vielleicht würde sich schon heute Abend oder morgen früh dieses Gefühl, so wie es zu ihm zurückgekommen war, wieder verflüchtigen, wäre nur noch einmal kurz vorbeigekommen, um sich endgültig zu verabschieden und dem Schmerz und dem Sehnen wieder das Feld zu überlassen. Aber jetzt war es da, ganz und gar da. Auch wenn es mit einem Fieber gekommen war. Fieber war ihm egal. Es war nur eine Begleiterscheinung.

Im Hostel scherte sich keiner darum, dass er mehr Übernachtungen gebucht hatte, als er nun in Anspruch nehmen wollte. Wer da war, war da, wer ging, der ging. Im Low-Budget-Bereich gaben sich Desinteresse und Großzügigkeit die Hand. *Gute Weiterreise!* Gute Weiterreise? Wenn man sich aufmachte in die Vergangenheit, fiel das noch unter Weiterreise? Weil er schon einmal dort gewesen war, wo die Reise hingehen sollte, kannte er den Weg, die Stationen. Er wusste, bis wohin er fahren könnte, und er wusste, die letzten Kilometer würde er zu Fuß gehen oder irgendwo ein Rad mieten müssen. Fahrräder waren damals verboten gewesen. Sie hätten den Radius unkontrollierbar erweitert. Die Dänen des Internationalen Lehrgangs mussten wohl so etwas gesagt haben wie: *Ohne Fahrräder? Wie soll das gehen? Dann können wir leider nicht kommen. Oder müssen gleich wieder gehen.* Und im Namen der Kommunistischen Internationale durften dann die Dänen an der JHS Fahrrad fahren. Sie durften die Fahrräder aber nicht verleihen. Hatte sich je ein Däne, hatte sich je eine Dänin an dieses Verbot gehalten? Fahrräder, die nicht verliehen werden durften, hatten einen Teil ihrer Bestimmung verloren. Alemee und er hatten oft auf dänischen Fahrrädern gesessen. Was hatten die Altvorderen sich vorgestellt? Stehen ein dänischer Kommunist und ein deutscher Kommunist in einer Hochschule; die Hochschule liegt mitten in der Natur. Fragt der Deutsche den Dänen: *Darf ich mal kurz dein Fahrrad haben?* Antwortet der Däne: *Nein, der Direktor hat's verboten.* Die weltfremden Züge der Weltrevolution waren für jeden sichtbar gewesen. Deshalb wurde auf allen Seiten viel weggesehen. So oft, so offensichtlich weggesehen, dass man gar nicht mehr darauf kam, dass andernorts umso genauer hingesehen wurde.

Ein Fahrrad wäre gut, dachte Benno, aber er wusste nicht, wie er es angehen sollte, also würde er zu Fuß gehen. Wie damals. Bevor er in die Bahn stieg, kaufte er ein, was der Hitze ein paar Tage lang standhalten würde, Brot und eine ungarische Salami, ein paar Äpfel, Haferflocken, Zucker, eine Packung Kaffeepulver. Den Umschlag mit Alemees Gedichten hatte er in die linke Innentasche seiner Weste gesteckt. Die Weste würde er nirgendwo liegenlassen, er würde sie gar nicht ausziehen, egal, wie warm es wäre. Er war am Rande der Danakil-Senke unterwegs gewesen, dem heißesten Ort der Erde, hatte bei Asosa in der Savanne an einem Staudamm gearbeitet und hatte in einer Dürreperiode den Distrikt Selamago zwischen den Flüssen Omo und Mago durchquert. Er würde es wohl von der letzten Bahnstation aus die zehn Kilometer zum Bogensee schaffen, auch mit einer Sommergrippe, auch inmitten einer Hitzewelle. Alles – alles war besser, als hierzubleiben und weiter in Akten zu blättern. Später würde er den Faden wieder aufnehmen können. Aber wenn er in all den Jahren etwas gelernt hatte, dann war es das, zu erkennen, wann es höchste Zeit war, das Weite zu suchen. *Jetzt* musste er das Weite suchen.

ALEMEE

Zweites Lied

Seht mich nicht an, dass ich so braun bin
ich bin braun, aber gar lieblich
Seht mich nicht an, dass ich so braun bin
denn die Sonne hat mich so verbrannt
Nicht eure Sonne. Nicht eure
flachbrüstige laue Sonne, zu der ihr aufbrechen wollt
als hätte sie eine Adresse
an der nächsten Wegkreuzung
Ihr klingelt, sie lässt euch rein. Brüder –
Nein, meine Sonne
Wie kommt ihr darauf, dass es nur eine gibt?
Der größte Irrtum seit dem
dass die Erde eine Scheibe ist
Einer
Einer weiß mehr über die Sonnen
Lichtempfindlich sieht er mich an
mit geschlossenen Augen
Schön bist du, mein Freund
wie du mich ansiehst
und den Sonnen Sprache gibst
dicht an meinem Ohr mit Engels' Zunge
lässt du die Heilige Familie heimwandern
und ich wundere mich
kr kr kr
Krähe und Rabe

kr kr kr
Kritik der kritischen Kritik
All diese Spaßvögel
Sieh mich an
Ich bin Schwarz und ich bin schön
und ich zähle die Sonnen
in Sprachen, von denen ihr nicht träumt.

5

JON

Lost Place

Was viele befürchtet, aber die meisten nicht für möglich gehalten hatten: Es wurde noch heißer, es wurde trockener. Die Waldbrandgefahr hatte eine Stufe erreicht, die gar nicht vorgesehen war. Jeder Tag ohne Waldbrand war extrem unwahrscheinlich. Aus dem Bauradio kam eine neue Vokabelliste: Funkenflug, Glutnester, Brandschneise. Am Himmel, der heute milchiger war, was weder die Helligkeit noch die Hitze beeinträchtigte, kreisten Greifvögel und Löschhubschrauber. Je höher sie flogen, desto ähnlicher wurden sie einander. Jon saß auf der Bauwagentreppe und beobachtete, wie die Kreise, die sie zogen, ineinandergriffen, ohne sich zu stören. Was waren das für Muster? Er versuchte, alle gleichzeitig im Auge zu behalten, aber schon nach kurzer Zeit war ihm jedes Gefühl dafür abhandengekommen, wie lange er nun schon so dasaß und schaute – und was er gerade gesehen hatte. Vielleicht hatte die Erde in der Hitze es längst aufgegeben, sich zu drehen? Bis auf das Knattern der Hubschrauber war die Welt jedenfalls sehr still geworden. Keine Knabenkrautwanderer, keine Forstarbeiter. Da kam der Kuckuck. Wie immer blieb er dort stehen, wo er die gesamte Familie Gent im Blick hatte: Marius Gent, der gerade eine Blechschaufel reparierte, Livia Gent, die ihre Papiere sortierte, und ihn, Jonathan Gent, der auf der Bauwagentreppe die Flugrouten analysierte. Sag' nichts, dachte Jon, sag' einfach mal nichts.

Aber er war ja ein Kuckuck. Wie ein aufgezogener und unaufhaltsamer Mechanismus schob er die Schirmmütze hoch, nickte, schaute in den Himmel, schaute in die Runde.

»Es gibt gar keinen Regen mehr in der Welt. Die Haare brennen einem auf dem Kopfe.«

Abrupt stand Jon auf und ging in den Bauwagen, dort lief er einige Male auf und ab. Schweiß brach ihm aus, seine Fäuste hatten sich geballt. Was passierte hier gerade? Es waren doch nur ein alter Mann und ein paar raunende Worte. Zum Lachen das Ganze, aber dieses Raunen und diese Hitze, das passte nicht zusammen, oder besser gesagt, zusammen ergab es mehr, als er ertragen konnte. Er hatte das dringende Bedürfnis, dem Kuckuck zu folgen, ihm den Weg abzuschneiden und ihn zur Rede zu stellen: *Was zum Teufel meinen Sie damit? Sind Sie verrückt oder was?* Irgendetwas musste geschehen. Dieses Reden in Andeutungen, dieses Ankündigen von Dingen, die kommen würden oder auch nicht, war nicht zum Aushalten. Er würde ihm klarmachen, dass er damit aufhören musste. Er sprang aus dem Bauwagen, über den niedrigen Zaun und lief dem Mann hinterher. Aber der war schon verschwunden. Spurlos verschwunden. So dicht war der Wald gar nicht. Er müsste doch irgendwo zu sehen sein. Er war ein alter Mann, noch einigermaßen rüstig, aber kein Marathonläufer. Jon blieb stehen und sah sich um. Auch im Wald war es heiß – auf andere Weise. Es duftete sehr stark, nach Harz und nach Tannenholz. Dieser Duft beruhigte ihn unmittelbar, nahm ihm die Wut, die Hektik, die Atemlosigkeit. Langsam ging er weiter. Wenn er schon mal hier war. Besser als die Bauwagentreppe in der Gluthitze war dieses Blätterdach allemal. Es knarrte und knackte, aber nicht auf die bedrohliche Art. Der Wald schuftete, um einen Schutzschirm gegen die Sonnen zu bieten. Er kannte diesen Wald nicht. Immer waren sie entweder auf der Wiese oder am See gewesen. Gerade, halbschattige

Wege gab es hier, mit zahlreichen Abzweigungen. Einmal hörte er die Autobahn sehr nah. Er begegnete keinem Menschen. Er ging und ging. Barfuß ging er, seine Flipflops waren schon lange nicht mehr auffindbar. Eben noch, auf der Wiese, hatte er gedacht, er könne sich vor Hitze kaum bis zum Sturmzelt schleppen, geschweige denn bis zum Zaun, jetzt schien es ihm, als könne er endlos weitergehen, ohne Wasser zu trinken, ohne zu essen, leicht und leichter wurde ihm zumute.

Irgendwann ging er nicht mehr durch den Wald, er begann, in ihm umherzustreifen, er hatte aufgehört, geradeaus zu denken. Wie seine Füße Wege fanden, die ihnen passten, zogen ihm die Gedanken durch den Kopf, wie sie es wollten. Er hatte keine Ahnung mehr, wo er war, und es war ihm egal. Erst war es still gewesen, jetzt hörte er den Wald: Er wisperte, bereit, etwas von sich preiszugeben. Er kam an einen kleinen See, dann an einen größeren, er schwamm in beiden. In ihm breitete sich ein Gefühl aus, für das er gar keinen Namen fand. Warum war er nicht schon alle Tage in diesen Wald gegangen? Schön war er und sanft, ein Märchenwald, und doch real, nahezu übermäßig real mit seinem intensiven Duft und den getrockneten Kiefernzapfen, die hier und dort schmerzhaft in die Fußsohlen pikten. Er ging und ging. Dieser Wald würde niemals aufhören.

Dann: ein Zaun, ein Dach, noch eins, ein Weg. Im Märchen würde es heißen: *Der Wald tat sich auf, und da ward ein Schloss, so herrlich und herrschaftlich, wie man es sich nur denken konnte.* Oder: *Zwischen den Ästen der alten Bäume lugten die schiefen Wände einer armseligen Hütte hervor, wie man sie sich ärmlicher gar nicht denken konnte* – je nachdem, wie die Sache aufgezogen wurde. Aber weder befand er sich in einem Märchen noch in einem Märchenwald, er befand sich in einem Wald, der bewirtschaftet wurde, hier und da sogar Wanderwegschilder, und insofern tat er sich nicht auf, sondern es gab eine Abzweigung, die allerdings seltsamerweise direkt in eine Stadt zu führen schien, nicht in den Ausläufer einer Stadt, zu Wiesen, Höfen oder Häuschen. Dass man mitten im tiefsten Wald plötzlich vor Mehrgeschossern stand, Straßen und Skulpturen, war nicht das, womit man rechnete. Es war etwas, was es eigentlich nicht gab. Die Häuser wirkten, als wären sie mit Zauberhand einer Berliner Straße entnommen und hier hinplatziert worden, weil jemandem danach war, sie einmal in einer anderen Umgebung zu sehen. Es war gleichzeitig unheimlich und komisch, sie hier so zu sehen. Sie zogen ihn an, sie zogen ihn hinein in ihr Gelände, wie eine Spielfigur aufs Spielfeld. War er – gemeint? Jon widersetzte sich dem Sog nicht.

Warum war hier niemand? Was für riesige Gebäude. Standen die alle leer? In echt gab es doch so etwas gar nicht. Das Ganze musste eine Kulisse sein. Im Skript steht: *Gebäude, die so aussehen, als wären sie vor unbestimmter Zeit bewohnt worden.* Oder nicht die Gebäude waren irreal, sondern er selbst war verrückt geworden. Durch einen verwunschenen Wald hindurch gelaufen, direkt in einen anderen Zustand hinein. Aber als er langsam, sich immer wieder umsehend, ob nicht etwas in seinem Rücken standfand, *sich aufbaute,* alle Gebäude mehrfach umrundet hatte, war er überzeugt: Alles war echt, und er war bei Sinnen. Nur sein Herz klopfte ihm bis zum Hals. Für heute hatte er genug.

Er versuchte, den Weg zurückzufinden, verlief sich einige Male und kam auf der Wiese erst an, als die Sonne schon tief stand. Was für eine Hitze, die ihn am Waldrand überfiel, wie ein lauerndes Tier, das auf ihn nur gewartet hatte. Noch hatte er das Spiel nicht verstanden. Aber er würde es verstehen, denn er wird wieder dort hingehen. Gleich morgen früh.

Während er auf die Wiese zulief, überlegte er, ob seine Eltern schon angefangen hatten, ihn zu suchen, aber sie hatten gar nicht bemerkt, dass er lange weggeblieben war. Seine Mutter saß vor dem Zelt, hatte einen Schreibblock auf den Knien und ließ einen Bleistift zwischen Zeige- und Mittelfinger hin und her wippen.

»Ich hätte vielleicht einen Antragstitel«, sagte sie. »*Pi. Übungen in mathematischer Demut.* Wie findest du das?«

Jon zögerte. »Was sagt Papa dazu?«

»Papa findet ihn scheiße.«

»Okay – also ich –«

»Ach, vergiss es. Ich muss den ganzen Mist sowieso ganz neu schreiben.«

»Ich denke noch mal drüber nach.«

»Danke. Hast du eigentlich Hunger? Es ist noch Reis da.« Sie hatte sich wieder gefangen, verhältnismäßig schnell.

Jon setzte sich in einen der Campingstühle vor dem Sturmzelt und aß. Erst setzte sich seine Mutter mit einem Glas Wasser dazu, dann auch sein Vater, der eine Jumbopackung Erdnüsse öffnete. Das sah nach Geselligkeit aus, und nach Geselligkeit war Jon nicht zumute. Vor allem wollte er keinesfalls über die Häuser im Wald reden, obwohl er an nichts anderes denken konnte. Also brachte er vorsorglich das Gespräch in eine andere Richtung.

»Was meinst du eigentlich mit mathematischer Demut?«

»Gute Frage«, sagte sein Vater.

Seine Mutter antwortete nicht gleich. Sie räusperte sich.

»Ach ich glaube, ich dachte dabei an Frida.«

Sein Vater wechselte die Haltung und auch seinen Gesichtsausdruck.

»Verstehe«, sagte er.

Jon verstand gar nichts. Aber er hatte das Gefühl, es wäre besser, abzuwarten.

»Frida hatte tatsächlich diesen Mut, in völlig eigenen Bahnen zu denken. In ihrer Art, sich der Welt der Zahlen hinzugeben, steckte so viel Dankbarkeit. Ich erinnere mich an ihr Zimmer, alle Wände voller Ziffern, in Ketten, in Reihen, in Kolumnen, in Figuren, wie man sie in keinem Mathematikbuch finden würde. Alles im Entstehen, keine Rechnung würde je an ein Ende kommen. Und genau darum ging es.«

»Ja, du hast oft davon erzählt. Ich sehe es wirklich vor mir, obwohl ich sie ja nie kennengelernt habe.«

Jon hatte seinen Teller leergegessen, stellte ihn ab und goss sich ein Glas Wasser ein.

»Wer ist Frida?«, fragte er.

»Frida war eine entfernte Cousine von mir«, sagte seine Mutter.

»Wieso war?«

»Man hat sie für verrückt erklärt. Man hat Medikamente an ihr ausprobiert. Sie starb qualvoll.«

»Hat man die drangekriegt, die das gemacht haben?«, fragte Jon.

»Nein, dazu kam es nicht. Ihre Familie wusste nicht, wie sie es anstellen sollte, sie hatten auch Angst vor der Klinik.«

»Warum?«

»Na, das war Niedersachsen in den 70ern. Du glaubst nicht, wie viele da unter den Ärzten und Juristen noch Altnazis waren.« Jon sah, wie seine Mutter zögerte. »Jedenfalls«, fuhr sie fort, »ließen Fridas Eltern ihr Zimmer, wie es war. Mit Tausenden von Zahlen an den Wänden. Immer wenn wir zu Besuch waren, bin ich dort hinein, habe stundenlang davorgesessen und versucht, mir einen Reim auf alles zu machen.«

»Ich dachte immer, du magst Worte viel lieber als Zahlen. Hast du, ich meine, ist es wegen deiner Cousine, dass du, also hast du deshalb –«

»Ja, vielleicht. Ich suche immer noch danach, was genau sie wohl im Kopf gehabt haben mochte. Ich bin sicher, sie war eine geniale Mathematikerin – aber nicht von der ungeduldigen Art. Sie war sehr sanft.«

»Deswegen hast du das so geschrieben: *Übungen in mathematischer Demut?* Weil du an Frida gedacht hast?«

»Ja. Aber es passt hier nicht. Ich werde das wieder ändern.«

»Ich finde es eigentlich – sehr gut«, sagte Jon.

Sein Vater nickte. »Ich auch, Livia«, sagte er, »ja, ich auch.«

Am nächsten Tag brach er schon kurz nach dem Frühstück auf. Er musste unbedingt wissen, ob er die verlassenen Häuser wiederfinden würde. Wenn er sie nicht doch geträumt hatte. Hitzedelirium oder so. Wenn er sich's genau überlegte, war es sehr unwahrscheinlich, dass es sie gab. Sie standen nicht so weit von hier, aber er hatte noch nie davon gehört. Die Leute hier am Wanderweg waren unterwegs zum Knabenkraut, nicht in die nächstgelegene Stadt. Und, warum hatten seine Eltern nie davon gesprochen? Die wussten doch immer alles. Was würde passieren, wenn er sie fragte: *Sagt mal, was sind das eigentlich für irre Gebäude dahinten im Wald? – Ach, du meinst vielleicht diese stillgelegte LPG? Tja, davon gibt's so viele hier. Weißt du, abreißen ist teurer als verfallen lassen. Riesige Ställe* – Oder: *Ja, stimmt, da war doch mal was aufgebaut worden, für eine Filmproduktion. Soll extrem echt aussehen. Steht das noch, ja? Dann lass uns da doch mal gemeinsam hingehen* – Oder sie würden ihn ansehen mit so einem Blick, ob jetzt das nächste Problem auftreten würde mit ihrem Jon, der auf einmal Dinge sah, die es nicht gab. Auf keinen Fall würde er sie fragen. Auf gar keinen Fall.

Auf dem Rückweg gestern hatte er versucht, sich den Weg zu merken, den er jetzt in umgekehrter Richtung zurücklegen musste. Vergeblich. Alles sah gleich, alles sah anders aus. Aber genau wie gestern nahm ihn der Wald freundlich auf und gab Jon augenblicklich das Gefühl, er würde finden, was er suchte. Plötzlich, wie aus dem Nichts, tauchte der Kuckuck neben ihm auf. Jon nahm an, dass der alte Mann schon auf dem Rückweg war und er selbst umdrehen musste, wenn er nicht gleich wieder an der Wiese sein wollte. Jon wusste nicht, wie man sich im Wald benahm gegenüber einem, den man kannte, aber nicht kennen wollte. Gestern noch hatte er ihn verfolgen und zur Rede stellen wollen. Jetzt war er froh, dass er dank ihm nicht im Kreis gehen würde.

»Ja, ja«, sagte der alte Mann, als sie auf einer Höhe waren, »stumm sind die Wälder, Feuermann tanzt über die Felder.«

Jon zögerte. »Hoffentlich sind die Häuser dahinten nicht in Gefahr –«, sagte er dann.

»Die da?«, fragte der alte Mann und deutete mit seinem Stock ziemlich präzise nach rechts oben. »Backstein brennt nicht, Unkraut vergeht nicht.«

Dann lief er einfach weiter, ohne Gruß und ohne sich noch mal umzudrehen. Jon bog nach links ab, meinte aber noch lange, ihn lachen zu hören. In weniger als einer halben Stunde hatte er die Gebäude erreicht. Am liebsten hätte er sie begrüßt: *Da seid ihr ja wieder*. Und auch ein Gegengruß: *Was denn, schon wieder da?*, hätte ihn nicht überrascht. Heute wagte er sich weiter vor, ließ sich Zeit, schaute durch alle Fenster: Holzfußboden, an einigen Stellen aufgerissen und aufgeworfen. Vereinzelte Stühle. Eingerissene Plakate an den Wänden. Stehlampen mit Kabeln, die nirgendwo hinführten. Leere Getränkeflaschen, nach einem nicht erkennbaren Muster im Raum verteilt. Schwer zu sagen, wie lange diese Häuser bereits verlassen waren. Wer überhaupt darin gewohnt hatte. Soldaten? Eine Sekte? Er drückte die Klinken der Türen herunter. Keine ließ sich öffnen. Er wusste nicht weiter. Eine Scheibe einzuschlagen, wagte er nicht. Als er sich umsah, entdeckte er zwischen einigen trockenen Sträuchern einen kleinen Hügel, stieg mit wenigen Schritten hinauf, setzte sich ins Gras und versuchte von seinem Aussichtspunkt aus die Größe des Geländes abzuschätzen. Größer als eine typische Wohnanlage, kleiner als ein Stadtviertel. Vielleicht sollte er das gesamte Gelände umrunden, die Schritte zählen, dann hätte er immerhin eine Angabe in ›Fuß‹. Als er aufstand, fiel ihm eine schmale Öffnung im Boden auf. Er sah hinein. Es war ein Bunker. Vielleicht hatte doch eine Sekte sich den eingerichtet, Endzeitgläubige? Oder Prepper? Der Spalt war schmal, man konnte nicht erahnen, was einen, der hinabstieg, erwarten würde unter der Erde. Er wagte es nicht, sich hinabzulassen; noch nicht. Morgen vielleicht. Oder übermorgen. Wie man sich im Freibad herantastete: erst den Dreier, dann den Fünfer und irgendwann den Siebeneinhalber.

Er ging zurück auf die Wiese und achtete an allen Wegkreuzungen auf Schilder. Irgendwo musste es einen Hinweis darauf geben, was das alles zu bedeuten hatte. Aber es gab keinen.

Dass er diesen Ort hatte, jenseits der Wiese, änderte einiges. Er war immer noch *draußen,* aber das Draußen hatte auf einmal eine Tür bekommen, durch die hindurch man zu etwas gelangte, das mit dem Draußen nichts zu tun hatte und das ihm zu tun gab. Immer noch verstand er nicht, was hier gespielt wurde, aber er würde mitspielen. Nichtmitspielen stand nicht zur Debatte. Fortan würde er alle Tage durch den Wald in die Verlorene Stadt gehen und sich von Level zu Level arbeiten. *Lost City*. Das ultimative Spiel für einen Ausgemusterten.

Als er nun an einem der nächsten Tage auf dem Gelände unterwegs war, das er immer besser kennenlernte, kam er an ein Häuschen und eine Schranke. Das musste eine Wachstation gewesen sein. Die Verankerungen für den

Schlagbaum rosteten vor sich hin, es gab ja nichts abzuriegeln, die Tiere des Waldes würden unbeeindruckt jede Absperrung untergraben oder überflügeln. Da meinte er plötzlich einen Menschen gesehen zu haben, den Schatten eines Menschen. Größer als der alte Mann. Nein, der alte Mann war es sicher nicht gewesen. Er drehte sich unschlüssig einmal im Kreis. Jon, sagte er sich, man geht nicht dem Schatten einer Gestalt in der Dämmerung auf einem verlassenen Gelände nach, wenn man sich über die Spielanleitung noch nicht im Klaren ist. Wahrscheinlich war es aber sowieso nur ein Hirsch oder ein Wildschwein auf dem Weg zum See – oder ein kleines Schattenspiel gewesen, nur einen Wimpernschlag lang, oder eben: nichts.

Nicht dass sich nicht manchmal ein Gefühl der Beklommenheit einstellte, aber die Neugier, die Entdeckerfreude überwog, und seine Beklommenheit wich immer mehr einer strategischen Überlegung. Seinen Eltern sagte er: ›Ich mach meinen Waldlauf.‹ Waldlauf fanden sie gut. Wenn sie gewusst hätten, dass sich in ihm so etwas wie eine verschärfte *Lost City*-Spielsucht herausgebildet hatte, hätten sie es weniger gut gefunden. Und genau das galt es zu vermeiden.

Endlich fand er eine offene Tür in das größte Gebäude auf dem Gelände. Es war im Grunde mehr ein ebenerdiges Fenster als eine Tür. Jedenfalls war es nur notdürftig mit einer Art Keil im Rahmen gesichert. Er stieg in einen Raum ein, für den das Wort Raum zu klein war. Es war ein Saal, im Grunde eine Halle. Natürlich leer, bis auf eine vertrocknete Pflanze und einen Schraubenschlüssel, der auf einem Heizkörper lag. Zum ersten Mal war er jetzt *in* einem der Gebäude. Definitiv ein neues Level. Dem neuen Level musste er sich würdig erweisen. Obwohl er barfuß war, hörte er seine Schritte widerhallen. Er streifte umher, er stieg Treppen hinauf und hinunter, er fand alle Anzeichen eines halbherzigen Auszugs, der jedenfalls einige Zeit her sein musste. Dann sah er die Kabinen. Und zum ersten Mal leuchtete ihm ganz unmittelbar das Wort ›Kabelsalat‹ ein. Wie in einem riesigen gemischten Salat mischten sich hier Kabel in unterschiedlichen Farben und Formen, dazwischen Steckdosen und Schalter wie Putenbruststreifen oder Fetawürfel. Auf einem Tischchen sah er Kopfhörer in einer jahrzehntealten Version liegen. Lange vor seiner Geburt mussten die hergestellt worden sein. Er nahm sie in die Hand, pustete den Staub ab und setzte sie auf. Die Stille, die ihn umgab, übersetzte sich in seinen eigenen Herzschlag. Und wieder beschlich ihn dieses seltsame Gefühl, dass eben noch jemand da gewesen war. Andererseits konnte das ›eben noch‹ auch ein halbes Jahrhundert her sein. Es würde ihn nicht wundern. Er spielte keine Rolle. Spielte überhaupt noch etwas eine Rolle? Sunny spielte eine Rolle. Wenn dies ein Spiel wäre, an dessen Ende, auf Level 100, sie auf ihn warten würde – dann, dann würde sehr vieles wieder eine Rolle spielen.

Vor ihm lagen Stifte. Die Kulis schrieben nicht mehr. Aber der Bleistift war bloß nicht gespitzt. Mit der breiten stumpfen Mine schrieb er den Namen, der eine Rolle spielte, in die Plastikverschalung. Er gravierte ihren Namen ein, er tätowierte ihn in die Haut der Kabine. *Sunny* schrieb er und konnte damit nicht aufhören. Sunny Sunny Sunny Sunny Sunny. An die Wände schrieb er es, auf die Tischplatte. Er war wie im Rausch. Solange er schrieb, meinte er sie zu spüren, zu riechen, zu hören. *Sunny* würde er schreiben, jeden Tag würde er hierherkommen und ihren Namen schreiben – bis der Bleistift am Ende sein würde. Oder er.

Er verließ die Kabine.

Jon hatte das Gefühl, dass er nun bereit war für den

Bunker. Der Bunker, der nächste Auftrag fürs nächste Level. Der Eingang war noch schmaler, als er ihn in Erinnerung hatte, aber er würde gerade so hindurchpassen. Ein Raum von feuchter Erde, in dem seine Füße Halt gefunden hatten, umschloss ihn wie ein aufrecht stehender Sarg. Unter seinen nackten Füßen knackte es – anders als Zweige brachen. Sein Mund war trocken. Er schluckte. Schluckte noch einmal, bevor er sich bückte und in dem schwachen Licht, das von oben durch den Spalt fiel, sah, dass es das Skelett eines Tieres war. Vielleicht ein Hase. Oder ein Marder. Er sah die Umrisse einer Tür. Während er nach einer Klinke tastete, nahm er sich vor, nicht weiterzugehen. Er fand keine Klinke und war froh darüber. Ein Schauer lief ihm über den Rücken. Hierher musste man also, wenn es über der Erde zu heiß wurde. Er stemmte sich wieder hinauf und war in dem Moment, als er wieder im Tageslicht stand, froh, dass er dort unten nicht darüber nachgedacht hatte, was er getan hätte, wenn er sich nicht wieder hätte hochstemmen können. Niemand hätte ihn hier gesucht, niemand hätte ihn hier gefunden. Zweifellos war ein neues Level erreicht.

Als er die Wiese erreicht hatte und auf den Bauwagen zuging, hoffend, dass er nicht in ein Gespräch verwickelt werden würde, spürte er, wie dick die Luft zwischen seinen Eltern war. Wahrscheinlich waren sie einander für oder gegen Leibniz in die Haare geraten.

»Wo warst du?«, fragte seine Mutter ziemlich unwirsch.

»Im Wald, wo sonst?«

»Hättest auch mal Bescheid sagen können.«

»Hab ich doch.«

»Livia, er ist wirklich groß genug, um alleine in den Wald zu gehen und wiederzukommen, wann er will.«

Die Stille, die folgte, war gefährlich.

»Übrigens habe ich mir gedacht, man könnte vielleicht an

den Schuppen einen Zaubernussstrauch pflanzen. Bis Weihnachten bringen wir den zum Blühen, orange, gelb und rot. Was sagst du dazu, Livia? Wäre doch schön, oder nicht?«

»Wann müsste der Strauch denn in die Erde?«, fragte seine Mutter. »Ich finde die Idee gar nicht mal so schlecht.«

Zaubernuss, dachte Jon, das hatte sich sein Vater doch zurechtgelegt. Jedenfalls, es hatte gewirkt.

»Gute Nacht«, sagte er und stieg die Treppen zum Bauwagen hoch, ging hinein, legte sich auf die Isomatte. Wann hatten sie alle gelernt, in Nächten zu schlafen, in denen das Thermometer nicht unter eine Marke fiel, die noch vor wenigen Jahren als sommerliche Tageshöchsttemperaturen durchgegangen waren?

Im Dezember, wenn diese Zaubernuss an einem Schuppen blühte, der momentan noch nicht stand, aber wahrscheinlich demnächst stehen würde, hätte die Erde immer noch Trockenrisse, und die Sonne würde auf die Weihnachtsmarktbuden brezeln, und dort würden sie Tequila Sunrise statt Glühwein verkaufen, und er, der Schüler, der kein Schüler mehr war, würde die Kisten mit den Plastikgläsern und die Tetrapacks mit billiger Mische hinter den Hütten aufstapeln. Und die Jungs, die würden dasitzen und über die nächste Mathearbeit reden, und dann würden sie ihn sehen und sagen: *Hallo, Jon, was machst du denn hier?* Und er würde sagen: *Ich hab einfach gemacht, was der Direktor mir gesagt hat, ich bin sehr gern ohne Abschluss von der Schule gegangen, und dann hat der Weg mich direkt hierhergeführt. – Nee, hat er das wirklich gesagt? So ein Arsch.* Und dann müssen sie doch noch über die blöde Mathearbeit, die sie bestimmt verhauen werden – *der Typ kann ja wirklich nicht erklären, erinnerst du dich noch an den, Jon?* –, die sie dann aber bestimmt noch mal ausgleichen können, mit Nachhilfe und mit Mogeln oder wie auch immer, reden und dann noch mal anstoßen: *Prost Jon, ist schön, dich wiederzusehen, trinkst du einen mit.* Und er würde sagen, *ne, lass mal, ich bin ja im Dienst,* und dann würde er die leeren Gläser wegräumen und fragen: *Soll ich Bescheid sagen, dass sie euch noch eine Runde bringen?* Und die Jungs würden sagen: *Ne, lass mal, wir schreiben ja morgen die Mathearbeit, und du weißt ja, jetzt kommt's langsam drauf an –.*

Am nächsten Tag ging er zielstrebig durch den Wald, stieg wieder durch das ebenerdige Fenster an der Rückseite des Gebäudes ein, in dem er auf die Kabinen gestoßen war. Er setzte sich die Kopfhörer auf, die ihm nichts zu hören gaben außer den Puls in seinen eigenen Ohren.

Und dann – nicht über die Ohren, nicht über die Augen, sondern über die Haut oder das, was die Leute einen siebten Sinn nannten – spürte er es deutlich. Jemand war da. Jemand war nicht zu sehen. Aber da. Diesmal wirklich. Jons Schultern verkrampften sich. Er hörte Schritte hinter sich. Er ballte die Fäuste, er fuhr hoch, drehte sich um – und sah einen Mann. Einen Mann, den er nicht einordnen konnte. Er konnte noch nicht einmal sein Alter schätzen. Nicht jung, nicht alt, in einer Weise dazwischen, die ihm keinen Anhaltspunkt gab. Er war nicht sonderlich groß, er wirkte kräftig, obwohl er etwas Hageres hatte. Die Haare, die hinter den Ohren glatt bis fast zu den Schultern fielen, waren nicht hell, nicht dunkel, nicht grau, nicht blond, nicht braun, nichts davon oder von allem etwas. Das Auffallendste war, dass er eine Weste trug und eine Art Safari-Hut an einer Kordel in seinem Nacken hing. Das passte und passte nicht. Zu ihm als einer Spielfigur, seinem Partner oder seinem Gegner in *Lost City* passte das. Ein Spieleentwickler mochte seinen Spaß gehabt haben an Hut und Weste, wie sie sonst nur beleibte Rentner auf E-Bike-Touren trugen. Ab und zu kamen solche Exemplare auch an ihrer Wiese vorbei. Aber dieser Mann vor ihm war eben kein beleibter Rentner, sondern so ziemlich in allem das Gegenteil davon. Insofern er allerdings das genaue Gegenteil von einem beleibten Rentner war, hätte er einen kurzen Haarschnitt, vielleicht einen Bart, jedenfalls locker sitzende Jeans und einen Hoodie tragen müssen; und bei dieser Hitze natürlich auch keinen Hoodie, sondern einfach ein T-Shirt. Aber weil der Mann hier vor ihm, der einige Schritte zurückwich und sich dann an eine Tischkante lehnte, keine Spielfigur war und keine Witzfigur, sondern ein Typ, den er zwar nicht einordnen konnte, der aber offenbar freundlicher Natur war, entspannte sich Jon.

»Ben«, sagte der Mann, »Benno.«

»Jon«, antwortete Jon, »Jonathan.«

Der Mann lächelte, hob kurz die Hände und verschränkte dann die Arme vor der Brust auf eine Weise, die sagte: *Hey, alles gut, kein Problem, ich habe etwas Zeit, wir können reden.* Er sah sich um, er sah ihn an, er sah auf den Boden, er wusste vielleicht genauso wenig wie Jon, wie er das Reden anfangen sollte. Dann deutete er auf die Kabine und sagte, dort habe er vor vielen Jahren selber gesessen, als die Kabel noch verkabelt gewesen seien. Englisch und afrikanische Sprachen, meist Amharisch, das sei seine Aufgabe gewesen, und gewohnt habe er hier auch, in einem Gebäude dort hinten.

Eine Dolmetscherkabine, wie er es sich schon gedacht hatte, eine von achtzehn, er hatte nachgezählt. Jetzt würde er erfahren, was hier eigentlich gespielt wurde, dachte Jon. Dieser Benno schien ihm anzusehen, dass er zögerte zu fragen. Denn er begann nach einer kurzen Pause, von sich aus über diesen Ort zu sprechen.

»Dies war die JHS der DDR«, sagte er, »die Jugendhochschule Wilhelm Pieck der Deutschen Demokratischen Republik, aber niemand hat das so gesagt.«

»Eine Hochschule für Jugendliche?«, fragte Jon.

»Ja, für junge Leute, die die Stützen des Staates werden sollten, eine Art Kaderschmiede, übrigens auch für junge Kommunisten aus allen Teilen der Welt. Hier wurde man in Theorie geschult, Marxismus-Leninismus. Aber es gab auch Sport, Geländeübungen, Kino und Konzerte.«

Dass in eine solche Jugendhochschule, mit diesen riesigen Sportplätzen und dem See vor der Nase auch noch regelmäßig Leute aus allen Teilen der Welt gekommen waren, nahm Jon doch sehr für diesen Ort ein. Und der Mann, der dort ihm gegenüber am Tisch lehnte, war live dabei gewesen und noch dazu jemand, der Sprachen konnte, deren Namen er noch nie gehört hatte. So richtig real hörte sich das alles nicht an, dennoch glaubte er jedes Wort und wollte noch mehr hören, über dieses Hogwarts der DDR, »das es leider nun nicht mehr gab. Ob er nach der Wende weg sei, fragte er ihn.

Nein, viel früher, es ist kompliziert – » Benno hielt plötzlich inne und fragte, ob sie nicht eine Tasse Kaffee trinken wollten, unten am See. Jon nickte.

»Dann hole ich kurz die Jabana.«

Eine Jabana? Jon wartete. Jetzt hätte er Zeit zu fliehen. Es gibt ja solche Leute. Erst sind sie nett, dann kommen sie mit einer Knarre wieder, und am Ende bugsieren sie einen in einen Bunker, und gerade als er darüber nachdachte, dass seine Eltern sicherlich kein Lösegeld bezahlen konnten, tauchte Benno wieder auf – mit einer Kanne.

Unten am See entfachte Benno ein Feuer in einem winzigen zusammenklappbaren Brenner, kochte Wasser ab und goss es in die kleine schwarze Kanne mit langem Hals, die er halb in den Sand eingrub. Dann löffelte er Kaffeepulver hinein. Sie warteten ab, bis es sich gesetzt hatte. Dass dies eine Jabana sei, sagte Benno. Er habe sie aus Äthiopien mitgebracht.

Äthiopien, dachte Jon, Sunny. Am Ende kennt er sie. Die Welt ist ein Dorf, heißt es doch immer.

»Eine Freundin von mir ist gerade in Afrika«, sagte Jon, »vielleicht sogar in Äthiopien. Ihre Eltern arbeiten für eine NGO. Sie heißt Sunny.«

Benno antwortete erst nicht und sprach dann über diesen Song, *Sunny.* Dass er ihn, seit er ihn das erste Mal gehört hatte, als Jugendlicher, da stand die Mauer noch, nicht vergessen hatte. Während er davon erzählte, goss er den Kaffee, stark und schwarz, in einen Emaillebecher. Eigenartigerweise schmeckte er Jon, der bislang Kaffee nicht gemocht hatte. Er wusste nicht, ob es der Duft war, der sich mit dem hochsommerlichen Geruch des Waldes vermischte und ihm in die Nase strömte, oder die Aromen, die sich erst in seinem Mund entfalteten, jedenfalls war dies nicht das, was er unter der Bezeichnung Kaffee kennengelernt hatte. Sie reichten sich den Becher hin und her. Vielleicht ist das so eine Art äthiopische Blutsbrüderschaft, dachte Jon. Und dass Sunny plötzlich einen Platz hier hatte, zwischen dem Wasser des Sees und dem Duft von Kaffee, fühlte sich richtig an. Und auch Benno hatte von einer Frau gesprochen, die er offenbar sehr liebte, obwohl sie nicht bei ihm war und er nicht bei ihr: Alemee. Wahrscheinlich war deshalb diese Traurigkeit um ihn herum, die alles begleitete, was er tat und sagte. Nicht so, dass man nachfragen musste oder Hilfe anbieten. Aber doch so, dass man sofort spürte und begriff: Hier war jemand, der nichts leichter nahm, als es war.

Während Jon sich langsam anschickte aufzubrechen, sie gemeinsam die Feuerstelle löschten und auf Funken kontrollierten, erzählte Benno ihm, dass er den Plan habe, sich sein altes Zimmer wieder herzurichten und überhaupt etwas Ordnung machen wolle. Wenn er, Jon, Lust hätte, dabei zu sein, sei er willkommen. Auf längere Sicht bräuchten sie dafür noch etwas Werkzeug, aber sie würden sich schon zu helfen wissen.

Gut, dass sein Vater, egal, wie sparsam er sonst war, im Baumarkt von allem, was gebraucht wurde, immer eine Packung mehr in den Einkaufswagen legte, als er zuvor kalkuliert hatte, und so ein reich bestücktes Materiallager zusammengekommen war, dachte Jon. Er konnte sich ein Grinsen kaum verkneifen und winkte zum Abschied. Es wurde ihm leicht, auf die Wiese zurückzugehen, denn morgen wäre er wieder hier. Und hätte zu tun.

Anders als bei ihm selbst gerade hatte sich auf der Wiese nicht viel verändert. Seine Eltern versanken unter der brütenden Hitze in ihrer Arbeit wie in Treibsand. Niemand sprach mehr von Schule. Sie fragten, was er so mache, *aha, im Wald, das sei ja vielleicht das Beste, könntest du mal hier gerade mit anfassen, ja danke.*

Jon zweigte Nägel und Schrauben aus der Baukiste ab, und aus der Vorratskiste Müsli, haltbare Milch, Knäckebrot und Salami.

Verstehe ich nicht, wir hatten doch noch – hörte er manchmal seine Mutter sagen, und seinen Vater *Ich hätte schwören können, wir hatten noch eine Packung 60er Spax-Schrauben. Mein Gott, diese Hitze, man hat ja schon Halluzinationen.*

Mit dem einen oder anderen in seinen Hosentaschen, mal auch in einem kleinen Rucksack, machte sich Jon jeden Tag auf. Er traf Benno irgendwo auf dem Gelände, sie reparierten und schleppten, aber bis auf *Halt mal hier* und *Lass uns dort mal gucken* sprachen sie nicht viel. Ab und zu beschrieb Benno ihm, in welchen Gebäuden was gewesen war. Hier die Disko, dort die Mensa, dahinten die Bar, das Freibad da drüben, und hier unten, ja, hier – die Bibliothek. Für Jon klang das mehr und mehr wie ein Ort, an dem er sich wohlgefühlt hätte, obwohl es eine Schule war. Er hätte wahrscheinlich alles darangesetzt, dort aufgenommen zu werden.

»Schade, dass es die Jugendhochschule nicht mehr gibt«, sagte er.

»Schade, dass sie nie geworden ist, was sie hätte sein können«, sagte Benno, und es klang sehr danach, dass er auch schlechte Schulerfahrungen gemacht hatte, obwohl er hier ja gar nicht Schüler war, sondern zum Staff gehört hatte.

Eines Tages meinte Benno, während sie gemeinsam ein Brot aßen, dass er ein Auto bräuchte. Ein sehr gebrauchtes, wie er sich ausdrückte. Und wenn er Zeit und Lust dazu habe, würde er ihn gern mitnehmen zu diesem Autokauf.

Warum nicht? So verrückt es angefangen hatte, konnte es gern weitergehen. Er jedenfalls hatte nun wirklich nichts anderes und schon gar nicht Besseres zu tun. Wenige Tage später ging er mit Benno durch den Wald zur Bahnstation und fuhr nach Berlin-Lichtenberg. Lichtenberg war zwar sein Nachbarbezirk, aber er hatte keine Ahnung gehabt, dass der so riesig war, dass es dort Platz gab für ein viele Fußballfelder großes Gelände, voll mit ramponierten Autos. Autos für Leute, die ein Auto brauchten, aber kein Geld hatten oder fast kein Geld. Für Leute, deren Papiere nicht übertrieben genau geprüft werden wollten, nahm er an.

»Letzte Ausfahrt vor dem Autofriedhof«, sagte Benno. »Schau mal die Hallen dort drüben, da steht die Schrottpresse schon bereit.«

Sie streiften über das Gelände. In Jons Familie fuhr man immer gebrauchte Autos; sehr lange, so lange, bis irgendwann die Reparatur teurer sein würde als ein neues altes gebrauchtes. Aber mit diesen Autos hier war das noch mal anders. Lenkräder, die mit Tesafilm zusammengehalten wurden, Kofferräume von Jägerautos, die voll von Blutflecken erlegter Tiere waren. Zerschlissene Rückbänke, gesprungene Rückspiegel, zerbeulte Türen. Aufkleber mit Abkürzungen und Symbole, die er nicht zuordnen konnte, ihm aber ein mulmiges Gefühl gaben. ›Sehr gebraucht‹ konnte offenbar vieles bedeuten. Benno begann, sich für ein ehemaliges Baustellenfahrzeug zu interessieren. Bis auf eine eingebeulte Heckklappe sah es tatsächlich wie ein normales Auto aus, jedenfalls in dieser Nachbarschaft. Benno zog Kreis um Kreis um das Auto.

»Ein Nissan X-Trail der ersten Generation«, sagte er. »Die alten japanischen Jeeps sind robust und wendig.«

»Das ist ein Jeep?«, fragte Jon. Er hatte ein anderes Bild von einem Jeep.

»Ein Geländewagen ist das. Sehr gut für unsere Zwecke. Allradantrieb. Ohne Allrad geht es nicht.«

Hinter den Scheibenwischern und an der Kofferraumklappe hatten sich Blätter angesammelt. Es sah aus, als stammten sie aus dem Herbst mehrerer Jahre.

»Meinst du, der fährt noch?«, fragte er.

»Ja, ich denke schon, aber man muss es ausprobieren.« Benno sah sich suchend um.

Nicht weit von ihnen lief ein Mensch über den Platz, vielleicht kam er aus Afrika. Er warf ihnen einen kurzen Blick zu. Der Blick sagte: *Sprecht mich nicht an, geht am besten wieder. Kein guter Ort. Ich kann nichts machen.* Und sagte womöglich noch mehr.

Benno sprach ihn an. Erst auf Englisch, dann langsam in eine andere Sprache übergehend. Das Gesicht des Mannes verwandelte sich. Ungläubigkeit, verstärkte Aufmerksamkeit, Skepsis, bis er Vertrauen gefasst hatte und sein vorsichtiges Lächeln ins Strahlen geriet, seine Gesten erst freundlich, dann freundschaftlich wurden. Er hatte den Eimer abgestellt, sich mit dem karierten Tuch, das vom Gürtel hing, die Hände abgetrocknet. Dann legte er Benno eine Hand auf den Arm, sagte etwas, was sich Jon als *Warte kurz* übersetzte. Er sah ihn in eine Baracke gehen. Kurz darauf kam er mit einem Schlüsselbund wieder heraus. Hinter ihm streckte ein bärtiger Mann kurz den Kopf aus der Tür, nahm die Situation in Augenschein und verschwand wieder.

Benno und der Mann legten sich abwechselnd unters Auto, wiegten die Köpfe, nickten. Wechselten Worte, die Jon nicht verstand. Benno warf ihm übers Autodach die Schlüssel zu.

»Lass mal laufen«, sagte er.

Jon hatte zwar die Schlüssel gefangen, aber ihm blieb nichts anderes übrig, als die Hände zu heben und den Kopf zu schütteln.

»Ach so, ja«, sagte Benno.

Selten war sich Jon so kindisch, so nutzlos vorgekommen. Augenblicklich beschloss er, alles zu tun, um nicht noch einmal in eine solche Situation zu kommen.

Benno setzte sich ans Steuer. Tatsächlich sprang der Wagen an. Etwas holprig zwar, aber nicht so, dass man meinte, gleich würde der Motor wieder absaufen. Im Gegenteil. Nachdem er eine Runde über den Platz gedreht und den Wagen in einer Staubwolke zum Stehen gebracht hatte, klopfte er auf die Motorhaube und sagte:

»Den nehmen wir.«

Der Mann hob den Daumen der rechten Hand. Er zog los, um dem Chef Bescheid zu sagen.

Während sie warteten, saßen Jon und Benno unter der geöffneten Kofferraumklappe, die etwas Schatten spendete.

»Du kannst nicht fahren?«, fragte Benno.

»In Deutschland kannst du frühestens mit siebzehn den Führerschein machen, und dann muss auch immer erst jemand mitfahren.«

»Verstehe.«

»Mein Vater erzählt oft davon, wie früher bei ihm im Dorf schon die Zwölfjährigen mit Traktoren herumgefahren sind und die an den Sportplatz gestellt haben, damit sie spätabends im Scheinwerferlicht weiter Fußball spielen konnten.«

Benno lachte. Zum ersten Mal, seit Jon ihm begegnet war. Jon hatte das Bedürfnis, nachzulegen, er erinnerte sich daran, was Taylan, der Linksfuß, ihm erzählt hatte:

»In Berlin gibt es diese ADAC-Testgelände, da bringen die türkischen Männer ihren Müttern das Autofahren bei.«

Es funktionierte. Benno lachte ein leises, aber anhaltendes Lachen. Wie der Motor eben, als sie ihn vorsichtig gestartet hatten.

»Ein weites Gelände ist jedenfalls gut zum Fahrenlernen«, sagte er, »auf jeden Fall ist es das.«

»Weshalb ist eigentlich Allradantrieb so wichtig?«, fragte Jon.

Lange Pause.

»In Europa schließen die Leute Sparverträge und Lebensversicherungen ab und so etwas. In anderen Teilen der Welt hilft dir ein Allradantrieb dabei, überhaupt alt werden zu können: Mit einem Allrad kommst du überall durch, Sand, Schlamm, Schnee; schnell, wenn es sein muss. Und du kannst ihm in den Kurven trauen, auf Straßen, die keine sind.«

Straßen, die keine sind – Jon sah sie vor sich.

»Zweiradantrieb, das ist der Glaube an gerade Linien und Asphalt. Ich habe diesen Glauben nicht.«

Jon antwortete nicht. Unwegsames Gelände, Bodenfreiheit, schnelle Wendemanöver, das war es, was jetzt dran war.

»Ich weiß, was du gerade denkst«, sagte Benno und lächelte.

In diesem Moment winkte der bärtige Mann sie zu sich in die Baracke.

»Dann wollen wir mal«, sagte Benno, nahm einen Ausweis aus seiner Weste und ein mit einem Gummiband zusammengerolltes Bündel mit Geldscheinen. Viel wurde nicht geredet.

Benno blätterte dem Mann das Geld hin, und er bekam dafür die Papiere und ein provisorisches Nummernschild.

»In Leipzig werde ich den X-Trail anmelden müssen«, sagte Benno.

»Warum Leipzig?«, fragte Jon, als sie vor die Baracke traten.

»Weil ich da gemeldet bin – gewissermaßen.«

Als sie zurück zum Bogensee fuhren und sich Benno mit dem Fahrzeug vertraut machte, war Jon noch in Gedanken auf dem riesigen Autowrack-Gelände.

»Der Mann, der uns die Schlüssel gebracht hat –«

»Fela.«

»Als du ihn angesprochen hast – er wurde ein ganz anderer Mensch.«

Benno schwieg lange.

»Vielleicht kein anderer, vielleicht einfach wieder ein Mensch.«

Jon ließ die Verwandlung von Fela von jemandem, der nicht gesehen und nicht angesprochen werden wollte, zu jemandem, der die Hand eines anderen mit seinen beiden Händen umfasste, der übers ganze Gesicht lachte, als die klemmende Kofferraumklappe mit einem Mal aufsprang, der fragte, antwortete, zu ihm, Jon, rübergenickt und Worte gesagt hatte, von denen er mit Recht angenommen hatte, ihr Klang würde für sich sprechen, in seinem Kopf noch einmal ablaufen.

»Woher kommt Fela?«, fragte er.

»Er kommt aus dem Senegal.«

»Sprichst du – Senegalesisch?«

»Die Sprache heißt Wolof. Ja, einigermaßen.«

Sie mussten langsam fahren, weil die Fahrbahn wegen der Hitzeblasen im Asphalt verengt war. Die Sonne stand nicht mehr hoch, aber immer noch mit großer Kraft über den Feldern. Wenn sie unterging, würde die Hitze, die sie abgesondert hatte, noch lange bleiben. Sie hatte sich längst verselbstständigt.

»Du musst ja wie irre gepaukt haben.«

»Ich hatte nicht das Gefühl zu pauken. Ich war einfach verrückt nach afrikanischen Sprachen – und Wolof, das hing mit Senghor zusammen, einem Schriftsteller aus dem Senegal. Er brachte mir Afrika in mein Zimmer. Ich konnte es vor mir sehen, ich konnte es riechen, ich konnte es schmecken, und natürlich konnte ich es hören. Ich wollte unbedingt diese Sprache lernen, von der er erzählte. Wolof.«

»Hat er Romane geschrieben?« fragte Jon.

»Nein, eher Gedichte und Gesellschaftliches. Senghor war Sozialist …«

»Senghor war Sozialist, deswegen passte er gut zum Programm der JHS, aber er hat ein Afrika beschrieben, das nicht belehrt werden musste vom Sozialismus. Die Landwirtschaft dort war nämlich immer schon im Kern sozialistisch organisiert, nur dass man das nicht so genannt hatte. Er hat sie stark gemacht, die afrikanische Kultur. Mir hat das damals sehr gefallen, aber viele haben gemeint, seine Négritude, so nannte er das, sei auch ein Rassismus, ein Gegen-Rassismus sozusagen. Und dann –«

Benno umfuhr eine Baustelle.

»Und dann?«

»Und dann ist er Präsident vom Senegal geworden, ein sozialistischer Präsident. Aber es lief nicht so, wie er sich das vorgestellt hatte, und auch nicht so, wie die Menschen im Senegal es sich vorgestellt hatten. Er ist zurückgetreten. Irgendwie tragisch war das.«

»Vielleicht konnte das nicht gutgehen, er war ja Schriftsteller, hast du gesagt, nicht Politiker.«

»Hm. Jedenfalls habe ich damals alle Bücher, die man von ihm bekommen konnte, für die Bibliothek der JHS angeschafft. Wo die wohl sind?«

Jon antwortete nicht. Mehr als einmal hatte er bei Umzügen in seiner Straße Bücher reihenweise in Schuttcontainer fliegen sehen. Er konnte nur hoffen, dass Bennos Bibliothek gerettet worden war von jemandem, der gerne in der Vergangenheit herumlas.

Den Rest der Fahrt schwiegen sie. Jon sah aus dem Fenster. Die Felder, an denen sie vorüberfuhren, glichen immer mehr einer weiten Steppe. Zwischen den kurzen trockenen Halmen Sand und dem, was aus Erde wurde, wenn Tag für Tag die Sonne auf sie niederbrannte. Er musste an den Kuckuck denken: *Dunst ist Welle, Staub ist die Quelle. Feuermann tanzt über die Felder.* Auf einmal kamen ihm diese Worte nicht wie verrücktes Geschwätz, sondern wie eine simple Tatsachenbeschreibung vor, quasi wie ein Wetterbericht. Als sie auf das Schulgelände einbogen, dämmerte es bereits. Dämmerung bedeutete in diesem Sommer: etwas weniger hell.

»Jetzt du«, sagte Benno beim Aussteigen.

»Wie – jetzt ich?«

»Das Testgelände des ADAC kann auch nicht besser sein als dieses hier. Du willst doch fahren lernen, oder nicht?«

Jon setzte sich ans Steuer. Benno auf die Beifahrerseite.

»Das Wichtigste, Jon, ist Folgendes: Ein Gefährt ist immer auch ein Gefährte. Respekt und Verständnis – und keiner lässt den anderen im Stich. Nicht immer ist die nächste Reparaturwerkstatt in der Nähe. Ist ja auch nicht immer gleich ein Arzt zur Hand, wenn man unterwegs ist. Man muss auf sich aufpassen. Muss sich zu helfen wissen.«

Jon dachte an seine Mutter. Dieses Programm würde ihr gefallen.

»Also, immer so fahren, dass man zügig vorankommt, aber alles beieinanderbleibt, alles klar?«

»Alles klar.«

»Gut, linker Fuß auf die Kupplung, rechter auf die Bremse, Schlüssel drehen, Kupplung langsam kommen lassen.«

Dies war der Moment, in dem Jon begann, in Benno einen Freund zu sehen. Nicht jemanden, dem er nur begegnet war.

Bis kurz bevor es wirklich dunkel oder besser gesagt, deutlich dunkler wurde, aber dennoch nicht dunkel, vielleicht würde es nie wieder ganz dunkel werden, dachte Jon, sprachen sie über Wendekreise und Drehmomente, über Zündzeitpunkt und Kurbelwelle.

Benno zeichnete mit einem Stock Linien und Bögen in den Sand. Das habe ich auch erst in Afrika gelernt, beim Autoreparieren, sagte er – und erzählte von russischen Jeeps, die nur von einer Art Schrauben zusammengehalten wurden, man genialerweise auch nur eine Art von Schraubenschlüssel brauchte, um sie zu reparieren.

»Und die Kreisbewegung der Kurbelwelle, berechnet man die mit Pi?«, fragte Jon.

»Keine Ahnung. Kann schon sein. Aber sag mal, Pi und Kreisberechnung – warum gehst du eigentlich nicht mehr in die Schule?«

»Lange Geschichte.«

Benno schwieg.

Jon hatte das Gefühl, ihm eine bessere Antwort schuldig zu sein als diese. Schließlich war der Mann dabei, ihm das Autofahren beizubringen.

»Meine Mutter sagt, ich sei ein schwerer Fall von Schulstoffallergie. Das mit Pi hab ich von ihr.«

»Dann ist sie wohl eher nicht schulstoffallergisch?«

»Doch schon, aber irgendwann hat sie es überwunden.«

Jon lernte schnell. Das Lenkrad lag ihm gut und sicher in der Hand. Er brachte dieses Auto, nein, mehr als ein Auto, er brachte diesen *Allrad* ohne Probleme in Bewegung, und er konnte ihn von jetzt auf gleich wieder stoppen. Er lernte einparken. Auf den leeren Platz bugsierte Benno Eimer und Stühle und verkleinerte systematisch die Einparkfläche, bis sie so schmal wurde, dass Jon übers Dachfenster aussteigen musste. Mit ihm auf der Fahrerseite wagten sie sich immer weiter vor. Bald übten sie auf der Autobahn Spiegel, Blinker, Schulterblick. Die Theorie betrieben sie während der Fahrt oder auf dem Platz, wo früher die Waren angeliefert wurden. Hier zeichnete Benno mit Straßenkreiden, die sie in einem Spielwarenladen besorgt hatten, mehrfarbige Skizzen zur Straßenverkehrsordnung auf, so, wie er sie in Erinnerung hatte. Jon fragte, ließ sich abfragen, antwortete und fragte zurück. Zusammen mit der Straßenkreide hatten sie auch Tischtennisschläger und Bälle gekauft. Wenn die betonierten Platten im Schatten lagen, spielten sie ein paar Runden, zur Abwechslung und zur Entspannung. Beide waren gleich gut oder gleich schlecht, wie man's nahm. Es begann so etwas wie ein Schulalltag am Bogensee, in einem quasi natürlichen Wechsel von Theorie und Praxis.

Sie hatten es sich zur Gewohnheit gemacht, gemeinsam das Gelände abzuschreiten, um nachzusehen, ob alles in Ordnung war. Immer fanden sie alles in Ordnung (verrückte Idee, dachte Jon, davon auszugehen, dass hier, wo alles komplett außerordentlich war, etwas in Ordnung oder nicht in Ordnung sein konnte). Und immer fanden sie auch irgendetwas, was ihnen zuvor nicht aufgefallen war: eine längst außer Betrieb genommene, aber besonders kunstvoll gearbeitete Straßenlaterne, ein schief ins Erdreich abgerutschter Blumenkübel aus Waschbeton, in dem seltsam tiefblaue Pflanzen blühten, die sie nirgendwo sonst gesehen hatten – und das in das, was alles ›in Ordnung war‹ beziehungsweise in Ordnung zu sein hatte, einzugliedern war. Sie waren Bestandsaufnehmer, und als Bestandsaufnehmer hatten sie hier sehr viel im Auge zu behalten.

Das Spektakulärste war, dass sie eines Tages einen anderen Menschen kennenlernten: Michi, den Busfahrer. Er fuhr die Haltestelle am Rande des Geländes an, wie eh und je.

Niemand stieg aus, niemand stieg ein. Außer der Busfahrer selbst. Der stieg aus, ging Richtung Gebüsch, eine Toilette gab es ja weit und breit nicht, erleichterte sich, setzte sich anschließend mit Thermoskanne und Butterbrot auf ein Mäuerchen. Er zuckte zusammen, als er Jon und Benno sah. Diesmal machte Jon den Anfang.

»Jon«, sagte er, »und das ist Benno.«

»Michi«, sagte der Busfahrer und lächelte freudig. »Hat man hier selten.« Ob er damit Menschen an sich meinte oder das Grüßen mit Namen, blieb offen, aber seitdem winkten sie einander zu und wechselten ein paar Worte, wie man es macht, wenn man auf einer einsamen Insel unverhofft einen weiteren Bewohner trifft. Michi war in Ordnung. So viel stand fest.

Auf einem dieser Gänge landeten sie vor dem Eingang eines langgestreckten Anwesens, das Jon bereits kannte. Eine Skulptur aus grauem Stein, zwei Menschen, einander umfangend, allerdings mit abgeschlagenen Köpfen, wirkte nicht gerade anheimelnd, das reetgedeckte Dach bemoost, aber nicht löchrig, die bodentiefen Fenster heil, dahinter sichtbar noch einiges Mobiliar, aber auch dieses Haus stand zweifellos seit Langem leer.

»Weißt du, was das hier ist?«, fragte Jon.

»Das ist das Sommerhaus von Goebbels.«

In Jons Kopf tauchte eine Reihe von Worten auf, die mit dem Namen Goebbels eine Verbindung eingegangen waren.

»Du weißt, wer Goebbels war, oder?«

»Der Nazi-Typ mit dem Volksempfänger und dem totalen Krieg.«

»Genau. Er war Hitlers Propagandaminister, sein Stimmungsmacher sozusagen.«

»Meinst du, er hat das von hier aus gemacht, die Propaganda?«

»Ja, ich fürchte, er wird mit dem, was er in Berlin angefangen hat, hier nicht aufgehört haben.«

»Komisch, dass das hier so einfach rumsteht, ohne Absperrung meine ich.«

»Ganz am Anfang war die Jugendhochschule hier drin, direkt nach dem Krieg. Später dann nur noch Gästezimmer und ein kleiner Laden. Eigenartig, dass es uns Bogenseer nie gestört hat. Es war, als wäre das Haus mit dem echten, mit dem internationalen Sozialismus einfach ausgeräuchert worden.«

Gemeinsam umkreisten sie das Haus, schauten durch die Fenster. Eine fast vollständige Sitzgruppe sah man, einige Lampen, einzelne Papiere auf dem Boden. Auf Jon wirkte das wie ein überstürzter Aufbruch. Als die Gents umgezogen waren vor einigen Jahren, mussten sie die alte Wohnung *besenrein* hinterlassen. Was ist besenrein?, hatte er damals gefragt. Besenrein ist – kein schönes Wort, hatte seine Mutter gesagt. Alles muss leer sein und ausgefegt, hatte sie hinterhergeschoben. Dieses Goebbelshaus war alles andere als besenrein, obwohl Goebbels, anders als seiner Mutter, das Wort besenrein wahrscheinlich gefallen hätte. Und Benno war offensichtlich nicht interessiert daran, hier einzusteigen. Jon nahm das zur Kenntnis.

Das Wetter blieb, wie es war, und war insofern kein Wetter, sondern eine Art Zustand. Und in diesen Zustand hinein reihten sich die Tage quasi lautlos aneinander. Nur daran, dass er auf einmal wusste, dass an Kreuzungen rechts vor links galt, merkte er, dass die Zeit verging. Weil er es ja irgendwann in diesen Tagen gelernt haben musste.

Eines Tages sagte Benno, dass er morgen früh aufbrechen, seine Mutter in Lepizig besuchen, das Auto anmelden und erst spät am Abend wieder zu Hause sein würde. Zu Hause – Jon sah Benno an, dass ihm dieses Wort passiert war.

Aber er verzog nicht die Miene und sagte nichts, denn ganz falsch war es ja nicht.

»Alles klar«, sagte er, »wir sehen uns übermorgen.«

Am nächsten Tag hielt Jon es auf der Wiese nicht aus. Nicht auf der Wiese, nicht im Bauwagen, nicht mit seinen Eltern. Es war zu eng, es war zu heiß. Obwohl Benno nicht da sein würde, brach er auf, nahm den gewohnten Weg durch den Wald, ging schwimmen, ging durch die Schranke, die keine mehr war, ließ das Wärterhäuschen rechts liegen und streifte durch die Häuser. Hier gab es immer zu tun. Einige Zeit brachte er damit zu, Stühle aus den Wohnhäusern ins Erdgeschoss des Lehrgebäudes zu schaffen. Eine völlig irrsinnige Aktion für jemanden, der allein auf dem Gelände war und keine Konferenzteilnehmer erwartete. Dennoch verschaffte es ihm eine gewisse Befriedigung, dreieinhalb Stuhlreihen in schönen, halbrunden Bögen aufgestellt zu haben. Vielleicht hatte das früher, als Benno hier die Vorlesungen gedolmetscht hatte, so ähnlich ausgesehen. Es war so still. So unfassbar still.

»Dann lasst uns mal anfangen«, sagte er laut. Seine Stimme in dem großen Saal erschien ihm dünn und fremd, aber er hatte diesen Spaß begonnen und wollte ihn nicht gleich wieder beenden. »Wie ihr alle wisst (oder war man gesiezt worden? Nein, eher nicht), also, wie ihr alle wisst, wusste Marx nicht so recht, wie er die Weltrevolution, ähm, also wie er die Weltrevolution –« Es war Jonathan Gent selbst, dachte Jon, der von der Weltrevolution keine Vorstellung hatte, noch nicht einmal davon, wie Benno hier tatsächlich gearbeitet hatte. Und wie es in diesem Gebäude damals zugegangen war. Man müsste sie alle noch mal hierherbringen, dachte Jon. *Alle.* Vor allem natürlich Alemee.

Dann sah er auf einmal Sunny dort sitzen. Nicht weit von Alemee entfernt. Sie kannten einander noch nicht, aber sie würden sich gut verstehen. Anders war es nicht vorstellbar.

Doch wenn er jetzt anfangen würde, sich Sunny noch näher heranzuholen, würde er in genau die Traurigkeit hineinlaufen, aus der er hinauslief, wenn er zum Bogensee lief. Er verließ das Seminargebäude. Warum er ziemlich direkt zum Goebbels-Haus lief, hätte er nicht sagen können. Das Gras wucherte von allen Seiten her auf Türen und Fenster zu – als wolle es ein Bilderrätsel für Einsteiger abgeben: Gras über eine Sache wachsen lassen. Oder für Fortgeschrittene: Es gibt Dinge, über die kein Gras wächst. War das gerade ein Frösteln gewesen, das durch seinen Körper gelaufen war? Ein Körper, der seit Wochen, der seit Monaten nichts anderes abzuarbeiten hatte als Hitze und noch mal Hitze?

Es ist jetzt ein leeres Haus, sagte er sich. Außerdem waren zwischendurch die Kommunisten drin gewesen und hatten es auf links gedreht. Er beschloss einzusteigen. Wenn er da hindurchging, würde sich alles ändern. So ein Gefühl hatte er. Er konnte gar nicht anders. Wie man wo einsteigt, hatte er von Benno gelernt. Aber hier hatte Benno nicht einsteigen wollen. Es war für *ihn,* Jon, übrig geblieben, und er musste es tun, er musste hier durch. Man durfte sich nicht fürchten, man musste Goebbels entgegentreten, wo der sich Herr im eigenen Haus wähnte. Man musste ihm auf seinem eigenen Grund und Boden und in seinen eigenen vier Wänden oder dem, was er dafür hielt, entgegentreten. Und deshalb stieg er jetzt ein. Wenn das alles hier einen Sinn haben sollte, musste er das tun. Vielleicht würde er etwas finden, vielleicht müsste er etwas überwinden, vielleicht würde er woanders hingelangen. Ganz woandershin.

Er sah einen Spalt am oberen Fensterrahmen. Nur einen ganz kleinen. Er suchte ein schmales Kantholz und stemmte damit das Fenster auf. Der Fensterrahmen gab nach, dabei rutschte das Kantholz ab, und er jagte sich einen Splitter unter den Fingernagel, so schmerzhaft, dass er aufschrie. Er bekam den Splitter zu fassen, zog ihn heraus und hebelte noch eine Zeitlang am Rahmen herum, der es ihm doch nicht so leicht machte wie gedacht. Es fehlte nicht mehr viel. Er fädelte ein Bein in den Spalt ein, den er aufgestemmt hatte, fast konnte er den Fuß schon auf den Boden setzen, da hörte er in die Stille des Sommerabends hinein ein Motorengeräusch, ziemlich rasch näher kommen. Zuerst dachte er, Benno sei schon zurückgekehrt, aber nein, das war nicht der Diesel eines Nissan X-Trail. Er musste nicht weiter rätseln, denn Marke, Motor und Antrieb waren angesichts der Tatsache, dass es sich unverkennbar um ein Polizeiauto handelte, einigermaßen egal. Eingeklemmt im Rahmen zwischen Mauer und Fenster, war weder an Flucht nach drinnen noch an Flucht nach draußen zu denken. Die beiden Polizisten mussten sich noch nicht einmal die Mühe machen, ihn festzusetzen. Das hatte er schon selbst geschafft, und nun konnten die beiden ruhig abwarten, bis er sich selbst befreit hatte, um ihn am Arm nach seinem Ausweis zu fragen.

»Hab keinen.«

»Hab keinen dabei, wolltest du sagen.«

Plötzlich hatte ihn einer der beiden an die Wand gedreht und abgeklopft.

»Was hast du hier verloren?«

»Nichts.«

»Hab ich mir schon gedacht, dass der frech wird, den nehmen wir mit.«

»Sachbeschädigung. Hausfriedensbruch. Rechte Umtriebe. Und so dumm zu meinen, es gäbe hier keine Überwachung. Da kommt was zusammen. Deine Eltern werden sich freuen.«

Die beiden Polizisten packten ihn am Arm und führten ihn zum Auto. Seine Arme, seine Beine, seine Lippen, seine Kehle, nichts fühlte sich so an, als würde es noch zu ihm gehören. Watte, nichts als Watte zwischen ihm und seinem

Körper. Sein Kopf dachte so viel gleichzeitig, dass nichts dabei herauskam. Keine Erklärung, keine Lüge, kein Plan, kein Ausweg. Er hörte den Bus kommen. Michi. Michi würde alles erklären. Ein gutes Wort für ihn einlegen. Der Bus, Michi, alles wird gut. Er sieht Michi aussteigen. Genau in diesem Moment spürt er eine Hand auf seinem Kopf, wie im Film, denkt Jon, er kann ja wieder denken. Die Hand drückt ihn nach unten, damit er sich ins Auto setzt und dort bleibt.

Das Ganze fühlte sich nach zwanzig Jahren Haft an. Durch das Autofenster sah er, wie Michi die Hand hochhielt, wie ein Verkehrspolizist, der das Zeichen zum Halten gibt. Aber die Polizisten beachteten ihn gar nicht; vielleicht hatten sie das Handzeichen für einen Gruß gehalten. Von Amtsperson zu Amtsperson.

Die Zeit in dem Auto kam ihm wie eine Ewigkeit vor, aber wahrscheinlich waren es nur zehn Minuten Fahrt gewesen. Als er aus dem Auto stieg, zitterten ihm die Beine. Erst jetzt sah er, dass er am Oberarm blutete. Er musste sich an der Fensterschließe verletzt haben.

»Was liegt an?«, fragte ein Mann mittleren Alters, der ihnen auf dem Flur entgegenkam, die Autoschlüssel in der Hand hatte.

»Wieder mal so ein Rechter beim Goebbels.«

»Immer detselbe. Wie mir dette auf die Nerven geht. Freundchen!« Er schaute die Kollegen schlecht gelaunt an. »Ich hab doch gesagt, ich muss heute früher los, Herrschaftszeiten noch mal.«

Jon wurde in einen kahlen Raum gebracht. Ein Tisch, zwei Stühle. Dort ließ man ihn mit sich allein. Man ließ ihn warten. Er wusste nicht, worauf.

Der Mann, der früher losmusste, kam in den Raum, krempelte seine Ärmel hoch, fuhr ihn an.

»So jemand wie du hat mir heute gerade noch gefehlt.«

Jon registrierte alles genau, er versuchte seine Panik zu

unterdrücken, sich zu konzentrieren. Zeit gewinnen, dachte er. Er musste die Sache im Kopf klarkriegen, sonst ging das hier schief. Er fragte nach einem Glas Wasser und nach einem Pflaster für die Wunde. Der Hemdsärmelige schlug mit der flachen Hand laut auf den Tisch und verließ den Raum.

Nach etwa einer Viertelstunde kam ein anderer Mann rein, in Jeans und T-Shirt. Er trug einen kleinen Verbandskasten bei sich. Er sah asiatisch aus. Er sei der Arzt hier, sagte er, und er habe ihm einen Becher Wasser mitgebracht.

»Zeig mal her.«

Er desinfizierte die Wunde und klebte ein Pflaster drauf.

»Junge, Junge«, seufzte er. »Was machst du. Was machst du.« Mit diesen Worten ging er aus der Tür.

Jons Kopf lief auf Hochtouren. Was machte er, was machte er. Während er die Situation und mögliche Auswege bedachte, kam ein weiterer Mann herein. Ein knorriger Typ. Er habe soeben von seinem Kollegen den Fall übernommen, sagte er und sah Jon lange an, von Kopf bis Fuß. Jon fasste Mut:

»Ich bin kein Nazi. Ich war nie einer. Ich werde nie einer sein.«

»Wo gehst du zur Schule?«

»Ich geh nicht mehr zur Schule.«

»Stattdessen?«

»Soziales Jahr.«

»Wo?«

»Beim Naturschutz.«

»Was machen?«

»Geht um die Nistplätze der Wiesenweihe. Da ist einer, da, wo ich war, vorhin –«

»Aha.«

»Die Wiesenweihen sind Bodenbrüter.«

»Verstehe. Die nisten also gern beim Goebbels. Ist mir neu.«

Jon schwieg. Er sah den Mann auf seine nackten Füße sehen, voller Schrammen, Mückenstiche, Schrunden von Dornen und Zapfen.

»Und nicht politisch engagiert?«

»Mehr philosophisch.«

»Philosophisch?«

»Foucault: Die Macht und so.«

»Die Macht und so.«

»Ja, wie er die Macht beschrieben hat. Physikalisch eben.«

»Foucault.«

»Ja, Alain Foucault.«

»Und du hast nichts gegen unsere Mitbürger aus anderen Ländern?«

»Nein, habe ich nicht.«

Pause.

»Was sagt denn die Philosophie dazu?«

»Ja, ähm –«, Jon starrte die weiße Wand an. Sein Kopf war leer.

»Ich höre.«

»Also, Senghor zum Beispiel, der hat gesagt, die schwarzen Menschen, die hätten es wirklich nicht nötig, dass –«

»Senghor.«

»Ja. Senghor. Aus Simbabwe.«

»Sag mal weiter.«

»Er hat auch Gedichte geschrieben – philosophische Gedichte – sozusagen.«

Das Gesicht des Mannes sah undurchsichtig aus. Er dachte eine Weile nach.

»Ich weiß nicht genau, woran Senghor glaubte, ich jedenfalls glaube nicht an barfüßige Neonazis.«

»Sag ich doch«, sagte Jon.

»Du gehst jetzt«, sagte der Mann. »Aber schnell. Zweite Tür links und dann raus. Aber so was von zügig. Ich hab nichts gesehen. Und du lässt dich nie wieder hier blicken.«

Jon wusste nicht, wie ihm geschah. Er stürzte aus dem Raum und die Treppe runter, durch die Eingangstür.

Im ersten Stockwerk öffnete sich ein Fenster. Der Kopf des Mannes erschien vor dem Lichtkegel einer Lampe:

»Senghor«, rief er ihm nach, »war übrigens Präsident vom Senegal und nicht aus Simbabwe. Er hat die Studentenproteste zusammenschießen lassen, kurz vor seinem Sturz. Von wegen Philosophie.«

»Aber er ist doch zurückgetreten«, rief Jon.

»Nicht freiwillig! Und Foucault hieß Michel mit Vornamen, nicht Alain.«

»Woher – wieso, ich meine –«

»Ich war mal – ganz woanders, und du, du solltest jedenfalls auch woanders sein. Habe ich mich klar ausgedrückt?«

»Hab's verstanden«, rief Jon. Er lief rasch los und schaute sich um. Da sah er Benno wartend vor dem X-Trail stehen. Eine große, warme Welle der Freude erfasste ihn.

Im Auto erzählte Benno ihm, dass Michi ihn abgefangen und informiert hatte.

»Auf den ist Verlass«, sagte Benno. »Ohne Michi hätte ich dich nie gefunden.«

»Vielleicht kann ich mich ja irgendwann mal revanchieren bei ihm.«

»Was hast du eigentlich gesucht in dem Goebbels-Haus?«

»Ich weiß es nicht«, sagte Jon. »Ehrlich, Benno, ich weiß es nicht. Ich weiß nur, dass ich was gesucht habe.«

Jon schaute Benno von der Seite an. Er sah furchtbar aus. Vielleicht hatte er eine anstrengende Zeit in Leipzig gehabt. Morgen würde er ihn danach fragen, nahm er sich vor.

»Lass mich mal hier raus, ja?«, sagte er. Er hielt es für ungünstig, mit einem unbekannten japanischen Jeep bis vor den Wiesenzaun gefahren zu werden.

Benno hielt an und klopfte ihm auf die Schulter.

»Ich bin wirklich froh, dass sie dich haben gehen lassen«, sagte er.

»Bis morgen«, sagte Jon und winkte Benno nach, der sehr langsam weiterfuhr, als wäre er tief in Gedanken versunken.

Als er zurück auf die Wiese kam, waren die Campinglampen bis auf eine kleine Außenlampe gelöscht, das Sturmzelt geschlossen. Seine Eltern schliefen schon und dachten wahrscheinlich, auch er schliefe bereits im Bauwagen. Und genau das würde er jetzt tun: schlafen. Er war unfassbar müde.

Er träumte nicht von Goebbels und nicht von der Polizei. Er träumte, sein Vater wäre dabei, den Direktor und den Spanischlehrer einzubetonieren. Nur bis zum Bauch, erst einmal. Der Direktor hatte ein Megafon, hielt es sich vor den Mund. ›Hier ist Doktor Rost‹, schrie er hinein, ein paarmal hintereinander, aber hier hörte ihn ja niemand, und der Spanischlehrer hatte wohl noch eine Banane in der Tasche gehabt, jedenfalls aß er eine, und als er damit fertig war, fragte er, wo er die Schale hintun solle. ›Wo haben Sie denn hier den Biomüll? Ich als Pädagoge möchte ein Vorbild sein und meinen Abfall ordnungsgemäß und umweltgerecht entsorgen. Sie wissen, wie wichtig mir die Gerechtigkeit ist.‹ ›Über Gerechtigkeit hätte ich gern mal mit Ihnen gesprochen‹, sagte sein Vater, ›gesprochen gehabt‹, besser gesagt, korrigierte er sich. ›Gibt es eigentlich im Spanischen das doppelte Plusquamperfekt? Jedenfalls, ich bin zu dem Schluss gekommen, dass Sie als Pädagoge ein echtes Problem sind. Sie alle beide übrigens, deshalb –‹ Er hob den Akkuschrauber, um weiterzumachen.

›Ist doch schade um die Edelstahlschrauben, die sind doch so teuer, hast du gesagt, Papa‹, hörte Jon sich sagen.

Sein Vater ließ den Akkuschrauber sinken und kratzte sich nachdenklich am Kopf. In diesem Moment hievten sich die beiden aus der Verschalung und flohen, hinkend und schnaubend. Der Direktor zog den Lehrer hinter sich her wie eine Sträflingskugel, der warf im Laufen seine Bananenschale in die Brombeeren. ›Rechtsrum!‹, rief seine Mutter ihnen hinterher. Sie hatte eine Schürze wie das Mädchen im Märchen von den Sterntalern, darin war Reis. Jon sah sie an. ›Rechtsrum geht's doch zum Bogensee‹, rief er. ›Das geht nicht!‹

›Wieso nicht?‹

›Wegen der Schlangennester. Da gibt es doch die Schlangennester.‹

›Ganz genau.‹

›Nein, sie dürfen da nicht hin, auf gar keinen Fall! Linksrum‹, rief Jon, ›linksrum, linksrumlinksrum LINKSRUM.‹

»Hast du Fieber?«

Jon fuhr hoch. Er war schweißgebadet. Es klopfte gegen die Bauwagentür. Dann die Stimme seiner Mutter:

»Sag' mal, hast du Fieber, Jon?«

»Nein, ich hab' nur schlecht geträumt.«

»Du hast so laut geredet im Schlaf.«

»Ich hatte ein Problem mit rechts und links.«

»Wenn's weiter nichts ist. Du weißt ja, links ist da, wo der –«

»Passt schon«, sagte Jon, »gute Nacht.«

»Gute Nacht.«

Hallohallohallohallohallohallo. Wo zum Teufel steckst du? Kein Handy? Kein Empfang? Kein gar nix? Ich bin gerade in Addis. Mein Vater ist höhenkrank. Wir müssen noch bleiben. In den Regen schauen und dir schreiben ist alles, was ich tun kann. Es ist immer derselbe Regen, wie bei einem Springbrunnen immer dasselbe Wasser. Manchmal sieht es so aus, als wenn du die Straße raufkommst mit deinem grauen Rucksack. Aber dann ist es doch ein anderer. SUNNY.

6

BENNO

Paradise Lost

Als Benno aus dem Zug stieg, der Rucksack schwer, der Kopf fiebrig, dämmerte es bereits. Die Vorstellung, hier am Bahnhof ein Hotelzimmer suchen zu müssen, wo er doch gerade ein Hostel verlassen hatte, schreckte ihn mehr, als sich in einem nächtlichen Wald zu verlaufen. Dort war es immerhin kühler als überall sonst. So viele Male war er von hier aus zu Fuß zur Jugendhochschule gegangen. Zwar könnte er niemandem, der ihn jetzt danach fragte, den Weg beschreiben, aber seine Füße würden ihn finden. Er hatte gelernt, sich auf das Gedächtnis seines Körpers zu verlassen. Ruhig ging er, eine knappe Stunde, bis er an ein Wasser kam. Vielleicht war es der Bogensee, vielleicht auch nicht. Das Knacken der Äste, das Rufen der Tiere, die Schatten der Bäume und Sträucher hatten ihn nicht geschreckt. Was ihn geschreckt hatte, war die Vertrautheit, die mit jedem Schritt wuchs. Er hatte sie wiederhaben wollen, diese Vertrautheit, aber er hatte gedacht, er könne sie suchen, dosieren, bearbeiten. Jetzt war sie einfach da. Zu hundert Prozent. Zu früh, zu schnell, zu heftig. Er war nicht ausreichend vorbereitet. Er war unfassbar müde, ließ sich nieder und streckte sich auf der warmen Erde aus. Er legte den Rucksack unter seinen Kopf und rollte sich seitwärts zusammen. Er wusste, in dieser Nacht würde er, was an Fieber in ihm war, verlieren.

Er hatte sehr lange geschlafen. Eine glückliche Fügung,

dass er im Schatten gelegen hatte. Er richtete sich auf. Ja, der See – nicht ein See, sondern der See, unverkennbar der See, auch wenn es eine Weile brauchte, bis er Ufer und Himmelsrichtungen sortiert hatte. Auf einem Baumstamm in einiger Entfernung hatte sich ein alter Mann niedergelassen. Er sah zu ihm herüber, schaute weg, sah wieder zu ihm hin. Als Benno ihm zunickte, deutete er mit seinem Gehstock auf die Bäume oberhalb des Schlafplatzes.

»Ja, ja, die Biber, hamse's fast geschafft. Fleißig sind se ja.«

Benno drehte sich um und sah, was er bei Nacht nicht hatte sehen können: Der Baum, unter dem er gelegen hatte, war angenagt; angenagt war zu wenig gesagt, er war nahezu gefällt, hatte aber standgehalten, eine Sache von Zentimetern. Benno rappelte sich auf, schob seinen Rucksack ein Stück zur Seite und bedankte sich für den Hinweis. Der alte Mann nickte.

»Dann will ich mal wieder«, sagte er, »die Sonne brennt einem die Haare auf dem Kopf.«

Die Worte klangen in Bennos Ohren nach einer halb vertrauten, doch längst vergessenen Mundart. Er winkte dem alten Mann zu, zog sich aus und ging schwimmen. Dieses weiche Wasser. Es roch nach warmem Sand und Schilf und Muscheln. Er tauchte den Kopf unter Wasser, mit einigen kräftigen Schwimmstößen zog er eine Bahn durch den See. Alles Schwere fiel augenblicklich von ihm ab, er hob den Kopf aus dem Wasser, sah auf die kleinen Wellen, die er verursacht hatte, die sich in dem glatten Spiegel des Sees fortsetzten. Schnell würde der See sich beruhigen, als wäre nichts gewesen. *Als wäre nichts gewesen.* Natürlich konnte man immer wieder in dasselbe Wasser steigen, dachte er. Dieses hier jedenfalls war dasselbe Wasser, in das er als junger Mann eingetaucht war. Es fühlte sich genauso an, es roch und es schmeckte genauso, es war aus derselben Quelle gespeist wie damals, es hatte auf ihn gewartet. Kein Tropfen schien ihm ein anderer zu sein. Seit damals hatte hier die Welt stillgestanden, das Wasser hatte sich selbst erhalten, in einer unablässigen Wiederkehr desselben, in einem Kreislauf ohne Ende.

Aus seinem Rucksack holte er die kleine Jabana, die er in ein T-Shirt eingewickelt hatte, und einen Allesbrenner. Er kochte Wasser. So war er in Äthiopien unterwegs gewesen, und anscheinend würde sich das auch hier nicht ändern. Mit der Hälfte des heißen Wassers mischte er Haferflocken mit Zucker, und den Rest kippte er in die Jabana. Er löffelte Pulver in die kleine Kanne hinein, wartete, bis es sich abgesetzt hatte, und trank aus einem Emaillebecher den starken Kaffee in kleinen Schlucken. Er ließ sich Zeit, rückte in den Schatten, denn obwohl die Sonne noch lange nicht im Zenit stand, wurde es schnell heiß. Hatte er je einen solchen Sommer erlebt am Bogensee? Er erinnerte sich, dass einmal eine Debatte darüber entbrannt war, ob die Ausgänge zu den Seen generell offen gehalten werden sollten. Kapitulation der Kontrollorgane vor der Sommerhitze? So weit war es nicht gekommen. Er zog die Weste über, nahm den Rucksack und verließ den Platz. Gleich würde er die Häuser wiedersehen, in etwa fünf Minuten. Zuerst sah er eines der Wachhäuschen, die ihm eben noch durch den Kopf gegangen waren, voll funktionstüchtig und bemannt. Das Wachhäuschen, an dem er jetzt vorbeiging, das er einfach passierte, war nichts anderes mehr als eine Bruchbude, in sich zusammenfallend, nur noch Plastikmüll, leere Zigarettenschachteln und die Restbestände verschiedener Sitzgelegenheiten beherbergend. Nichts und niemand würde hier mehr aufgehalten, kontrolliert werden. Selbst er nicht. Benno Weber, der Genosse Sprachmittler, der unerlaubt Liebende, dem man dann auch nicht mehr helfen konnte. Langsam ging er weiter. Breite Wege, Hecken, dahinter Sperrmüll und verdorrter Boden. Kiesflächen. Nichts kam ihm bekannt vor. Mit Reisen in die Vergangenheit, wenn man auf Wiedererkennen und Wiedererleben aus war, musste man ausgesprochen vorsichtig sein. Nicht, dass er das nicht wusste. Schnell stand man mit leeren Händen da. Ihm war, als würde ihm vom Wachhäuschen eine sehr ernst zu nehmende Warnung zugerufen: Halt! Bleiben Sie zurück, Sie sind dabei, sich Ihre Vergangenheit zu stehlen!

Er hatte versucht, sich auf alles vorzubereiten. Er hatte sich gesagt, es könnte eine Art Dornröschenhecke geben, die sich in eine Ruinenhaftigkeit hineingerankt haben würde, ohne Machete kein Durchkommen. Er hatte an Gerüste gedacht, dahinter Umbaumaßnahmen zu Vielfamilienhäusern der Luxusklasse. Er hatte sich einiges denken können.

Zuerst fiel ihm auf, dass vor den Gebäuden der Rasen gemäht worden war. Irgendjemand musste gemäht haben, aber er sah niemanden. Weil gemäht worden war, wirkte der Leerstand, auf den er jetzt stieß, zwei Abbiegungen weiter, umso irrsinniger. Wer pflegte einen Leerstand mitten im Wald? Worauf wartete man hier? Auf Picknickende? Auf Reisegruppen? Die Jugendhochschule stand auf eine Weise leer, in einem Raum zwischen ›unvordenklich‹ und ›gerade eben‹, für die er keinen Begriff fand. Am ehesten passte noch das Bild von den verlassenen Geisterstädten nach dem Goldrausch am Yukon, so wie Jack London sie beschrieben hatte. Oder den seltsam intakten und doch auf einmal aufgegebenen Pyramiden der Maya und Azteken. Aber wurde dort Rasen gemäht? Der Rasen war ihm nicht geheuer. Er betrat ihn mit Vorsicht. Es ging sich auf ihm wie auf einer normalen Wiese. Er belächelte seine Beklommenheit und schritt auf die Gebäude zu, als auf einmal Gegenwart und Vergangenheit wie Wellen über ihm zusammenschlugen und ihn zu Boden zwangen. Er setzte sich, atmete tief durch, nahm den Rucksack ab und sah gegen die gleißende Sonne das Wohnhaus, in dem sein Zimmer lag. Er raffte sich auf, ging auf den Eingang zu, und in der Eingangstür, zur Hälfte aus dunklem staubigem Glas, sah er sich selbst, nein, er sah einen unkenntlichen Jemand zurückkehren.

Er wollte jetzt in sein Zimmer gehen, jetzt gleich. Hatte er nicht ein Recht darauf, nach dieser langen Reise? Nach Tausenden gewanderter Kilometer, nach Opfern jeder Art, nach harter Arbeit, Entbehrungen, wollte er ausruhen, sich an seinen Schreibtisch setzen, die Lampe anschalten, Bleistifte spitzen, die Gedichte einer nubischen Prinzessin übersetzen, die, lange würde es nicht dauern, ihn in seinem Zimmer besuchen wird. Denn ab jetzt würde die Zeit rückwärts laufen. Wenn Rasen gemäht wurde für Menschen, die längst das Weite gesucht hatten, im Diesseits oder im Jenseits, warum sollten dann nicht auch die Uhren zurückgestellt werden?

Benno umrundete das Gebäude, nirgendwo war eine Tür offen. Alles war ordnungsgemäß abgeschlossen und dem Verfall überantwortet worden, der an verriegelten Türen nicht haltmachen würde. Wenn es so ist, dachte Benno, würde er wohl ein Fenster eindrücken müssen oder aufhebeln. Dann entschied er sich doch für die Tür. Das Material war so müde, dass sie sich leicht aus den Angeln heben ließ. Ja, es war, als würde es mithelfen wollen, dass der Mensch hier, einer von ihnen, sich ein Dach über dem Kopf verschaffen könnte, in dieser sengenden Hitze. Benno suchte einen Ast, verschaffte sich einen guten Gegenhalt, und mit einem kurzen, scharfen Knarren gab das Türscharnier nach. Er stieg ein – in eine andere Luft. War das überhaupt Luft? Es war, als hätte sich die Vergangenheit im Gebäude zu einer anderen Stofflichkeit verdichtet.

Sein Zimmer lag im dritten Stock. Den Weg dorthin säumten kaputte Stühle, leere Flaschen, eine vertrocknete

Pflanze und ein Feuermelder, der alles andere als funktionsfähig aussah. Erwarte nichts!, hieß das.

Die Tür zu seinem Zimmer stand offen. Sein Zimmer? Wie klein es doch war. Hatte hier wirklich alles Platz gehabt? Der Tisch vor dem Fenster, dieser Tisch, immer voller Lexika, Bleistifte, Blöcke, eine schöne Schreibtischlampe mit grünem Schirm hatte in der linken Ecke gestanden. Auf dem Regal daneben die Seminarlektüren: Marx, Lenin und Senghor, sein damaliger Held, der einen afrikanischen Sozialismus wollte und eine selbstbewusste schwarze Welt, die Négritude. Auf dem Regalbrett oberhalb residierten Puschkin und Tolstoi, Dickens und Hemingway. Kunst und Literatur als Waffe im Klassenkampf hätte er damals jedem vorgehalten, der einen kritischen Blick ins Regal hätte werfen wollen. Aber es war nicht nötig gewesen. Niemand hatte sich für seine Lektüren interessiert. Unbehelligt konnte er lesen, wonach ihm der Sinn gestanden hatte, und das auch noch an den schönsten Plätzen, die er sich dafür vorstellen konnte: den Rücken an einem sommerwarmen Mäuerchen, im Westen die untergehende Sonne. Eine frühe Morgenstunde, mit einer Tasse Kaffee (na ja, Kaffee) auf einer Bank, eine grünende Birke vor sich. Ein Baumstumpf am Rande eines Sportfelds, in herbstlicher Luft von der gleichen Klarheit wie am Morgen des Duells zwischen Onegin und Lensky.

Es war nicht seine kleine Welt gewesen, es war seine große Welt gewesen. Die ganze große Welt hatte darin Platz gehabt, mit ein paar weißen Flecken zwar, aber schönen großzügigen Linien von Wandlitz nach Jasnaja Polanja und von Berlin nach St. Petersburg und London und von Paris nach Dakar. Als Alemee in diese Welt eintrat, war sie dann vollkommen gewesen. Eine Welt, wie er sie anders nicht hatte haben wollen. Prallvoll mit Sprachen aller Art, Leben und Liebe. Er brauchte keinen Globus und keine Weltkarte, die ihm Grenzen weismachen wollten. Was scherte ihn Begrenztheit, wenn er hier grenzenlos glücklich war?

Benno trat ans Fenster. Es war blind vor Schmutz, aber es ließ sich öffnen und gab die Aussicht auf den gemähten Rasen frei. Jemand mähte den Rasen, aber dieser Jemand putzte keine Fenster. Die Aussicht war exakt dieselbe wie vor Jahrzehnten. Bäume, als wären sie ehemalige Nachbarn und würden ihn grüßen, unaufgeregt, wohlwollend: *Auch mal wieder im Lande?*

Ohne nachzudenken, zog er seine Weste aus, hängte sie über den Fensterrahmen und machte sich an die Arbeit. Auf dem Flur suchte er ein Stück Pappe und fegte damit aus: herabgebröselter Putz, vertrocknete Insektenkörper, Folienreste, Zigarettenkippen. Er durchstreifte die Gänge auf allen Stockwerken, er fand einen halbwegs heilen Stuhl und einen Tisch mit schwerem Metallrahmen. Es war nicht leicht, ihn ein Stockwerk höher zu bugsieren. Aber schließlich war es geschafft. Er opferte etwas Wasser aus seiner Trinkflasche, um ihn zu putzen. Für ein Regal bräuchte er Schrauben oder Nägel, das eine oder andere Werkzeug. Man würde sehen.

Dann setzte er sich an den Tisch und schaute hinaus.

Diese unfassbare Stille und Einsamkeit.

Die nubische Prinzessin würde nicht kommen. Auch wenn er hier, wie in einem Theater, eine Kulisse wieder aufgebaut hatte. Sie würde nicht kommen.

Er weinte. Erst merkte er es gar nicht. Als hätten seine Tränen schneller und deutlicher erfasst, welche unfassbare Traurigkeit darin lag, dass ihnen jemand von sich aus günstige Umstände bereitet hatte, weil sie ja sowieso nicht aufzuhalten gewesen wären. Und als würden sie ihm im Gegenzug zeigen wollen, dass er sich ganz darauf verlassen könne, dass Weinen jetzt das Richtige war, weil es das einzige, das einzig Wahre war, überließ er sich diesem Weinen wie ein Kind. Kinder hören auf zu weinen, wenn jemand ihnen das

Vertrauen in die Welt zurückgab. Benno weinte lange, so lange, wie es brauchte, sich mit dem Ungetröstetbleiben abzufinden.

Dann nahm er die Gedichte aus der Innentasche seiner Weste. Übersetzen würde er, wie er noch nie übersetzt hatte. Alles Wissen würde er dafür einsetzen, alles, was er in Kopf und Herz mit sich herumtrug. Erst mit Bleistift, dann mit Füller, wie es sich gehörte. Rohfassung, Zwischenfassung, Endfassung. Die Schreibtischlampe mit grünem Schirm war verschwunden. Er stellte eine Campinglampe auf. Jedes Wort in Alemees Gedichten würde er wertschätzen, es übersetzen in das allerbeste Deutsch, das er in sich noch finden konnte. Prüfen und korrigieren, neu ansetzen, bis Klang und Farbe dem Original nicht nachstünden.

Er hat seinen alten Arbeitsplatz wieder.

Langsam las er die Gedichte durch. Dann noch einmal und ein drittes Mal. Er knipste die Lampe aus, legte sich auf den Boden, hörte auf die Stille und dann darauf, was ihm die Worte, die er im Kopf behalten hatte, sagen wollten. Diese Worte aus dem Hohelied Solomons: wie oft hatte Alemee sie ihm ins Ohr geflüstert. ›Schmuggelverse‹, hatte sie lachend gesagt: ›*Münder köstlicher als Wein, Brüste wie Kitzlein, Hüften wie Geschmeide; Schenkel wie Marmorsäulen*, der Bibel untergejubelt, und jetzt werden sie es nicht mehr los.‹

Er hatte seine Freude an ihrem piratenhaften Vergnügen gehabt. Und die Idee, dass selbst die Bibel Kassiber in sich barg, heimliche Botschaften, die sie unfreiwillig überlieferte, sinnlich und lustvoll, das hatte ihm sehr gefallen.

Morgen würde er anfangen. Mit Alemees *Erstem Lied*. Er schlief ein und wachte erst auf, als die Sonne schon hoch am Himmel stand.

So begann eine Reihe Tage im ruhigen Rhythmus von Übersetzen, Zimmer-Herrichten, Schwimmen, Kaffeekochen und Über-das-Gelände-Streifen. Abends meinte er manchmal, eine schmale Gestalt zu sehen, die zwischen den Häusern auftauchte und verschwand. Ziemlich unwahrscheinlich, dass hier irgendjemand wohnte außer ihm selbst. Er hatte keinerlei Anzeichen dafür gefunden. Er schob es auf seine Augen. Erste Anzeichen eines grauen Stars vielleicht.

Es stellte sich ihm die Frage, wie gut sein Amharisch eigentlich war. War es zunächst ein sehr schriftliches Amharisch gewesen, war es danach ein ausgesprochen mündliches Amharisch geworden. Und was war das hier? Was für ein Amharisch war das hier? Es schien eine eigene Sprache zu sein. Das Ge'ez-Amharisch der Alemee Tessema. Natürlich konnte er das übersetzen. Vielleicht konnte *nur* er das übersetzen. Aber auch er würde hier und dort ein Lexikon brauchen, eines für alte Sprache, wahrscheinlich auch eine Bibel. Eine Bibel hatte es hier – Lenin: *Selbstverständlich glauben wir nicht an Gott* – sicher nie gegeben. Er hatte schon gesehen, dass die Bibliothek im Erdgeschoss des Lektionsgebäudes geräumt worden war, die leeren Regale wie Knochen ohne Fleisch, das Skelett einer vormals pulsierenden Welt der Bücher. Er war in die Kellerräume hinabgestiegen, er hatte alle Türen, die zu öffnen waren, geöffnet in der absurden Hoffnung, dort Pappkisten mit den Büchern der Bibliothek zu finden. Er hätte sie wieder einrichten können. Nur zu gern hätte er dies tun wollen. Die Ordnung hatte er ja noch im Kopf, und Zeit war nicht das Thema. Zeit war vorhanden. Die Bücher fehlten.

Während er eines Tages, um die Mittagszeit, grübelte, ob eine bestimmte Formulierung in einem der Gedichte Alemees auf ein Sprichwort, eine Redewendung, zurückging oder nicht, kam ihm der Gedanke, dass an seinem alten Arbeitsplatz, um den er bislang nur herumgeschlichen war, vielleicht noch Materialien standen, er hatte sich dort eine kleine Ecke eingerichtet gehabt damals, damit er sich in den

Pausen auf die nächste Texteinheit vorbereiten konnte. Die Kabinen hatte sicher niemand auf Liste gehabt beim Ausräumen, dachte er. Kabinen hatten es ja an sich, dass sie leer waren, bis auf die Menschen, die sie ab und zu behausten: transitorische Translatoren. In diesem Licht hatte er seinen früheren Beruf noch gar nicht angesehen. Aber tatsächlich war es ja in vielfacher Hinsicht eine Durchgangsstation gewesen. – Als er zu den Kabinen kam, spürte er sofort, dass es mitten in der Abwesenheit plötzlich eine Anwesenheit gab. Für den Bruchteil einer Sekunde dachte er, es könne Alemee sein. Aber Alemee würde nicht in seiner Kabine sitzen, sondern unten im Saal auf ihrem Platz, zum Fenster hinaussehen und auf seine Worte warten. – Dann vielleicht ein Funktionär? Der, der ihm dann auch nicht mehr helfen konnte? Vielleicht war der auch an seinen alten Arbeitsplatz zurückgekehrt, weil er die Einsamkeit suchte. – Oder die Impfärztin, die freiwillig zur Verhandlung gekommen war, die er hier gern abhalten wollte?

Es war ein Junge. Ein Jugendlicher. Näher am Erwachsensein als am Kindsein. Und dennoch zu Tode erschreckt. Aufgestanden und bereit, sich zu verteidigen mit bloßen Fäusten. Benno wich zurück. Hob die Hände, zeigte die leeren Handflächen, sprach in international verständlicher Gestik: Ich komme in friedlicher Absicht.

»Ben«, sagte er, »Benno.«

»Jon«, antwortete der Junge, »Jonathan.«

Wahrscheinlich ist er irgendwo ausgerissen, dachte Benno. Er ist ein Ausreißer, und ich bin ein Ausgereister. Da liegt Ärger in der Luft. Er überlegte, wie er wohl auf den Jungen wirkte. Er wusste so wenig von diesem Land, dass er noch nicht einmal sagen konnte, ob er auf einen hier aufgewachsenen Jugendlichen hinreichend normal wirkte. Wie konnte man in kürzester Zeit maximal vertrauensbildende Sätze bilden?

»Wo du gerade sitzt, genau dort, habe ich oft gesessen, vor vielen Jahren.«

Der Junge sagte immer noch nichts, aber er entspannte sich zusehends.

»Damals steckten die Kabel in den Steckdosen, und etwas zu trinken hatte ich auch immer dabei.«

»Haben Sie hier gewohnt? Hast du hier gearbeitet?«

Benno registrierte den raschen Wechsel vom Sie zum Du und war erleichtert darüber.

»Beides«, sagte er, »gewohnt habe ich in einem der Gebäude dort hinten, und gearbeitet habe ich hier.«

»Ist das eine Dolmetscherkabine?«

»Ja. Ich habe ins Englische übersetzt und in afrikanische Sprachen.«

Benno überlegte, wie sich einem Jungen von heute dieser Ort erklären ließ. Ob er mit dem Wort DDR oder auch mit dem Wort Kommunismus überhaupt noch etwas anfangen konnte? Aber die Idee einer Jugendhochschule war ja an sich nicht abwegig. Er begann von der JHS zu erzählen, von ihren Anliegen und von Internationalität im Namen des Kommunismus.

»Und nach der Wende bist du dann weg?«, fragte der Junge.

»Nein, schon vorher. Nach Äthiopien. Das ist eine andere Geschichte.«

Der Junge nickte nachdenklich.

Vielleicht ist dies der richtige Moment, auf ein anderes Gleis zu wechseln, dachte Benno.

»Ich könnte uns einen Kaffee kochen.«

Der Junge sah sich um.

»Nicht hier. Unten am See gibt es eine kleine Feuerstelle.«

»Ja, ist gut.«

»Dann hole ich kurz die Jabana.«

Tatsächlich hatte der Junge auf ihn gewartet. Ganz sicher

war er nicht gewesen. Auf dem Weg zum See sprachen sie nicht viel mehr als ›Warst du lange weg?‹ – ›Schon.‹ und ›Wohnst du hier in der Nähe?‹ – ›Hm –‹

Nahe am Wasser brachte Benno seinen kleinen Kocher in Betrieb und bereitete die Jabana vor.

»Regnet es eigentlich jetzt in Äthiopien?«, fragte der Junge.

»Das ist eine sehr gute Frage. Vorgesehen ist das von Juni bis September. Aber die Regenzeit hält sich nicht immer dran. Als ich abgereist bin, gab es ein paar Tropfen. Ja, vielleicht regnet es jetzt dort. Es wäre gut. Gut wäre: nicht zu viel und nicht zu wenig.«

»Wie ist eigentlich Regen in der Regenzeit? Nieselt es den ganzen Tag?«

»Nein, der Regen ist immer anders. Manchmal tröpfelt er bloß oder kommt erst gar nicht. Manchmal wechseln Schauer und Sonne einander ab. Manchmal reißt er alles mit, wie in einer Sintflut. Er ist Fluch und Segen. Lebensretter und Lebensvernichter. Er ist alles.«

Benno überließ Jon das Fragen. Der Junge sah nicht so aus, als ob er gefragt werden wollte. Beide ließen ihre Blicke über den See schweifen.

»Gibt es dort Seen wie diesen?«

»Ja, sehr schöne Seen, riesige Seen. Nicht in allen sollte man schwimmen. Nilpferde und Egel. Aber im Grunde, bei diesen Temperaturen – manches ist doch überraschend ähnlich. Diese Kiefern sehen fast aus wie die Schirmakazien in Äthiopien mit ihren weit verzweigten Kronen, wie Segel im Wind –«

Sie teilten sich einen Becher Kaffee, zwei Stunden nachdem sie sich kennengelernt haben.

»Eine Freundin von mir ist da jetzt gerade in Afrika, vielleicht sogar in Äthiopien. Ihre Eltern arbeiten in einer NGO.«

Lange Pause.

»Sie heißt Sunny.«

Benno überlegte lange. Sunny. Wie sprach man mit einem Jugendlichen, der sich sehnte, über ein abwesendes Mädchen?

»Sunny«, sagte er.

»Ja, Sunny.«

»Du hörst nichts von Sunny?«

»Ich habe gerade kein Handy.«

»Verstehe.«

Benno verstand, dass der Junge keines hatte (vielleicht war es ihm in den See gefallen, vielleicht hatte er es irgendwo liegen gelassen, vielleicht hatte er es gegen eine Wand geschleudert), weil er gerade keines haben wollte – oder konnte. Wenn er wirklich, wirklich eines hätte haben wollen, hätte er Mittel und Wege gefunden. Aber dieser Junge hier wusste instinktiv, dass er gerade lieber kein Handy haben sollte, weil es ihn bei etwas sehr Wichtigem stören würde, etwas, was er mit sich allein ausmachen musste. Dass bestimmte Arten der Kommunikation mit Abwesenheiten oder Unerreichbarem besser nur in Gedanken stattfanden, schien er zu wissen oder mindestens zu ahnen. Diesen Schmerz kannte er also schon, dachte er, und während er dies dachte, schloss er den Jungen ins Herz.

»Sunny«, sagte er. »Du kennst dieses Lied?«

Der Junge nickte.

»Ich erinnere mich genau, wann ich es zum ersten Mal gehört habe. Bei einer befreundeten Familie. Die hatten zwei Jungs, und die hatten mich mit auf ihr Zimmer genommen, und da empfingen sie AFN aus Westberlin, das war verboten. Aber es ging, über Mittelwelle. Da habe ich *Sunny* zum ersten Mal gehört. Einmal gehört – nie wieder vergessen. Für mich war es damals ein Ruf der Sehnsucht, *der* Ruf der Sehnsucht.« Mit einem Mal stand Benno dieser Film vor

Augen: *Solo Sunny.* Auch eine, die von ihrer Sehnsucht nicht lassen wollte. Aber diesen Film konnte der Junge nicht kennen.

»Nach Westen?«, fragte Jon.

»Gar nicht mal so sehr. Eher unbestimmt, Sehnsucht nach allem, wonach man Sehnsucht haben kann. Die Sehnsucht selbst.«

Eine Weile war es still. Dann setzte Benno wieder an: »Wird sie wiederkommen?«

Der Junge nickte. »Glaub' schon. Aber sie wird mich nicht finden. Ich bin raus aus der Schule.«

Nicht nachfragen, dachte Benno. Dass es nicht freiwillig war, dieses *Raus aus der Schule,* war deutlich zu hören, und dass an die Stelle des Raus noch nichts anderes getreten war, auch. Und dann auch noch Sunny, die irgendwo war. Nicht hier.

»Bist du verheiratet oder so was?«, fragte der Junge.

Benno überlegte. Normalerweise ließe sich eine solche Frage mit Ja oder Nein beantworten.

»Ich lebte mit einer Frau«, sagte er, »wir waren auf einem Amt in der Region Sidamo, das es sicher nicht mehr gibt. Da war ein Gerangel mit der Familie und den Beamten. Ehrlich gesagt, weiß ich nicht, ob ich verheiratet bin oder nicht. Aber ich habe mir ein Leben ohne Alemee nie vorstellen können. Das ist so. Das ist nun einmal so.«

»Alemee.«

»Ja, Alemee.«

Sie sahen aufs Wasser, auf sein stilles Leuchten und Glitzern. Es war, als würde es sich sonnen.

»Ich muss dann mal wieder zurück«, sagte Jon.

Wo wohl dieses ›Zurück‹ war?, dachte Benno. Immerhin, er schien einen Ort zu haben, dem er zugehörte.

Dennoch sah er Jons Zögern beim Aufbrechen.

»Ich räume hier übrigens ein bisschen auf, in einem der

Wohngebäude da oben. Wenn du gerade nichts Besseres vorhast, kannst du gern mitmachen.«

Im Gesicht des Jungen leuchtete es auf. Ja, das war der richtige Vorschlag gewesen. Eine kleine Perspektive war besser als keine Perspektive.

»Dann komm doch morgen wieder vorbei. Und wenn es da, wo du bist, vielleicht ein paar Nägel gibt, bring sie mit.«

»Kein Problem.« Der Junge sah aus, als würde er ein Lachen unterdrücken müssen. Benno fragte nicht nach. Vielleicht, dachte er, war sein Zurück ja eine Eisenwarenhandlung oder ein Baumarkt.

Er blieb noch lange am See sitzen, nachdem der Junge gegangen war, und dachte daran, wie es für ihn gewesen war, sich von der Möglichkeit eines Zurück zu Alemee zu verabschieden. Ein jahrelanger Prozess. Weil er es nicht wahrhaben wollte. Er hatte Kreise gezogen um das Haus der Tessemas wie jemand, der auf ein Zeichen wartet, wieder eintreten zu dürfen. Eine weiße Fahne oder ein lautes Rufen seines Namens. Also blieb er in Sichtnähe, in Rufnähe. Tag und Nacht. Er sah das Kommen und Gehen der Tessemas, schnell zugezogene Tore und Türen. Einige Male sah er Alemee, wie sie mit ihrer Mutter in den Hof trat, und, nachdem sie heftig aufstampfte und schrie, wieder ins Innere gezogen wurde. Leute kamen und gingen. Alte Frauen wurden von ihren Familien ins Haus der Tessemas gebracht, anscheinend von weit her.

Immer mehr war er sich vorgekommen wie ein wildes Tier, ungebeten, ungeliebt, verscheucht und vertrieben. Und gleichzeitig wie ein verwundetes, ein verletztes Tier, das die Nähe derer sucht, die ihm helfen könnten, auch wenn keiner half. Wer half, waren die, die sich schweigend zu ihm gesellten, mit Abstand. Ein Rudel Ausgestoßener. Sie störten sich nicht an seiner Farbe, der Farbe eines Ferenji, wie sie sagten. Seine Einsamkeit, sein offenkundiger Schmerz ließen sie seine weiße Haut vergessen und als einen der Ihren akzeptieren. Sie würden auf ihn aufpassen, bis er allein weiterkonnte. Eines Abends, als er noch lange auf den Hof sah, setzte sich einer aus der Gruppe der Verfemten neben ihn. Er habe sie auch gesehen, und er habe von ihr gehört. Und er wolle ihm mitteilen, sie sei heimgesucht von einem Zār, besitzgierig und böse. Ein Zār kommt und bleibt, er braucht die Gestalt eines Menschen, seinen Mund vor allem, durch den er spricht. Dies wolle er ihm nun gesagt haben. Es gäbe keine Hoffnung. Er möge Abschied nehmen von diesem Ort. Er hatte ihm die Hand fest auf die Schulter gelegt, um seinen Worten Nachdruck zu verleihen, nickte mehrere Male, stand auf und ließ ihn allein.

In jener Nacht hatte Benno keinen Schlaf gefunden. Was wusste er über Zāre? Er wusste, dass das Wort eine kuschitische Wurzel hatte: Geist. Was für ein ungewisses Wort das doch war. Wie überhaupt konnte ihm die Linguistik dabei helfen zu verstehen, dass ein Zurück zu Alemee verstellt war und verstellt bleiben würde von einem Zār, von einem bösen Geist? Aber nun hatte er ein Wort. Es tat gut, ein Wort zu haben. So konnte er sich selbst erzählen, dass ein Zār zwischen ihm und Alemee stand. Was einer Familie, namentlich zwei Brüdern, was der Staatssicherheit nicht gelungen war, war dem Zār gelungen. Woran er sich weigerte zu glauben, war, dass diese Besessenheit lebenslang sein sollte. Dieser Zār rechnete nicht mit der Stärke Alemees. Gerade hatte er sie bezwungen, aber eines Tages würde sie sich wiederergreifen. Daran hielt er sich fest, als er seinen langen Weg begann. – Noch am selben Abend stand er auf und ging. Er ging, erst ohne es zu bemerken, immer noch im Kreis, jedoch weiter ausgreifend. Wie sich das Simiengebirge mit seinem Ras Dachan, viereinhalbtausend Meter hoch, nicht passieren lässt, sondern nur umrunden, so umrundete er das Gehöft der Tessemas, in dem er Alemee wusste, ein ums andere Mal in einem viele hundert Kilometern weiten Radius. Er ging fort, aber er wich nicht zurück, sagte er sich. Er begriff, dass die meisten Menschen, die er traf, es gut mit ihm meinten, und er lernte, sich vor den anderen zu verbergen. Die Landschaften, durch die er kam, waren so trocken, so feucht, so felsig, so sandig, die Luft so dünn, so satt, der Boden so heiß, so kalt, so rau, so weich, dass er dachte, er solle mit allen Landschaften gewaschen werden wie andere Leute mit allen Wassern. Die Arbeiten, die er zu verrichten hatte, waren hart und monoton, aber oft durchdrungen von gegenseitiger Hilfe und Ermutigung, die diese Härte und Monotonie in etwas wendeten, das er annehmen konnte als den Weg, den er zu gehen hatte.

Er ging und er ging und er ging.

Seine Füße erliefen sich das Land, das in seinem Herzen und seinem Kopf nicht die Aufmerksamkeit bekommen konnte, die es verdient gehabt hätte. Er war kein Tourist, er musste arbeiten, um weitergehen zu können. Er war ein weißer Wanderarbeiter in einem schwarzen Land. Ein nichtgläubiger Pilger, der oft ein Stück Weg mit den Pilgernden nach Lalibela oder Aksum gemeinsam hatte und weiterging, wenn sie am Ziel waren. Manchmal, wenn er allein war, stieg auch er hinab in eine der tief in die Erde eingelassenen Felsenkirchen. Dort, in dem kühlen Halbdunkel, zwischen murmelnden Stimmen, verharrte er lange – bis sich ihm jedes Detail der Gesichter früher Christenheit eingeprägt hatte. Weil Alemee ein koptisches Kreuz um den Hals trug. Er wanderte, er arbeitete und er sorgte dafür, dass er am Leben blieb, damit er da sein würde, wenn Alemee sich befreit hätte. Wenn er im Land bliebe, würde er erfahren, wenn es so weit war, und egal, wo er wäre, im Norden, Süden, Osten oder Westen, er würde auf der Stelle kehrtmachen, er würde auf Wolken gehen, wie der Sage nach die Mönche von Bergkloster zu Bergkloster, und wenn die Engel ihm keine Wolken schickten, nun denn – er würde dennoch leichten Fußes zurückfinden zu ihr.

Die Sehnsucht zeichnete ihm unsichtbare Risse in den Körper, aber das Gehen, hielt ihn dennoch zusammen. Zerrissenwerden und Zusammengehaltenwerden hielten sich in ihm halbwegs die Waage. Er lernte, damit zu leben. Bis er dann in Addis den Flugzeugen nachsah.

Benno stand auf, verstaute Brenner und Kanne im Rucksack und ging langsam zurück zur Schule, in sein Zimmer. Er arbeitete weiter an der Übersetzung, und er begann, das zu tun, was er im Kopf schon lange tat: Er begann, an Niels zu schreiben, zuerst an info@kellerbar.de, dann an niels@kellerbar.de. Alle Nachrichten fingen an mit ›Niels, lieber Bruder‹ und hörten auf mit ›Dein Benno‹ – immer wieder, auch wenn sie ohne Antwort blieben.

Der Junge kam wieder. Er half ihm, sein Zimmer herzurichten. Sie fanden einen Eimer, holten Wasser vom See und putzten die Fenster. Sie stiegen in die anderen Gebäude ein. Sichteten die Lage. Die Lage war nicht gut. Andererseits nicht hoffnungslos. Sie sammelten zusammen, was Benno in seinem Zimmer brauchen konnte. Ein Regal für seine Siebensachen, ein Rollo gegen die intensive Sonne ab mittags. Sie leisteten eine Bestandsaufnahme, als ginge es darum, das ganze Aeral wieder aufzumöbeln. Sie betreuten einen Gebäudekomplex ohne die Menschen, die ihn einst belebt hatten, aber wenn welche kämen, stünden sie nicht ganz ohne Mittel da. Während sie mit Wiederherrichtungen beschäftigt waren, entwickelte sich ein Geschichtsunterricht nach zwei Seiten.

Zum Beispiel die *Brigaden der Freundschaft*: tätige Unterstützung und Solidarität mit den Ländern, die sich vom Kapitalismus befreit hatten. Dafür durfte man sogar reisen. Auslandskader nannte man das. Abgesegnet durch das letzte der *Zehn Gebote für den neuen sozialistischen Menschen,* von Walter Ulbricht persönlich. Es war viel getan worden.

»Zum Beispiel die Bedeutung der KI –«

»Habt ihr damals schon auf Liste gehabt? Künstliche Intelligenz?«

»Nein, KI, die ›Kommunistische Internationale‹, der internationale Zusammenschluss der kommunistischen Länder zur proletarischen Weltrevolution. Wurde Komintern abgekürzt, noch nie gehört?«

»Nein. Aber es klingt so, als sei es bei euch um etwas gegangen, um etwas wirklich Wichtiges.«

»Ja, es war ein Ausnahmeort«, sagte Benno. Er könne sagen, er habe es größtenteils sehr schön gefunden. Es hätte so weitergehen können. Aber es sei eben nicht so weitergegangen.

Beide schwiegen eine Weile.

»Manche Dinge gehen einfach nicht. Man kann jungen Menschen nicht verbieten, zu lieben, wen sie lieben, zu denken, was sie denken, und sich ein Fahrrad zu leihen, wenn sie wo hinwollen. Es wäre ja nichts passiert, wenn man der Rede freien Lauf gegeben hätte«, sagte er. »Wir wollten die nichtkapitalistische Welt. Aber die nichtkapitalistische Welt war so kompliziert, dass man darüber hätte sprechen, hätte diskutieren müssen. Streiten hätte man müssen.«

So wenig Jon von den Bildungseinrichtungen der DDR wusste, so wenig wusste Benno von dem Land, in das er eingereist war.

»Wie sucht man bei euch eigentlich eine Wohnung?«

»Bei uns?«

»Ich meine in diesen Zeiten. In diesem Land.«

»Ich glaube, man fragt herum, ob jemand jemanden kennt, der irgendwo auszieht. Das ist am schnellsten. Sonst dauert es ein paar Jahre.«

Benno sah ihn entgeistert an.

»Man geht nicht zum Amt?«

»Glaub' nicht. Man muss im Netz schauen und ziemlich schnell sein, alles gleich dabeihaben, wenn man die Wohnung angucken darf, Ausweise und was man verdient und dass man keine Schulden hat und so weiter.«

Alles dabeihaben, dachte Benno. Da würde er wohl noch eine Weile hierbleiben müssen.

»Und wie kauft man ein? Nicht im Supermarkt, das ist klar. In kleinen Läden, meine ich. Handelt man? Wenn man Wolle kauft, zum Beispiel?«

»Habt ihr früher gehandelt? Beim Wolle Kaufen?«

»Nein, es gab feste Endverbraucherpreise, EVP.«

»Wir handeln auch nicht, ganz selten mal, wenn die Ware Fehler hat oder so.«

»Also man geht in den Laden, sagt: Dieses Knäuel, bitte, und zahlt?«

»Ja. So läuft das.«

»Darf man die Ware anfassen?«

»Manchmal ja, manchmal nein.«

Auf einem ihrer Gänge kamen sie, ins Gespräch vertieft, an jenem Haus vorbei. Es lag etwas abseits und gehörte doch zum Areal. Ihr Gespräch kam ins Stocken, und sie gerieten in ein langes Schweigen, während sie das Haus umrundeten, groß war es und langgestreckt, reetgedeckt. Nicht eingezäunt, nicht verbarrikadiert, nahezu provozierend zugänglich, wenn auch in sich abgeschlossen. Bodentiefe Fenster, durch die man in holzgetäfelte Räume sah, es standen noch Tisch und Stühle darin. Und Benno wusste, dass diese Fenster versenkbar waren. Auf Knopfdruck konnten sie sich zum Verschwinden bringen – die Idee eines Menschen, der sich Widerstände gern aus dem Weg räumen ließ. Goebbels. Wenn der Junge es nicht schon wusste, würde er ihm jetzt sagen müssen, dass Goebbels hier gewohnt hatte, und er hoffte, dass es ihn nicht verschrecken würde, wie es die allermeisten Menschen erschrecken würde, die erfuhren, dass sie sich von nun an einen Menschenverächter in dieser wunderbaren Umgebung vorstellen mussten. Aber ob ein Junge von sechzehn Jahren überhaupt noch wusste, wer Goebbels war? Ja, er wusste es.

»War Hitler auch hier?«

»Ich hoffe nicht.«

»Was hat Goebbels hier gemacht? Ferien?«

»Ich glaube, er war nicht der Typ, der sich ausruhte. Leute, die hassen und hetzen, machen selten eine Pause.«

»Ja, kann ich mir vorstellen«, sagte der Junge. Er war etwas stiller geworden, aber er wirkte nicht geschockt.

Er würde ihm nicht verschweigen, dass die Jugendhochschule in genau diesem Haus gegründet worden war, nach dem Krieg. Dass hier jahrelang Antifaschismus gepredigt worden war, dort, wo die Predigten des Faschismus geschrieben worden waren. War das nicht genau das richtige Gegengift gewesen? Er musste an Silvia denken und ihren Spott darüber, dass man glaubte, ehemalige Nazis wären auf Knopfdruck ausschließlich im Westen gelandet. Vielleicht war ihr aber einfach nur das Parolenhafte auf die Nerven gegangen – *Parole, Propaganda, Proletarier, geht's auch ein bisschen kleiner?*, hatte sie gesagt. Was wohl mit Silvia war – geworden war, nach der Wende? Hatte sie Literatur studiert? War sie doch noch Schriftstellerin geworden?

Während der Junge bei den Fenstern stehen blieb, ging Benno noch mal Richtung Eingang, zu dieser Skulptur. Zwei Menschen, einander sich vollkommen zuwendend, in einer innigen Geste, die in allem so ziemlich das Gegenteil von

Versteinerung war. Aber man hatte ihnen die Köpfe abgeschlagen.

»Warum so kopflos«, sagte Jon, als er dazukam.

»Lass uns mal gehen«, sagte Benno.

Abends, wenn der Junge zu seinem Zurück zurückging, setzte er sich in sein Zimmer und übersetzte Alemees Gedichte. Er kam voran, aber es blieben Fragen. Er brauchte jetzt endlich eine Bibel und ein amharisch-deutsches Lexikon. Außerdem Schrauben und Kabel, am besten auch eine Art Matratze oder wenigstens eine Isomatte. Und er brauchte ein Auto.

Am nächsten Tag sprach er mit dem Jungen.

»Jon«, sagte er, »ich habe mir überlegt, ich brauche hier draußen ein Auto. Ab und zu muss man etwas einkaufen, und ab und zu will ich meine Mutter besuchen. Sie lebt in Leipzig.«

Der Junge nickte, dachte nach. Dachte offenbar darüber nach, wie dieser Mensch vor ihm, der morgens Haferflocken mit Wasser und Zucker und abends Knäckebrot mit Salami aß, von allem und jedem eigentlich zu wenig oder gerade eben genug hatte, es anstellen könnte, ein Auto zu kaufen.

»Ein gebrauchtes?«, fragte der Junge.

»Ein sehr altes, sehr gebrauchtes, für sehr wenig Geld.«

»Wo gibt es so etwas?«

»In Berlin-Lichtenberg, ich habe mich umgesehen. Wenn, dann dort.«

»Fahren wir mit dem Zug?«

»Ja, ich dachte, wir gehen durch den Wald bis zum Bahnhof. Und zurück, mit Glück, haben wir dann ja ein Auto. Was hältst du von übermorgen?«

»In Ordnung«, sagte Jon.

Auf dem Weg zum Bahnhof sprachen sie nicht viel. Es geht nichts darüber, einen Gefährten zu haben, der schweigen kann, dachte Benno. Er nahm an, dass Jon ähnlich dachte. Auch im Zug sahen beide aus dem Fenster, ohne viel zu reden. Benno registrierte, was sich alles verändert hatte. Vieles hatte sich sehr verändert. Die Dächer der Häuser. Die Farben der Dächer der Häuser. Statt Hollywoodschaukeln Trampoline, von enormen Ausmaß. Der Junge schien tief in Gedanken zu sein. Sein Gesicht wirkte verschlossen. Berlin war ja seine Stadt, dachte Benno. Aber was war ihm seine Stadt ohne Sunny? Jedenfalls kannte er das S-Bahn-Netz aus dem Effeff, und sie fanden das Gebrauchtwagengelände schnell, und Neugier verdrängte den schwermütigen Zug in Jons Gesicht. Plätze dieser Art hatte er vermutlich bislang nicht gesehen. Und sicherlich auch nicht Autos dieser Art. Jägergrüne, in denen noch Spuren erlegter Tiere zu sehen waren, solche, in denen Reste hastig verschlungener Mahlzeiten verkrustet und versteinert waren. Und solche mit extremen politischen Parolen auf halbherzig abgekratzten Stickern.

Gern hätte Benno dem Jungen erklärt, wie man beim Gebrauchtautokauf vorging. Darüber etwas zu wissen, konnte nicht schaden. Aber er fand keinen Ansatz. Hier war eine nicht in Aussagesätze übersetzbare Intuition am Werk. Wie viele uralte Autos hatte er in Äthiopien von Käufer zu Käufer gehen sehen. Einige Male hatte er selbst es so weit gebracht, eines zu kaufen, wenn er eine Weile blieb, und es wiederzuverkaufen, wenn er weiterzog. Es war immer dasselbe gewesen. Halblegale Transaktionen. Anfangs hatte er Bedenken gehabt. Er wollte nicht festgesetzt, er wollte nicht in eine Zelle gesperrt werden, denn überleben hieß für ihn: weitergehen. Irgendwann waren diese Skrupel gewichen. Die Unübersichtlichkeit war zu groß, die Gefahr, kontrolliert und verfolgt zu werden, gering. Jemand stand im Dienst von jemandem, der der Handlager eines Jemand war, der absahnte. Geld floss von einem Topf in den anderen wie die Bäche in den Fluss und der Fluss in einen Strom, der im Meer mündet. Immer dorthin, wo das ganz große Geld war. Wenn man mit dem Strom schwamm, fiel vielleicht etwas ab. Aber es gab diese Flüsse, die es nicht bis zum Meer schafften. Die in einer sandigen Ebene versickerten wie der Awash in der Danakil-Senke.

Nach einer Weile entdeckte er einen vergleichsweise gut erhaltenen japanischen Jeep mit einem weiß-roten Reflexband. Ein ausgemustertes Baustellenfahrzeug? Die Heckklappe war verbeult. Wahrscheinlich ein Unfallwagen. Auch Baustellenfahrzeuge konnten Unfälle haben. Das würde sich vorteilhaft auf den Preis auswirken. Er spähte durch die Fenster. Drinnen sah er noch besser aus. Alt, aber nicht abgenutzt. Eigentlich passte dieses Auto gar nicht hierher. Und eigentlich war es genau das richtige. Er würde mit jemandem sprechen müssen.

Der junge Mann, der an ihnen vorüberhuschte, mit einem Eimer, einen Putzlappen am Gürtel, war vielleicht einer, der sich etwas versprochen hatte, ein Stück mit dem Strom geschwommen und nun gestrandet war in Berlin-Lichtenberg. Jede Hoffnung auf Weiterkommen oder Zurückkehren versickert im sandigen Boden dieses windigen Gebrauchtwagengeländes. *Sprich mich nicht an,* sagte sein Blick. *Ich weiß nicht, um was es hier geht, ich will hier weg, aber ich weiß nicht, wie und wohin und womit. Geht weiter, ich bin gar nicht da.* Alles in einem Blick.

Benno sprach ihn an. Der Mann hieß Fela. Und während sie miteinander sprachen, verwandelte er sich. Er half, er erklärte, er lief hin und her. *Du hast das beste Auto auf dem Platz gefunden. So etwas gibt es ganz selten. Nimm ihn, nimm ihn unbedingt. Heute. Morgen kann er schon weg sein. Es ist eine Gelegenheit. Wenn du es irgendwie möglich machen kannst, schau, dass du ihn mitnimmst.* Es war, als würde Fela alles daransetzen, dass, wenn schon nicht er selbst, dann wenigstens dieses noch ganz passable Auto eine Zukunft haben sollte.

Das Geschäft wurde abgewickelt.

Das Geld reichte. Viel blieb ihm jetzt nicht mehr. Sicherlich war dieses Geschäft so wenig vollkommen in Ordnung wie das Auto selbst. Nur nicht nachfragen. Er blätterte die Scheine hin und bekam vorläufige Papiere. Damit wusste er umzugehen. Sie setzten sich ins Auto, und er manövrierte es aus den dicht geparkten Reihen. Fela dirigierte, zeigte Abstände und winkte zum Abschied.

Fela, der bislang sein Glück nicht gefunden und sein bisschen Geld verloren hatte. Der von einem Ort träumte, an dem er vielleicht Fischer sein und davon leben könnte, oder wo er einen kleinen Laden haben könnte, nein, keine Autos, nie wieder Autos, aber Telefonkarten und Zigaretten und Zeitungen und eine Paketstation. Wo einem die Leute freundlich *Guten Morgen* sagen würden und wo er zurückgrüßen könnte: *Wie geht's zu Hause?*

Diesen Fela ließen sie zurück.

Der Junge konnte nicht fahren. Noch nicht. Er war sechzehn. Benno beschloss, ihm das Fahren beizubringen. Das war das, was er für den Jungen tun konnte, der raus war aus der Schule, warum auch immer, jedenfalls nicht, weil er ein Auto gestohlen hatte, und auch nicht, weil er ein Mädchen liebte, das Sunny hieß. Weder kann er ihm einen Schulplatz aus dem Hut zaubern noch Sunny herzaubern, aber er kann ihm das Autofahren beibringen. Das konnte er tun, und er würde das tun.

Er ließ nicht viel Zeit verstreichen und fing noch am selben Abend an. Ins Gesicht des Jungen zog eine Konzentration ein, die er bei ihm bislang noch nicht gesehen hatte. Er würde es gut machen.

Die Theorie musste er ihm aus der Erinnerung heraus beibringen. Das Wichtigste: Vorfahrt achten, Rückspiegel im Auge behalten, vor den Kurven Tempo rausnehmen.

So verbrachten sie ihre Tage. Manchmal brachte der Junge Nägel und Schrauben mit, Äpfel und eine Dose Bohnen. Mit dem, was da war, richteten sie einige Räume her; sie fragten sich nicht, warum und wozu. Mit dem, was da war, bereiteten sie sich etwas zu essen und fragten sich nicht, ob das gut zusammenpasste. Da wurde eine Scheibe Brot über der kleinen Flamme des Allesbrenners geröstet und mit einer halben Zwiebel eingestrichen. Zum Nachtisch Nüsse.

Jetzt, wo das Auto da war, wollte Benno zu seiner Mutter fahren. Es waren Wochen vergangen, seit er sie gesehen hatte. Er sprach mit Jon und machte sich auf den Weg. Nach dieser ersten längeren Fahrt mit dem X-Trail würde er ihm wahrscheinlich über den deutschen Straßenverkehr noch einiges beibringen können.

In Haus ›Abendfrieden‹ war alles unverändert. Er konnte nicht feststellen, ob seine Mutter ihn erkannte. Er setzte sich zu ihr, er hatte sich vorgenommen, von Alemee zu erzählen. Sie hatte sie nicht kennengelernt und musste sich oft gefragt haben, wie sie sich die Frau vorstellen sollte, die Bennos und ihr Leben so verändert hatte. In das Wohlwollen, in die Verschwiegenheit seiner Mutter hinein erzählte er von ihr. Von der Art, wie Alemee die Leute ansah, wenn sie von deren Gutmütigkeit überzeugt war, und wie sie sie ansah, wenn sie nicht davon überzeugt war. Wie sie aussah, wenn sie Kaffee in die Tassen auf einem Tablett goss: ihr Gesicht still und unbewegt, aber dabei nichts Unheimliches oder Kaltes ausstrahlend, sondern eine tiefe Dankbarkeit. Wie sie mit unwirschen Gesten auf jede Art von Bevormundung reagierte und mit scharfem Spott auf Versuche, ihr die Welt zu erklären. Wie sie binnen drei Sekunden ein Tuch um ihre Haare schlang und es binnen einer Sekunde löste. Wie sie die deutschen Wörter, die sie lernte, wog, ob es sich lohnte oder nicht. Wie sie es ganz genau wissen wollte: JHS, eine Abkürzung. Aber warum drei Großbuchstaben für zwei Wörter. Oder war Hochschule etwa nicht *ein* Wort? Er wollte seiner Mutter unbedingt etwas Wichtiges und Bedeutsames schenken. Sein absolutes Vertrauen, eine intensive Vorstellung von der Liebe seines Lebens. Alles, was er geben konnte.

Als sie zum Abendessen geholt wurde, setzte er sich ins Auto und fuhr zurück. Er musste langsam fahren, durch die Hitze war die Fahrbahn an vielen Stellen beschädigt. Es war schon spät, als er aufs Gelände der Jugendhochschule fuhr. Früher war er mit dem Zug gefahren und dann meist zu Fuß durch den Wald zur Schule gelaufen. Ein paarmal hatte ihn der Jahrgangsleiter, wenn der mit seinem Auto gerade an der Schranke stand, herangewunken und einsteigen lassen. Er hatte gern auf die Altvorderen in Berlin geschimpft und dabei gelacht. Ein jovialer, großzügig gestimmter Mann – der, wie Benno jetzt wusste, inoffiziell geliefert hatte. Der hatte also auch einen Führungsoffizier gehabt.

Jon war nicht da. Nicht, dass er damit gerechnet hatte, aber irgendetwas kam Benno doch seltsam vor, als er aus dem Auto stieg. Vielleicht, dass da ein Becher stand und eine Lampe herumlag, die da nicht herumliegen sollte – und dass da jemand rasch auf ihn zugelaufen kam, als habe er auf ihn gewartet. Michi, der Busfahrer.

»Sie haben den Jungen hopsgenommen«, rief Michi schon von Weitem. »Bin nach meiner Schicht gleich wieder rausgefahren mit dem Kollegen. Hat mir keine Ruhe gelassen.«

»Wann?«, fragte Benno.

»Gegen sechs. Polizei war schon hier, als ich ankam. Ham

wohl gedacht, is' wieder einer von den Rechten, die hier immer mal aufkreuzen. Aber so einer issa ga nich, wa?«

»Nein.«

Benno war kurz davor, die Fassung zu verlieren. Er wollte sofort los, Jon da rausholen. Er atmete tief durch. Er wusste ja noch nicht einmal, wo ›da‹ war.

»Michi, wo ist die nächste Polizeistation?«

»Lass mich kurz überlegen –«

»Wohin wird einer gebracht, der mitgenommen wird. Wohin?«

Michi überlegte kurz, sagte ihm wo und beschrieb ihm den Weg.

Benno setzte sich wieder ins Auto und fuhr los. An der ersten Ampel ermahnte er sich: Man marschierte nicht mit einem windigen Pass in ein Polizeirevier, um einen Jungen abzuholen, der womöglich irgendetwas angestellt hatte. Aber er musste das tun. Genau das musste er tun. Weil der Junge dort nicht hingehörte. Niemand gehörte da hin. Seine Hände am Lenkrad begannen zu zittern. Er musste rechts ranfahren. Er schüttelte seine Hände aus, hielt abwechselnd mit der rechten Hand die linke fest und mit der linken die rechte.

Es waren nur vierundzwanzig Stunden gewesen, aber er war eingesperrt gewesen, und er hatte damals nicht gewusst, dass es nur vierundzwanzig Stunden werden würden. Es hätten auch vierundzwanzig Monate werden können. Er würde John da rausholen und wenn er selbst dafür hineingehen müsste. Jon war ein Junge, ein Junge, in dessen Seele sich das einbrennen würde, dieses Eingesperrtsein. Seine eigene Seele war gegerbt wie ein altes Stück Leder. Er konnte das aushalten. Aber der Junge – diese Vorstellung, dass er vielleicht geschlagen wurde, dass ihm Ungeheuerliches vorgeworfen wurde, dass er verhört wurde wie ein Schwerverbrecher, wie er selbst damals verhört worden war, bis ihm

Hören und Sehen vergangen war, dieser Gedanke ließ sich kaum aushalten. War es nicht er, Benno, gewesen, der ihn in die ganze Chose hineingezogen hatte? Er war verantwortlich dafür. Er und kein anderer.

Als er einparkte, sah er ihn gerade aus dem Gebäude kommen. Raschen Schrittes. War er abgehauen? Nein, er ging rasch, aber ruhig. Ein Fenster im ersten Stock wurde aufgestoßen. Jemand rief ihm etwas hinterher. Er sah, wie Jon sich im Gehen umdrehte und etwas zurückrief. Er konnte den Wortlaut nicht verstehen, aber der Ton war ruppig, und doch nachgerade wohlgesonnen. Das Fenster schloss sich wieder. Jon blieb stehen und sah sich um. Er wirkte unentschlossen. Da entdeckte er ihn, winkte erleichtert, strebte auf ihn zu. Seine Schritte waren schnell und leicht. Es war ihm nichts geschehen.

»Die dachten echt, ich sei ein Nazi«, sagte Jon, als er die Beifahrertür öffnete.

»Warst du beim Goebbels-Haus?«

»Ja.«

»Der Typ da oben war eigentlich ganz in Ordnung. Er kannte Senghor.«

»Du hast ihm von Senghor erzählt?«

»Ja, ich wollte ihm beweisen, dass ich nichts gegen Schwarze habe.«

»Und das hat geholfen?«

»Ja, aber er hat gesagt, Senghor hat die Studentenproteste zusammenschlagen lassen. Stimmt das?«

»Stimmt. Er war da nicht mehr er selbst, glaube ich.«

»Und dann hat er noch gesagt, er glaubt eh nicht an barfüßige Neonazis.«

»Da ist was dran.«

»Lass mich mal hier raus«, sagte der Junge nach einer Weile. »Von hier aus hab ich es nicht weit.«

»In Ordnung.« Benno hielt an. Er sah dem Jungen nach,

wie er rasch in einen Trampelpfad hinter den Leitplanken einbog.

Langsam fuhr er weiter. Erst jetzt, in der Entspannung, spürte er, wie sehr er sich aufgeregt hatte. Er war außer sich geraten. Diese Nacht damals, sie hatte ihn nicht noch einmal einholen sollen, das hatte er sich geschworen. Alemee hatte auch eine solche Nacht gehabt. Als sie darüber sprach, saßen sie beide schon im Flugzeug nach Addis Abeba: »Es gab eine, die hat mir eine Decke gebracht und Tee.« Ihr Blick war weggekippt, während sie sprach, als ob ihre Blicke ab sofort auch bei ihm nicht mehr sicher sein könnten. Dennoch hatten sich ihre Hände gefunden, Schulter an Schulter, dreißigtausend Fuß über der Erde.

Das Erste, was er nach der Landung in Addis Abeba zu spüren bekam, war die atemberaubende Gleichzeitigkeit von Willkommensein und Nichtwillkommensein. Die leichte Luft, die leuchtenden Farben, der fremd-vertraute Ton, der über dem Ganzen lag, und Alemee, dicht neben ihm, trugen ihn in dieses Land hinein. Aber die Blicke ihrer Familie übersahen ihn, sie hörten ihn sprechen, er würde jedes ihrer Worte verstehen, aber sie richteten nicht das Wort an ihn, und er verstand ihr Schweigen nicht. Er war nicht willkommen. Aber warum nicht? Tatsächlich hatte er es nie herausfinden können. Seine Hautfarbe konnte es nicht sein, denn die Tessemas pflegten freundlichen Umgang mit anderen Weißen. Es konnte nichts sein, was in seinem Handeln und Sprechen ihnen Anlass gegeben hätte, denn ihre Abwehr hatte etwas Überpersönliches: Sie musste an einer Stelle in die Welt gekommen sein, die Benno entging, aus irgendeinem Grund war er ins Visier dieser Abwehr geraten, und er hatte keine Idee, wie er aus dieser Verkennung herausfinden konnte. Eine Erklärung, die ihn und Alemee hätte retten können, lag in einer namenlosen Ferne. Während der ersten

Monate, als sie beide in einem kleinen Anbau gewohnt hatten, versicherten sie einander fortwährend, sie würden es schaffen, gegen alle Feindseligkeit, über alle Hindernisse hinweg. Bis er spürte, dass Alemee sich zu entfernen begann. Er fragte, er flehte, er weinte, er schrieb, er sprach Verwandte an. Sie war, nein, es war ein Rätsel. Und es blieb ein Rätsel. Eines Tages sprach sie eine unaussprechliche Drohung, sollte er nicht gehen. Weil sie unaussprechlich war, überschlug sich ihre Stimme. Auch die sich überschlagende Stimme konnte nichts gegen seine Liebe ausrichten. Er wusste, es war nicht wahr, aber es half nicht, dass er das wusste.

Vielleicht hatte es ja mit jener Nacht der Vernehmung in Ostberlin begonnen, dachte Benno jetzt, nachdem ihm diese Nacht wieder vor Augen getreten war. Vielleicht waren diese Vernehmungen Verhängnisse gewesen, denen sie beide nicht entkamen, obwohl man sie freiließ – wenn man das so sagen konnte.

Als er einparkte und gegen einen der Bordsteine stieß, sprang das Handschuhfach auf, und er sah den Beutel mit Khat, den der Autohändler ihm mit den Papieren zusammen überreicht hatte, ohne die Miene zu verziehen. Er musste einen Blick gehabt haben für verlorene Seelen, oder vielleicht hatte ihm Fela gesagt, dass der Mann, der an dem Nissan interessiert war, lange in Äthiopien gelebt habe. Und vielleicht hatte gerade ein Kunde, ein Geschäftspartner einige Pfund Khat frisch über irgendeine Grenze gebracht.

Khat. Es war schon länger her. Nicht so lange, dass er sich nicht erinnerte, wie zuverlässig es einen entspannte. Er wollte sich entspannen. Er begann, die Blätter zu kauen. Sie mit der Zunge zur Kugel zu formen und in die Wange zu bugsieren. Erst hatte er daran gedacht, einen Tee daraus aufzusetzen. Wenn er gut aufpassen würde, könnte er den kleinen Allesbrenner auch hier in Betrieb nehmen. Für einen Abessinischen Tee. Aber er blieb im Auto sitzen. Wenig später war er schon dort. Wo Khat einen hinbrachte.

Er träumte nicht, er wachte nicht. Es war in diesem Dämmer. Er war zurück in Äthiopien. Er roch den Staub, die Hitze. Sie sprach mit ihm. Endlich sprach sie wieder mit ihm. Ihr Mund bewegte sich. Ihm stieg ein Jubel in die Kehle. Aber er konnte sie nicht hören. Vergeblich versuchte er, ihr die Worte von den Lippen zu lesen.

Ich muss deutlicher hinhören, dachte er, noch viel, viel deutlicher.

ALEMEE

Drittes Lied

Siehe, mein Freund, du bist schön und lieblich
Unser Lager ist grün
Grün grün grün – in wie vielen Sprachen kannst du das sagen?
Sag es mir in deiner liebsten Sprache und
sag nicht, du liebst sie alle
Ich warte
Hat es dir die Sprache verschlagen, Meister der Worte?
Dass ich einen Platz kenne, den du nicht kennst
den keiner kennt
nur ich
Dass ich ein Kleid anhabe, das du noch nicht kennst
ohne Knopf, ohne Gürtel
ganz leicht
Dass ich daran gedacht habe, eine Jabana mitzubringen
und ja, auch Bohnen
für später
Jetzt lass mich deine Lippen öffnen mit meinen Lippen
meine Haut deiner nahe sein, ein Farbspiel
Sagt man das so?
Wir sind allein, kaum zu glauben, allein
gibt es hier eigentlich nicht
allein ist parteilich verboten
Sagt man das so?
Schlangen habe ich gesehen, nicht weit von hier

Wo, wenn nicht an einem Ort wie diesem, wo
die Sonne golden ist, das Grün
grün genug, die Blüten
unzählig sind und wo
diese kleinen Wellen immerzu heransäuseln, als gäbe es
nicht kein Wasser
Sprich doch, nein sprich nicht
Sag etwas, nein, sag nichts
Lass uns zugleich etwas murmeln, einander ins Ohr
als gäbe es die Welt der Worte nicht, nicht hier
Ich habe mein Kleid ausgezogen – wie soll ich es wieder
anziehen?
Füchse und Gänse und Raben und Reiher, all ihr Tiere,
errettet vorm Regen in Paaren ihr wisst, worum es geht
Dass ihr die Liebe nicht aufweckt und nicht stört, bis es ihr
selbst gefällt.

7

JON

Wittgenstein's Rod

In diesen Tagen des gleichmäßigen Hin und Her zwischen Wiese und Jugendhochschule machte Jon eine merkwürdige Erfahrung. Zeit war in der Lage, gleichzeitig zu vergehen und zu verharren. Man konnte in Raum und Zeit plötzlich dort sein, wo man bereits gewesen war, obwohl bis zu diesem Moment alles vorwärtsgegangen zu sein schien. So war es auch an diesem Abend, als er abends auf die Wiese zurückkam und seine Eltern ins Gespräch versunken vorfand, genauso wie am Abend zuvor. Als ob die Zeit stillgestanden hatte oder ein Retake vorgenommen werden sollte – *Klappe, die zweite.* Bei näherer Betrachtung gab es Anzeichen, dass dies nicht der Fall war: Das Auto parkte nicht vorne am Zaun, sondern hinten, sein Vater trug nur ein Unterhemd, gestern war es ein T-Shirt gewesen, und seine Mutter trug keinen Pferdeschwanz, sondern einen lockeren, sich langsam auflösenden Knoten im Nacken. Überhaupt hatte sich das Aussehen seiner Eltern in letzter Zeit ziemlich verändert. Im Gesicht seines Vaters hatte sich ein Bart ausgebreitet, und die helle, zu Sonnenbrand neigende Haut seiner Mutter hatte – Jon bemerkte das zum ersten Mal – einen tiefbraunen Ton angenommen. Außerdem waren auch die beiden inzwischen barfuß unterwegs. Genau wie am Abend zuvor stapelten sich jedoch in einer Kiste vor dem Zelt Teller und Tassen. Offenbar hatten sie längere Zeit nicht abgewaschen. Außerirdische, auf einer brandenburgischen Wiese zwischengelandet.

Seine Mutter saß auf einem Baumstumpf und hatte Karteikarten um sich herum ausgebreitet, sein Vater hantierte mit einer großen Holzplatte, einem Stab und verschiedenen Farbstiften. Ihre beiden Laptops standen auf dem Campingtisch, eingesteckt in die Dosen an der Kabeltrommel. Das Ganze wirkte, als seien sie in ein Netz eingesponnen, das sie daran hinderte, größere Bewegungsveränderungen vorzunehmen, das Ziehen an einem Faden würde die ganze Situation zusammenfallen lassen. Er setzte sich vor den Bauwagen und wurde Zeuge einer irritierenden Kommunikation, in der die meisten Sätze mit *Wenn du* oder mit *Wenn du aber* begannen:

»Wenn du diesen Stab hast und den einen Endpunkt über die Kreisbahn laufen lässt, dann passiert das eben, dass der andere Endpunkt diese Figuren beschreibt, also schreibt, meine ich.«

»Wenn du aber keinen Gelenkpunkt hast, dann passiert gar nichts.«

»Und wenn du den Stab am Gelenkpunkt fest montierst, dann passiert auch nichts. Siehst du?«

»Wenn du es aber so baust, wie ich es hier versucht habe, dass der Stab sich durch den Fixpunkt durchschieben kann, dann wird es interessant.«

»Wenn der Fixpunkt weit weg ist von der Kreisbahn, schau mal hier, dann wird die externe Figur zu einer Träne, schau doch mal!«

»Und wenn du jetzt den Fixpunkt näher an die Kreisbahn schiebst, so, dann wird immer mehr ein Halbmond draus. Hach, sieht doch toll aus, oder?«

»Wenn du ihn aber auf knapp innerhalb der Kreisbahn verlegst, was passiert denn dann?«

»Wenn du das machst, ja, lass uns mal schauen, warte kurz, ja, dann wird so eine Art Spiegelei draus. Dann umschließt der äußere Kreis plötzlich den inneren.«

»Wenn du das jetzt mal von der Sehne her denkst, so ist die immer von wechselnder Länge und wechselnder Richtung. Transitorisch sozusagen.«

»Und wenn du dabei nicht vergisst, dass sie ja immer über die gesamte Kreisfläche streicht – oder wie soll man das sagen?«

»Wenn dann aber diese externen Gestalten so unvorwegnehmbar sind, dann, dann – hilft das weder Leibniz noch mir, fürchte ich.«

»Wenn du dir hiervon etwas für deine Unendlichkeitsproblematik versprichst, wird das nichts, Livia, so leid es mir tut.«

»Ich sag dir was, Marius: dass aus einer völlig regelmäßigen Bewegung entlang einer geometrischen Figur nicht-geometrische Gestalten entstehen, hat so oder so Konsequenzen für die Mathematik.«

»Ja, verblüffend ist das, dass man sich diese Gestalten nicht gedanklich konstruieren kann, dass man die Bewegung wirklich ausführen muss. Sonst kannst du das nicht sehen. Siehst du ja. Gefällt mir.«

»Ist klar. Und genau deshalb übrigens ist das ja ein Argument in der Geschichte der Beweistheorie.«

»Was ist das, was ihr da macht?«, fragte Jon, als er das Gefühl hatte, dass sie gesagt hatten, was sie hatten sagen wollen.

»Laut nachdenken, nennt man das«, sagte seine Mutter.

»*Wittgenstein's rod*«, sagte sein Vater. »Es geht um einen Stab und einen Kreis und darum, welche Figuren erscheinen können, wenn das Ganze in Bewegung gebracht wird. Wenn man einmal anfängt mit diesen Kreisen und Kreisbahnen und diesen Sehnen, Jon –« Danach verfiel er in Schweigen.

»Machen wir mal eine Pause«, sagte seine Mutter.

»Ja, ist besser so. Sag' mal, wo steckst du eigentlich immer?«, fragte sein Vater.

»Hier und dort«, sagte Jon, und als er selbst merkte, dass das zu rätselhaft klang, um weitere Fragen abzuwenden, »ich mag den Wald. Gibt da viel zu sehen.«

»Wenn der Schuppen fertig ist, komm ich mal mit«, sagte sein Vater.

»Und der Antrag«, meinte seine Mutter.

Die Anspannung war greifbar. Wittgensteins Stab malte schnell und präzise ein ziemlich großes Ausrufezeichen in die Luft. Vorsicht, Streit!

Ausgerechnet an diesem Abend kamen seine Eltern nach längerer Zeit wieder auf das Thema Schule zu sprechen. Sie hatten weitere Erkundigungen über Ersatzschulen angestellt. So wurden offenbar die Schulen genannt, die nicht öffentlich waren und sich ihre Schüler aussuchen konnten, wie die unbezahlbare Leibniz-Schule. »Ersatzschule – sagt mal ehrlich, das klingt doch wie Nachkriegsmuckefuck«, sagte seine Mutter.

»Oder Sojasalami«, meinte sein Vater.

»Gibt es Sojasalami?«, fragte seine Mutter interessiert.

»Nein«, antworteten Jon und sein Vater unisono.

»Ersatzschule«, murmelte sie, »Ersatzschule«, und schüttelte den Kopf. Jon regte es auf, wie sie sich darüber aufregte. Denn während sie sich darüber aufregte und dieses Wort begutachtete, als ob da gleich noch das Wort *koffeinfrei* davor erscheinen würde, würde der letzte Ersatzschulplatz flöten gehen.

»Vielleicht gibt's ja auch Durchgangsschulen«, sagte Jon, »das würde dir besser gefallen, oder?«

»Ja, schon«, antwortete seine Mutter, »zumindest könnte man damit die Hoffnung verbinden, dass es Licht am Ende des Tunnels gibt.«

Jon überlegte. Dies wäre genau der Moment, in dem er von seiner persönlichen Ersatzschule erzählen könnte, erzählen müsste. Die tatsächlich nicht nur eine Schule, sondern sogar eine Hochschule war. *Ja, da staunt ihr.* Keine Notlösung, keine Durchgangsstation, sondern ein Aufstieg. Absturz, dieses Wort, das man für einen wie ihn gern bereithielt: ein für alle Mal abgewendet. *Entspannt euch,* würde er sagen. *Ich bin gut untergekommen.* Aber die Worte blieben ihm im Hals stecken. Er dachte an den Beginn der Ferien zurück, als er eines Abends darüber ins Grübeln gekommen war, dass das Wort Ferien für ihn nun keine Bedeutung mehr hatte und dass das ein wirklicher Verlust war, und wie er sich in Absturzphantasien hineingedacht hatte und, um zu erfahren, wie sich Absturz anfühlt, tatsächlich aufs Dach des Bauwagens geklettert war. Obwohl es schon spät am Abend gewesen war, war das Blechdach fast zu heiß gewesen, um sich hinzusetzen. Als er von oben auf die gelblichen Rasenreste zwischen den sandigen Flecken schaute, hatte er gedacht: Wenn er sich jetzt auf die verbrannte Erde fallen lassen würde, würde er dieses Fallgefühl, das ihn heimsuchte seit seinem letzten Schultag, experimentell überprüfen können. Fallen und Absturz. Wie unterschieden die sich eigentlich? Es gab eine Reihe offener Fragen, hatte er gedacht. Zeit, dass ich Antworten finde. Aber dann hatte er sich doch auf dem Dach langsam umgedreht und sich an der kaputten Regenrinne – war egal, dass sie kaputt war, es regnete ja nicht, es würde nie wieder regnen – beide Hände aufgeschnitten.

»Wie hast du das denn geschafft?«, hatte seine Mutter gefragt, als sie die Pflaster in seinen Handtellern sah. »Gut, dass man dir neulich noch die Tetanusspritze verpasst hat.«

An jenem Abend war er auf dem Stuhl eingenickt und hatte seine Gedanken, was wohl passiert wäre, wenn er die Tetanusspritze neulich nicht bekommen hätte, mit in einen Traum genommen.

Im Traum waren sie dann von der Wiese direkt zum nächsten Arzt gefahren. *Damit kannst du doch gar nicht in die Schule gehen,* hatte der Arzt gesagt, nachdem er flüchtig auf Jons

Hände gesehen hatte. *In welche Schule gehst du überhaupt?* Und da hatten sie beide sich angesehen, und er hatte gesagt, *Das ist kompliziert*, und der Arzt hatte gesagt: *Verstehe. Mit dieser Schnittwunde.* Er hatte noch mal kurz auf Jons Hände geschaut, den Kopf geschüttelt und gemeint: *Nee, damit wird das nichts. Damit kannste ja nicht mal 'nen Stift halten.* Dann war er zu seinem Schreibtisch gegangen, um das Attest auszustellen, und im Gehen hatte er sich den weißen Kittel ausgezogen, darunter trug er ein T-Shirt mit der Aufschrift *Die Ärzte.* Mit einem Lächeln hatte er ihm ein rosa Papier gereicht, auf dem stand, dass Jonathan Gent bis Juli 2032 nicht am Unterricht teilnehmen konnte. *Ich hab's gleich ein bisschen ausgeweitet, damit du nicht alle naselang wiederkommen musst*, hatte er gesagt. Seine Mutter hatte dem Arzt herzlich zugenickt und gesagt: *Alles klar, dann unterrichten wir ihn eben* – und Jon hatte gerufen: *Nein!* – und war aufgewacht.

So viel zum Thema Absturz und Ersatzschule, dachte Jon. Der Moment, an dem er von seiner neuen Schule hätte erzählen können, war jedenfalls vorbei.

»Jon? Jo-hon!! – Hallo, bist du noch da?«

»Ja? Was gibt's?«

»Reis gibt's. Reis mit Röstzwiebeln und Bohnen.«

Nichts, nichts schien sich zu ändern. Weder das Wetter noch das Essen.

Aber dann änderte sich doch etwas, und zwar am Bogensee. Erst dachte er, es sei etwas sehr Einschneidendes, aber schnell stellte sich heraus, dass es so einschneidend nicht war. Sie waren nicht mehr allein. Es fing damit an, dass ein kleiner Bautrupp kam und sich am Bunkerhügel zu schaffen machte. Die Arbeiter nickten kurz mit dem Kopf, als sie Jon und Benno sahen, ohne Anzeichen von Irritation. Am Abend zog der Trupp wieder ab, und der Zugang zum Bunker war zubetoniert.

Nie hätte er sich träumen lassen, dass ein Gelände, dessen Tore einst von Volkspolizisten bewacht worden waren, dessen Hinein und Heraus streng reglementiert worden war, sich in ein Gelände hatte verwandeln können, das derart unkontrolliert war, sagte Benno zu ihm, wie ein Schmuckladen sei das, der seine Diamanten, Perlen und Goldringe längst verhökert hatte und der nun die leeren Kästchen zur freien Verfügung stellte. *Tun Sie sich keinen Zwang an!*

Nach dem ersten Schock, dass nicht nur sie beide, und sporadisch noch Michi, der Busfahrer, hier anwesend waren, gewöhnten sie sich daran, dass an ihrem Ort eine gewisse Betriebsamkeit herrschte, und verzichteten auf jede Form von Versteckspiel. Sie liefen über die Wiesen, durch die von ihnen aufgehebelten Türen der Gebäude, tranken ihren Kaffee, wo immer es ihnen beliebte, nickten den Leuten freundlich zu, wenn es sich ergab, und kamen zu dem Schluss, dass diese Menschen irgendetwas taten, was mit Gerade-noch-Erhalt der Gebäude zu tun haben musste, also ähnliche Aufgaben hatten wie sie selbst, nur dass die anderen eher außen und sie selbst eher innen zu tun hatten. Eine im Stillen getroffene, allen Beteiligten angenehme Arbeitsteilung.

Und es änderte sich noch etwas: Benno. Es kam jetzt immer öfter vor, dass Jon, wenn er Benno suchte, ihn an diesem Platz hinter den Tischtennisplatten fand, wo er an einem Baumstamm saß, vor ihm der Allesbrenner, darauf keine Jabana, sondern ein Blechtopf. Warum zum Teufel machte er das hier, nicht unten am See?

»Mach nur 'ne kleine Teepause«, sagte Benno dann. Aber er bot ihm nichts an und wollte allein sein. Stunden später war er wieder der alte Benno, und Jon beschloss, sich keine weiteren Gedanken zu machen.

Eines Tages kam eine Frau vorgefahren, noch ziemlich jung. Sie parkte direkt neben dem X-Trail, wo Jon und Benno gerade darüber beratschlagten, was sie für ihre nächsten Arbeitsschritte einkaufen mussten. Die Frau lächelte sie an. Sie hatte etwas Strahlendes, aber auch etwas Gehetztes.

»Sie müssen die Projektkoordination und das Freiwillige Soziale Jahr sein. Wie gut, dass ich Sie beide hier gleich treffe.« Sie schüttelte ihnen die Hände.

»Ich dachte, es würde erst zum 1. Oktober losgehen, aber je früher, desto besser natürlich. Ich bin übrigens Lisa Kawenke, die Schwangerschaftsvertretung von Frau Lochnow, mit der Sie ja alles besprochen haben und auch diesen Termin – eigentlich verstehe ich nicht, wieso, der war eigentlich nur für die Waldschule dort drüben, und wann waren eigentlich die Bewerbungs- – ach, egal –, schön, dass Sie beide da sind.«

Jon wollte etwas sagen, aber Benno legte ihm die Hand auf den Arm. *Aufpassen, ruhig bleiben, schauen, wohin das läuft. Vielleicht ergibt sich etwas.*

»Die Vereinbarungen hat die Gutste schon vorbereitet. Hier: FSJ und dann noch die, warten Sie mal, ja, genau, die befristete Stelle zur ›Projektkoordination Bogensee‹. Sehr schön.«

Ihr Telefon klingelte. »Kleinen Moment, bitte.« Sie trat ein paar Schritte zur Seite. »Weißt du doch, Süße, steht alles im Kühlschrank. Musst du nur warm machen. Nein, es gibt, was es gibt. Herd ausschalten nicht vergessen, ja? Hm. Gut. Bringe ich mit. Ausnahmsweise. Hab dich lieb.«

Sie kam wieder zu ihnen zurück. Sie lachte, halb fröhlich, halb verlegen. »So sind sie, die lieben Kleinen, kommt auf die Frau Lochnow auch noch alles zu. Gut, zurück zum Thema. Mit dem Gelände sind Sie schon vertraut?«

»Nu«, sagte Benno, »wie mit unser Wäsdndasche.« Jon registrierte, dass Benno sächselte.

Frau Kawenke strahlte.

»Bestens. Hier die Vereinbarungen. Deine Schulpflicht-Vollzeit oder wie das heißt, hast du ja, ich darf doch du sagen? Du siehst ja noch so jung aus, meine Güte.«

Jon nickte und unterschrieb. Ich sag' hier nichts als die Wahrheit, und doch kann alles nicht wahr sein, dachte er.

»Dann brauche ich eigentlich nur noch Passkopie und Kontodaten, das Übliche, Sie wissen schon, an diese Adresse, bitte« – sie zückte eine Karte –, »und schon kann's losgehen.«

Sie stieg winkend in ihr Auto und fuhr mit einem kurzen Hupen davon.

Benno und Jon sahen sich an. Was war das – eben gewesen?

»So kommt man manchmal an Jobs«, sagte Benno. »Irgendjemand macht irgendwo zu viel oder zu wenig, spricht mit Leuten, die nicht zuständig oder schon auf dem Absprung sind, eine Anweisung geht verloren oder landet in Händen, die daraus etwas anderes machen. Lass' uns mal schauen, was das überhaupt ist.«

Gemeinsam beugten sie sich über die Papiere und lasen, wie und unter welchen Bedingungen die Stadt Berlin einen Projekt-Koordinator für neue Gestaltungsmöglichkeiten ›Ehemalige JHS Bogensee‹ anstellen wollte. Und dass diese Stelle von einem FSJ unterstützt sei. Sie setzten ihre Namen ein, Benno seine letzte Adresse in Leipzig. Er zögerte kurz, ergänzte dann *c/o Hauff.* Das würde jede Nachverfolgung zur Verzweiflung bringen. Die angesetzten Vergütungen versetzten sie in Hochstimmung.

Lange saßen sie zusammen, blätterten in den Verträgen und überlegten, wohin das alles führen würde und könnte. Sie würden Kollegen sein, eine kleine Brigade der Freundschaft. »Oder auch: *Partners in Crime*«, sagte Benno. Aber in seinem Lächeln schien auf einmal diese Traurigkeit

Oberhand gewonnen zu haben. Er klopfte Jon auf die Schulter. »Ich habe zu tun«, sagte er, »wir sehen uns später.«

Jon sah Benno nach und hatte auf einmal kein gutes Gefühl. Er hatte den Tee im Verdacht, den er Benno immer wieder trinken gesehen hatte und von dem er ihm nie etwas anbot. Er hatte nicht gewagt, ihn danach zu fragen. Wie immer kam Benno nach einiger Zeit zurück, aber dieses Mal verändert. Immer wieder fielen ihm die Augen zu. Das war ungewöhnlich.

»Alles in Ordnung?«, fragte Jon.

»Ja, alles in Ordnung.«

Es war nicht alles in Ordnung. Jon spürte es genau. Er wartete, bis es dämmerig wurde, dann ging er. Er ging, aber er ging langsam. *Ich geh' noch schwimmen,* sagte er sich.

Er schwamm. Weit raus und in weiten Bögen zurück ans Ufer. Er zog sich wieder an. Es war noch nicht ganz dunkel. Wie beschreibt man ein Gefühl, das einen an einem Ort hält? Er hatte keine Ahnung. Doch, Ahnung war das Wort. Er hatte eine Ahnung.

Während er sich langsam, sehr langsam mit seinem T-Shirt abtrocknete und das T-Shirt dann über einen Ast hängte, zog sein Kopf Linien von einer Sache zur anderen, zählte eins und eins zusammen, sammelte Irritationen, wog und sortierte sie: Es waren kleine, mittlere und größere Irritationen. Benno schien nicht er selbst zu sein. *Alles in Ordnung,* hatte er gesagt. Vielleicht hatte er depressive Anflüge, wie andere Leute allergische Anfälle hatten. Vielleicht sollte er es gut sein lassen, dachte Jon. Dennoch blieb er sitzen. Das T-Shirt sollte noch trocknen, völlig sinnlos, denn bei diesen Temperaturen verlor sich der Unterschied zwischen Trocken und Nass, es gab kein Warm und Kalt, es gab nur Hitze, und Verkühlung war eine lächerliche Vorstellung.

Jon war nicht überrascht, als er die Rauchsäule sah, zu

hoch für ein kleines Teewasserfeuer, viel zu hoch. Er riss sein T-Shirt vom Ast und rannte los.

Ein scharfer Geruch, ein lautes Knistern, sengende Hitze. Der Topf, das Wasser, die Blätter. Rund um den Kocher brannte es wie Zunder. Direkt daneben saß Benno, schlafend, weggetreten. Jon schrie ihn an, schüttelte ihn, stemmte ihn hoch, stützte ihn. Beide strauchelten, eine Flamme erfasste Bennos Oberarm. Ein zischendes Geräusch, Benno verzog keine Miene. Mit dem nassen T-Shirt schlug Jon wie in einem wilden Tanz auf die Flammen ein, sie zischten, nur um an allen Ecken und Enden wieder hervorzubrechen. Wie lange ging das so? Er hatte jedes Zeitgefühl verloren. Als er schließlich doch die letzten Flammen ausgetreten hatte, kümmerte er sich um Benno. Benno hatte die Augen geöffnet, hielt sich seinen Arm.

»Ich hole das Auto«, sagte Jon.

»Keine gute Idee, keine gute Idee.«

Jon antwortete nicht. Er versuchte, sich zu konzentrieren. Mit Benno zusammen war er oft in den nächsten Ort gefahren. Er wusste, dass an der dritten Ampel von hier das Schild ›Krankenhaus‹ stand. *Es ist nicht weit,* sagte er sich. *Es ist nah. Ich kann das.*

»Kein Problem«, sagte Benno. »Geh zurück.«

»Riesenproblem«, sagte Jon. »Ich bring dich ins Krankenhaus.«

Dritte Ampel stimmte, das Schild stimmte. Notaufnahme stimmte.

Benno war auf dem Beifahrersitz zusammengesunken. Jon schrie ihn an. »Steh auf. Du kannst aufstehen. Komm mit, verdammt noch mal. Willst du mich hängenlassen?«

Benno sagte nichts, ließ sich stützen, schlurfte mit.

Die Krankenschwester schaute auf, während sie das Aufnahmeformular und einen Kuli bereitlegte.

»Was ist passiert?«, fragte sie.

»Waldbrandeinsatz«, sagte Jon.

Die Krankenschwester schaute ungläubig. Feuerwehrleute sahen anders aus.

»An seinem linken Arm. Und er hat einen Schock oder so, nicht ganz bei sich – also, ich weiß nicht –«

»Alles gut«, sagte die Krankenschwester. »Wir schauen. Seine Karte hat er, oder?«

Jon zuckte die Schultern. »Glaub' schon.«

»Wir melden uns.«

Jon ließ sie in dem Glauben, dass sie sich irgendwo melden können würde. Daran, dass Benno in seiner Weste eine Krankenkassenkarte oder die Bogensee-Adresse notiert hatte, für alle Fälle, glaubte er nicht. Er stieg ins Auto, stellte es auf einem Wanderwegparkplatz ab, ging auf die Wiese, winkte seinen Eltern zu, sagte, er sei sehr müde, Jogging im Wald, verzog sich in den Bauwagen, grübelte, machte sich Sorgen, schlief gegen Morgen kurz ein, frühstückte, sagte: ›Ich geh schon mal schwimmen‹, ging aber nur um zwei Ecken, setzte sich ins Auto und fuhr zum Krankenhaus.

An der Rezeption fragte Jon nach Benno. Leider wisse er nur den Vornamen. Es sei der, der sich bei dem Waldbrand, also beim Löschen des Waldbrands, verletzt hatte, gestern Abend, am Oberarm. Die Rezeptionistin telefonierte.

»Gehen Sie bitte in den zweiten Stock und melden Sie sich auf Station 4.«

Jon fuhr mit dem Fahrstuhl und wurde schon an der Tür zur Station 4 von einem Pfleger empfangen.

»Ich suche Benno«, sagte Jon.

»Den suchen wir auch. Der ist nämlich weg. Einfach weg. Die Verletzung ist nicht so schwer, muss aber weiter behandelt und beobachtet werden. Verbrennungen zweiten Grades sind kein Spaß. Wir haben gestern auch keine Karte bei ihm gefunden, überhaupt keine Ausweise, nur so ein Kraut.« Vielsagender Blick. Jon verzog keine Miene.

»Weißt du zufällig – ich meine, es würde vielleicht etwas erklären«, sagte der Pfleger. Er war jung, er hatte ein Mandala als Tattoo auf dem Unterarm und ein Piercing an der linken Augenbraue, die Haarspitzen waren blaugrün gefärbt. Er war nicht der Typ, der wegen irgendeines Krauts die Polizei verständigen würde. Dennoch.

»Ach das?«, sagte Jon. »Das ist Knabenkraut, getrocknet. Gut gegen sein Rheuma, die unterirdischen Teile, die überirdischen sind giftig, aber die unterirdischen wirken Wunder.«

Niemand hier würde wissen, dass Knabenkraut geschützt war. Sie würden überhaupt nichts wissen über das Knabenkraut.

»Na dann, alles klar. Bitte die Karte vorbeibringen, ja?«

»Richte ich aus.«

Und als würde der Pfleger auf einmal selbst nicht mehr an die Karte glauben, sagte er: »Bepanthen, atmungsaktiv. Mehrmals täglich.«

Abgehauen war er. Zu Fuß mit Verbrennungen am Oberarm, zweiten Grades! Jon fuhr zurück zum Bogensee. Während der Fahrt hatte er ein Auge darauf, ob irgendwo ein Anhalter mit Weste und Sonnenhut herumstand. Natürlich nicht, dachte Jon. Benno war extrem gut zu Fuß. Er hatte sich den Arm verbrannt, nicht das Bein. Er bog ein aufs Gelände.

Da saß er, im Schatten neben der Tischtennisplatte, als könne er ein einarmiges Match gar nicht abwarten.

»Ich habe nachgedacht«, sagte Benno zur Begrüßung.

»Das will ich hoffen«, sagte Jon. Was sagte er da? Er sprach wie ein strenger Vater mit einem ausgerissenen, halbwegs unversehrt heimgekehrten Kind.

Benno ignorierte das. »Ich habe nachgedacht über diesen Ort.«

»Als der neue Projektkoordinator?«

»Ja. Propaganda ist das Stichwort. Propaganda ist das Problem.«

»Propaganda ist doch einfach Werbung.«

»Ja, schon, aber wer Propaganda betreibt, diskutiert nicht. In der Politik darf es so weit nicht kommen. Goebbels war Propagandaminister, Hassredenverfasser, darum geht es.«

»Schon klar, aber man kann ja auch das Richtige propagieren«, meinte Jon.

»Aber was ist das Richtige, Jon? Für uns war das damals sehr einfach, viel zu einfach. Wir waren die Antifaschisten und fertig. Und wir waren wirklich Antifaschisten. Trotzdem hat das nicht gereicht.«

»Aber bei euch ging es ja nicht um Hass.«

»Nicht wie bei Goebbels, das nicht. Aber Hass, Jon, Hass stand auch bei uns im Lehrplan, und zwar wortwörtlich.«

»Woher weißt du das?«

»Ich war in einem Archiv in Berlin. Ich wollte herausfinden –« Benno führte den Satz nicht zu Ende.

»Es war Kalter Krieg«, sagte Jon.

»Ja, weil dieses Hassgerede niemals aufgehört hat.«

Jon überlegte, wie er sich ›Hass‹ im Lehrplan vorstellen sollte. *Dienstag 7./8. Stunde Hass*?

»Jedenfalls«, nahm Benno den Faden wieder auf, »dieses Goebbels-Haus, das muss ein Anti-Propaganda-Ort werden. Wo die Leute Propaganda erfahren, erkennen können und endlich mal ein wirklich kritisches Verhältnis dazu aufbauen. Auf der ganzen Ebene. Dann kann man dort wieder atmen, dann wird das Areal sozusagen entgiftet. Verstehst du, was ich meine?«

»Glaub schon. Du gehst da durch, hörst und siehst alles wie in echt, virtuell eben, und freust dich, wenn du da wieder heil rauskommst. Aber es hat gewirkt.«

»Ganz genau«, sagte Benno. »Ich möchte, dass man hier

eine Hass-Allergie entwickelt. *Eine sanfte Sprache bricht dem Teufel die Knochen*, sagt man in Äthiopien.«

Jon nickte. Das würde er bei Gelegenheit auf der Wiese anbringen, wenn sich dort wieder ein Streit anbahnte.

»Und die JHS? Hast du für die auch schon einen Plan?«, fragte er.

»Ach, weißt du, ich nehme an, dass sehr viele Leute darüber schon nachgedacht haben. So viel Platz, so viele Möglichkeiten. Wir sollten einfach dafür sorgen, dass die alle mal hierher eingeladen werden, dass sie ihre Ideen ganz in Ruhe und ausführlich vorstellen können und dass man ihnen zuhört, wenn nötig, tagelang.«

»Man könnte Bands dazu einladen. Open Air. Platz ist hier ja genug.«

»So etwas zu organisieren, könnte dich dein ganzes – wie heißt das noch mal? Freiwilliges Soziales Jahr? – auf Trab halten.«

»Freiwillig ist gut«, sagte Jon.

»Sag bloß, du hast etwas Besseres vor.«

Jon antwortete nicht. Er ließ seine Blicke über das Gelände streifen. Inzwischen lag die ehemalige JHS nicht mehr im Grünen, sondern im Gelben. Die ersten Bäume hatten tatsächlich auch schon ihre verdorrten Blätter abgeworfen.

»Ob es je wieder regnen wird?«, fragte Jon.

»Sicher. Wenn wir Pech haben, kommt dann alles auf einmal.«

»Open Air wird dann nicht funktionieren.«

»Wir haben wirklich genug Innenräume. Wir müssen halt ranklotzen, dass möglichst bald alles wieder funktioniert.«

»Auch die Dolmetscheranlage?«, fragte Jon. Er überlegte, ob er die Hunderte von Sunnys, die er auf die Kabinenwände geschrieben hatte, ausradieren müsste, Nein, würde er nicht machen.

Benno nickte, auch er in Gedanken versunken.

»Weißt du, was mir neulich durch den Kopf ging?«, sagte Jon. »Dass hier eine Kaffeerösterei stehen könnte. Ich bin draufgekommen, als du gesagt hast, dass man in Äthiopien den Kaffee immer frisch röstet, bevor man ihn aufbrüht.«

»Die Sache ist kompliziert.«

»Warum?«

»Weil das Frisch-Rösten in der Pfanne über der Feuerstelle in Äthiopien fest zum Kaffeetrinken gehört. Es duftet wirklich unvergleichlich, meist gibt man noch Weihrauch dazu. Niemand braucht da kiloweise vakuumverpackten Kaffee. Aber für den Export, da müsste der Kaffee in Äthiopien geröstet werden. Damit mehr Geld im Land bleibt. Im Fair-Trade-Handel muss die nächste Stufe gezündet werden, will ich damit sagen.«

»Sprich nicht von zünden«, sagte Jon.

Benno lachte.

»Aber wenn man hier nur so eine Rösterei zur Anschauung machen würde? Mit Informationen zum Kaffeehandel?«

Benno nickte. »Gar keine schlechte Idee, Jon, gar keine schlechte Idee.«

Mit den Eintrittsgeldern ließe sich der Erhalt der alten Kaffeesorten in Äthiopien fördern. Und manches mehr.

Jon sah diese Rösterei vor sich. ›Bogensee-Kaffee‹ würde auf den Packungen stehen.

Benno fasste sich an den Arm, ließ ihn gleich wieder los.

»Da muss eine Salbe drauf«, sagte Jon, »mehrmals täglich. Wie hieß die noch, irgendwas mit atmungsaktiv. Vielleicht gibt's die in der Apotheke. Lass uns eine suchen.«

»Bepanthen. Ich habe die mitgenommen. Sie lag auf dem Nachttisch.«

»Gut, dass du wieder klar im Kopf bist.«

»Hm.«

»Ich habe ihnen gesagt, es war Knabenkraut. Was war es wirklich?«

»Khat. Abessinischer Tee. Eine Sache für sich. Ich bleibe jetzt bei Kaffee. Versprochen.«

»Jon?«

»Ja?«

»Danke.«

Jon nickte. »Ich geh dann mal«, sagte er. Er hatte kaum ein Auge zugetan. Egal, wie heiß es im Bauwagen war, er würde sich jetzt dort aufs Ohr legen und schlafen, schlafen, schlafen.

Die Gefahr war gebannt. Jemanden, der über ein Anti-Propaganda-Haus, ein ausgeklügeltes Fair-Trade-System und über den Erhalt alter Kaffeesorten sprechen konnte und der gerade den Plan gefasst hatte, mit einer sanften Sprache dem Teufel die Knochen zu brechen, den konnte man getrost mit sich allein lassen.

Ich weiß nicht, Jon, ich weiß nicht. Ich weiß nicht, was ich noch schreiben soll, wenn du nicht antwortest. Ich bin keine Travel Bloggerin. Ich bin deine Freundin. Oder etwa nicht? Sunny.

8

BENNO

Fluchtlinien

Lange schon stand Benno am offenen Fenster seines Zimmers und schaute hinaus. Er sah nicht, was er hätte sehen können. Birken, Buchen und Kiefern. Er sah das Wogen der hohen Khatsträucher vor sich. Ihr helles, durchdringendes Grün.

Khat. Lange hatte er dem widerstanden, als in der Zeit nach dem Sturz der Militärregierung, in jenen Jahren, als die Kaffeepreise fielen, in den Plantagen die schnell wachsenden Sträucher mit ihren leicht zu erntenden Blättern, die schnellen Profit und schnellen Rausch versprachen, die Kaffeebäume zu ersetzen begannen und die grünen Blätter bald in aller Munde waren. Und dann hatte er sich doch öfter, als er wollte, einer Runde angeschlossen, in der die Blättchen von den Stängeln gezupft und gekaut wurden, und bereits im Kauen und Saugen das Leben leichter wurde. Bis die Müdigkeit sich einstellte.

Dieses Mal war es eine maßlose Müdigkeit gewesen. Eine, die verhindert, dass man aufsteht und ein oder zwei Schritte macht. Oder einen Eimer Wasser holt. Eine Lebensmüdigkeit, die ihren Namen verdiente. Eine Müdigkeit, die nicht nur den Kopf oder die Beine oder auch Kopf und Beine, sondern den ganzen Menschen mit Haut und Haar und Herz erfasst. Er kannte diese Art Müdigkeit, in die eine Hochgestimmtheit jäh umschlagen konnte. Und er wusste auch, wie gefährlich das war, nur dass ihm Gefährlichkeit mit den Jahren ziemlich egal geworden war. Und wann hatte es überhaupt einmal eine Hochgestimmtheit gegeben in letzter Zeit? So eine wie diese, die ihn ergriffen hatte, als hier auf einmal eine Frau aufgekreuzt war, wie eine Fee, alles im Gepäck, was man sich nur wünschen konnte, in seiner Situation: eine Stelle, ein Einkommen, aber vor allem Freiheit, tun und lassen zu können, was er wollte. Etwas für die Gebäude tun zu können und zu verhindern, dass sie in falsches Fahrwasser geraten würden – war perfekt. Geradezu angebiedert hatte er sich, indem er Sächsisch gesprochen hatte, dachte Benno. Wie aus einem jahrelang antrainierten Reflex heraus hatte er sich blitzschnell an die Situation angepasst, hatte bewusst einen Vorteil daraus gezogen, dass er etwas konnte, um nicht zu sagen, immer noch beherrschte, aber es war gelogen, weil bei ihm zu Hause gar nicht Sächsisch gesprochen wurde, seine Mutter stammte aus dem Jerichower Land, und seinem Vater, den er nie bewusst hatte sprechen hören, hätte er nur eine sachsen-anhaltinische Mundart ablauschen können, denn der stammte aus der Colbitzer Heide. Dennoch war er in die Mundart von Frau Kawenke gefallen, um ihr nach dem Mund zu reden. Er, dem man, bei Licht betrachtet, hätte sagen müssen: *Bringen Sie erst mal Ihre Personalien in Ordnung, dann können wir weitersehen. Vielleicht beim nächsten Mal.* Stattdessen hatte er durch kluges Taktieren die Dinge vorangetrieben und nahezu unter Dach und Fach gebracht.

Pass und Konto. Das Übliche. Sie wissen schon. Was wusste sie schon? Dass es auf der Welt, auch am Bogensee, Leute gab wie ihn? Die aus unerfindlichen Gründen mit wechselnden Namen und ohne Konto unterwegs waren? Würde sich jetzt alles, was diese charmante, ignorante Fee im Gepäck hatte, in Luft auflösen? Und mehr noch, müsste er, verdächtig geworden, wieder aufbrechen, Jon sich selbst überlassen und alles, was sie angefangen hatten, aufgeben, weil er es im Leben nicht geschafft hatte, der zu sein und zu bleiben, der er war? Würde das nie aufhören? Er, ein ständig Ausgereister. Nein, ein ständig Ausreisender. Einen ständig Ausgereisten konnte es gar nicht geben. Das hatte der Staatsapparat erfunden und in seinem Hochmut und Hass die Sprache vergessen, es versäumt, die Sprache selbst zu befragen, die darüber informiert hätte, dass sie, die gesprochene Sprache, das Partizip II eigens erfunden habe, um anzuzeigen, dass Handlungen einen Abschluss gefunden haben. Aber wenn etwas *ständig* ist, also fortwährend geschieht, dann hatte es eben gerade keinen Abschluss (was er zu hundert Prozent durch Erfahrung bestätigen konnte), und deshalb müsste in diesem Fall das Partizip I herhalten: Benno Weber, ein ständig Ausreisender. Ein ständig Ausreisender ist nicht einfach immer auf Achse, er ist einer, der eine Grenze nie ganz überschreiten können wird. Wir müssen uns Sisyphos als einen ständig Ausreisenden vorstellen.

Er hatte nicht weitergewusst. Er hatte an die Tüte mit Khat gedacht, um die er nicht gebeten hatte, die ihm zugespielt worden war, *einem wie ihm*. Warum sollte es sich *einer wie er* nicht etwas leichter machen? Warum nicht? Viel mehr hatte er wohl nicht überlegt, höchstens, dass die Wirkung nicht mehr stark sein könne. Er konnte sich auch nicht daran erinnern, dass es den Euphorie-Flash überhaupt gegeben hatte, nur dass der Absturz bemerkenswert war, bevor er auch den nicht mehr wahrgenommen hatte. Vielleicht war das Kraut auch versetzt gewesen, mit irgendeiner anderen Droge. Auch jetzt hatte er nur noch eine dunkle Erinnerung an die bange Stimme des Jungen, die verschiedenen Stimmen im Krankenhaus. Nach einem frühmorgendlichen Gespräch mit einer Schwester hatte er begriffen, dass er glimpflich davongekommen war. So weit alles in Ordnung, hatte sie zu ihm gesagt. Narben würden bleiben. »Aber meine Güte«, meinte selbst sie, »Narben – wenn es nur das ist! Und bei Ihnen wird es ja eh nur eine unter anderen sein. Wo haben Sie die bloß alle her?« Sie hatte nicht auf eine Antwort gewartet, sondern war mit ihrem Verbandszeug rasch aus der Tür. Sie hatte zu tun.

Er war aufgestanden, hatte sich angezogen, die Salbe, die neben seinem Bett auf dem Tisch lag, eingesteckt und war gegangen. Das war das, was man tat, *wenn so weit alles in Ordnung war*. Er musste nach dem Jungen sehen, ob mit dem auch so weit alles in Ordnung war. Der Morgen war noch jung, und er lief und er lief und er lief, Bahnübergänge und Waldwege und hier und dort ein Stück an der Straße, hinter der Leitplanke. Das Laufen tat ihm gut. Er hatte kaum Schmerzen. Im Laufen ließen sich seine Gedanken ordnen. Er musste sich seiner Staatsangehörigkeit beziehungsweise seiner Staatenlosigkeit stellen.

Er telefonierte. Die Rechtslage war unerwartet, nicht unkompliziert, aber eindeutig. Er war nicht staatenlos, er war nie staatenlos gewesen. Man hatte ihm seine Ausweispapiere genommen, ihm ein befristetes Visum gegeben, aber eine Einreisegenehmigung machte noch keine Staatsangehörigkeit, und in Äthiopien hätte man keine Veranlassung gesehen, ihn einzubürgern. Etwa weil er die Sprachen des Landes sprach? Oder weil er eine gebürtige Äthiopierin liebte? Einer, der bereits einmal die Liebe und Fürsorge eines sozialistischen Bruderlandes verraten hatte?

Die längste Zeit war es ihm egal gewesen, dass er keine Papiere hatte. Was sollte er mit Papieren? Die hätten ihm nicht geholfen in seinem Kampf gegen das Gespinst von familiärer Feindseligkeit und der schmerzlichen, der unfassbaren Metamorphose von Alemee. Erst später, als seine Wanderschaft begann und unaufhörlich wurde, hatte er immer wieder mit fehlenden Papieren zu tun. Aber immer gab es eine Lösung. Es war keine so große Sache gewesen; bis zur *Wiedereinreise*. Hatte er gedacht. Aber tatsächlich war er ja deutscher Staatsbürger geblieben. So hatte das bundesdeutsche Gesetz es immer schon vorgesehen, und es würde sich die Sache nicht rückwirkend noch einmal anders überlegen. Hatte er eben einen jahrzehntelangen Umweg über Ostafrika gemacht. Das war egal. Jetzt würde er ein Passfoto machen und Papiere anfordern, und dann würde er einen Personalausweis als der gebürtige Leipziger Benno Weber erhalten und eine Kopie davon Frau Kawenke überreichen. Mit dem Personalausweis würde er bei der Sparkasse ein Konto eröffnen können, und auf dieses Konto würde, zumindest eine Zeitlang, ein monatliches Einkommen fließen, dafür, dass er seine Erfahrungen mit Propaganda und Gegenpropaganda, seine Einsichten darin, was Fair Trade bedeutete und bedeuten könnte, in Projektideen übersetzen würde. Übersetzen war schließlich sein Metier. Sprechen, erklären und verstehen und ausprobieren, was sich anders und besser sagen ließ, geduldig abwarten, wie einmal begonnene Sätze weitergehen würden. Und nie wieder Hass. So hatte er es Jon erklärt.

Mein Gott, dieser Junge. Aufmerksam, mutig und entschlossen. Hatte ihm wahrscheinlich das Leben gerettet. Die Erleichterung, ihn wohlbehalten zu sehen, war unbeschreiblich gewesen. Wie er aus dem alten Jeep gestiegen war, den er gar nicht fahren durfte, mit dieser Sorge im Gesicht, die sich als grundlos herausstellte und ihm dann eine Mischung von Erleichterung und Wut ins Gesicht schrieb. Geistesgegenwärtig war er gewesen. Geistesgegenwärtig war eigentlich das Beste, was man über einen Mann sagen konnte, dachte Benno.

Es erstaunte ihn nicht, dass er jetzt, genau jetzt, Jon über die Wiese zum Lehrgebäude gehen sah. Er trug einen Korb mit losem Elektrozeug ins Foyer, das sie zum Recyclinglager erklärt hatten.

Er verspürte ein tiefes warmes Gefühl von Freundschaft. Wenn man in Afrika einen Freund hatte wie diesen, ergriff man beim Wiedersehen die Hände, hielt sie lange fest, fragte nach der Familie, ob sie den Frieden hat. Ob jedes einzelne Familienmitglied den Frieden hat. Das höchste Gut. So viel Zeit musste sein. Wenn er Jon einmal aus den Augen verlieren und dann wiedersehen würde, würde er lange seine Hand halten und nach dem Frieden fragen, und nach seinem Glück. Vielleicht auch nach Sunny.

Benno verließ sein Zimmer und folgte Jon ins ehemalige Lehrgebäude hinein. Sie waren gerade dabei, die absolut nicht verwertbaren Teile in großen Säcken hinauszutragen, als sie ein Auto, unverkennbar ein alter Verbrenner, langsam, quasi suchend, über den Hof fahren hörten. Von Weitem sahen sie, wie das Auto anhielt und zwei Leute ausstiegen und sich umsahen. Sie gingen auf einen alten Mann zu, der auf einer niedrigen Mauer im Schatten Platz genommen hatte, das Kinn auf die übereinanderliegenden Hände gelegt, die einen Gehstock hielten. Der alte Mann schob seine Schirmmütze in den Nacken, zum Zeichen, dass er zuhörte. Dann hob er den Stock und deutete damit auf ihn und Jon. Mit einer Na-was-fragste-da-sind-sie-doch-Geste.

Niels. Niels und Caro. Benno lief auf sie zu. Er wollte ihn in den Arm nehmen, weinen wollte er, je näher er kam, desto unmöglicher wurde das. Aber ein Lächeln war möglich, ein Nicken. *Hier sind wir dann mal.* Benno konnte nicht sprechen.

»Ich bin sein Bruder«, sagte Niels zu Jon.

Benno stürzten Tränen in die Augen. Er wusste nichts anderes, als den Kopf zu senken und mit der Hand übers Gesicht zu fahren.

»Hast du auch Geschwister?«, wandte sich Caro an Jon.

»Ja, zwei Schwestern. Zwillinge.«

»Wirklich? Eineiig?«

»Ja, ich kann sie praktisch nicht auseinanderhalten.«

»Irre. Zeigste mir mal, wie das hier alles ist?«

»Kann ich machen«, sagte Jon, und Benno sah, wie Jon seinen Blick suchte. Er nickte ihm zu, und die beiden setzten sich Richtung Lehrgebäude in Bewegung.

»Lass uns zum See gehen«, sagte Benno zu Niels, als er sich gefangen hatte. Eine Weile liefen sie schweigend nebeneinanderher. In der Hitze verströmte der Wald einen so intensiven Duft, dass einem fast der Atem stockte.

»Du wolltest ja wissen, was passiert ist«, setzte Niels an. »Ich fand, du hattest kein Recht darauf. Aber dann hat mich Caro neulich gefragt, ob ich nicht vielleicht etwas mehr ein Bruder sein will als ein Richter.«

Benno nickte. Ein Engel auf Erden. Sagt das Richtige zur rechten Zeit. *Danke, Caro.* Ja, er wollte wissen, was passiert war. Er hatte darauf verzichtet, meterweise weitere Akten zu bestellen. Und wollte es doch wissen. Aus einem Mund. Aber er wollte kein Interview führen, er war nicht von der Zeitung, er war Niels' Bruder. Also erzählte er, warum er ihm als Bruder verloren gegangen war. Diese Liebe, begann er, zwischen ihm und Alemee, die sei etwas Absolutes gewesen. Und wenn etwas Absolutes von etwas Schlimmem heimgesucht wird, dann ist es absolut schlimm. Und so war das gewesen. Sie konnten nicht miteinander leben, er hatte aufbrechen müssen, und er musste gehen und gehen und gehen, damit er nicht zusammen- oder besser gesagt auseinanderbrechen würde, und er sei nur noch dieses Gehen gewesen, angetrieben von seinem eigenen Schatten, der immer mehr mit ihm verwachsen sei, sodass er sich jahrelang wie sein eigener Schatten gefühlt habe, von jeder Lichtquelle abgewandt. Kein Sohn, kein Bruder, ein Schatten.

Niels nickte. Man sah ihm an, dass er die Sache mit dem Schatten sofort verstand, aber in seine eigene Welt hinein vermitteln musste, die ihre eigenen Schatten hatte. Es dauerte, bis er selbst anfing zu sprechen.

Es war passiert, dass Niels sich in einem Eisenbahnabteil versteckt hatte und im Alter von fünfzehn Jahren ein Republikflüchtiger geworden war. Er hatte Benno nachreisen wollen. Mit der Eisenbahn. Von Taucha über Leipzig nach Magdeburg, von dort in den Interzonenzug, vor Marienborn unter die Bank, wiederauftauchen in Helmstedt, von Helmstedt nach Hannover, von Hannover nach Hamburg und von Hamburg als Schiffsjunge nach Dschibuti. Dort würde Benno ihn dann abholen. Wieder und wieder hatte er das durchgespielt. Nichts und niemand würde ihn davon abhalten können. Er schaffte es bis kurz vor Marienborn. Die bereits zugestiegenen Grenzer zogen ihn unter der Bank hervor und überstellten ihn unverzüglich an die Jugendhilfe. Ihr *Wen haben wir denn da?* hatte sich wie eine Tonspur in ihn eingebrannt. Schmerzhafte, sehr schmerzhafte Erinnerungen. Schatten, sagst du. Ja. Schatten. Unsere Mutter? Die Mutter eines Ausgereisten und eines Flüchtigen, was sollte die erreichen? Nichts konnte sie mehr erreichen, diesmal nicht. Auch sie war inzwischen ein Schatten ihrer selbst geworden. Für ihre Famile war die DDR ja wohl eine Schattenmacherin gewesen, letzten Endes, sagte Niels. Eines Tages sei sie einfach zusammengebrochen. Nein, nicht die DDR. Das heißt, die natürlich auch. Nein, die Mutter. Und keiner wusste, wieso und warum, medizinisch gesprochen. Und keiner konnte sie wiederaufbauen. Das Medikament, das ihr helfen konnte, gab es nicht. Vielleicht hatte sie diese Lücke gesucht und gefunden. Sie war in eine Welt abgetaucht, in der es endlich keine Verhängnisse mehr geben würde. Und er selbst, sagte Niels, war dann ja auch vollkommen zusammengebrochen. Schlaflos sowieso, lichtscheu, seitdem das Licht in seiner Begrüßungszelle in Torgau nicht ausgestellt worden war. Nach diesem Zusammenbruch war auch er abgetaucht in eine andere Welt. In eine Souterrain-Kneipe. Dort hatte er es einigermaßen aushalten können.

»Dann hat Caro mich gefunden.«

Benno fand, dass es wahrscheinlich keine bessere Formulierung gab als diese. Dass dieser Engel mit dem toupierten Haar eine Seele zu retten beauftragt worden war: Niels, Leipzig, Souterrain. Sie hatte ihn gefunden.

Sie hatten den ganzen See umrundet, waren wieder auf dem Gelände angelangt und sahen Jon ein Tablett mit Tassen und Tellern ins Seminargebäude tragen.

»Ist Caro nicht bei dir?«

»Nein, sie wollte noch allein ein bisschen rumlaufen, hat sie gesagt. Und ich hatte ja noch –«

»Aber im Grunde müsste sie –«

»Eigentlich ist sie immer –«

Sie war nicht da. Es gab bei Licht besehen keinen Grund zur Beunruhigung. Caro war eine Frau, die, vollkommen bei Sinnen, an einem heißen, aber ansonsten meteorologisch völlig unauffälligen Tag spazieren gegangen war oder sich ein Plätzchen für eine kleine Mittagsruhe gesucht haben mochte, und dennoch hing mit einem Mal Verlust und Verhängnis wie eine dunkle Wolke am Himmel, am makellos blauen Himmel.

»Wir teilen uns auf«, sagte Benno.

Er wusste nicht, ob er nicht doch selbst Angst verspürte oder ob sich nur die Panik, die er in Niels' Augen sah, auf ihn übertrug. Auch Jon musste sie unmittelbar gespürt haben, denn er stellte das Tablett mit den Tassen direkt vor sich auf den bröckeligen unebenen Betonboden und wartete auf die Kommandos eines Suchtrupps, dessen Bildung, das war klar zu spüren, unmittelbar bevorstand.

»Wir müssen zuerst zum See. Ich weiß gar nicht, ob sie schwimmen kann.« Niels' Stimme kippte.

»Hey, sie geht doch nicht einfach schwimmen, sicher nicht, sie hätte uns Bescheid gesagt, wir hätten sie gesehen.« Benno suchte Niels' Blick, um ihn zu beruhigen.

»Aber wir schauen lieber nach«, sagte Jon. Auch er hatte die Angst in Niels' Augen gesehen. Eine unverhältnismäßige, eine sehr ernst zu nehmende Angst. »Ich laufe schnell runter zum See.«

Niels zögerte.

»Ich bin ein ziemlich guter Schwimmer«, setzte Jon nach.

Niels nickte. »In Ordnung. Und wir teilen uns auf.«

Benno hätte sich gevierteilt, um Niels die Angst zu nehmen. Niels lief die östlichen, er die westlichen Gebäude ab. Vor dem Seminarhaus trafen sie sich wieder. Sie hatten keinen Menschen gesehen. Jon kam vom See her im Dauerlauf auf sie zu.

»Nein, dort ist sie nicht, sicher nicht.«

Sie liefen weiter und nahmen sich vor, die Waldwege systematisch abzugehen, wenn Caro auf dem Gelände nicht auftauchen würde.

»Vielleicht hat sie sich etwas gebrochen – oder –«, sagte Niels und lief vorneweg.

Benno sah Jon an. »Bist du wirklich ein so guter Schwimmer?«

»Eher so mittel«, sagte Jon. »Aber es war so klar, dass sie nicht am See sein würde.«

Benno sah sie zuerst. Er kannte die Ecken und Winkel am besten. Im schmalen Schatten einer Birke saßen zwei Gestalten auf einer Treppe: Caro und der alte Mann, in ein leises Gespräch vertieft.

Der Engel und der Kobold, dachte Benno.

Niels war dem Weinen sehr nahe, aber er weinte nicht. Er hustete, er strich sich durch die Haare, er krampfte seine Hände in die Arme, aber er weinte nicht. Schließlich setzte er sich. Caro strahlte ihn an.

»Habt ihr mich etwa gesucht? Ich hab die Zeit ganz vergessen. Wir unterhalten uns gerade so gut.«

Caro, die Kommunikationskünstlerin, fasste mit leichter

Hand zusammen, dass der gute Mann hier einmal als Hilfsgärtner gearbeitet hatte, aber nur ganz kurz. Er wollte dann doch nicht in der Nähe von dort sein, wo der Goebbels gewesen war.

»Ja, ja, so war das«, sagte der alte Mann. Seine Eltern, die hätten ihm gesagt, bleib' da, der Goebbels ist lange tot. Aber sein Mädchen wollte das nicht, sie fand ja die Frau vom Goebbels noch unheimlicher als den Goebbels, und auf sein Mädchen, da hat er gehört.

»Wo ist dein Mädchen jetzt?«, fragte Caro, sehr sanft.

»In unserem Häuschen, wo sonst? Bei denen ihrer Wiese da um die Ecke.« Mit dem Stock deutete er leicht in Jons Richtung.

»Den verrückten Städtern.« Er lächelte. »Mein Annchen. Sie kann nicht mehr so weit, aber ihren Garten hält sie tipptopp. Kann euch Tomaten mitbringen, wenn ihr wollt. Habt ihr sicher noch nicht gegessen, solche Tomaten.«

Benno lehnte sich an die Mauer, holte tief Luft. Vor Erleichterung zitterten ihm jetzt die Beine. Er sah Michi, den Busfahrer, kommen. Der hielt im Gehen inne, wischte sich mit einem großen Stofftaschentuch über die Stirn. Man sah ihm an, dass er unsicher war, ob er einfach dazustoßen durfte. Wahrscheinlich wirkten sie, dicht beisammen im Schatten, wie eine geschlossene Gesellschaft. Benno winkte ihn heran.

»Wir sprechen gerade über Tomaten. Weltbeste Tomaten.«

»Sprich nicht davon. Du weißt nicht, wie gern ich Tomaten esse, mit 'ner kleinen Zwiebel. Ich sag dir was, da brauch' ich nichts dazu.«

Alle nickten.

»Bisschen Schnittlauch vielleicht«, sagte Caro, zupfte an einigen Grashalmen und lächelte.

»Überhaupt ein kleiner Stand mit was zu essen, jetzt, wo

immer mehr Leute hier auftauchen. Stimmt doch, oder? Hab' was läuten hören. Hab' ich übrigens schon länger im Kopf, so einen Imbiss. Aber wem sagste so was. Hört ja keiner mehr zu heutzutage. Tomaten, Scheibchen Brot, 'ne Nussschnecke und 'n Tässchen Kaffee. So einen, wie du ihn machst, Benno. Das heißt, der Junge hier macht das ja jetzt auch schon ganz ordentlich.«

Jon nickte.

»Ach, könnt' ich mir gut hier vorstellen«, sagte Caro, »ein kleiner Kiosk oder so ein Marktwagen, wisst ihr, was ich meine? Leider kann ich nichts mit Essen. Ich kann nur Kabel.«

Benno sah Caro ungläubig an. »Kabel«, sagte er. Ein Engel mit einer Elektrikerausbildung.

»Und ich kann nur Soljanka«, meinte Niels, »aber die kann ich. Hab ich für die Kneipe gelernt. Sogar mit Gastro-Erlaubnis.«

Der Busfahrer sah Niels an wie eine Erscheinung. »Soljanka –«, meinte er. Er sah Benno an, dann den Jungen. Was braucht man jetzt noch mehr?, sagte dieser Blick. Also er, seinesteils, denke da an einen dieser Catering-Busse.

Ja, genau an so etwas habe sie auch eben gedacht, warf Caro ein.

Und er wüsste auch, wo es so etwas gibt. Für lau. Na ja, fast, sagte Michi.

Benno sagte nichts, dachte an Fela. Wie gut der in diese Runde passen würde.

Also, er muss jetzt mal wieder, meinte Michi. Aber er würde mal fragen. Wie gesagt, fragen kostet nichts: »Und wenn er Soljanka kann und sie Kabel, und er Kaffee, und er hier, er kassiert vielleicht, und das alles mit den Tomaten von seinem Mädchen. Junge, Junge.«

Noch während er sprach, drehte er sich um und lief zum Bus, seine Pause war eigentlich schon zu Ende. Aber wann wartete schon einmal jemand an dieser Haltestelle? Demnächst vielleicht.

Kurz danach brachen auch Niels und Caro auf. »Wir kommen bald wieder«, sagte Caro. »Ich hab mir eure Kabelsammlung angesehen. Könnte man manches brauchen. Bloß nichts wegwerfen.«

Benno und Jon schüttelten den Kopf. Nein, hatten sie nicht vor. Sie winkten zum Abschied.

»Es sieht so aus, als ob etwas in Gang gekommen ist«, sagte Benno.

»In den ersten Gang«, sagte Jon.

»Sei froh, dass du bei mir nicht auf Automatik gelernt hast«, sagte Benno, »dann unterschätzt man nämlich gern die Verhältnisse. Völlig richtig, Jon, erster Gang.«

»Und dann rechtzeitig in den zweiten und die Kupplung kommen lassen, aber mit Gefühl.«

»Ganz genau. – Ich dreh mal noch eine Runde«, sagte Benno.

Eine Runde drehen, dort, wo das warme Licht des Abends durch das Blätterdach fiel und seltsam schöne Muster auf den Waldboden warf. Leuchtende Rauten und Quadrate, Rechtecke, Dreiecke, wie exakt berechnet und doch in ihren Proportionen sich fortwährend leicht verschiebend, in nicht vorhersehbarer Weise. Geschah das durch einen sachten Hauch in den Blättern, oder war es nur seine eigene Bewegung, die den Blickwinkel verschob und eine Art verrückende Geometrie betrieb?

Wie es wohl wäre, wenn jetzt Alemee wieder an seiner Seite ginge? Eine Alemee, mit der er langsam älter geworden war, die Kinder (wie viele?) aus dem Haus, sie beide in ihrem Arbeiten und Schaffen noch stark und freier denn je. Ihre Themen unerschöpflich wie ihre Liebe.

Warum hatte er nie aufgehört, sie zu lieben? Er fand keine

Antwort und musste sich fragen, warum nicht. Die Frage war falsch gestellt, dachte er. Sie musste lauten: Warum ist die Frage, warum man aufgehört hat zu lieben, eine falsch gestellte Frage? Eine Frage, die es eigentlich nicht geben kann, weil in dem Moment, wo man aufhört zu lieben, es womöglich nicht um Liebe geht und nie um Liebe gegangen war, weil die Liebe von Anfang an das Unaufhörliche in sich hat. Weil Liebe, im Unterschied zu Verliebtheit oder Liebelei oder Love Affair, in einem ein Licht entzündet, das man, solange man atmet, am Leben erhält. Vielleicht wird die Flamme mal kleiner, mal größer, mag sein, sie brennt eine Weile unbeachtet, oder man hat sich an ihre Wärme und ihr Licht mehr gewöhnt, als man sollte, aber sie brennt. Wenn man liebt, hat man es nicht mehr in der Hand. Wege trennen sich, Menschen verschwinden, Menschen sterben, aber das heißt nicht, dass man aus der Liebe entlassen wird. Die Liebe, die sich einen Menschen gesucht hat, besser noch zwei, erhält sich mit Herzschlägen und Atemzügen. Wenn sie erst mal da ist, bleibt sie. Nicht verhandelbar. Liebe ist die radikal Autonome unter den Gefühlen. Und wie alle und alles Autonome dieser Welt nicht zurechtzubiegen, und schon gar nicht in einen Kreis – dachte Benno, als er an der Stelle am See angelangt war, wo er viele Male mit Alemee gesessen hatte. Die Liebe, die mit Alemee in sein Leben eingezogen war, war geradlinig, ohne Schnörkel, Winkel, Vorbehalte. Und wie jede Gerade hatte sie mit Zielpunkten oder Selbstaufgabe nichts zu tun, nur mit Unendlichkeit. So viel Geometrie hatte er noch im Kopf.

In Mekele hat er eine Frau getroffen, die fünf Kinder hatte, die sie sehr liebte. Wenn sie selbst ihre Kinder zählte, zählte sie neun. Die fehlenden vier waren Fehlgeburten gewesen. Mit der zärtlichsten Liebe hatte sie diese vier vor der Zeit Geborenen in ihr Herz geschlossen; nicht nach den Maßstäben der äußeren, aber doch nach denen der inneren Zeit waren sie mitgewachsen in einer Flut von Liebe. Es brauchte die Anwesenheit nicht, keine Gegenwärtigkeit, um sie ganz und gar in diesem Leben sein zu lassen. Es müsse sie sehr schmerzen, hatte Benno gesagt, weil er von sich auf sie geschlossen hatte, und sie hatte ihn *entgeistert* angesehen. Natürlich schmerzte es, es schmerzte maßlos. Aber tat das etwas zur Sache?

Als Alemee heimgesucht worden war, als sich irgendetwas ihrer bemächtigt hatte, als jeder einzelne Zug, den er an ihr kennen- und lieben gelernt hatte, etwas Fremdes annahm, da hatte er, durch diese Verfremdung hindurch, versucht, jede geliebte Einzelheit vollkommen zu erfassen und in seiner Erinnerung aufzubewahren. Er hatte sich Alemee wie ein Mosaik zusammengesetzt und fest eingeprägt. In der ersten Zeit nach seinem Fortgehen meinte er, an dieser Erinnerung zugrunde gehen zu müssen. Denn das feste Bild in seinem Inneren spannte die Sehnsucht immer stärker auf. Eine Sehnsucht nach Rückverwandlung *und* nach Nähe. Nach ihrer Haut, nach ihrem Atem, nach ihren Lippen und der Linie ihres Halses. Begegnungen mit anderen Frauen hatten nichts, gar nichts daran geändert. Einige Male hatte er gedacht, hatte er gewünscht und erhofft, ja, hatte er es erzwingen wollen, dass sich dies ändern solle, immer dann, wenn eine sanfte, eine strahlende, eine gutmütige, eine starke, eine humorvolle Frau ihm nahekam. Aber er schaffte es nicht.

Was er an Alemee besonders geliebt hatte, war ihre Entschiedenheit. Sie hatte ein starkes Rückgrat; auf berückende Weise fehlte es ihr an sozialer Geschmeidigkeit. Stolz wäre das falsche Wort gewesen für diese kluge Wachsamkeit – die sie fallen ließ, wenn sie vertraute. Ihm hatte sie vertraut. Als alles anders wurde, damals, war es nicht so, dass sie gebrochen war, sondern ihr starkes Rückgrat wurde von falscher Seite in Gebrauch genommen – was immer es war, ein Zār, ein Virus, ein alter Schrecken, die Macht ihrer Brüder, die Hysterie ihrer Mutter, die Depression ihres Vaters – ihre

Stärke wendete sich gegen sie selbst und gegen ihn. Alles, was sie gewünscht, geplant hatten, zerbrach. Die Liebe war davon unbeeindruckt. Sie hielt stand. Mochte sich ein Zār daran die Zähne ausbeißen.

Jetzt hatte er Alemees Stimme vernommen, ihre Lieder, dicht an seinem Ohr, einen ganzen Sommer lang. Alemee selbst hatte das Mosaik, das viel zu feste Sehnsuchtsbild wieder lebendig gemacht, ihm Leben eingehaucht und das schmerzhafte Ziehen wieder in ein Liebesgespräch verwandelt; es würde nicht enden.

Er würde diese Gedichte samt Übersetzung dorthin senden, wo eine Chance bestand, dass sie Alemee erreichen würden. Deine Gedichte sind gerettet, würde er schreiben. Der Weg war weit, die Berge waren hoch, die Täler tief, die Flüsse reißend, die Brücken standen in Flammen, aber hier sind sie. Ich habe sie in meinem Zimmer am Bogensee übersetzt. Glaub' es oder glaub' es nicht: Es gibt hier keine Zäune mehr. Aber einen Jungen, Jon, der liebt ein Mädchen, Sunny. Es gibt Platz für eine Jabana im Sand. Viel Sand. Es ist seit Langem trocken hier. Ich bleibe noch eine Weile, würde er schreiben. Sicherlich noch eine Weile.

Würde sie – hatte sie nicht nur auf ein Zeichen gewartet, auf einen Absender und eine Adresse? – in einen Überlandbus steigen, nach Addis Abeba, zum Bole Airport, von Bole Airport nach Ostberlin, das jetzt bloß noch der Osten Berlins war, aber immer noch Schönefeld, und direkt weiter nach Wandlitz und von Wandlitz mit Michis Bus zum Bogensee reisen? Denkbar und undenkbar zugleich. Unwahrscheinlich. Aber möglich. Prinzipiell möglich. Er hatte beschlossen, mit Möglichkeiten zu leben. Mit diesen unerschöpflichen und unberechenbaren Möglichkeiten der Liebe.

ALEMEE

Viertes Lied

Ich seh dich, ich sitz am Fenster, ich seh dich
Im Westen die Sonne macht dir lange Schattenbeine
Mit solchen Beinen steigen wir über jeden Zaun
Komm, mein Geliebter, wandern wir auf das Land
schlafen wir in den Dörfern
Denn hier sind wir nicht allein
Die Gefährten lauschen dir. Flieh, mein Freund!
Aber nimm mich mit
Ich will nicht
Des Nachts auf meinem Lager suchen müssen, den meine Seele liebt
Schon geht die Sonne unter und stiehlt dir die langen Beine
Gut, dann nehmen wir eben den Wind
Nein, nicht den Westwind, Klassenfeindwind
Wir nehmen den Ostwind, König Salomons liebstes Pferd
Mein Gott, Salomon, dieser sagenhafte Liebhaber
musste die Königin von Saba überlisten
mit einem so billigen Trick
Aber das mit dem Monsun hat er wirklich schön gesagt
Wenn er es gesagt hat, wer weiß das schon
Mein Liebster hat nicht siebenhundert Frauen
und dreihundert Bräute, nur mich
Nicht weniger eine nubische Prinzessin
in einer nubischen Nacht
von der Art wie Mose sie pries, er hatte einen Sinn dafür

Mose, was sagst du zu den Füchsen in der Nacht?
Wie sie ihre Ohren aufstellen und ihre Augen hell leuchten lassen!
Unsere heimlichen Gärten wollen sie finden, die fruchtbaren Weinberge
Steh auf, Nordwind, und komm, Südwind
Fangt uns die Füchse, die die Weinberge verderben.

9

JON

Lichtung

Aus der großen Zahl der kleinen Unterschiede Kapital schlagen für die Denkmöglichkeiten einer nicht endlichen Reihe – das wäre doch auch ein Ansatz für die Pi-Challenge«, sagte seine Mutter, »ja, das gefällt mir eigentlich ganz gut.«

Jon hatte nur mit halbem Ohr hingehört.

»War Leibniz ein Kapitalist oder sowas?«

Sein Vater lachte heiser auf. »Der war immer genauso klamm wie wir. Musste überall das Geld zusammenklauben, schien ihn aber nicht weiter gestört zu haben. Jedenfalls hat er mehr zu Papier gebracht, als in einem Menschenleben gelesen werden kann.«

»Der Mann wusste einfach zu viel. Sein Wissen tendierte auch gegen unendlich.« Livia Gent füllte Wasser in die kleine Kaffeekapselmaschine nach.

»Vielleicht war er einfach neugierig«, sagte Jon.

»Unter Tage wollte er aber nicht, für seine Bergbau-Windräder. Da hatte seine Neugier ein Ende. Ich lass' das übrigens mit den Windrädern, ich konzentriere mich auf die Dübel.«

»Hm. Sag' mal, Marius, hattest du Zitronen mitgebracht, fürs Sodawasser?«, fragte seine Mutter.

»Nein, es gab keine Bio-Zitronen, nirgends, ich war in drei Läden.«

»Verstehe ich nicht.« Man hörte ihr an, dass sie ihm nicht

glaubte. Irgendeine verschrumpelte Bio-Zitrone hätte er schon aufgabeln können, wenn er gewollt, wenn er sich nur richtig umgesehen hätte.

»Es gibt keine Bio-Zitronen, weil es in Süditalien die Zitrusfruchternte verhagelt hat. Die Bio-Zitronen sind gar nicht erst reif geworden, und die Orangen fallen da gerade mit aufgeplatzten Schalen vom Baum. Scheint eine Krankheit zu sein«, sagte Jon.

»Großer Gott, woher weißt du das denn?«

»Es gab ein YouTube-Video dazu. Es war das letzte, was ich im Handy gesehen habe.«

Seine Eltern sahen ihn an.

»Bevor es in den Wassereimer gefallen ist, wisst ihr doch.«

Die Blicke, die seine Eltern einander jetzt zuwarfen, sagten: ›Hast *du* mitgeschnitten, dass er gar kein Handy mehr hat?‹

»Warum hast du uns denn nicht noch mal was gesagt?«, fragte seine Mutter.

»Also, irgendeiner muss sich jetzt mal darum kümmern«, meinte sein Vater.

»Ein gebrauchtes vielleicht«, sagte Jon. Ihm war klarer als je zuvor, dass Leute, die über den armen Schlucker Leibniz forschten, nicht zu den Kapitalisten dieses Landes gehörten und auch nie gehören würden. Ein gebrauchtes wäre in Ordnung.

Von den Zwillingen kam die Nachricht, dass sie Scharlach hatten, auf eine ungefährliche, aber optisch offenbar sehr beeindruckende Weise. Sie versuchten gerade, in engelgleicher Geduld, herauszubekommen, ob sie exakt gleich viele rosarote Pünktchen hatten, wie es sich für eineiige Zwillinge gehörte. Während das noch nicht sicher war, war sicher, dass sie den Schulbeginn um mindestens zwei, wenn nicht drei Wochen verpassen würden, was insgesamt sehr gut passte.

»Bis dahin muss ich dann aber wirklich fertig sein mit dem Antrag«, sagte Livia Gent. »Und du auch!«

»Woher weißt du eigentlich, dass ich noch nicht fertig bin?«, sagte Marius Gent.

Seine Frau sah ihn fragend an, halb begeistert, halb ungläubig.

»Fast fertig«, sagte er. »Ich muss nur noch zwei Publikationen einarbeiten, die ich mir heute aus der Bibliothek holen werde.«

»Versuch's doch noch mal mit den Bio-Zitronen«, sagte Livia Gent.

Am Abend, als sein Vater auf die Wiese zurückkam, hatte er zwar keine Bio-Zitronen dabei, aber ein Handy, ein neues.

»Teilweise wasserfest«, sagte sein Vater. »Das hat über einen Partner-Vertrag funktioniert. Dass es so etwas gibt! Hat wenig gekostet und wird wenig kosten, du wirst ja nicht gerade nach Afrika telefonieren.«

Nach Afrika telefonieren war sozusagen das Einzige, was Jon wollte.

Jon nahm das Handy, lud es an der Kabeltrommel auf und dachte darüber nach, wie er an die Nummer von Sunny kommen könnte. Darüber, wie sich das Leben mit Handy jetzt wieder anfühlen würde. Er fasste einen Plan. Als der Akku auf hundert Prozent war, ging er Richtung Autobahn, bog in den Wald ab und stieg auf den Hochsitz, an dem er immer vorbeikam, wenn er zum Bogensee lief. Der schien seit einer Ewigkeit nicht benutzt worden zu sein. Zwei leere Flachmänner, *Kleiner Feigling*, lagen dort auf dem Boden und eine Werbebeilage aus einer Zeitung vom Oktober letzten Jahres. Jon ließ sich auf dem Bänkchen nieder und begann, sein Handy einzurichten.

Jetzt war es so weit. Nach wochenlangem Nichtdasein würde er zurückkehren. Mit einer neuen Nummer. Und, wie es ihm vorkam, selbst nicht mehr der alte. Er rief das digitale Telefonbuch für Berlin auf. Irgendwelche Eltern von irgendwelchen Mitschülern mussten dort eingetragen sein. Beim elften Versuch hatte er Glück. Anton Becker. Nicht gerade sein bester Kumpel, aber ein verlässlicher Typ.

»Becker!« Das klang mehr wie eine Drohung als wie eine Meldung.

»Hier ist Jonathan. Ist Anton da? Es ist dringend.«

»Augenblick.«

»Anton? Hier ist Jon.«

»Jon! Sag mal –«

»Anton, wir können später mal quatschen, aber jetzt bräuchte ich dringend den Klassenchat. Alle Nummern. Mein altes Handy ist weg, alle Daten, weißt schon.«

»Klar, Alter, schick ich dir. An diese Nummer?«

»Ja, aber die ist – die ist nur vorübergehend.«

»Alles klar. Wo bist du jetzt –«

»Danke, Anton, hast mir sehr geholfen.« Er legte auf.

Keine Minute später hatte er die Kontakte, darunter den einen, der ihm wichtig war.

Er starrte auf die Lichtung vor ihm, in der sich tatsächlich das allerletzte Licht des Tages versammelt hatte. Deshalb heißt das also Lichtung, dachte er. Schönes Wort, würde seine Mutter sagen. Aber nicht für die Rehe, wenn hier oben der Kleine Feigling sitzt, würde er ihr antworten. Er lenkte sich ab, weil er nicht wusste, was er schreiben sollte. Er hatte ja keine Ahnung, was stattgefunden hatte in diesen Wochen. Wo sie war, was sie dachte, was sie fühlte. Vielleicht hatte sie ihn ja schon komplett vergessen, vielleicht hatte sie eine Mordswut auf ihn.

Er schrieb und löschte. Fast war das letzte Licht der Lichtung verschwunden. Aber sobald er etwas schrieb, spiegelte ihm das Schriftbild zurück, dass es nicht das war, was er sagen wollte.

Er war ungeübt. Noch vor Wochen hatte er Hunderte von Textnachrichten getippt, ohne groß darüber nachzudenken. Jetzt war jedes Wort von Gewicht. Er fühlte einen massiven Abstand zwischen sich und dem kleinen Display vor seinen Augen. Das Emoji, das er gebraucht hätte, war noch nicht erfunden worden.

Er stieg vom Hochsitz runter, ging über die Wiese, einige Male hin und zurück. Dann stieg er die Leiter zum Hochsitz wieder hinauf und schrieb, was er zu sagen hatte, in dreieinhalb Zeilen.

JON
nicht zugestellt!

SUNNY
Flugmodus

JON
erneut versuchen?

SUNNY
zugestellt

10

BENNO

Bogenspannung

Ihr letztes Gedicht hatte Alemee nicht zu Ende geschrieben. Sie musste es nach dem Verhör begonnen haben, ihre Schrift war fahrig, einige Zeilen waren durchgestrichen, Wörter am Rand notiert. Sie musste es in dem Gefühl geschrieben haben, keine Zeit zu haben – kurz nachdem sie begriffen hatte, dass die Staatssicherheit keine Termine machte. Wenn sie da war, war sie da. Jederzeit konnte sie da sein. Zeit zu geben, sich anzukündigen, das war nicht ihre Art.

Benno sah von dem Blatt mit Alemees Gedichtzeilen hoch. Er hatte das Fenster weit geöffnet. Der seit Wochen wolkenlose Himmel erschien ihm wie eine monochrome Kulisse, eine Grundierung, auf die der Theatermaler noch Wölkchen anbringen musste, weil es sonst unnatürlich aussah. Ja, es war unnatürlich. Die Natur gab sich so unnatürlich, dass jeder Bühnenbildner die Hände über dem Kopf zusammenschlagen würde. Während er vordergründig über ein natürliches und unnatürliches Himmelblau nachdachte, erinnerte er sich auf einer anderen, einer viel tieferen Spur daran, wie, als er schon Student in Leipzig gewesen war, seine Mutter ihm eines Tages erzählt hatte, dass man Niels' Eltern an Heiligabend abgeholt hatte, sie quasi unterm Tannenbaum verhaftet und Niels in ein Übergangsheim gebracht hatte. Als sei dem Sicherheitsapparat die Zeit davongelaufen, und auf einmal war es dann eben der Nachmittag des 24. Dezember geworden. Dabei hatten sie die Zeit längst auf ihre Seite geholt, Zeit war ihr Material, ihr Folterwerkzeug, messerscharf berechnet für ihre Zwecke. Für ihre Überredungen, ihre Zersetzungsarbeit oder welche Worte auch immer die Verantwortlichen dafür gefunden haben mochten. Jedenfalls habe ihr diese widerwärtige Gemeinheit jede Angst und alle Bedenken genommen, und sie habe nach Worten nicht suchen müssen, als sie Niels' Aufnahme in die Familie eines heldenhaften werktätigen Verunglückten beantragte und mit einem vorläufigen Bescheid den verängstigten kleinen Jungen aus dem Heim direkt zu sich nach Hause geholt hatte. So sicher war sie gewesen, dass sie ihn mitbringen würde, dass sie für Niels sogar schon ein Bett bezogen hatte. Und Gott sei Dank sei sie ja auch an jemanden geraten, der noch nicht ganz verloren gewesen war, in dem ein Funke Menschlichkeit sich einen Moment lang über die Parteilichkeit gestellt hatte, Gott sei Dank.

Keiner von ihnen beiden war damals davon ausgegangen, dass sie je wieder mit der Staatssicherheit in Kontakt kommen würden. Warum auch? Seine Mutter schwor auf Gewerkschaften und Genossenschaften, liebte die östliche Ostsee, die Musik von Karat, ihren Sohn Benno und ihren Quasi-Sohn Niels. Er selbst liebte die Karl-Marx-Universität Leipzig, die afrikanischen Sprachen, die er gern auch in und für die NATO-befreiten Länder einsetzen würde, außerdem eine erfolgreich in die sozialistische Produktion eingegliederte Schuhverkäuferin, seine Mutter und seinen Quasi-Bruder. Warum sollte die Staatssicherheit sich für die Familie Weber interessieren?

Kommen Sie jetzt bitte mit, werden sie damals zu ihr gesagt haben, nicht anders, als sie es zu ihm gesagt hatten, auf Deutsch, und sie wird es verstanden haben. *Kommen Sie jetzt bitte mit* konnte alles bedeuten. Dass man eine Stunde oder einen Tag oder ein Jahr oder gar nicht mehr wiederkam. Alemee hatte es ihm, kurz bevor sie ins Flugzeug stiegen, beschrieben, dieses Gefühl, ihr Körper würde unter dem Druck der Ungewissheit in eine Spannung versetzt, die jeden einzelnen Muskel, jede einzelne Sehne schmerzhaft überdehnte, jede Sekunde noch ein Stückchen weiter, obwohl sie ja nur saß und saß und saß. Es war ein grausames Spiel, weil man auf der anderen Seite des Verhörraumes genau wusste, was der Plan war. Man hatte exakte Anweisungen, die jemand von ganz oben gegeben hatte, möglicherweise mit einem kleinen Kommentar versehen: *Denen werden wir's zeigen, und dann sind wir sie los, es ist ja sowieso nichts zu machen.* Ausfragen und warten lassen, schweigen und plötzlich fragen, leise reden und auf einmal laut werden. Licht aus, Licht an.

Ungefähr zu dem Zeitpunkt, als sie in einem anderen Gebäude, in einem anderen Stadtteil Alemee mitgeteilt haben mussten, dass sie nach Äthiopien zurückgeschickt werden würde, umgehend, da ideologisch und moralisch ungeeignet für die höchste Bildungsstätte der Freien Deutschen Jugend der Deutschen Demokratischen Republik, musste es gewesen sein, dass sie ihm sagten, er hätte einen Ausreiseantrag zu stellen, der unmittelbar genehmigt werden würde. Von so etwas hatte er noch nie gehört. Er hatte bislang nur von Ausreiseanträgen gehört, die erst gar nicht entgegengenommen wurden, oder die, wenn doch, wieder und wieder verschleppt wurden, um, wenn überhaupt, nach Jahren zu der mündlichen Mitteilung zu führen, man hätte sich übermorgen dort und dort einzufinden zur ständigen Ausreise. Das hatte er immer wieder gehört. Aber von unmittelbarer Genehmigung hatte er noch nie etwas gehört, und erst recht nicht, wenn man keinerlei Anstalten gemacht hatte, ausreisen zu wollen. Er wollte ja nicht. Er fragte nach Alemee. Er bekam keine Antwort. Er wollte, er konnte nicht ohne Alemee sein.

In Aufruhr war er gewesen, durstig und voller Angst. Er hatte nicht gewusst, wie viele Stunden er zugebracht hatte mit Reden und Schweigen, wie oft er von einem Raum in einen anderen verbracht worden war, als ihm jemand einen fertig formulierten Ausreiseantrag auf den Tisch legte und einen Stift dazu, und er unterschrieb, weil ihm sein Kopf, sein auf Hochtouren arbeitender Kopf gesagt hatte, sie werden Alemee nach Äthiopien zurückschicken, und warum sollten sie ihn nach Westdeutschland abschieben, wo er ein Visum nach Äthiopien beantragen und im Zweifelsfall ein Journalist die *Lovestory* groß machen würde und die unbequeme Frage nach Rassismus in der DDR stellen würde, den es offiziell nicht gab. Vielleicht dachte man auch, man könne ihn für Verhandlungen mit Mengistu noch gebrauchen. Sprachkundige wie ihn gab es wenige. Er hatte unterschrieben und den Antrag zurückgeschoben. Vor seinen Augen wurde er genehmigt und gestempelt. Ein surreales Stück war das gewesen, eine Farce. Es war gekommen, wie er es vermutet hatte, als er einen Moment lang in schärfster Konzentration in der Logik der Anderen dachte, ihre Erwägungen und Schlüsse seltsam überklar vor sich gesehen hatte, als hätte er auf einmal einen Draht in den Kopf des Gegenübers legen können. Aber damals hatte er nicht überblickt, was diese Entscheidung, diese Unterschrift bedeutete. Dass nämlich die Zeit aus allen Fugen geraten, dass sie vollkommen aus dem Ruder laufen würde. Dass die Zeit eine Spanne werden würde von Jahrzehnten. Jahrzehnte in einem Land, in dem die Uhren anders gingen, die Stunde null morgens um sechs Uhr, zwölf Stunden später die erste Nachtstunde. Dreizehn Monate, nicht zwölf, Neujahr im September nach dem großen Regen, und das Ganze gerechnet nach Art der Kopten, aber ihrem Kalender zweihundertsechsundsiebzig Jahre voraus, dem gregorianischen Kalender dafür sieben Jahre und acht Monate hinterher. Dass man in Äthiopien zählerisch acht Jahre hinter dem Weltkalender zurücklag, war ihm hin und wieder ein tröstlicher Gedanke gewesen. Als könne man die Uhr eben doch zurückdrehen. Es war, als würde ihm, dem sich, ohne dass er es gewollt oder geplant hatte, die Lebensjahre, eines nach dem anderen, eines wie das andere, zu einer langen Kette unwirklicher Jahre zusammenschlossen, eine Art Rabatt gewährt. *Hier hast du ein bisschen Zeit zurück. Du hast sie dir verdient.*

Alemee hatte es an Zeit gefehlt, ihr Gedicht zu Ende zu schreiben. Wahrscheinlich war, als sie zur Ausreise abgeholt wurde, jemand bei ihr im Raum geblieben, und um den Preis, dass keines ihrer Worte je von einem Liebenden gelesen werden würde, hatte sie die Papiere schnell außer Sichtweite geschoben. Sollten sie doch beim Putzen und Aufräumen für den nächsten Lehrgang an der JHS in den Abfall kommen, nur nicht unter die Augen dieser Leute. Denn es waren Worte, die sie dem Hohelied Salomons abgelauscht, die sie mit ihrem eigenen Leben belebt und die sie zu ihrer eigenen Geschichte gemacht hatte, zu *Alemees Lied.*

Die Sage von König Salomon und Makeba von Saba war von Anfang an ein Unterpfand ihrer Liebe gewesen. Anspielungen hatte sie ihnen ermöglicht, Witze und Schwüre, je nach Stimmung. Alemee hatte diese Liebesgeschichte als kleines Mädchen in der Schule kennengelernt, in kindgerechter Fassung. Dass Makebas Vater einen Drachen erlegt hatte und ihr schlimmer Fuß nur deshalb schlimm war, weil er in Berührung mit Drachenblut gekommen war, hatte sie am meisten begeistert. Benno wiederum hatte die Geschichte im Lesesaal der Karl-Marx-Bibliothek entziffert, in einer schlecht kopierten amharischen Handschrift mit reicher

Bebilderung, und ihn beeindruckte am meisten, dass die Königin von Saba, hier Azēb genannt, als Gastgeschenk, den Weihrauch, diese unter dem Monsun gedeihende, mit Gold aufgewogene Pflanze aus dem küstennahen Hochgebiet Abessiniens, nach Palästina gebracht hatte.

Obwohl sie unterschiedliche Details im Kopf hatten, stimmten sie in den meisten Punkten überein, etwa dem, dass da ein kranker Fuß einer schönen Frau keinen Abbruch tat, dass Salomon, der vor allem an einem interessiert war, es offenbar nötig gehabt hatte, der Königin scharf zu essen zu geben und das Wasser an seinem Bett zu deponieren, dieser neunmalkluge Schwerenöter. (Es war nicht leicht gewesen, ihr dieses Wort zu erklären.) Alemees Schönheit, ihre Klugheit, ihr schwacher Fuß sprachen natürlich für eine direkte Abstammung. Aber er selbst? Salomonische Weisheit wollte er ebenso wenig für sich in Anspruch nehmen wie listenreiches Draufgängertum – aber immerhin war er enorm sprachbegabt. Reich? An dieser Stelle kippte die Analogie vollends in den Witz. Dafür aber verbrachten sie nicht nur eine, sondern viele Nächte miteinander, und Tricks hatten sie nicht nötig, nur Verschwiegenheit. Wenn man sich da nicht reich fühlen konnte.

Schwanger war die Königin von Saba in ihr Land zurückgekehrt – und hätte nach nubischem Recht und Gesetz doch eine jungfräuliche Königin bleiben müssen. Der Sohn, den sie zur Welt brachte und aufzog, Menelik, besuchte den Vater, der machte ihn zum König, im Gegenzug entwendete dieser die Gesetzestafel des Moses und brachte sie nach Aksum – und die salomonidische Dynastie war begründet, die Krone blieb in der Familie. Schlau angestellt, musste man zugeben.

Hin und wieder, in langen wachen Nächten, war ihm wie ein Traumgesicht plötzlich die Frage durch den Kopf gegangen, ob Alemee vielleicht schwanger gewesen sein könnte, als er sie zum letzten Mal gesehen hatte. Hätte es nicht sein können? Es hatte sein können, aber er hätte es nicht erfahren. Er würde es nie erfahren. Manchmal versuchte er, den Gedanken festzuhalten, oder besser gesagt, sich an diesem Gedanken festzuhalten.

Nein, sie waren nicht Salomon und Makeba, die eine Dynastie begründeten, nicht Samson und Delila, denn er war nicht unbezwingbar und sie nicht bestechlich, sie waren nicht Romeo und Julia, denn eine zerstörerische Familie macht noch keine Fehde. Sie waren Liebende ohne Vorbild.

ALEMEE

Fünftes Lied

Ich schlief, aber mein Herz war wach
Ich will aufstehen und in der Stadt umhergehen auf den Gassen und Straßen
und suchen, den meine Seele liebt
Ich suchte; aber ich fand ihn nicht
Und ich rief und ich rief und ich rief
ich schrie und ich schrie und ich schrie
Hört mich denn niemand
Jemand schließt ein Fenster
Und noch eins und noch eins
So viele Fenster
So viele Türen
Es fanden mich die Wächter, die in der Stadt umhergehen
»Habt ihr nicht gesehen, den meine Seele liebt?«
Sie lachten. Sie sucht den, den ihre Seele liebt!
Häuser haben Keller, Wälder haben Höhlen
Als ich ein wenig an ihnen vorüber war, da fand ich, den meine Seele liebt
Ich hielt ihn und ließ ihn nicht los, bis ich ihn brachte
in meiner Mutter Haus,
in die Kammer derer, die mich geboren hat
Mein Herz ist wach –
So wach ist mein Herz –
Wie kann ich –

BENNO

Wie konnten wir
Wie konnten wir bloß
weiter leben
ohne einander
Meine Füße liefen wund ohne dich
Meine Hände entfachten Feuer ohne dich
Mein Körper lernte schlafen ohne dich
Meine Seele lernte nichts
Meine Seele liebt die, die du bist
Alemee –
Lege mich wie ein Siegel auf dein Herz.

11

TANGENTEN UND TRABANTEN

BENNO

Er hatte noch nie ein Gedicht geschrieben. Als Simultandolmetscher war er prosaisch gestimmt – auf den Verlauf von Haupt- und Nebensätzen, die am Schnürchen vor sich hinliefen. Nun hatte er immerhin ein halbes geschrieben; vier Gedichte übersetzt, ein halbes geschrieben.

Er faltete die Blätter sorgfältig zusammen und steckte sie in einen Umschlag. Er adressierte ihn an die Poststelle des Bezirks, in dem er Alemee noch immer vermutete. In einer Woche oder in zwei würde ein Mensch sich dort wundern, den Umschlag hin- und herwenden, ihn taxieren, ohne seinen Wert zu erahnen, Erkundigungen einziehen, und von Hand zu Hand zu Hand gehend würde er Alemee erreichen; eine Alemee, vor deren Augen der See auftauchen würde und die seine Stimme an ihrem Ohr vernehmen würde. Vielleicht aber blieb der Brief auch unbeachtet, niemand würde ihn weiterleiten, irgendwo fiel er herunter, hinter ein Regal, jemand scherte sich nicht, jemandem war es egal, weil es gerade andere Probleme gab. Er hatte es nicht mehr in der Hand. Eine zweisprachige Flaschenpost war es, die er jetzt auf den Weg brachte.

Er klebte den Umschlag zu, steckte ihn in eine Tasche seiner Weste und ging über die gemähte Wiese. Ein Arbeiter, der gerade damit begonnen hatte, Fahrradständer aufzustellen, grüßte ihn wie einen alten Bekannten. Über der Sandsteinschulter einer Figur der Skulptur *Völkerfreundschaft* hing ein kariertes Hemd. Er lächelte. Veränderung lag in der Luft. Er lief auf den Parkplatz zu, wo Jon auf ihn wartete, auf der Fahrerseite.

JON

Er wolle zur Post fahren, hatte Benno zu ihm gesagt. Er müsse einen Brief aufgeben nach Übersee.

»Nach Äthiopien?«

»Ja.«

Ob er Alemee geschrieben habe, fragte Jon. Er wusste, dass diese Frage zu direkt war.

»Nicht direkt«, antwortete Benno. »Pass auf, da kommt ein Traktor, mit Anhänger.«

»Den hab ich längst gesehen.«

»Ja, aber du kannst nicht wissen, ob der Anhänger ausschwenkt. Bleib ganz rechts.«

Ausweichmanöver, dachte Jon. Klassisches Ausweichmanöver.

Vor der Poststelle parkte Jon ein, mit Schwung, zwischen einem Cabriolet und einem Transporter. Er stieg mit Benno zusammen aus. Er konnte es sich nicht erklären, aber er fühlte sich dafür verantwortlich, dass dieser Brief ordnungsgemäß aufgegeben und nicht in letzter Sekunde doch noch zurückbehalten, wieder mitgenommen werden würde. Also betrat er an Bennos Seite die Filiale, tat so, als habe er gerade nichts Besseres zu tun.

»Nach Äthiopien«, sagte die Frau am Schalter, »so was hab ich hier noch nie gehabt. Wartense mal, ich muss gucken. Luftpost. Wird teuer, sind Sie sicher, dass Sie das nicht e-mailen wollen?«

Ja, er sei ganz sicher, sagte Benno.

Es wurden mehrere Marken geklebt, es wurde gestempelt, es wurde in einen Korb zur Abholung gelegt.

»Na dann«, sagte die Frau am Schalter. Das klang nach einer Geschichte mit offenem Ausgang. Als sie rausgingen, hatte Jon das Bedürfnis, den Arm um Benno zu legen, aber er klopfte ihm nur auf die Schulter.

Auf der Rückfahrt überlegte Jon, was er sagen würde, wenn ihnen seine Eltern jetzt entgegenkämen in ihrem VW Kombi und sie ihn zum Halten bringen und zur Rede stellen würden.

Ihr hattet so viel zu tun, mit Pi und dem Schuppen, und da habe ich zufällig so eine Art Ersatzschule gefunden, da darf man mit sechzehn den Führerschein machen, und es kostet praktisch nichts, und Benno hier hat mir das Fahren beigebracht. Er spricht übrigens ziemlich viele Sprachen. – Eine Ersatzschule?, würden sie fragen, wo denn wie denn was denn? – Nicht weit von hier, würde er antworten, sehr wenige Lehrer, sehr wenige Schüler, viel Natur und viel Sport. Fast ein Elite-Internat. – Elite-Internat ist kein schönes Wort, würde seine Mutter sagen. – Was ist mit Werkunterricht, Technischem Zeichnen?, würde sein Vater fragen – Jeden Tag mindestens zwei Stunden. – Na dann.

Jon lächelte vor sich hin.

»An was denkst du gerade?«, fragte Benno.

»Dass du irgendwann mal meine Eltern kennenlernen wirst. Ich fürchte, ihr werdet euch sehr gut verstehen.«

»Verstehe«, sagte Benno. Und nach einer Weile: »Ich würde sie vielleicht fragen, ob sie mir das eine oder andere von Puschkin leihen könnten. Sicher haben sie doch etwas von ihm?«

»Ich wette, sie haben mehrere Gesamtausgaben, würden dir eine schenken und dann lange mit dir über alles reden wollen.«

»Dann warten wir lieber noch ein bisschen.«

Einen Brief abzusenden war etwas, das er sehr lange nicht getan hatte. Als Nomade, als Wanderarbeiter, als ein Staatenloser war er jahrzehntelang weder ein Adressat noch ein Absender gewesen. Reisende schrieben Briefe nach Hause. Daheimgebliebene erhielten sie. Aber *ständig Ausgereiste?* Einen Brief aufzugeben, das erschien ihm mit einem Mal auf einer sehr ernsthaften Entscheidung zu beruhen: Man vertraute seine Anliegen der Infrastruktur der Welt an. Das war ja schon fast Weltvertrauen. Tatsächlich regte sich in ihm ein neues Lebensgefühl. Langsam hatte er es in sich aufsteigen fühlen, als er die Papiere gefaltet und in den Umschlag gesteckt hatte. Es hatte eine gewisse Ähnlichkeit mit der Erleichterung, die man spürt, wenn man klemmende Fenster oder Türen aufstößt, etwas, was er in den letzten Wochen oft getan hatte. Offenheit war das Wort der Stunde. Er wusste, die Chance, dass der Brief Alemee erreichen würde, war nicht hoch. Er würde nicht auf eine Antwort warten. Aber er würde auch nicht aufhören zu hoffen. Und in diesem Zwischenraum war er: frei.

NIELS

Benno, ich habe in der Bar gekündigt. Sie haben mir zweihundert Euro mehr geboten, auf einmal, aber ich habe gekündigt. Zum nächsten Ersten. Wir kommen. Mein Gewerbeschein ist noch gültig. Caro fragt: Können wir da irgendwo wohnen?
Niels.

BENNO

Niels, ich freue mich. Ich freue mich sehr. Es gibt hier, außer meinem, 287 Zimmer. Sucht euch was aus. Der Komfort ist nicht so, aber der Ausblick!

JON

»Also, wie soll ich sagen –?«

Seine Eltern sahen ihn interessiert an. ›Wie soll ich sagen?‹ war ihr täglich Brot.

Jon rätselte immer noch darüber, wie er ihnen eine Kurzfassung seines Sommers geben könnte.

»Dahinten am Bogensee –«

»Ah ja, der Bogensee, da habe ich gerade neulich eine Reportage, wo war das noch? –«

»Ja, genau. Da tut sich jetzt was, und ich habe, wie soll ich sagen, also zufällig habe ich die Möglichkeit bekommen, ein FSJ –«

»Wirklich? Ein Freiwilliges Soziales Jahr? Das ist ja –«

»Freiwilliges Soziales Jahr ist eigentlich ein sehr schönes –«

»Und wie genau ist, ich meine – hast du dich – wie hast du das denn –«

»Also, wenn du mich fragst, ich halte das für eine ganz, ganz – ach ich weiß gar nicht, super ist gar kein –«

Für Leute, die über Dutzende von Gesamtausgaben verfügten, waren ihre Sätze doch ziemlich unvollständig, dachte Jon.

»Und genau das werde ich da jetzt machen«, sagte er.

DER BUSFAHRER

Hallo Benno, diese Nummer ist richtig, ja? Ich hoffe, die Nachricht kommt an. Bin jetzt 2 Wochen auf Urlaub, Ostsee. Habe einen Imbiss-Bus gefunden. Nennt sich Foodtrailer. Bisschen schmuddelig, sonst tadellos. Kriegen wir hin, was? Ist reserviert auf Bogensee, wenn du mal gucken willst. Frag nach Maxe. Und sag, Michi Manske schickt dich.
Michi.

DEUTSCHE FORSCHUNGSGEMEINSCHAFT

Eingangsbestätigung GZ: GE8265/9-9
Sehr geehrter Herr Dr. Gent,
Ihren Antrag auf Förderung des Projekts »Befestigungssysteme in mineralischen Materialien. Historische Perspektivierungen« haben wir erhalten. Er wird unter den Geschäftszeichen
PZ567-9, MA 7150/2-3 und LZ 4441/9-8 bearbeitet. Bitte verwenden Sie diese bei künftigem Schriftwechsel.
Wir weisen Sie darauf hin, dass die Bearbeitungsdauer i. d. R. 14 Monate beträgt. Von telefonischen Anfragen bitten wir Abstand zu nehmen.
Mit freundlichen Grüßen
M. Horstmann
Sekr. Fachkollegium 4.51-01 Architektur, Bau- und Konstruktionsgeschichte, Bauforschung, Ressourcenökonomie im Bauwesen

LISA KAWENKE

Sehr geehrter Herr Kollege Krehe,
ich freue mich, Ihnen mitteilen zu können, dass die Verträge
- für das Freiwillige Soziale Jahr (Jonathan Gent)
- für Projektkoordination Bogensee (Benno Weber)

unterzeichnet sind. In der Hoffnung, dass nunmehr alles in Ordnung ist und nicht noch mehr Hürden gefunden werden, verbleibe ich mit freundlichen Grüßen LK

PERSONALSTELLE

Sehr geehrte Kollegin Kawenke,
es fehlt immer noch die Kostenstelle. Das Geld muss ja irgendwo abgerechnet werden.
Sie stellen sich das zu leicht vor, wenn ich das mal so sagen darf. Der Boden gehört Berlin, die Häuser Brandenburg. Denkmalschutz und Liegenschaftsamt. Das geht nicht so im Handumdrehen. Wann kommt eigentlich Frau Lochnow wieder? MFG Krehe

DER ANWALT

Liebe Familie Gent,
Wo Macht ist, ist auch Widerstand, sagt Foucault.
Die Schülerakte müsste auf dem Weg zu Ihnen sein. Ich kann Ihnen nur raten: Nie wieder dorthin zurück. Es gibt andere Möglichkeiten. Wenn alle Stricke reißen, kann Jon bei mir ein Praktikum machen, Akten sortieren. Aber ich denke, er wird Besseres finden. Nur für alle Fälle. Es war nett, Sie kennenzulernen.

DIE SCHULE

Hiermit händigen wir Ihnen die Schülerakte aus. Wir wünschen Jonathan für seinen weiteren Lebensweg alles Gute. Gez. Margot Altstätter.

JON

»Das ist die mit den Bonbons.«

»Verlogenes Pack.« (Seine Mutter)

»Ich hätte ihm doch eine reinhauen sollen.« (Sein Vater)

»Denkt auch an die Zwillinge.« (Jon)

»Jetzt hast du ja erst mal dieses Jahr hier am Bogensee. Ich bin sicher, das wird irgendwie angerechnet. Zwischendurch kannst du mir mit dem Schuppen helfen.« (Sein Vater)

»Wenn er internationale Jugendprojekte koordiniert, wird er kaum Gelegenheit haben, Schnurgerüste für Geräteschuppen zu spannen.« (Seine Mutter)

»Schnurgerüste spannen zu können, ist wahrscheinlich keine so schlechte Voraussetzung für großmaßstäbige Projektplanung.« (Sein Vater)

»Da hast du recht.« (Seine Mutter)

»War das eben ein Regentropfen?« (Sein Vater)

HAUS ABENDFRIEDEN, LEIPZIG

Lieber Herr Weber,
Ihrer Mutter geht es so weit gut. Sie hatten uns neulich gebeten, ihr diesen Kaffee zu kochen. Wir wollen das gern machen. Aber bitte geben Sie uns schriftlich die Dosierung, wir wollen kein Risiko eingehen.
MFG Schwester Birte

Liebe Schwester Birte,
vielen herzlichen Dank. Die Dosierung beträgt 2 gute Esslöffel auf einen Viertelliter Wasser. Sie können das Kaffeepulver direkt in einer kleinen Kanne aufbrühen und sich setzen lassen, wie beim türkischen Mokka. Ich bin sicher, dass meine Mutter diese Art Kaffee gut vertragen wird. Sie wird ihn mögen. Ich komme bald wieder vorbei. Mit den besten Grüßen, Benno Weber.

LISA KAWENKE
BETR. Reisegewerbekarte

Liebe Kolleg*innen,
jetzt muss ich doch mal deutlich werden. Es geht nicht um Schankwirtschaft mit Biergarten, sondern um Rollendes Catering, nach der Stellplatzverordnung. Wie bei Filmaufnahmen. Kennt man doch, kann ja nicht so schwer sein. Früher sind auf dem Gelände dort tausend Menschen verpflegt worden. Stellt euch nicht so an. Gibt's nun die Genehmigung oder gibt es sie nicht? Die Leute rufen hier täglich an, sie wollen endlich anfangen, und ich weiß allmählich nicht mehr, was ich ihnen sagen soll.
Lisa
MFG L. Kawenke, Vertr. Lochnow

GEWERBEAMT

Sehr geehrte Damen und Herren,
wir bestätigen Ihnen, dass die Reisegewerbekarte für das Mobile Imbissgewerbe Bogensee ausgestellt wurde. Der

Inhaber Niels Weber konnte sowohl die Erstbelehrung nach § 43 Infektionsschutzgesetz als auch eine Lebensmittelhygieneschulung gemäß § 4 LMHV nachweisen.

HAUSMEISTER AL-MUSAWA

Hallo Familie Gent! Ab Anfang Oktober können Sie wieder in Ihre Wohnung. Handwerker haben viel zu tun, alles schwierig. Weil Sie die Umsetzwohnung abgesagt haben, können Sie stattdessen Mietminderung beantragen! Malek Al-Musawa

BUNDESARCHIV

Sehr geehrter Herr von Bergen,
Sie haben eine Reihe von Akten zur Ansicht in den Lesesaal bestellt. Die Frist zur Lagerung an der Ausgabestelle ist abgelaufen. Benötigen Sie diese Akten noch? Oder können sie dauerhaft zurück?
Mit freundlichen Grüßen
Marianne Hellschmied

BENNO

Sehr geehrte Frau Hellschmied,
dringende Angelegenheiten halten mich gerade davon ab, meine Recherchen im Archiv fortzuführen. Derzeit benötige ich die Akten nicht mehr. Ich werde mich wieder melden, falls weitere Recherchen nötig sein werden.
Mit freundlichen Grüßen
Ben von Bergen

DIE ZWILLINGE

Hallo Jon, wir schreiben von Omas Handy. Wir wissen, dass du grade nicht mehr zur Schule gehst. Aber wir backen trotzdem Muffins für dich wie immer für nach den Ferien, und Oma sagt, das ist auch ein Grund zu feiern, denn wenn niemand mehr die Schule schmeißt, geht am Ende gar nichts mehr voran in diesem Land (Opa sagt sag das nicht). Schoko oder Blaubeer, Jon?

DER ALTE MANN

Ist der Regentrude am Ende doch ihr Sprüchlein aufgesagt worden, Annchen? Es wird ordentlich was runterkommen, heißt es. Lass uns mal die Tomaten unter Dach bringen. –

Ja, Harzfeuer hab ich gezogen dieses Jahr, die Schale so zart, und dann ’nen Platzregen, ogotttogott. Die für’n Bogensee sind ja schon im Korb. Und daneben der Wiesenhonig, nimm ein paar Gläser mit, wir haben genug! – Ach, schau doch mal, das erste Wölkchen!

JON

Blaubeer. Aber mit Guss und auf dem Guss bunte Streusel.

SUNNY

Junge, das war in letzter Sekunde. Ich bin schon seit zwei Tagen wieder in der Schule. Du bist nicht da und du warst das Einzige, auf das ich mich gefreut habe. Meine Eltern sagen, diese Schule ist keine gute Idee gewesen. Jetzt weiß ich, wo du bist. Ok, wenn ich morgen komme? Morgen soll es regnen. Aber Dächer gibt's da ja genug. Die können unmöglich alle undicht sein. Morgen?

ANAXAGORAS

»Und alles, was Seele hat, sowohl die größeren wie die kleineren Lebewesen, sie alle sind ergriffen von einem geistigen Prinzip. Auch die gesamte Kreisbewegung ist ergriffen von einem geistigen Prinzip, sodass sie sich überhaupt dreht. Und anfänglich begann sie vom Kleinen her zu kreisen, dann aber kreist sie dem Mehr zu, und sie wird über noch mehr kreisen. Und das in Mischung Zusammentretende und das sich Aufteilende und das Sichtrennende fügt das geistige Prinzip. Und wie es sein würde und wie es war und was jetzt ist und wie es sein wird, das alles fügt das geistige Prinzip in eine Ordnung wie auch diese Kreisbewegung, die jetzt die Sterne und die Sonne und der Mond vollführen und auch die Luft und der Äther, die sich voneinander absetzen.

Ebendiese Wirbelbewegung bewirkt, dass sie sich voneinander absetzen. Und vom Feinen wird das Dichte getrennt und vom Kalten das Warme und das Dunkle vom Hellen und vom Feuchten das Trockene.«

Mensch, der Anaxagoras. Nicht Pi hält das Denken auf Trab, sondern der Wirbel ist es. Alle wollen den Kreis berechnen, dabei ist die Wirbelbewegung das – sagen wir: das Eminente! *Der Wirbel als das vergessene Prinzip des Wandels.* Wie habe ich das so lange übersehen können?

Dreh dich zur Sonne und lass den Schatten hinter dir.

(Äthiopisches Sprichwort)

WIRKLICH WAHR? EIN NACHWORT

Einerseits und andererseits.

Einerseits die Jugendhochschule: wirklich wahr.

Die Jugendhochschule »Wilhelm Pieck« am Bogensee im Barnimer Land, gut dreißig Autominuten nördlich von Berlin, ist ein klassischer *Lost Place*, ein aufgegebener Ort; im mehrfachen Sinne des Wortes. 1946 gegründet auf einem abgelegenen Areal, zunächst in den Mauern des ehemaligen Landsitzes des nationalsozialistischen Propagandaministers Josef Goebbels, verlagerte sie ab 1951 ihre Räume in ein umfangreiches Ensemble von Gebäuden, die im Stil des sozialistischen Klassizismus in direkter Nachbarschaft erbaut wurden. Bis 1990 blieb sie dort als höchste Bildungsstätte der Freien Deutschen Jugend (FDJ) der DDR in Betrieb. Ihr besonderes Merkmal war, dass sie regelmäßig Internationale Lehrgänge einrichtete, in denen junge Kommunisten aus befreundeten und nicht befreundeten Staaten willkommen geheißen wurden.

Andererseits bildet die wirklich wahre Jugendhochschule das Setting für eine Geschichte, die der Fiktion entspringt. Sollte ich sagen, der *freien* Fiktion? Der Roman bildet nicht das Schicksal realer Personen ab und ist tatsächlich frei erfunden, aber nicht in beliebiger Weise. Um es einmal so zu sagen: Ja, die DDR hat mit Äthiopien Waffen gegen Kaffee getauscht, aber nein, Alemee ist keine reale Person, sie ist eine erdachte Figur, nicht anders als Benno, Jon und Sunny und alle anderen Personen des Romans, selbst die beiden Direktoren sind: erfunden.

In meinem Buch *Sungs Laden* gibt es auch einen Direktor. Auf Lesereisen kreuz und quer durch Deutschland haben mir Menschen immer wieder gesagt: Den kenne ich. In genau diesem Sinne kenne auch ich Jons Schule, ich kenne diese Direktoren, ich kenne diesen Mathelehrer – aber aus verschiedensten Erfahrungen, Erlebnissen und Erinnerungen im freien Spiel der Phantasie destillierte Figuren. Das sollte gesagt sein.

Eines noch: Die Bibliothek der JHS (für die Benno sich einst so eingesetzt hat) ist nicht aus der Welt verschwunden. Sie ist, zum größeren Teil jedenfalls, zu besichtigen im Dokumentationszentrum ›Alltagskultur der DDR‹ in Eisenhüttenstadt.

Ich habe den Mitarbeitern und Mitarbeiterinnen des Bundesarchivs Lichterfelde für ihr freundliches Engagement zu danken.

Ich danke Werner Kogge und Michaela Kenklies für gute Gespräche, wertvolle Hinweise und unermüdliche Zuversicht.

QUELLEN

Die Materialien der JHS sind zugänglich über die Seite https://www.bundesarchiv.de/das-bundesarchiv/standorte/berlin-lichterfelde/

Ich habe verschiedene Akten der Grundsignatur Sapmo DY 24 eingesehen.

Die Direktzitate aus dem Hohelied Salomons in Alemees Gedichten sind durch Kursivierung gekennzeichnet. Hauptsächlich wurde dazu die Luther-Bibel herangezogen.

- Die Bibel. Nach Martin Luthers Übersetzung. Lutherbibel. deutsche Bibelgesellschaft 2017. (Das Hohelied Salomos: S. 695-699)
- Neue Jerusalemer Bibel. Einheitsübersetzung. Mit dem Kommentar der Jerusalemer Bibel, Freiburg im Breisgau 1985. S. 908–917)
- Benno Pludra: Lütt Matten und die weiße Muschel. Berlin Kinderbuchverlag 1963
- Storm, Theodor: Die Regentrude, Berlin 2021. Hörenswert die gelesene Fassung von Elisabeth Richter-Kubbutat: Die Regentrude von Theodor Storm, mit Mark Anders, Klavier. (https://www.richter-kubbutat.de/cds.html)
- Die Vorsokratiker II. Zenon, Empedokles, Anaxagoras, Leukipp, Demokrit, Auswahl, Übersetzung und Erläuterung von Jaap Mansfeld, Stuttgart 1986 (Überarbeitete Zitation)
- Diels, Hermann: Die Fragmente der Vorsokratiker, Hamburg 1957
- Leibniz, Gottfried W.: Leibnizens nachgelassene Schriften physikalischen, mechanischen und technischen Inhalts / Hrsg. und mit erläuternden Anmerkungen versehen von Ernst Gerland. Leipzig 1906
- Leibniz, Gottfried W.: Sämtliche Schriften und Briefe. Bd. 6

1673–1676. Arithmetische Kreisquadratur, Berlin: Akademie Verlag, 2012

- Wittgenstein, Ludwig: Bemerkungen über die Grundlagen der Mathematik, Werkausgabe Bd. 6, Frankfurt/M. 1984 (Zitat »Mechanismus« S. 235 u. 434; eine Animation ist zu sehen bei: https://en.wikipedia.org/wiki/Wittgenstein%27s_rod)
- Wittgenstein, Ludwig: Philosophische Bemerkungen. Wiener Ausgabe. Hrsg. v. Michael Nedo, Band 2 (Zitat »zehnflächiger Würfel« S. 234)

WEITERE LITERATUR

Zur JHS am Bogensee:

- Irmgard Zündorf, Jürgen Danyel, Anja Tack, Josefine Eckert, Angelika Weißbach, Malte Grünkorn: Bogensee. Eine historische Ortsbegehung. Ein Projekt des Leibniz-Zentrums für Zeithistorische Forschung in Potsdam. https://bogensee-geschichte.de/ueber-das-projekt (abger. 31.7.2024)
- Kirsi Marie Liimatainen: Comrade, Where Are You Today? – Der Traum der Revolution, Dokumentarfilm, Finnland, Deutschland 2016
- Böttcher, Klaus: In der dritten Reihe. Erinnerungen eines Nomenklaturkaders, Berlin 2010
- Festschrift der Jugendhochschule »Wilhelm Pieck« beim Zentralrat der FDJ anlässlich ihres 25-jährigen Bestehens (1946–1971). Berlin 1971
- Siegfried, Detlef: Bogensee. Weltrevolution in der DDR 1961–1989, Göttingen 2021
- Berkholz, Stefan: Goebbels' Waldhof am Bogensee, Berlin 2004
- Studer, Brigitte und Bertold Unfried: Der stalinistische Parteikader. Identitätsstiftende Praktiken und Diskurse in der Sowjetunion der dreißiger Jahre, Köln 2001

- Studer, Brigitte: Reisende der Weltrevolution. Eine Globalgeschichte der Kommunistischen Internationale, Frankfurt 2021

Zum Verhältnis DDR – Äthiopien:

- Möller, Harald: DDR und Äthiopien. Unterstützung für ein Militärregime (1977–1989). Eine Dokumentation, Berlin 2003
- Schloesser, Klaus-Ulrich: »Zur Rolle der Armee in national befreiten Staaten«. In: Militärwesen, 25 (1981), 8, S. 20–24
- Haile, Gabriel Dagne: Das entwicklungspolitische Engagement der DDR in Äthiopien, Münster 2004
- Storkmann, Klaus: Geheime Solidarität. Militärbeziehungen und Militärhilfe der DDR in die »Dritte Welt«, Berlin 2012
- Sherr, E.: The Spread of Marxism-Leninism in Ethiopia. International Conference of Ethiopian Studies (1984)

Zu Äthiopien

- Dornisch, Klaus: Sagenhaftes Äthiopien. Archäologie • Geschichte • Religion, Darmstadt 2019
- Hooge, Heiko: Äthiopien, Dormagen 2015
- Tetzlaff, Rainer: Vielvölkerstaat Äthiopien, Wiesbaden 2021
- Bierbaum, Bernd: Äthiopien. Zwischen Himmel und Erde, Norderstedt 2008
- Gedeon, Kai: Noahs Rabe, Rangsdorf 2022
- Martin, Peter: Schwarze Teufel, edle Mohren, Hamburg 1993
- Proceedings of the Third International Conference of Ethiopian Studies, Adis Abeba (1966)
- Leiris, Michel: Le culte des zars a Gondar. Ethiopie du Nord, Paris 1955

Zum Hohelied Salomons
(Altes Testament, Psalmen 1_1 - 8_{14})

- Teresa von Avila: Gedanken zum Hohenlied, Gedichte und kleinere Schriften, Freiburg im Breisgau 2004
- Kebra Nagast. Die Herrlichkeit der Könige. Nach den Handschriften in Berlin, London, Oxford und Paris. Zum ersten Mal im äthiopischen Urtext herausgegeben und mit deutscher Übersetzung versehen von Carl Bezold, München 1905
- Schwienhorst-Schönberger, Ludger: Das Hohelied der Liebe, Freiburg im Breisgau 2015
- Jankowski, Alice: Die Königin von Saba und Salomo. Die amharische Version der Handschrift Berlin Hs. or. 3542, Hamburg 1987

Zum Kreisquadrat

- Perelman, Jakow I.: Unterhaltsame Geometrie, Berlin 1963
- Eukild: Die Elemente. Hrsg. v. Clemens Thaer, Leipzig 1933
- Fritz, Kurt von: Grundprobleme der Geschichte der Antiken Wissenschaft, Leipzig, New York 1971

Weiteres

- Czerny, Sabine: Was wir unseren Kindern in der Schule antun … und wie wir das ändern können, München 2020
- Sigmund, Monika: Genuss als Politikum. Kaffeekonsum in beiden deutschen Staaten, Berlin 2015
- Behrends, Jan C. et al.:, Hg.: Fremde und Fremdsein in der DDR. Zu historischen Ursachen der Fremdenfeindlichkeit in Ostdeutschland, Berlin 2003
- Poppe, Grit und Niklas Poppe: Die Weggesperrten. Umerziehung in der DDR – Schicksale von Kindern und Jugendlichen, Ullstein 2021

- Senghor, Léopold Sédar: Négritude und Humanismus, Düsseldorf 1967
- Franz, Manfred: A. S. Makarenko, der Hauspädagoge des sowjetischen Staatssicherheitsdienstes, und sein Konzept der kommunistischen Kollektiverziehung. In: Mothes et al. (Hrsg.): Beschädigte Seelen: DDR-Jugend und Staatssicherheit. Ed. Temmen 1996
- Salevsky, Heidemarie u. Manfred Schmitz: Zur Sprachmittlerausbildung in der Deutschen Demokratischen Republik. In: babel Nr. 1/ 1986, Vol XXXII, S. 118–124
- Haberland, Eike. Besessenheitskulte in Süd-Äthiopien. Paideuma, vol. 7, no. 3, 1960, S. 142–50
- Frobenius, Leo: Kulturgeschichte Afrikas. Prolegomena zu einer historischen Gestaltlehre, Frankfurt/M. 1998
- Feuerbach, Ludwig: Darstellung, Entwicklung und Kritik der Leibnitz'schen Philosophie, Leipzig 1844. (Zitat auf S. 10)

Kraftvoll, poetisch und dicht geknüpft: Karin Kalisa lässt die Geschichte der Fischerteppiche lebendig werden

KARIN KALISA

FISCHERS FRAU

Südliche Ostsee, 1928: Ein dreijähriges Fangverbot macht die Fischer arbeitslos – statt hinaus aufs Meer zu fahren, setzen sie sich an Webstühle und knüpfen Teppiche, die die Welt der See zeigen – oder der Welt die See, wie man es nimmt. Ein österreichischer Tapisserist lehrt sie die Knoten, auf die es ankommt: Senneh und Smyrna. Die »Perser von der Ostsee« entwickeln sich europaweit zum Verkaufsschlager. Fast einhundert Jahre später wird der zurückgezogen lebenden Kuratorin Mia Sund ein sehr seltsames Exemplar auf den Tisch gelegt: In seinem Flor irrlichtern Hunderte von Grüntönen, segeln Koggen unter mysteriösen Flaggen, tanzen kleine Wellen in den Augen der Fische und eine ornamentale Borte entpuppt sich als vieldeutige Chiffre. Zum ersten Mal nach zwölf Jahren beantragt Mia eine Dienstreise und macht sich quer durch Europa auf die Suche nach der Knüpferin und ihrer Botschaft, die die alte Erzählung vom Fischer und seiner Frau auf den Kopf stellt.

»Karin Kalisa verknüpft die Fäden von Wahrem und Erfundenem elegant zu einem fesselnden Roman über eine kaum bekannte Geschichte – und noch viel mehr.«

NDR Kulturjournal

DROEMER